Jörn Schröder

Margarethe, mon amour
Eine Liebe zur Franzosenzeit

Ellert & Richter Verlag

Braune Augen. Von wem stammen die braunen Augen meiner Mutter, wenn alle in der Familie blaue Augen haben? Die Suche nach einer Antwort führte in die Zeit, in der Napoleon deutsche Fürstentümer unter seine Knute zwang, in der er Hamburg zu einer ‚bonne ville de l'Empire français' machte und Zigtausende junger Männer aus Sachsen, Bayern, Hessen oder Preußen 1812 mit der Grande Armée in den Krieg gegen Russland schickte.

1. Kapitel

Schon lange war Margarethe wach, starrte durch das Fenster der Mägdekammer in den nachtdunklen Himmel, wartete auf den Morgen, sah, wie der Märzwind Wolkenfetzen vor sich hertrieb, hörte, wie er ums Haus strich, wie er wispernd, raunend durch die Luken des mächtigen, reetgedeckten Dachs drang und das Vieh unruhig machte. Sie ließ sich von ihm mitnehmen, forttragen, hoch über die winterkahlen Kronen der Hofeichen hinweg, weg, weit weg. Sie erschrak, stand auf und war erleichtert, dass das Wasser im Krug nicht mehr mit einer Eiskruste überzogen war. Im Dunklen und so leise, dass die alte Agnes nicht wach wurde, wusch sie sich, zog sich an und flocht ihr Haar zu einem Zopf. Als Letztes band sie die Schürze um, nahm ihre Holzpantinen in die Hand, verließ die Mägdekammer und begann diesen Sonntag wie jeden Tag in den vergangenen sieben Jahren.

Wenig später hockte sie vor dem Herd, blies in die noch schwach glimmende Glut und wartete, bis die ersten kleinen Flammen am Kienspan züngelten, schob den gusseisernen Topf mit der Buchweizengrütze auf die Herdringe, legte Holz nach und schloss die Ofenklappe. Während sie die Kumpen auf den Tisch stellte, hörte sie, wie der Hof erwachte. Agnes schlurfte in die Küche, gähnte und fluchte auf den Wind, der sie die ganze Nacht nicht habe schlafen lassen. Margarethe musste lachen, legte die Holzlöffel neben die Kumpen und sagte leichthin:

„Ich hab mir gewünscht, er nimmt mich mit."

„Wer?"

„Der Wind."

„Der Wind? Und wohin?"

„Weiß nicht, weg, weit weg, ganz weit weg von hier …
bis nach … Hamburg."

„Lass das bloß nicht den Bauer hören!"

„Und wenn …"

Agnes sah Margarethe ängstlich an:

„Hamborg … Deern, du versündigst di."

Margarethe rührte die Buchweizengrütze um und schwieg.

Vom Dorf her wehte der Klang der Kirchenglocken und verfing sich in den alten Weißdornhecken, die den Hof umgaben. Aus der niedrigen Haustür trat der Herr von Rodehorst, blickte prüfend in den Himmel, setzte seinen Dreispitz auf und stakste in Richtung Dorf, gefolgt von seiner Frau und seinen beiden Söhnen, Lüder und Ripke. Hinter ihnen das Gesinde, die alte Magd Agnes und Hannes, der Fuhrknecht. Zuletzt kam Margarethe. Im Dorf und auf den Höfen in der Umgebung galt sie als Schönheit. Auf dem letzten Ernteball hatten sich Bauernjungs geprügelt, um einen Tanz mit Margarethe zu ergattern. Schon ihr Gang war auffallend, er war federnd, sehr aufrecht, fast stolz und ließ sie größer als die anderen Mägde im Kirchspiel erscheinen. Den Kopf hielt sie in der Art, wie es eigentlich nur einer Großbäuerin zustand, ihre klaren, lichtblauen Augen hatten nichts Demütiges. Das blonde, wilde Haar hatte sie zu einem Knoten gebändigt, einige Locken fielen ihr dennoch in die hohe Stirn. Das Auffälligste in ihrem klar geschnittenen Gesicht war aber ihr schöner Mund, ihre Lippen, die an die Farbe von dunklem Klatschmohn erinnerten. Und die gesunden, apfelblütenweißen Zähne. Sie hatte sich, wie alle anderen, sonntäglich herausgeputzt und trug ihr einziges Kleid, selbst genäht, den schwarzen Stoff hatte sie von einem fahrenden Höker gekauft. Statt der Holzpantinen trug sie absatzlose Lederschuhe, ebenfalls vom Höker gekauft. Ihre ersten eigenen Schuhe. Einen selbst gehäkelten Umhang hatte sie sich um die Schultern gelegt. Anders Frau von Rodehorst, die Bäuerin. Sie trug eine Kappe aus schwarzem Satin, mit einer Spitzenborte geschmückt, die in Schleifen mündete und in zwei Bändern über die Schulter fiel. Unter der Kappe ernste Augen in einem ernsten Gesicht. Schmale Lippen, die Margarethe noch nie hatte lächeln sehen. Diese Frau sollte ihre Schwiegermutter werden? Diese Frau, die es klaglos ertrug, dass ihr Mann sie für vier Fehlgeburten verantwortlich machte, für Ripkes Fischmaul? Diese Frau sollte sie lieben, wie die Bibel es befahl? Margarethe sah zu dem grobknochigen Mann, mit dem ihr Vater nach dem Kirchgang ihr Schicksal aushandeln wollte. Der knielange, mit silbernen Knöpfen besetzte Festtagsrock schlug Falten auf den Schultern. Die Stulpen an den Ärmeln glänzten, da der Herr von Rodehorst die Angewohnheit hatte, seine tropfende Nase daran abzuwischen. Um den erdbraunen Dreispitz lief ein schmales, weiß-gelbes Band. Mit den welfischen Farben wollte der Herr von Rodehorst seine Treue zum Hause Braunschweig-Lüneburg zeigen, vor allem jetzt, in dieser schweren Zeit, in der sie von Napoleon zu Untertanen seines Bruders Jérôme, des Königs von Westphalen, erniedrigt worden waren.

Margarethes Blick ging zu Lüder, groß und grobknochig wie sein Vater, dann zu dem jüngeren Sohn, Ripke. Durchs Hoftor kam der Hund, lief bettelnd und japsend neben ihnen her. Lüder knurrte einen Befehl, der Hund gehorchte nicht sofort, bekam einen Tritt und humpelte zurück zum Hof. Margarethe sah ihm nach. Wenn ich du wäre, dachte sie, würde ich mich wehren. Ripke ließ sich zurückfallen und ging neben ihr. Mit dem Daumen zeigte er zum Hund und stammelte Brocken, die mühsam zu Worten wurden. Margarethe verstand ihn trotzdem und lachte leise. „Eines Tages schnappt er zu, aber richtig!“ Nun lachte auch Ripke, lautlos, die Hasenscharte zog sich über die obere, linke Mundhälfte, legte den verstümmelten Gaumen frei. Dankbar sah er Margarethe an, die ihm mit einer schnellen Geste über das Haar strich.

Von den anderen Höfen kamen die Bauern mit ihren Frauen, den Kindern und dem Gesinde. Man begrüßte sich, redete über das Wetter; sollte es so stürmisch bleiben, könnte man mit dem Pflügen und der Aussaat beginnen. Sie gingen durch die Enge Straße, in der die kleinen, mit Heideplacken gedeckten Häuser der Kötner standen, auch Margarethes Elternhaus. Hier war sie geboren, als jüngstes Kind des Dorfschmieds Wilhelm Detjens. Hier hatte sie bis zu ihrem zwölften Lebensjahr gelebt, bis sie konfirmiert wurde und als Magd auf dem Hof derer von Rodehorst eine Arbeit fand. Sie betete stumm. Lieber Gott, mach, dass die Mitgift dem Herrn von Rodehorst nicht zusagt. Vor dem Südportal wartete Margarethes Vater. Ihre Mutter und ihre Schwestern waren schon zum Nordportal gegangen, um in den Teil des Kirchenschiffes zu gelangen, der den Frauen und den Mädchen zugewiesen war. Herr von Rodehorst und Margarethes Vater begrüßten sich und bestätigten, dass sie sich nach dem Gottesdienst beim Kremser treffen würden. Margarethes Vater sah seine Tochter aufmunternd an:

„Keine Bange, das kriegen wir hin. Wart' mal, am Sonntag nach Michaelis, da bimmeln die Kirchenglocken extra für dich."

Margarethe umrundete den hölzernen Glockenturm und ging zum Nordportal, wo ihre Mutter und ihre Schwestern warteten, in ihren dunklen Sonntagskleidern, über den gestärkten Krageneinsätzen vorwurfsvolle Gesichter.

„Hast du dir mal überlegt, wie wir das schaffen sollen? Zwanzig Reichstaler?" Das war die Mutter.

„Die Jüngste kriegt das Meiste! Das wird ja immer schöner!" Das war Magdalene, die seit zwei Jahren versprochen war.

„Hätte nicht einer von uns genügt? Einer wie Marten?" Das war Helene, die einen Witwer heiraten sollte und bei ihm schon als Magd arbeitete. Die dritte Schwester blickte nur vorwurfsvoll. Auf Margarethes Stirn bildete sich eine kleine, steile Falte, wie immer, wenn sie zornig wurde.

„Ich will Lüder nicht heiraten."

Sie ging an ihrer Mutter vorbei in die Kirche, denn der Klang der Glocken kam nur noch in wenigen, zögernden Wellen, ein

Zeichen dafür, dass der Gottesdienst gleich beginnen würde. Sie lief im Seitenschiff nach vorne und drückte sich in die Bank, die den Frauen, Töchtern und Mägden derer von Rodehorst zustand. Sie setzte sich neben Agnes und starrte zum Altar. Durch das Kirchenschiff schwebte ein letzter, dunkler Glockenton und verwob sich mit den ersten, hellen Tönen des Choralvorspiels, die der Organist Goltermann zunächst den kleinsten der über sechshundert Orgelpfeifen entlockte. Margarethe schloss die Augen und fühlte sich in dem anschwellenden, vielstimmigen Klang aufgehoben. Doch die tiefen Töne der Sechzehn-Fuß-Pfeifen ließen sie schneller atmen, erinnerten sie an die Sprache des Windes, der sie mitgenommen hatte. Das Rüstgebet von Pastor Krakow und der Gemeinde sprach sie mit geschlossenen Augen. Auch während des Eingangsliedes hielt sie die Augen geschlossen.

„Liebster Jesu, wir sind hier, dich und dein Wort anzuhören; lenke Sinne und Begier auf die süßen Himmelslehren, dass die Herzen von der Erden ganz zu dir gezogen werden."

Den Text der drei Strophen kannte Margarethe auswendig. Fünfzig Kirchenlieder hatte sie im Konfirmandenunterricht lernen müssen, dazu in den fünf Jahren der einklassigen Dorfschule den Kleinen und den Großen Katechismus. So hatte sie, wie alle Kinder im Dorf, Lesen und Schreiben gelernt. Mittwochs und sonnabends dauerte die Schule eine Viertelstunde länger, da lehrte Präzeptor Fest Subtraktion, Addition sowie das kleine Einmaleins. Wer nichts begriff, erntete Stockschläge.

Während Margarethe fleißig mitsang, öffnete sie die Augen und sah zur rechten Hälfte des Kirchenschiffs, die den männlichen Gemeindemitgliedern vorbehalten war. Im Gegenlicht des Kirchenfensters betrachtete sie das Profil des Mannes, der es sich in seinen kantigen Schädel gesetzt hatte, sie zu heiraten. Lieber Gott, mach, dass die Mitgift seinem Vater nicht zusagt. Pastor Krakow stimmte jetzt das Kyrie Eleison an, das zur Fastenzeit gesungen wurde, und die Gemeinde antwortete. „Herre Gott, erbarme dich!" Margarethes Gedanken waren aber im Stall bei den Tieren. Sie sah Lüder, wie er eine junge Kuh bestieg. „Christe, erbarme dich!"

Sie sah, wie Lüder sich an ihr verging.

„Herre Gott, erbarme dich!"

Es folgte das Kollektengebet, in das Margarethe einstimmte, und mit dem Amen schwieg auch die Orgel. Margarethe wandte den Blick von Lüder, starrte zum schmucklosen Altar, an die weiß gekalkte Decke der Apsis. Während Pastor Krakow das Gebet zum Sonntag Lätare betete, kroch Angst in Margarethe hoch. Was, wenn der Herr von Rodehorst die Mitgift nicht ablehnt? Was, wenn sie dennoch Nein sagt? Herr von Rodehorst würde sie vom Hof jagen. Eine Stelle als Magd würde sie bei keinem anderen Bauern im Kirchspiel finden. Und ihr Vater würde ihr die Schmach, die sie ihm antat, nie verzeihen. Schuldbewusst blickte sie zu ihrem Vater, der zufrieden in seiner Kirchenbank saß. Sie zwang sich, Pastor Krakow zu folgen, der die Epistel verlas, aus dem Paulus-Brief an die Kolosser: „Ihr Weiber, seid untertan euren Männern in dem Herrn, wie sich's gebührt. Ihr Männer, liebet eure Weiber und seid nicht bitter gegen sie. Ihr Kinder, seid gehorsam den Eltern in allen Dingen; denn das ist dem Herrn gefällig. Ihr Väter, erbittert eure Kinder nicht, auf dass sie nicht scheu werden. Ihr Knechte, seid gehorsam in allen Dingen euren leiblichen Herren", Pastor Krakow wiederholte eindringlich, „… euren leiblichen Herren! Nicht mit Dienst vor Augen, als den Menschen zu gefallen, sondern mit Einfalt des Herzens und mit Gottesfurcht." Er las weiter, doch die Worte erreichten Margarethe nicht mehr, ein Satz übertönte alles:

„Ihr Weiber, seid untertan euren Männern, wie sich's gebührt … seid untertan euren Männern … seid untertan euren Männern …"

Die Pfeifen der Orgel riefen Margarethe zur Ordnung und unterbrachen mit der Introduktion des Wochenliedes die Litanei ihrer Gedanken. Margarethe sang mit, doch die Worte kamen ihr schwer über die Lippen: „Ein Wohlgefalln Gott an uns hat, nun ist groß Fried ohn Unterlass, all Fehd hat nun ein Ende." Nein, dachte sie. Sollten ihr Vater und Herr von Rodehorst sich einig werden, sie würde sich verweigern. Bei diesem Gedanken wurde ihr fast übel, sie wusste, dass sie sich gegen das Hergebrachte, gegen das nicht infrage zu Stellende auflehnen musste. Sie wusste es, doch sie wusste nicht wie, sie vergaß, das Glaubensbekenntnis mitzusprechen, und handelte sich einen Rippenstoß der alten Agnes ein.

Pastor Krakow, ein kräftiger Mann mit kurz geschorenem Haarschopf, kletterte auf die Kanzel, sprach das Grußwort, das die Gemeinde mit dem Amen beantwortete, und begann seine Predigt. Obwohl sein Predigttext eigentlich das sechste Kapitel aus dem Johannes-Evangelium betraf, fand er auch heute wieder einen Dreh, über die Herrschaft zu sprechen, die nicht von Gott gewollt und eingesetzt ist. Seit der Gründung des Königreichs Westphalen, zu dem das Dorf nun seit bald fünf Jahren gehörte, war das Pastor Krakows Lieblingsthema. So donnerte er auch heute von der Kanzel, dass Napoleon nicht ein Kaiser von Gottes Gnaden sei, sondern nur ein hergelaufener Soldat, der mit Hilfe des welschen Packs sich die Kaiserkrone selbst aufgesetzt habe. Und um Gott, den Allmächtigen, zu höhnen, habe er auch noch seine verlotterte Verwandtschaft zu Herzögen und Königen gemacht. Pastor Krakow flehte Gott an, die Brut zu vernichten, mit Stumpf und Stiel, und den deutschen Adel wieder in seine gottgegebenen Rechte zu setzen. Der Herr von Rodehorst nickte und drehte seinen Dreispitz mit den welfischen Farben in seinen klobigen Händen. Margarethe kannte die gottgefällige Flucherei des Pastors, die ihn eines Tages den Kopf kosten könnte, die an den Verhältnissen aber nichts änderte. Doch die nächsten Sätze des Pastors ließen sie aufhorchen. „Ihr Torfköppe! Ihr wundert euch vielleicht, wie sich das alles verträgt? Im Brief des Paulus an die Kolosser heißt es: ‚Ihr Knechte, seid gehorsam in allen Dingen euren leiblichen Herren!' Und nun verlange ich von euch Ungehorsam gegenüber König Lustig, diesem Hanswurst in Kassel, den Gott vernichten möge? Und nicht nur das! Auch gegenüber seinem Bruder, diesem blutrünstigen Satan, der unser Land mit seinen Kriegen überzieht? Der Not und Elend in jedes Haus trägt? Merkt euch eines, ihr Torfköppe, Gott verlangt Gehorsam, ja, aber gegenüber euren leiblichen Herren, denn die sind von Gott gewollt! Und eure leiblichen Herren sind nun mal, Gott sei es gedankt, die Herzöge von Braunschweig-Lüneburg! Und nicht dieser Satanas und seine Bastarde aus Paris! Amen!"

Während beifälliges Raunen zur Kirchendecke aufstieg, setzten die Vier-Fuß-Pfeifen der Orgel fordernd ein. Auf den Tafeln an den Säulen der Seitenschiffe war mit Kreide geschrieben, welches Lied als Letztes gesungen werden sollte. Margarethe konnte es noch nicht auswendig, es war erst vor zwei Jahren in das Liedgut der Kirchengemeinde aufgenommen worden, obwohl es aus dem Jahr 1561 stammte. Die Bäuerin schlug ihr Gesangbuch auf und hielt es so, dass auch Margarethe den Text lesen konnte. Mit Inbrunst sang die Gemeinde den Schlusschoral: „Wach auf, wach auf, du deutsches Land! Du hast genug geschlafen.

Bedenk, was Gott an dich gewandt, wozu er dich erschaffen. Bedenk, was Gott dir angesandt und dir vertraut sein höchstes Pfand, drum magst du wohl aufwachen."

Margarethe sang nur die erste Strophe mit, bei der zweiten verstummte sie, sah zu Lüder, begegnete Ripkes glühendem Blick, ihre Gedanken überschlugen sich, gaben während des Fürbittengebets keine Ruhe, nicht während des Vaterunsers, auch nicht während der Entlassung und des Segens. Wenn Pastor Krakow den Mut hatte, zum Ungehorsam gegen den großen Kaiser aufzurufen, sollte es ihr da nicht leichtfallen, ungehorsam gegenüber einem Schicksal zu sein, das man ihr zugedacht hatte, ohne sie zu fragen? Lieber Gott, bitte mach, dass Herrn von Rodehorst die Mitgift nicht zusagt, dass sie zu klein, zu armselig ist. Sie wünschte sich, der Wind hätte sie nachts mitgenommen. In das ‚Amen' der Gemeinde stimmte Margarethe wieder ein.

2. Kapitel

Zweimal versuchte Lüder, seinen Vater zum Reden zu bewegen, doch der beschied ihn unwillig, dass während des Essens nicht geredet wird. So schwiegen alle am Tisch. Margarethe starrte auf ihren Teller, unfähig zu essen, wie eine Schuldige auf das Urteil wartend. Sorgfältig leckte der Herr von Rodehorst seinen hölzernen Löffel ab, legte ihn neben den Teller und sagte dann knapp, dass die Hochzeit am zweiten Sonntag nach Michaelis stattfindet, so Gott es will. Gott hatte Margarethes Bitte also nicht erhört. Lüder bedankte sich bei seinem Vater. Der war noch nicht fertig. Mahnend wies er Margarethe darauf hin, dass sich für sie nichts ändert, nichts! Zwar sei sie die Braut seines ältesten Sohnes, bald auch dessen ihm angetrautes Weib, aber solange er und die Bäuerin nicht auf dem Altenteil wären, sei sie Magd auf dem Hof und nichts anderes, nichts! Sie würde auch nur den halben Jahreslohn bekommen, drei Reichstaler, als Abtrag auf die Mitgift. So sei es mit ihrem Vater im Ehevertrag vereinbart. Margarethe senkte den Kopf und schwieg. Als Lüder nach ihrer Hand griff, zog sie sie zurück. Er griff erneut zu, fester, wollte ihr weh tun, wollte zeigen, wer in Zukunft ihr Herr ist. Sie kam frei, sah ihn kalt und zornig an. Dann blickte sie zu Ripke, der den Kopf in den Nacken legte und an die Decke starrte.

In ihren Holzpantinen lief sie auf dem sandigen Fahrweg zum Großen Moor. Sie lief schnell, sodass sie ins Schwitzen geriet und Atem holend stehen blieb. Sie drehte sich um und sah in der Ferne unter den Eichen den Hof liegen. Bäuerin auf Rodehorst? Lüders Weib? Sie ging langsam weiter zum Großen Moor, das im Südwesten lag. Von hier kam der Wind, der in der Nacht zu ihr gesprochen hatte, dem sie ihr erhitztes Gesicht entgegenhielt. Er kühlte ihre Stirn und beruhigte sie mit leiser Stimme. Sie blickte hoch in die Wolken, die sich in Schichten aufgebaut hatten und gut gelaunt nach Norden schoben. Unten rangelten regendunkle Wolken um die besten Plätze, plusterten sich wie Bettkissen auf, die mit Gänsefedern gefüllt waren, hatten es am eiligsten. Darüber schoben sich hellgraue Ballen, genossen die Luftreise und ließen sich Zeit. Hoch über ihnen grasten milchweiße Schäfchenwolken den Himmel ab. Hin und wieder schubste der Wind einige tief ziehende Wolken, sodass sie ins Stolpern gerieten, übereinanderpurzelten und Platz für die Märzsonne machten. Margarethe fragte sich, was die Wolken schon alles gesehen hatten. Was sie noch alles sehen werden? Vielleicht Hamburg? Wenn sie Margarethe mitnehmen könnten, bis Hamburg. Hannes, der Fuhrknecht, hatte ihr von Hamburg erzählt. Bis zur Kontinentalsperre, die der vermaledeite Franzosenkaiser vor nunmehr sechs Jahren verhängt hatte, war Hannes zur See gefahren. Als seine Brigantine nicht mehr nach England auslaufen durfte und an die Kette gelegt wurde, war es für ihn mit der Seefahrt vorbei. Weil Hannes mit Herrn von Rodehorsts Frau verwandt ist, hatte der ihn eingestellt, aber wenn Hannes eine Arbeit in Hamburg finden würde … Sehnsüchtig blickte Margarethe den ziehenden Wolken nach und rief leichtsinnig zu ihnen hoch: „Nehmt mich mit!“ Vielstimmig antworteten die Wolken: „Komm, komm, komm!“ Margarethe stutzte einen Herzschlag lang, dann lachte sie. Hoch oben, über der zweiten Wolkendecke, zogen Wildgänse mit ruhigem Flügelschlag nach Norden. Ein Keil aus dunklen

Punkten, der vom steingrauen Horizont allmählich aufgesogen wurde.

Als Margarethe sich dem Hof wieder näherte, sah sie Ripke, der eine Muttersau mit ihren Ferkeln durchs Eichenwäldchen trieb. Margarethe stutzte. Am Sonntag Lätare treibt Ripke Schweine? Mit fragendem Blick ging sie auf ihn zu.

„Seit wann werden an Lätare die Schweine getrieben?"

Ripke verhaspelte sich, stammelte Wortbrocken, aber Margarethe verstand ihn.

„Wer sagt denn, dass ich ausbüxen will?"

Ripke sah sie an und zeigte auf ihre Augen.

„Meine Augen?"

Ripke nickte und strahlte sie an. Er hatte die Lösung und Margarethe verstand ihn.

„Hannes fährt mit Langholz zum Kloster? Wann?"

Ripke wurde ruhiger und erklärte ihr, dass Hannes Donnerstag nach Lüneburg fahren soll. Eine Fuhre Langholz für das Kloster St. Michaelis, dem der Hof lehns- und abgabepflichtig war.

„Donnerstag, sagst du?"

Ripke nickte, grinste schief, und Margarethe strich ihm schnell über das Haar.

Vom Montagmorgen an ging sie Lüder aus dem Weg, sie wich jedoch nicht seinem Blick aus, dafür reichte ihre Kraft. Auch am Dienstag ging sie ihm aus dem Weg, den Kopf stolz erhoben, den ganzen Tag. Als sie im Dämmerlicht des frühen Abends im Hühnerstall unter die Hennen griff, um Eier zu suchen, spürte sie eine Bewegung. Sie blickte über die Schulter, sah Lüder, sah, dass er sich entblößt hatte, dass er schwer atmend näher kam. Sie wollte sich wehren, wollte nach ihm schlagen, er drehte ihr mit der rechten Hand den Arm auf den Rücken, sie schrie, er kam hinter sie, drückte mit der linken Hand ihren Kopf in die Legenester, die Hühner flatterten gackernd auf, Lüder presste ihren Arm härter auf den Rücken, sie schrie, stöhnte, ihr Mund war voll Hühnermist, er riss ihren Rock hoch, zog ihre knielangen Unterhosen runter, schlug mit dem linken Stiefel ihre Füße auseinander, wollte in sie dringen, dann hörte Margarethe, wie er aufschrie, wie der Druck auf ihrem rechten Arm nachließ, sie trat nach Lüder, kam frei und sah, wie Ripke mit einem Dreschflegel auf seinen Bruder einschlug, stumm, verzweifelt. Sie nutzte diesen Augenblick, Lüder versuchte sie zu halten, doch wieder schlug Ripke zu. Endlich kam Margarethe frei, Lüder wehrte sich, entriss Ripke den Dreschflegel, schlug mit tödlicher Wut auf ihn ein, schlug, bis Ripke bewusstlos zusammenbrach.

Während des Abendbrots schwiegen alle. Ripke fehlte. Nachdem er den letzten Bissen in den Mund geschoben hatte, griff der Herr von Rodehorst zur Bibel und las mit stockender Stimme aus dem vierten Kapitel, erstes Buch Moses: „Da sprach der Herr zu Kain: Warum ergrimmst du und warum verstellt sich deine Gebärde? Ist's nicht also? Wenn du fromm bist, so bist du angenehm; bist du aber nicht fromm, so ruhet die Sünde vor der Tür, und nach dir hat sie Verlangen. Du aber herrsche über sie!" Lüder starrte auf seine blutverkrusteten Handknöchel.

3. Kapitel

Tief in der Nacht, ohne dass die alte Agnes es merkte, nahm Margarethe aus den ihr zustehenden zwei Schubladen der Kommode ihre Habseligkeiten, leinene Wäsche, wollene Strümpfe, Kamm und Spangen, ein Stück Seife, die Bürste für die Zähne, die sie beim Höker erstanden hatte, das Sonntagskleid, die modischen, absatzlosen Lederschuhe und die in den sieben Jahren ersparten zwölf Reichstaler. Sie verstaute alles in ihrem selbst gehäkelten Umhang, den sie zu einem Bündel verknotete. Aus der Räucherkammer wollte sie eine Speckseite stehlen, bekam Gewissensbisse und legte einen Reichstaler auf die Kiste mit Birkenspänen. Sie nahm außer der Speckseite noch zwei Rauchwürste mit und verließ den Hof. Niemand bemerkte ihr Fortgehen. Auch Ripke nicht. Der Hofhund begleitete sie. Doch als Margarethe weiter und weiter in die Dunkelheit lief, als sie sich dem Moor näherte, wurde es dem Hund unheimlich, fiepend schlich er heim.

Die Nacht und den nächsten Tag verbrachte Margarethe im Großen Moor, war sich sicher, dass sie niemand hier suchen würde. Sie sah den ziehenden Wolken nach, den Wildgänsen, hörte den Moorochsen rufen, sah den vergeblichen Kampf einer Markusfliege gegen die glitzernden Fangblätter des Sonnentaus. Hin und wieder biss sie ein Stück aus der Speckseite, da sie vergessen hatte, ein Messer mitzunehmen, aß dazu rostgesprenkelte Blätter des Sauerampfers. Ins Dorf, zu ihren Eltern, wagte sie sich nicht, sie hatte Angst vor Vorwürfen, vor dem Beschwören der Schande. In der Nacht von Mittwoch auf Donnerstag ließ sie sich vom Abendstern leiten, umging das Dorf in einem weiten, nördlichen Bogen. Sie lief durch Bruchwälder, über schlafende Heide und stieß noch vor Morgengrauen auf den Fahrweg, den Hannes nehmen musste, falls er mit seiner Fuhre Langholz zum Kloster St. Michaelis unterwegs war. Margarethe hockte sich in den Sichtschatten einer rotstämmigen Kiefer und wartete.

Schnauben und aufmunternde Schnalzer rissen sie aus ihren Wachträumen, das Quietschen von schlecht mit Rindertalg geschmierten Achsen brachte sie in die Wirklichkeit zurück. Sie spähte in den Fahrweg. Es war Hannes, der vierspännig mit Langholz kam, der hoch oben auf dem Holz saß und seinen vier schweren Kaltblütern gut zusprach. Margarethe stand auf, nahm ihr Bündel und trat in den Fahrweg. Die Pferde scheuten, aber Hannes hatte sie im Griff und brachte sie zum Stehen. Er sah

Margarethe erstaunt an, schüttelte den Kopf, griff in die Tasche seiner Joppe, holte Kautabak hervor, schnitt mit dem Messer ein Stück ab, schob sich den saftdunklen Priem in den Mund:

„Nu kletter man hoch! Een Taurüch givt dat ja nu nich mehr!"

Margarethe warf ihr Bündel auf den Wagen, nutzte die Speichen des rechten Vorderrads als Leiter, stieg über die Fichtenstämme zu Hannes hoch und hockte sich neben ihn.

„Danke!"

„Da nich für!"

Hannes ließ die ledernen Zügel auf die Pferderücken klatschen, schnalzte, die Kaltblüter gehorchten brav, zogen an, und quietschend setzte sich der Wagen mit der schweren Last wieder in Bewegung.

„Wie geht es Ripke?" Das war Margarethes erste Frage.

„Dieser tollwütige Hund hat ihn fast totgeschlagen."

„Wenn Ripke nicht gewesen wäre ..."

Margarethe beendete den Satz nicht.

„Gut, dass du den Speck und die Wurst bezahlt hast. Herr von Rodehorst hätte dich sonst von den Gendarmen suchen lassen. Aber so ist ja nu alles in Ordnung."

„Meinen Eltern schreibe ich einen Brief."

„Mach das."

Beide schwiegen eine Weile. Hannes spuckte aus und fragte: „Und? Wo soll die Reise hingehen?"

„Nach ... Hamburg."

Hannes brauchte einen Moment, um die Antwort zu verdauen.

„Was willst du denn in Hamburg, Deern?"

„Ich weiß nicht, frei sein, einfach frei. Es heißt ja Freie und Hansestadt Hamburg, das hast du selbst gesagt."

„Das war einmal, das ist vorbei!" Er spuckte wieder aus.

„Was meinst du, warum ich hier auf dem Langholz hocke."

„Ich will ja nicht zur See fahren."
„Trotzdem."
„Glaub mir, Hannes, ich werd' schon was finden."

Beide schwiegen, hingen ihren Gedanken nach. In knapp zwei Stunden hatten sie die Landstraße nach Amelinghausen erreicht, die weiter nach Lüneburg führte. Die Sonne löste sich aus dem Bodennebel und wärmte Margarethe, die gegen ihre Müdigkeit ankämpfte. Sie bat Hannes um sein Messer und schnitt von einer Rauchwurst daumendicke Scheiben ab. Hannes bedankte sich, spuckte den Priem in hohem Bogen ins Heidekraut und stopfte mit schmatzendem Vergnügen die Wurstscheiben in sich hinein: „Essen kann ich immer!"

Margarethe lachte: „In der allergrößten Not schmeckt die Wurst auch ohne Brot."

Hannes griff zu seinem Proviantbeutel, öffnete ihn, holte einen Knust raus und gab ihn Margarethe: „Hier, ist sowieso zu viel für mich. Außerdem kriege ich ja heute Abend richtig warmes Essen bei meiner Schwester."

Margarethe stutzte: „Im Kloster?"

„Nee, in Lüneburg. Die ist da verheiratet. Elisabeth. Ihr Mann, Cord, der arbeitet als Schauermann im Hafen. Acht Kinder haben die. Vielleicht auch schon ein paar mehr." Hannes lachte und bekam eine Scheibe Rauchwurst. „Du musst mal mit Cord reden, vielleicht kennt der einen Schipper, der nach Hamburg fährt und dich mitnimmt. Zu Fuß kommst du da nie hin!"

Margarethe versuchte Ordnung in ihre Gedanken zu bringen, was ihr nicht leichtfiel, da sie glaubte, dass das Schicksal es heute gut mir ihr meinte.

„Ich lass dich an der Salzstraße hinter der Lambertikirche raus, mit dem Langholz will ich mich da nicht durchquälen. Du gehst in die Grapengießerstraße und fragst nach Dagefördes."

„Aber du kommst doch auch, oder?"

„Ja, aber das wird spät. Erst abladen und die Pferde versorgen. Das wird spät. Kannst du Elisabeth sagen."

Margarethe nickte und beide schwiegen wieder, während die Sonne höher stieg. Hannes sagte mit einem Blick zu den Pferden:

„Nach der Grenze lass ich sie mal verschnaufen."

Margarethe sah Hannes unsicher an: „Grenze?"

„Noch sind wir im Königreich Westphalen. Wenn wir aber nach Lüneburg wollen, und das wollen wir ja, dann müssen wir ins Département Elbmündung."

„Aber Lüneburg liegt doch nicht an der Elbe, oder?"

„Wenn der Franzosenkaiser das so will, dann liegt Lüneburg an der Elbe, die Elbmündung liegt in Frankreich und Hamburg ist eine bonne ville de l'Empire."

„Eine was?"

„Eine schöne Stadt des französischen Kaiserreichs."

„Wenn die uns nicht reinlassen? Nach Frankreich, mein ich."

„Mich schon!" Hannes klopfte auf die Brusttasche seiner Joppe. „Ich hab einen Passierschein! Und du musst nur ein bisschen fromm gucken, dann klappt das schon." Hannes schmunzelte und spornte die Pferde an. Margarethe war froh, dass sie Hannes an ihrer Seite hatte, und blickte voraus auf die sandige Straße. In der Ferne sah sie Kutschen, die vor einem blau-weiß-roten Schlagbaum hielten. Neben den Kutschen war auf der rechten Seite das Zollhaus zu erkennen. Einige Menschen gestikulierten wild und aufgeregt. Auf dem Dach der ersten Kutsche stand ein Zöllner, auf dem Kopf den breiten, dunklen Zweispitz, er warf einen Koffer in den Straßenstaub. Hannes zügelte die Pferde und kam hinter den Kutschen zum Stehen. Mit einer Handbewegung zeigte er auf die Männer in ihren Uniformen:

„Französische Zöllner! Douaniers nennen sich die!"

„Kannst du Französisch?"

„So 'n paar Brocken habe ich mit den Jahren aufgeschnappt."

Der Douanier warf einen zweiten Koffer in den Straßenstaub und brüllte: „Tout cela est confisqué! Tout cela!“

Fragend sah Margarethe Hannes an.

„Das ist alles beschlagnahmt. Alles!“

„Warum?“

„Wahrscheinlich Konterbande.“

Ein Douanier kam zu ihnen und musterte die Pferde, das Fuhrwerk und die Ladung. Er blickte zu Hannes und Margarethe hoch, und Margarethe blickte zum ersten Mal in ihrem Leben in Augen, die die Farbe dunkler Kastanien hatten.

„Où-allez-vous?“

„Zum Kloster. Au monastère Saint-Michel“, krächzte Hannes.

„Des papiers?“

„Oui!“

Hannes nestelte aus der Brusttasche seiner Joppe ein gefaltetes Blatt Papier und reichte es dem Douanier. Der las es, zeigte mit der linken Hand auf Margarethe und fragte:

„Et les papiers de la demoiselle?“

Hannes krächzte noch aufgeregter:

„Non papiers! Keine! Margarethe est ma fille!“

Mit einer schnellen Bewegung strich der Douanier über seinen prächtigen Schnurrbart und sagte lächelnd: „Margarethe! Schön Nam. Schön demoiselle, très belle! Dein Tochter?“

Hannes bestätigte: „Oui, meine Tochter. Sie arbeitet, travaille au monastère, als Magd im Kloster, servante, vous comprenez?“

Erschrocken hielt Margarethe die Luft an. Doch der Douanier strahlte sie mit seinen kastanienbraunen Augen an, strich nochmals über seinen Schnurrbart und sagte lächelnd: „Passez! Une jeune fille si belle n’a pas besoin de papiers! Au revoir! À bientôt!“

Er gab Hannes den Passierschein zurück, deutete mit einer Handbewegung an, dass die Fahrt für ihn und Margarethe frei sei, gab einem jungen französischen Grenadier das Zeichen, den

Schlagbaum zu heben. Hannes trieb schnalzend die Pferde an und grunzte: „So, nun sind wir in Frankreich! Schikanen, nichts als Schikanen! Vermaledeite Franzmänner!"

Margarethe sah zum Schlagbaum zurück, versuchte ein Winken und sagte dann aufgeregt zu Hannes: „Hast du das gesehen? Der hat braune Augen. Hab ich noch nie bei einem gesehen."

„Haben alle Katholiken", brummte Hannes.

„Wirklich?"

„Nimm die Italiener! Haben alle braune Augen. Und warum? Weil sie Katholiken sind. Alle."

Margarethe sann einen Augenblick darüber nach und sagte dann schwärmerisch: „Aber schön sind sie trotzdem."

Wieder schwieg sie, doch dann musste sie lachen:

„Du hast mir vielleicht einen Schreck eingejagt."

„Ich?"

„In St. Michaelis arbeiten überhaupt keine Mägde, da gibt's doch nur Mönche!"

„Den Düvel ook! Daran hev ick nich dacht. Mann, das hätt' ja bannig in die Büx gehen können. Aber der hatte sowieso nur Augen für dich, der vermaledeite Franzmann!"

Nun begann auch Hannes zu lachen, bis ihm die Tränen kamen.

4. Kapitel

Am späten Nachmittag hatten sie Lüneburg erreicht. Hinter der Lambertikirche, in der Salzstraße, hatte Hannes Margarethe abgesetzt und war dann weiter zum Bardowicker Tor gefahren. Margarethe war durch die Grapengießerstraße gelaufen, hatte nach den Dagefördes gefragt, in einem engen Hinterhof hatte sie die Wohnung auf der zweiten Stiege schließlich gefunden, aber Hannes' Schwester war nicht zu Hause. Nur die zwei Kleinsten hockten barfuß und verrotzt vor der Tür und sahen Margarethe mit hungrigen Augen an. Auf die Frage, wo denn ihre Mutter sei, gaben die beiden Kinder keine Antwort. Margarethe versprach wiederzukommen und ging von der Grapengießerstraße in östlicher Richtung auf eine breite Allee zu, an deren Ende sich der mächtige, vierkantige Backsteinturm einer Kirche erhob. Margarethe blieb mit offenem Mund staunend stehen. So hohe, so prachtvolle Häuser hatte sie noch nie gesehen. Auch über die Menschen staunte sie. Über taubenblaue Schoßfräcke, senffarbene Kniehosen, glänzende, lachsrote Stiefel, bis zum Boden fließende, fliederfarbene Kleider, die knapp unterhalb der Brust geschnürt waren, lindengrüne Handschuhe, die bis zum Oberarm reichten, Hauben und Bänder, die sie beim durchreisenden Höker nie gesehen hatte. Als sie absatzlose, zierliche Lederschuhe sah, klopfte sie zufrieden auf ihr Bündel. Solche Schuhe hatte auch sie. Sie wandte sich an einen Herrn, der ein Spazierstöckchen durch die Luft wirbeln ließ, und fragte ihn, wie die Straße, wie der Platz genannt wird. Er lachte und sagte dann ebenfalls auf Platt: „Am Sande! Un dahinnen, dat is de Kerk St. Johannis."

Margarethe sah sich um und war davon überzeugt, dass die Stadt Lüneburg sehr reich sein musste, da an einem Donnerstag viele Menschen Zeit zur Promenade hatten und da auf allen Dächern Dachpfannen waren. In Margarethes Dorf hatte nur die Kirche Dachpfannen, die Häuser der Kötner und Höfner waren mit Reet oder mit Heideplacken gedeckt. Margarethe ging weiter, zählte die vielen Fenster und staunte über die Verschwendungssucht der Lüneburger. Ihr fiel ein, dass sie ihren Eltern einen Brief schreiben wollte, und fand nach einigem Suchen einen Kramerladen. Als sie den Laden betrat, schlug eine kleine Glocke an, aus dem Hinterzimmer kam ein junger Gehilfe, dessen blasse Wangen ein Backenbart à la mode zierte. Er wollte wissen, was Margarethe zu kaufen wünsche.

„Einen Brief!"

Der junge Gehilfe lächelte gönnerhaft und meinte, dass ein Brief wohl zunächst geschrieben werden müsse. Margarethe erklärte ihm, dass sie genau das vorhabe und dankbar wäre, wenn sie den Brief gleich hier schreiben könne, da sie auf der Durchreise sei. Der junge Gehilfe musterte ihr Bündel, ihre Holzpantinen, sah sie neugierig an und holte einen Quartbogen und ein Couvert. Er bat sie in das Hinterzimmer, wo ein Schreibpult stand, öffnete ein Tintenfass und schärfte mit einem Messer einen Federkiel. Durch ein Seitenfenster fiel Tageslicht auf das Pult, sodass Margarethe ihr Werk beginnen konnte. Was sollte sie schreiben? Der junge Gehilfe sah ihr über die Schulter und fragte, ob der Brief für ihren Liebsten sei. Margarethe schwieg, zögerte, da sie nicht wusste, ob man die Eltern in einem Brief siezt oder duzt. In ihrem bisherigen Leben hatte sie nie einen Brief schreiben müssen. Die kleine Glocke rief den Gehilfen wieder in den Laden und Margarethe schrieb erleichtert: „Lieber Herr Vater. Liebe Frau Mutter. Vergeben Sie mir die Schande, die ich über Sie gebracht habe. Ich bitte Sie in Gottes Namen, haben Sie keine Angst um mich." Sie machte eine Pause, dachte eine Weile nach und befand, dass es für ihre Eltern ein Trost wäre, wenn sie sich auf den 23. Psalm berufen würde. Sie tunkte den Federkiel ins Tintenfass und schrieb fehlerfrei: „Ich halte es mit König David. Und ob ich schon wanderte im finsteren Tal, fürchte ich kein Unglück; denn du bist bei mir, dein Stecken und Stab trösten mich. Ihre Tochter Margarethe." Sie legte den Federkiel zur Seite, verschloss das Tintenfass, blies sachte über den Quartbogen, damit die Tinte schneller trocknete, faltete den Bogen und steckte ihn ins Couvert. Mit der linken Hand griff sie nach ihrem Bündel und ging zurück in den Laden, wo der backenbärtige Gehilfe eine Kundin verabschiedete und sich nun Margarethe zuwandte. Aus ihrem Bündel holte sie einen Reichstaler und legte ihn auf den Tresen. Der Gehilfe schaute verdutzt, als er die große Silbermünze sah: „Wir sind hier in Frankreich, Mademoiselle, hier gilt eigentlich der Franken courant."

Margarethe sah den Gehilfen an, die kleine Falte bildete sich auf ihrer Stirn. Sie fragte ungeduldig: „Wollen Sie etwa behaupten, dass Sie Franzose sind? Sie, mit Ihren wasserblauen Augen?"

Der Gehilfe murmelte verlegen, dass Silber ja seinen Wert auf der ganzen Welt habe, dass der Prinzipal sicher mit seiner Handlungsweise einverstanden wäre, und beeilte sich, Margarethe das Wechselgeld in Schillingen und Groschen zurückzugeben.

Allmählich legte sich die Sonne hinter den hohen Bürgerhäusern zur Ruhe. Margarethe beeilte sich, bei Tageslicht wieder in die Grapengießerstraße zu gelangen, und fand ohne Schwierigkeiten die Wohnung der Dagefördes. Sie hörte Kindergeschrei, und da auf ihr mehrfaches Klopfen niemand antwortete, betrat sie die niedrige Wohnung. Im vorderen Raum, der Küche und Wohnzimmer war und der vom dürftigen Licht einer Unschlittkerze erhellt wurde, saßen fünf Kinder an einem roh gezimmerten Tisch, die zwei Kleinsten, die Margarethe schon auf der Stiege getroffen hatte, und drei, von denen das Älteste vielleicht zehn Jahre alt war. Vor ihnen standen Holznäpfe, die eine magere Frau mit Brotsuppe füllte. Die Kinder starrten Margarethe an und unterbrachen ihr Geschrei. Nun wandte sich auch die Frau Margarethe zu, die in der Tür stehen geblieben war.

„Hest di wohl verloopen, wat?"

„Du bist doch Elisabeth, die Schwester von Hannes, oder?"

„Is wat mit Hannes?"

„Er bringt eine Fuhre Langholz zum Kloster. Er kommt noch heute Abend vorbei. Es kann aber später werden, hat er gesagt."

„Hoffentlich bringt er was zu essen mit."

Elisabeth Dageförde füllte die Näpfe und schlug den Kindern kurz auf die Finger, als sie die Suppe hinunterschlürfen wollten.

„Erst wird gebetet!" Die Kinder falteten maulend die Hände und beteten: „Komm, Herr Jesu, sei du unser Gast und segne, was du uns bescheret hast. Amen."

Während die Kinder die Suppe verschlangen, fragte Elisabeth Dageförde Margarethe, was sie wolle. Margarethe erzählte, dass sie bis vorgestern als Magd auf dem Vollhof derer von Rodehorst gearbeitet habe, dass sie sich mit der Bäuerin nicht gut verstanden habe, dass sie, um weiterem Streit aus dem Wege zu gehen, ihr Dorf verlassen habe und nun eine Arbeit in Hamburg suche. Elisabeth Dageförde lachte gallig: „Und da kommst du zu uns?"

„Hannes meinte, dass dein Mann vielleicht jemanden kennt ..."

Die Kinder verlangten hungrig quengelnd nach mehr Suppe.

„Nix da, Feierabend, der Rest ist für euren Vater!"

Margarethe bat um ein Messer, öffnete ihr Bündel, holte die Speckseite hervor und schnitt für jedes Kind ein daumengroßes Stück ab. Die Kinder blickten ungläubig auf den Speck, wollten ihn sofort in den Mund schieben, doch ihre Mutter schlug ihnen kurz auf die Finger: „Das müsst ihr lutschen! Lutschen, wie eine Zuckerstange, so gut ist das!"

Brav begann jedes Kind an seinem Speckstück zu lutschen, während ihre Mutter verlangend zu Margarethes Bündel sah. Margarethe bemerkte den Blick, überlegte nicht lange, schnitt noch ein Stück von der Speckseite ab und reichte es Elisabeth. Andächtige Stille herrschte nun in dem niedrigen Zimmer, da Mutter und Kinder mit geschlossenen Augen Speck lutschten.

„Hannes meinte, ich könnt heute Nacht bei euch schlafen."

Elisabeth bejahte die Bitte mit geschlossenen Augen und einem Kopfnicken. Die Tür öffnete sich und Cord Dageförde trat in den Raum. Ein strohblonder Mann, einiges über sechs Fuß groß, der den Kopf einziehen musste, um durch die Tür zu kommen. Erstaunt blickte er sich um, da weder die Kinder noch die Frau ihn begrüßten, sondern mit geschlossenen Augen ihr Stück Speck lutschten. Margarethe sah ihn schuldbewusst an, während er über die Köpfe seiner Kinder strich. Er griff in die Joppe und legte vier Schillinge auf den Tisch. „Das ist alles. Zwei Kähne mit Roggenmehl. In zwölf Stunden. So 'n Schiet."

Er nahm sich einen Napf aus dem Regal und goss den Rest der Brotsuppe hinein. Seine Frau öffnete langsam die Augen, doch als sie die vier Schillinge auf dem Tisch sah, wurde ihr Blick wieder unzufrieden.

„Wir haben heute Nacht einen Schlafgast."

Sie deutete mit einer Kopfbewegung zu Margarethe, die neben ihrem Bündel stand. Cord setzte sich an den Tisch und schlürfte seine Brotsuppe.

„Und wo soll sie schlafen?"

„Die zwei Jüngsten kommen zu uns ins Bett, und sie kommt zu den anderen drei."

„Das kostet aber zwei Schillinge Logis", meinte Cord.

Margarethe sagte rasch: „Die zahle ich gerne!"

„Was lutschen die Kinder da eigentlich die ganze Zeit?"

„Speck! Ich auch." Stolz zeigte Elisabeth Dageförde ihrem Mann den kläglichen Rest ihres Speckstückes. Margarethe glaubte, sich erklären zu müssen: „Ich will nach Hamburg. In Stellung. Hannes meint, dass du vielleicht einen Schipper im Hafen kennst ..."

„Hast du den Speck mitgebracht?"

Margarethe bejahte stumm, griff erneut zum Messer, schnitt ein zwei Finger breites Stück von der Speckseite und bot es Cord auf der Messerspitze an. Er nahm den Speck, biss ab und schloss dann die Augen. „Willst das wohl wie Sophie machen, was?"

Margarethe sah von Cord zu Elisabeth, die stolz antwortete: „Sophie ist die Älteste. Die ist in Hamburg in Stellung. Bei Buchhändler Perthes am Jungfernstieg. Seit fünf Jahren schon. Hamburg, das ist einen ganzen Schlag besser als Lüneburg. Die hat das richtig gemacht. Das sehe ich an meinen anderen Gören! Sophie kann dir sicher helfen. Fahr hin und red mit ihr!"

„Morgen beladen wir ein Salzboot. Wenn du nicht zu kleinlich bist, nimmt der Schiffer dich vielleicht mit", sagte Cord und lutschte andächtig an seinem Speckstück.

Am nächsten Morgen, nachdem sie den Kindern noch ein Stück Speck geschenkt und Hannes den Brief für ihre Eltern mitgegeben hatte, ging Margarethe mit Cord Dageförde durch die Stadt, am Herzoglichen Schloss vorbei, zum Hafen, wo der Lastensegler lag. Während der mit Salz beladen wurde, lief sie flussabwärts zu einer Waschstelle an der Ilmenau. So früh am Morgen waren hier noch keine Frauen, die Wäsche im Fluss waschen wollten. Margarethe holte das Stück Seife, die Bürste für die Zähne und frische Wäsche aus dem Bündel, zog sich unbefangen aus, ging zwei, drei Schritte in den Fluss hinein und sah im Morgenlicht auf dem dunklen Wasser ihr Spiegelbild. Ihren schlanken, gut geformten Körper, ihre Arme, die kräftigen Hände, ihre festen, schönen Brüste, ihre blonde Scham, ihren kleinen, runden Steert, wie Margarethe ihr Hinterteil nannte. Sie öffnete den Haarknoten, dann den Zopf, ging tiefer ins atemnehmende Wasser und begann, sich sorgfältig zu waschen. Kurz tauchte sie unter und wusch ihre Haare. Mit der Seife und dem Wasser löste sich auch der schwere Duft der Stallungen, der saure Duft der Mägdekammer, der Nächte im Moor, der bittere Duft der Armut und Einsamkeit. Mit der Innenseite ihrer Schürze trocknete sie sich ab, zog frische Wäsche an, zögerte einen Augenblick und nahm dann entschlossen ihr Sonntagskleid aus dem Bündel, zog frische Strümpfe und die absatzlosen Lederschuhe an, kämmte das noch feuchte Haar, flocht es zu einem Zopf und steckte ihn zu einem Knoten im Nacken fest. Dann verstaute sie alles in ihrem Bündel und blinzelte gut gelaunt in die Morgensonne, die über dem Flussnebel stand. Ihr war nach Singen zumute und sie trällerte fröhlich: „Die güldne Sonne voll Freud und Wonne bringt unsern Grenzen mit ihrem Glänzen ein herzerquickendes, liebliches Licht. Mein Haupt und Glieder, die lagen darnieder; aber nun steh ich, bin munter und fröhlich, schaue den Himmel mit meinem Gesicht." Dazu versuchte sie ein paar übermütige Tanzschritte, die den Blick auf ihre Lederschuhe freigeben sollten. Singend und tanzend lief sie zum Hafen zurück.

Das Beladen des Lastenseglers war fast beendet. Unter den Augen des Schiffsführers schleppten die Schauermänner die letzten Säcke Salz an Bord und verstauten sie. Als die Männer Margarethe sahen, pfiffen sie bewundernd. Margarethe genoss es und fragte den Schiffsführer, ob er sie mit nach Hamburg nehmen könnte, sie würde dafür auch gerne etwas bezahlen. Der Schiffsführer, ein gutmütiger Graukopf, stützte sich auf die Reling, musterte sie von oben bis unten und sagte dann lächelnd:

„So 'ne scheune Fracht hev ick schon lang nich mehr an Bord hat. Dat köst di nix, min Deern, komm man an Bord!"

Einige Herzschläge lang war Margarethe verlegen, wandte sich dann aber an Cord Dageförde und ließ sich nochmals Sophies Adresse nennen. Cord bat sie, seine Tochter von allen herzlich zu grüßen, auch von den Geschwistern, die sie noch nie gesehen hatte, sie solle mal wieder schreiben, ein Brief im Jahr sei verdammt wenig. Margarethe versprach, das auszurichten, und ging an Bord. Der Schiffsführer wies ihr einen windgeschützten Platz auf der Steuerbordseite zu, wenig später legte der Lastensegler ab und trieb träge mit der Strömung in die Flussmitte. Ein Focksegel wurde gesetzt, um den Kahn besser steuern zu können, und schon bald wurde die Silhouette der Stadt vom Flussnebel und der Morgensonne aufgesogen. Der Schiffsführer überließ seinem Bootsmann das Ruder und kam zu Margarethe.

„So, und du willst na Hamborg. Wat willst du denn da?"

„Arbeiten."

„Deerns wie du, de ook so hübsch sind wie du, de hevt dat ganz öcht, einerseits. Andererseits …"

Der Schiffer beendete den Satz nicht und sah sie besorgt an.

„Andererseits?", hakte Margarethe nach.

„Pass bloß up, dat du nich ünnern Zepull'nwagen kummst!"

Margarethe bejahte stumm und betrachtete die vorbeiziehende Flusslandschaft.

„Kannst du denn wenigstens 'n beten Französch?"

Margarethe verneinte und sagte schnell: „Dat lern ick ganz fix!"

Der Schiffsführer ging nach achtern, rief aber nochmals zu Margarethe: „Glöv man nich, Hamborg is wie 't Honigschlecken, is dat nich, min Deern!"

Margarethe lachte: „Dat glöv ick ook nich!"

Sie schloss die Augen und wurde eins mit dem Fluss, mit der Landschaft. Vier Stunden später lief der Lastensegler mit der Ilmenau in die Elbe, nahm Fahrt auf, und das Großsegel wurde gesetzt. Margarethe musste tief Luft holen, und die aufkeimende Beklemmung vor der Größe des Stromes verschwand.

Bei Moorwerder teilte sich der mächtige Fluss in zwei Arme. Der alte Schipper steuerte den nördlichen Arm, die Norderelbe an. Da auflaufendes Wasser war und der Wind ein Mittagsschläfchen hielt, schob sich der Lastensegler nur langsam der großen Stadt zu, die schemenhaft im Dunst der Flussauen auftauchte. Als der Lastensegler sich gemächlich dem Oberhafen näherte, versuchte Margarethe, all die Schiffsmasten zu zählen, hinter denen sich die Stadt versteckt hielt, gab aber bald auf, da es zu viele waren. Hamburg. Sie sah auf ihre Lederschuhe und fragte sich, ob die wohl fein genug für Hamburg sind.

5. Kapitel

„Backbord voraus liegt Ericus, na ja, die Kanonen sind ja nun seit ein paar Jahren weg. Leider. Und drüben, auf der Steuerbordseite, da liegt Bartholdus. Auch keine Kanonen mehr."

Mit einem Seufzer zeigte der Schiffsführer auf die geschleiften Festungsanlagen, die die Einfahrt zum Oberhafen flankierten. „Wenn die richtig ballerten, traute sich hier keiner ungebeten rein. Keiner!“

Margarethe stand neben ihm, sah auf dem Deich Mutterschafe mit ihren Osterlämmern das karge erste Grün abgrasen und vermisste die Kanonen nicht: „Ist doch auch ganz schön, wenn nicht mehr geschossen wird, oder?“

„Sicher, aber manchmal muss es sein. Einundzwanzig Fortifikationen hatten die rum um Hamburg, dazu die Kanonen auf dem Stadtwall. Hätten diese Dösbaddel nicht aus lauter Friedensliebe alles plattgemacht, würde uns Napoleon nicht schikanieren.“

Der Lastensegler passierte den Oberbaum, der Schiffer gab seinem Bootsmann kurze Kommandos, Großsegel und Focksegel wurden eingeholt, und mit einem Schlag des Ruders schob sich der Kahn steuerbords an die Seite von Ewern und Schuten, die dicht gedrängt im Oberhafen lagen. „Hol fast!“ Vom Bug aus warf der Bootsmann ein Tau zu dem längsseits liegenden Ewer, achtern warf der Schiffer einen Tampen rüber, sie holten die Leinen kurz, und wenig später lag der Lastensegler fest. Margarethe staunte über die vielen Masten und Boote, doch der Schiffer meinte brummelnd: „Das is gar nix! Geh mal rüber in den Niederhafen, da liegen die dicken Pötte, die nach Amerika und nach Indien segeln, die liegen da wie Hunde an der Kette!“

Bohlen wurden über die Schiffswände gelegt, und Margarethe sah, wie aus dem Wachhaus zwei Douaniers kamen, die Zweispitze mit der blau-weiß-roten Kokarde auf den Köpfen, gegen den einsetzenden Nieselregen in dunkelgrüne Mäntel gehüllt. Einer Eingebung folgend griff Margarethe rasch nach ihrem Bündel und steckte Reichstaler, Schillinge und Groschen in ihre Strümpfe. Keinen Augenblick zu spät, denn die zwei Douaniers kletterten über den längsseits liegenden Ewer an Bord.

„Qu’est-ce que vous avez chargé?“, fragte der Ranghöhere.

„Salz!“, antwortete der Schiffer und bemühte sich nicht, das Wort zu übersetzen. Der Douanier zeigte auf die Säcke:

„Du sel? Tout cela?“

„Salz, damit ihr eure Heringe einsalzen könnt, ihr Bagaluten!“

Der Douanier sah fragend zu seinem jüngeren Kameraden, der wohl Plattdeutsch verstand. „Qu'est-ce qu'il a dit?“ Doch der jüngere Douanier winkte ab und zog seinen Säbel. Margarethe schrie leise auf, presste das Bündel fest an ihren Körper und trat unwillkürlich einen Schritt zurück. Der jüngere Douanier lachte: „Sie hat kein peur, Mademoiselle. Nous cherchons seulement de la contrebande!“ Während er einige Säcke öffnete und mit dem Säbel ins Salz stach, wandte sich der Ranghöhere an Margarethe und deutete auf ihr Bündel: „Et dans ce paquet? Du café? Du tabac? Du sucre? Combien de livres?“ Margarethe sah den Schiffer hilfesuchend an, und der sagte: „Er will wissen, wie viel Pfund Kaffee, Tabak oder Zucker du schmuggelst.“ Sie blickte den Douanier an und ärgerte sich, dass sie kein Französisch verstand, sie verneinte stumm.

„Ouvrez!“

„Kannst ihm ruhig deine Plünnen zeigen“, meinte der Schiffer.

Margarethe legte ihr Bündel auf die Decksplanken und öffnete es. Nun zog auch der ranghöhere Douanier seinen Säbel und stocherte in Margarethes Wäsche und Kleidung herum. Mit der Spitze des Säbels hob er eine Holzpantine hoch und ließ sie aufs Deck plumpsen, dann folgten Schürze und Strümpfe. Er entdeckte die verbliebene Rauchwurst, spießte sie auf, schnupperte an ihr, biss hinein und sagte genussvoll kauend:

„Confisqué!“

Dann pickte er mit dem Säbel eine von Margarethes leinenen Unterhosen aus dem Bündel, ließ sie wie eine Fahne im Frühlingswind flattern und rief lachend:

„Et voilà les femmes! Elles aiment les choses inutiles!“

Der jüngere Douanier sah zum Ranghöheren und begann nun ebenfalls zu lachen. Schnell nahm Margarethe die Unterhose von der Säbelspitze, verstaute sie und die anderen Dinge wieder, verschnürte das Bündel, hielt es an ihren Körper gepresst und starrte die beiden lachenden Zöllner wütend an. Der Ranghöhere biss wieder von der Rauchwurst ab, verschluckte sich und fragte hustend: „Vous avez de l'argent?"

„Ob du Geld dabei hast?", übersetzte der Schiffer.

„Nein! Non!" Margarethe schüttelte wütend den Kopf.

Der Schiffer spürte, dass Margarethe sich ungeschickt verhielt, wollte vermitteln und sagte: „Eine Magd! Une fille très pauvre!"

„Mais très jolie!", entgegnete der jüngere Douanier und stieß mit dem Säbel tief in einen Salzsack. Mit einer Handbewegung schickte der Ranghöhere, der immer noch hustete, Margarethe von Bord. Der Schiffer nahm sie zur Seite und sagte leise: „Wenn du wirklich kein Geld hast, was ich nicht ganz glaube, aber wenn du wirklich kein Geld hast, geh zum Zippelhaus" – er zeigte tief in den Oberhafen hinein – „durchs Deichtor, hinter der Roggenkiste links über die Brücke, dann in das Dovenfleet. Da findest du Gemüsefrauen aus Bardowick. Schönen Gruß von mir, die kennen mich, die sollen dich da man schlafen lassen!"

„Tschüß und danke für alles!" Margarethe gab ihm die Hand.

„Da nich für", wehrte der Schiffer ab.

Mit einem Wink verabschiedete sich Margarethe vom Bootsmann, packte ihr Bündel, griff in die Wanten, stieg auf den längsseits liegenden Ewer und kletterte an Land. Ein Dutzend Männer lungerten herum, sahen zum Lastensegler und warteten im Nieselregen auf die Chance, ein paar lausige Pfennige zu verdienen. Margarethe beschloss, den Ärger mit den Douaniers zu vergessen, fuchste sich jedoch darüber, dass sie nicht darauf geachtet hatte, ob die Douaniers braune Augen hatten.

Da sie nicht wusste, ob man den Lieutenant in seiner blau-weiß-roten Uniform beim Betreten der Stadt grüßt, schenkte sie ihm und seinen Grenadieren vorsichtshalber ein freundliches Kopfnicken und ging unbehelligt durch das Deichtor. Schon nach wenigen Schritten musste sie stehen bleiben, da die Münzen sie drückten. Sie lief bis zu einer Hausecke, sah sich um, und da keiner sie beobachtete, nahm sie die Münzen aus den Strümpfen und verstaute sie wieder in ihrem Bündel. Sie überlegte, ob sie nach der Brücke zunächst zum Zippelhaus laufen sollte oder gleich zum Jungfernstieg. Da der Nieselregen sich in ihrem Sonntagskleid festsetzte, beschloss Margarethe, zum Jungfernstieg zu laufen und auf dem Weg dorthin eine Jacke zu kaufen. Sie lief durch Straßen, die so eng waren, dass gerade eine Kutsche oder ein Fuhrwerk hineinpassten, in denen sich Haus an Haus lehnte und kein Platz mehr für den Himmel war. Trotz des Regens spielten Kinder in den Straßen, halbnackt, barfuß. Frauen mit Körben unterm Arm kamen vom Dommarkt, schimpften über die Preise. Arbeitslose Handwerksgesellen, die Margarethe an ihren Mützen erkannte, standen vor kleinen Kneipen herum und überlegten laut, wer ihnen ein Bier oder Branntwein spendiert. Ein Bäckerjunge lief vor Margarethe her und rief bis hoch zu den Fenstern im vierten Stockwerk sein frisch gebackenes Brot aus. Margarethe spürte ihren Hunger, kaufte für sechs Pfennige einen Laib Brot und biss gleich hinein. Sie fragte nach dem Weg und hatte schon bald die Börse erreicht. Hier waren die Häuser größer, höher, feiner, und Margarethe blieb vor den Auslagen eines Tailleurs stehen. Sollte sie wirklich eine Jacke kaufen? Und in welcher Farbe? Oder eine Schutenhaube, zitronengelb mit Bändern? Margarethe ließ sich von der Vernunft leiten. Jetzt, da die Tage wärmer wurden, brauchte sie weder eine Jacke noch eine Haube. Sie sah, wie Herren aus der Börse kamen und trotz ihrer Zylinder Schirme aufspannten. Margarethe beschloss, einen Schirm zu kaufen. Sie versuchte sich zu erinnern, wer im Dorf einen Schirm besaß. Ihr fiel nur Pastor Krakow ein und gleichzeitig spürte sie, wie weit das Dorf schon hinter ihr lag. In einem Laden erstand sie einen Parapluie, wie der Verkäufer den kräftigen, burgunderroten Schirm nannte, und ignorierte dessen abfälligen Blick auf ihr feuchtes Sonntagskleid und ihr Bündel. Als sie wieder auf der Straße war, blickte sie in den grauen Himmel, freute sich, dass es regnete, spannte den Schirm auf und fühlte sich geborgen. Kurze Zeit später stieß sie auf das Alsterfleet und folgte ihm in Richtung Binnenalster. Am Ende des Fleets lag die Wasserkunst, dahinter der Jungfernstieg, und als sie ihn erreichte, blieb sie staunend stehen. In drei Reihen säumten Linden die Allee, die selbst bei dem Schmuddelwetter noch prachtvoll wirkte und auf der einspännige Kaleschen und elegante Equipagen dahinrollten. Hamburg. Sie fasste ihren Schirm fester und sah über die Binnenalster zur Lombardsbrücke, auf der eine Windmühle langsam ihre Flügel drehte. Dann wandte sie sich den hohen, hellen Häusern an der Südseite des Jungfernstiegs zu und musste nicht lange nach Haus 22 suchen, wo Buchhändler Perthes seinen Laden hatte und wo Sophie in Stellung war. So jedenfalls hatte sie es ihren Eltern geschrieben. Margarethe schüttelte sorgfältig die Tropfen aus dem Schirm, faltete ihn zusammen, betrat den Laden und blickte sich neugierig um. Regale reichten bis an die Zimmerdecke, Regale, die mit nichts anderem als mit Büchern gefüllt waren. In einer Ecke des Raums, der von Rübenöl-Lampen erhellt wurde, standen drei Männer und diskutierten leise, aber leidenschaftlich miteinander. Einer klopfte mit den Fingern immer wieder auf eine Zeitung, die er in der Hand hielt. Keiner nahm Notiz von Margarethe, die langsam an den Regalen vorbeiging.

„Falls Sie etwas von Schiller suchen, Mademoiselle, werden Sie wenig Fortüne haben!"

Margarethe erschrak, da sie nicht bemerkt hatte, dass ein junger, breitschultriger Mann mit verwegenem Haarschopf hinter sie getreten war.

„General Saint-Cyr hat sich wieder einmal über eine Aufführung der ‚Räuber' echauffiert, sodass bis auf Weiteres Friedrich Schiller weder gespielt noch bei uns verkauft werden darf."

Margarethe wurde etwas verlegen, da sie nicht wusste, von wem der junge Mann sprach. Sie ärgerte sich über ihre Unwissenheit.

„Eigentlich möchte ich nichts kaufen."

„Schade, das sagt heute fast jeder!" Mit einer Kopfbewegung deutete der junge Mann zu den drei leise diskutierenden Herren. „Wenn das Geschäft weiterhin so schlecht läuft, wird der Herr Perthes wohl bald genötigt sein, Insolvenzantrag beim Kammergericht zu stellen. Schade."

Wieder verstand Margarethe nicht, was der junge Mann meinte. Doch plötzlich hatte sie eine Idee.

„Kann ich ein Buch kaufen, mit dem ich Französisch lernen kann? In dem drinsteht, wie ein Wort auf Französisch heißt?"

„Un dictionnaire? Bien sûr!"

Wieder sah Margarethe den jungen Mann verunsichert an, doch der ging schon zu einem Regal in der Nähe der Fensterfront und griff nach einem Buch. Margarethe folgte ihm und holte die verbliebenen Münzen aus ihrem Bündel. Narretei, dachte sie, erst kaufe ich einen Schirm und nun auch noch ein Buch. Der junge Mann reichte ihr das Buch, das nicht viel kleiner als der Brotlaib war, den sie von dem Bäckerjungen im Oberhafen gekauft hatte.

„Voilà! Damit können Sie jede Rede unseres Kaisers vor der Assemblée Nationale übersetzen! Und natürlich auch jedes seiner Bulletins. Tous ses décrets."

Leise fügte er hinzu: „Auch jeden noch so unsinnigen Befehl."

Margarethe legte ihr Bündel und den Schirm auf den Fußboden, nahm das dicke Buch, sah auf den Titel und war entschlossen, jetzt keinen Rückzieher zu machen.

„Was kostet denn so was?“

„Dreißig Schillinge! Es ist eine Remittende, sogar schon eingebunden. Der Vorbesitzer wollte nichts mehr mit Napoleon zu tun haben.“

Margarethe erschrak über die Höhe der Summe, rechnete schnell aus, wie lange sie für dieses Buch gearbeitet hatte, ein halbes Jahr, dachte sie, war aber nun erst recht entschlossen, keinen Rückzieher zu machen. Sie legte das Buch auf ein Regal, holte das Geld aus ihrem Bündel und gab es dem jungen Mann. Er zuckte entschuldigend die Achseln, nahm das Geld, zählte es flüchtig, nahm das Buch und ging mit Margarethe nach hinten.

Während er in einem Heft die Einnahme notierte und dann das Wörterbuch in einen Bogen Wachspapier einpackte, erinnerte sich Margarethe an den Grund ihres Kommens: „Eigentlich wollte ich fragen, ob ich Sophie Dageförde mal sprechen kann?“

Der junge Mann sah sie an und verstand ihre Frage nicht.

„Sophie, wer? Wer soll das sein?“

Margarethe zwang sich, die plötzlich aufkeimende Angst zu ersticken, und sagte ruhig: „Sophie Dageförde. Die hat ihren Eltern geschrieben, dass sie in Hamburg beim Buchhändler Perthes als Dienstmagd arbeitet. Schon seit fünf Jahren!“

Der junge Mann sah sie zweifelnd an, wandte sich dann aber zu den drei immer noch leise und leidenschaftlich diskutierenden Herren und rief: „Herr Perthes, Pardon! Wenn Sie bitte mal einen Augenblick Zeit hätten!“

Margarethe sah, dass sich einer bei den anderen beiden Herren entschuldigte und nun zu ihr und dem jungen Mann kam. Er sah Margarethe an, und sie blickte in ein offenes, klares Gesicht mit einer sehr hohen Stirn. Schlagartig fasste sie Zutrauen zu diesem Mann, der vom Alter her ihr Vater hätte sein können und sie jetzt fragte: „Kann ich Ihnen helfen? Suchen Sie ein Buch, das auf der sogenannten ‚liste confisquée‘ steht?“

Wieder verstand Margarethe den Sinn der Frage nicht so genau, doch der junge Mann sprang helfend ein: „Nein, die Demoiselle fragt nach einer Sophie."

Margarethe ergänzte: „Sie soll bei Ihnen, beim Buchhändler Perthes, in Stellung sein. Das hat sie ihren Eltern geschrieben."

Friedrich Perthes sah Margarethe nachdenklich an und sagte dann bedauernd: „Sophie war bei uns in Stellung. Bis vor drei Jahren. Die Zeiten, Mademoiselle, sie sind nicht so, wie sie sein sollten. Fragen Sie in der Küche nach. Vielleicht weiß Amalie, wo Sophie arbeitet." Mit einem leichten Kopfnicken wandte sich Herr Perthes wieder ab und ging zu seinen Freunden zurück.

Margarethe blickte den jungen Mann fragend an. Der gab ihr das in Wachspapier eingewickelte Wörterbuch und wies ihr den Weg zur Küche. Margarethe bedankte sich, verstaute das Buch in ihrem Bündel und ging durch den Laden nach hinten. Durch eine Tür gelangte sie in einen Flur, von dem aus eine Treppe in die oberen Stockwerke führte und an dessen Ende eine Tür offen stand und so den Blick in den Hof freigab. Während Margarethe den Flur entlangging, stieg Beklommenheit in ihr auf, steigerte sich fast zur Angst. Wieso arbeitete Sophie nicht mehr hier? Was war geschehen? Margarethe zwang sich, ruhig zu atmen, fand die Tür, hinter der die Küche sein musste, und öffnete sie.

Am langen Küchentisch saß eine ältere, rundliche Frau, die eine Rüschenhaube auf dem Kopf trug und Kartoffeln schälte. Sie blickte kurz zu Margarethe, sah das Bündel und fragte, während sie fleißig weiterschälte: „Sind das die Tauben? Dann sag Harmsen, dass wir erst nach Ostern bezahlen können, so lange muss der alte Halsabschneider warten."

„Ich bring keine Tauben. Ich … bist du die Amalie?"

Die ältere Frau nickte, hielt mit dem Schälen inne und sah Margarethe genauer an. „Nu kiek man nich wie so 'n Bangbüx, ick freet di nich up."

Margarethe versuchte ein Lachen, was ihr nicht allzu gut gelang.

„Ich wollte nur fragen, wo die Sophie ist, Sophie Dageförde."

Die ältere Frau griff nach einer Kartoffel und schälte sie.

„Was willst du denn von ihr?"

„Ich soll sie von ihren Eltern grüßen und ich wollte sie fragen, ob sie weiß, wo ich vielleicht in Stellung gehen kann."

Die ältere Frau sah wieder zu Margarethe, sah ihr prüfend ins Gesicht, musterte ihre Figur und meinte dann: „Hübsche Deerns wie du haben es leichter wie unsereins. Da lassen die Kavaliere schon gerne mal was springen. Deswegen macht die Sophie das ja auch. Wenn der Herr Perthes, was Gott verhüten möge, mich auch auf die Straße setzen müsste, ich würde glatt verhungern. Wer nimmt denn heute noch eine alte Frau wie mich."

Margarethe sah die Köchin an und begriff, dass Sophie als Magd wohl keine neue Arbeit gefunden hatte.

„Seit wann ist sie denn nicht mehr hier?"

„Seitdem diese vermaledeiten Franzosen alles verbieten und so den armen Herrn Perthes in den Ruin treiben. Da musste er den Kutscher, ein Stubenmädchen und Sophie entlassen. Gebe Gott, dass der Spuk bald ein Ende hat."

„Weißt du, wo ich Sophie finden kann?"

„Die zog damals zu ihrem Freund. Das ist nun aber auch schon bald drei Jahre her. Arbeiten tut sie wohl in der Neustadt, da sind die Kavaliere spendabler."

„Und wo … in der Neustadt?"

„Kind, woher soll ich das wissen? Da musst du mal rumfragen. Im ‚König von England' soll ja allerhand los sein."

Margarethe blickte durch die Küchenfenster in den Hof und sah, dass der Tag zur Neige ging. Bescheiden sagte sie: „Ich würd auch für den halben Lohn arbeiten."

„Schlag dir das aus dem Kopf." Gutmütig fügte die ältere Frau hinzu: „Geh mal morgen raus nach Altona, zu Rainville an der

Elbe. Das ist das feinste Restaurant. Vielleicht können die noch eine Küchenmagd gebrauchen. Ich glaub das zwar nicht, aber versuchen kannst du das ja."

„Erst mal such ich Sophie. Vielleicht hab ich ja Glück."

„Kennst du denn sonst niemand hier in Hamburg?"

Margarethe verneinte und sah auf die Fliesen des Fußbodens.

„Du kommst vom Dorf, aus der Heide, oder?"

Margarethe bejahte stumm.

„Bist einfach abgehauen, was?"

Wieder bejahte Margarethe stumm. Doch dann befahl sie sich, den Kopf zu heben und Sophie zu suchen. Sie verabschiedete sich von der Köchin und ging durch den dunklen Flur zurück in den Laden. Friedrich Perthes sah sie, löste sich aus der kleinen, jetzt auf fünf Herren angewachsenen Gruppe und fragte:

„Konnte Amalie Ihnen behilflich sein, mein Fräulein?"

„Ja!"

Margarethe bekräftigte ihre Antwort mit einem Kopfnicken.

„Grüßen Sie Sophie von mir und richten Sie ihr bitte aus, dass, sollte diese Zeit der Humiliation vorüber sein und die finanzielle Situation meines Hauses sich wieder gebessert haben, sie ihr Auskommen abermals bei uns finden kann."

Margarethe hatte nicht ganz den Sinn der Worte verstanden, sah aber, dass der Herr Perthes es ernst meinte, und versicherte, dass sie Sophie grüßen werde. Sie nickte dem jungen Mann mit dem verwegenen Haarschopf zu, der die Tür für sie öffnete, ihr einen schönen Abend wünschte und ihr nachsah, wie sie hinaus in den Nieselregen trat und ihren burgunderroten Schirm aufspannte.

Von bettelnden Kindern hatte sie sich den Weg in die Neustadt erklären lassen, war vom Jungfernstieg in die Großen Bleichen gebogen und dann der Fuhlentwiete bis zum Alten Steinweg gefolgt. Um ihre neuen Lederschuhe zu schonen, hatte Margarethe sie in ihrem Bündel verstaut und lief nun in ihren Holzpantinen klappernd über das Katzenkopfpflaster zum Großneumarkt. Mittlerweile hatte der Abend sein dunkles Tuch über die Stadt gezogen, und der Wind trieb die Nässe durch die Straßen. In den Häusern flammten Lichter auf, und Margarethe staunte, wie viele Lampen die Hamburger besaßen. Sie staunte noch mehr, als sie sah, wie an der Hauptwache auf dem Großneumarkt Laternen angezündet wurden. Die Hamburger machen die Nacht zum Tag, dachte sie und schüttelte verwundert den Kopf. Sie fragte ein altes Weib nach dem ‚König von England', erntete zunächst einen missbilligenden Blick, bekam dann aber doch eine Wegbeschreibung und stand kurze Zeit später vor dem Hotel. Durch die erleuchteten Fenster hörte sie Musik. Sie stellte sich auf die Zehenspitzen, versuchte durch die Scheiben zu spähen und sah, wie Paare sich ausgelassen zur Musik drehten. Margarethe kannte die Quadrille, den Walzer und den Hamburger Kontra. Diese Tänze spielte man auch auf dem Dorf, zum Ernteball am Sonntag nach St. Michaelis. Aber zur Fastenzeit? Wieder schüttelte sie verwundert den Kopf, wiegte sich aber unwillkürlich im Takt mit, faltete dann energisch ihren Schirm zusammen, fasste ihr Bündel fester, vergaß, dass sie Holzpantinen trug, und betrat den ‚König von England'.

Hinter einer Theke stand ein vierschrötiger Kerl mit kurzgeschorenem Haar, er trug die Livree eines Hausdieners und redete mit einer älteren, stark geschminkten Dame, die in einem zu tief dekolletierten himbeerfarbenen Faltenkleid auf einem Empire-Sesselchen saß und ein Ridikül mit Petit-Point-Stickerei am Handgelenk schlenkerte. Durch das Klappern der Holzpantinen fühlten sich beide gestört, und der Hausdiener sah Margarethe indigniert an. Drei französische Offiziere, in Uniformen eines Garderegiments, kamen nach Margarethe durch den Eingang, grüßten den Hausdiener knapp, der sogleich zur Tür lief, die zum Ballsaal führte, sie mit einer tiefen Verbeugung öffnete und dabei devot murmelte: „Bonsoir, Messieurs les Officiers, soyez-les bienvenus. Les demoiselles sont excellentes ce soir! Amusez-vous bien!" Er schloss die Tür hinter den Offizieren und wandte sich zu Margarethe: „Als Bauerntrampel hast du hier keine Chance!"

Die stark geschminkte Dame stemmte sich aus dem Sesselchen, ging wie ein Hund witternd auf Margarethe zu, fasste ihr mit der behandschuhten rechten Hand unters Kinn, hob ihren Kopf und drehte ihn ins Licht. „Hübsch bist du, verflucht hübsch!"

Mit dem Daumen zog sie Margarethes Unterlippe nach unten und musterte Zähne und Zahnfleisch. „Und kerngesund!"

Mit beiden Händen betastete sie Margarethes Brüste, drückte sie, schnalzte kennerisch, fasste, bevor Margarethe reagieren konnte, nach Gesäß, Hüften, Taille und schlug ihr mit dem Handrücken hart auf die Scham. Margarethe schrie gedemütigt auf. Die ältere Dame sah sie zufrieden an. „Superbe! Wirklich superbe! Die Frisur ist zum Gotterbarmen, aber eine Bagatelle für den Coiffeur. Und Kleider sind eine Frage des Geldes. Du bist schön, ma fille, sehr schön!"

Jetzt erst stieg Wut und Empörung in Margarethe auf, und sie fauchte die ältere Dame an: „Ich weiß nicht, was Sie wollen, aber fassen Sie mich nie wieder an!"

Die ältere Dame trat einige Schritte zurück und lachte: „Du hast ja Verve! Das mögen die Männer. Ich hoffe nicht, dass du noch Jungfrau bist? Oder bist du noch Jungfrau?" Sie wandte sich zum Hausdiener: „Dies kleine Problem lässt sich doch sicher leicht lösen, oder?"

Der Hausdiener lachte, griff sich in den Schritt und zog die Kniebundhose straffer. Margarethe lief vor Scham rot an. Aus dem Saal erklang ein übermütiger Walzer, sie wollte raus, an die frische Luft, zwang sich aber stehen zu bleiben und höflich zu fragen, ob Sophie Dageförde hier im ‚König von England' in Stellung sei. Der Hausdiener und die ältere Dame sahen sich verblüfft an, sahen dann Margarethe an, lachten und zeigten auf die Tür, hinter der noch der übermütige Walzer getanzt wurde.

„Ich weiß nicht, wie sie aussieht", sagte Margarethe höflich.

„Frag die Schankkellner, die zeigen sie dir", meinte lachend der Hausdiener und zeigte wieder zur Tür. Margarethe dankte mit einem Kopfnicken und ging in ihren klappernden Holzpantinen zur Saaltür, öffnete sie und wurde von einer Woge aus Musik, Gelächter, Parfüm, Branntweindunst, Schweiß und Tabak aufgenommen. Sie blickte sich suchend um, ging an den Tanzenden vorbei bis zum Kopfende des Saales, wo fünf Musiker fleißig aufspielten. Ein Schankkellner kam zu ihr und wollte ihr einen Platz an einem Tisch zuweisen, aber Margarethe verneinte stumm und bat ihn, Sophie Dageförde zu ihr zu bringen, sie müsse sie dringend sprechen. Der Schankkellner zeigte auf eine junge, rotblonde Frau, die im Walzertakt in den Armen eines Dragoners an Margarethe vorbeiwirbelte. Margarethe hoffte, dass der Tanz bald zu Ende sein würde. Sie sah zu den Musikern, und das Herz blieb ihr stehen.

Sie blickte in Augen wie dunkle Kastanien.

Und diese Augen blickten in ihre Augen.

Wie aus weiter Ferne hörte sie die Schlussakkorde des Walzers, sah nur Augen, fühlte sich magisch von ihnen angezogen, sah, wie der junge Mann, der die Uniform eines Regimentsmusikers trug, das Mundstück seiner Oboe abschraubte und dabei nur sie, Margarethe, ansah. Ohne es zu wollen, ohne es zu merken, ging sie auf ihn zu, in der rechten Hand ihr Bündel, in der linken den Schirm, sie sah die Augen, die schlanken Hände, die das Mundstück säuberten, sah wieder die Augen, sie hörte nicht, wie ihre Holzpantinen auf dem Tanzboden klapperten, hörte nichts, denn nun begannen diese Augen zu lächeln, das Lächeln erreichte das schmale, gut geschnittene Gesicht.

Dann brach Gelächter über Margarethe herein. Eine Mädchenstimme kreischte: „Die kommt in Holzpantinen zum Tanzen!"

Jemand fasste sie bei den Schultern, drehte sie zur Tanzfläche. Sophie Dageförde stand vor Margarethe und fragte: „Du wolltest mich sprechen? Kennen wir uns?“

Margarethe verneinte stumm, sah über die linke Schulter zu den Musikern, suchte die Augen, die auch sie weiterhin ansahen und in denen ein Lächeln war.

„Was gibt's denn so Dringendes, dass du hier stören musst?“

„Ich soll dich von deinen Eltern grüßen!“

„Und deswegen kreuzt du im ‚König von England‘ auf?“

„Deine Eltern meinen, dass du mir Stellung bei einer Herrschaft vermitteln kannst ... vielleicht.“

„Meine Eltern? Die haben keine Ahnung, wie das Leben ist.“

„Die glauben, dass du beim Buchhändler Perthes arbeitest.“

„Sollen sie glauben. Sollen sie! Aber nicht, dass du auf die Idee kommst, ihnen zu sagen, was ich wirklich mache.“ Sophie lachte und ließ sich von einem Dragoner, mit dem sie getanzt hatte, in den Arm nehmen.

Margarethe blickte wieder zu den Augen, die sie ansahen, und sagte: „Ich geh nicht zurück, ich bleib in Hamburg.“

„Du bist doch erst siebzehn oder achtzehn, höchstens, oder?“

„Neunzehn! Im August werde ich zwanzig!“

„Neunzehn. War ich auch mal. Nun bin ich vierundzwanzig und mach das hier!“ Mit einer vagen Handbewegung deutete sie in den Saal, zu den herausgeputzten Huren und gab dem Dragoner einen flüchtigen Kuss.

„Fahr wieder nach Hause!“

Margarethe sah zu dem jungen Musiker, sah seine lächelnden kastanienbraunen Augen und schüttelte den Kopf.

„Nee, ich bleib in Hamburg.“

„Ich kann dir nicht helfen. Kann ich nicht. Will ich nicht. Hab genug selbst an den Hacken. Nee, ich kann dir nicht helfen.“ Sie blickte auf Margarethes Holzpantinen, auf das dunkle Sonntagskleid, auf den Schirm, das Bündel und seufzte.

„Weißt du denn wenigstens, wo du heute Nacht schläfst?"

„Nee, aber das macht nichts, das macht gar nichts."

Sophie wurde energisch: „Doch, das macht was. Du bist in Hamburg und nicht auf dem Dorf."

„Ich hab keine Angst."

„Aber ich!" Sophie bemerkte, dass Margarethe ständig zu dem jungen Musiker blickte und dass auch der seinen Blick nicht von Margarethe wenden konnte. „Noch nicht mal einen Tag hier, und der Blitz schlägt ein. Auch das noch!"

Die Musiker nahmen ihre Instrumente auf, der Kontrabass begann zu schrummeln, Geige und Bratsche folgten, nun auch die Trompete. Nur die Oboe vergaß ihren Einsatz. Der Dragoner wollte Sophie auf die Mitte der Tanzfläche schieben, doch die widersetzte sich kurz und sagte schnell zu Margarethe: „Geh zum Hof Langer Jammer im Brauerknechtgraben. Am Michel vorbei, dann über den Schaarmarkt. Frag nach Hinnerk Dresen, und wo drei schlafen können, da schlafen auch vier."

„Drei?"

„Hinnerk, ich und unser Lütter, der Henning."

Sophie mischte sich mit ihrem Dragoner unter die Tanzenden. Margarethe blieb noch einige Herzschläge lang stehen. Doch der junge Musiker hatte jetzt nur noch Augen für das Notenblatt. Margarethe wusste, dass sie diese Augen wiedersehen würde, und ging mit einem wunderlich beschwingten Gefühl an den Tanzenden vorbei zum Ausgang. Fast übermütig versuchte sie in ihren Holzpantinen einige Tanzschritte, drehte sich und blieb so stehen, dass sie noch einen letzten Blick auf den jungen Musiker ergatterte. Sie lächelte erleichtert, als ihre Augen sich trafen. Fröhlich klapperte sie in ihren Holzpantinen durch den Saal, in die Eingangshalle, schenkte der älteren, stark geschminkten Dame und dem Hausdiener ein Lächeln und wollte den ‚König von England' verlassen. Die Dame stemmte sich wieder aus dem Empire-Sesselchen und versuchte Margarethe aufzuhalten.

„Kind, lauf doch nicht ins Unglück. Mit meiner Hilfe kannst du dein Glück, deine Fortüne machen, ma belle!"

Aber Margarethe lief weiter, drehte sich in der Eingangstür um und sagte selbstbewusst: „Ich mache mein Glück auch ohne Sie, Madame!" Sie spannte ihren Schirm auf und trat hinaus in die Nacht.

6. Kapitel

Durch den Schleier des Nieselregens lief Margarethe über schmale Straßen, hatte das Gefühl sich zu verlaufen und atmete auf, als sie die Lichter der Hauptwache auf dem Großneumarkt sah. Am Michel vorbei, hatte Sophie gesagt. Was in drei Gottes Namen sollte der Michel sein? Margarethe beschloss zu fragen, trat unter das Vordach und blickte durch die geöffnete Tür in die Wachstube, in der vier Grenadiere Karten spielten. Einer von ihnen sprach Deutsch. Als Margarethe ihn höflich fragte, wer bitte der Michel sei und wo sie ihn finde, erntete sie Gelächter. Es dauerte eine Weile, bis sie begriff, dass mit dem Michel die Hauptkirche St. Michaelis gemeint war und dass die keine fünfhundert Schritte vom Großneumarkt entfernt lag. Margarethe bedankte sich und lief in die angegebene Richtung. Als sie sich dem mächtigen Backsteinbau näherte und die Straßenlaternen spärlicher wurden, sah sie, dass hinter den Kirchenfenstern Kerzenlicht flackerte. Pastor Krakow kam ihr in den Sinn, der erfolglos versucht hatte, die Vesper im Dorf einzuführen. Sie lief an der Westseite des Michels vorbei und versuchte vergeblich, im regenverhangenen Nachthimmel die Turmspitze zu erspähen. Sie ging zum Schaarmarkt und suchte im Gewirr der Gassen und kleinen Straßen den Brauerknechtgraben. Zwei halbwüchsige, barfüßige Jungs waren ihr bettelnd gefolgt, die fragte sie nach dem Weg. Die Jungs sahen sie stumm an und zeigten zurück zum Michel. Als Margarethe den Kopf drehte, griffen sie an. Der eine versuchte, ihr den Schirm zu entwenden, der andere packte das Bündel. Margarethe trat zu, instinktiv, wie ein Tier, trat mit ihren schweren Holzpantinen den Jungs auf die nackten Füße, trat so hart zu, dass die beiden aufheulten und hinkend Reißaus nahmen. Jetzt erst setzte der Schreck ein. Margarethe holte Luft und war froh, dass sie nicht ihre weichen, absatzlosen Lederschuhe trug. Sie sah sich um und hatte das Gefühl, dass in jeder dieser düsteren Gassen halbwüchsige Strauchdiebe auf sie lauerten. Sie überlegte nicht lange und ging zurück zum Michel. In der Kirche war sie in Sicherheit. In der Kirche würde sie eine fromme Seele finden, die mit ihr zum Brauerknechtgraben geht.

Die Tür an der südlichen Längsseite stand einen Spaltbreit offen. Margarethe schloss ihren Schirm und betrat die Kirche. Sie bemühte sich, keinen Lärm zu machen, und staunte über die Säulen, über die erahnbare, goldene Pracht. Einige Kerzen erhellten den kreuzförmigen Gang, der das Gestühl teilte, und Margarethe entdeckte in den vorderen Bänken Männer und Frauen, die Köpfe zum Gebet gesenkt. Vor dem Altar stand der Pastor, dessen Hals eine dicke, weiße Krause zierte, wie Margarethe sie bei Pastor Krakow nie gesehen hatte, und stimmte soeben das Wechselgebet an: „Herr Gott Zebaoth, tröste uns." Und die Gemeinde antwortete: „Lass leuchten dein Antlitz, so genesen wir." „Mache dich auf, Christe, und hilf uns." „Und erlöse uns um deiner Güte willen." „Herr, höre mein Gebet."

„Und lass mein Schreien zu dir kommen."

Während der Pastor das Wechselgebet mit den Worten „Lasset uns beten!" beendete, huschte Margarethe in eine Kirchenbank, setzte sich und wollte hier im Dunkeln bis zum Ende der Vesper warten. Da jedes Gemeindemitglied stumm betete, fand auch Margarethe einen Augenblick innerer Ruhe. Doch statt zu beten, dachte sie an Augen, schön wie Kastanien. Sie entschuldigte sich beim Lieben Gott, dass sie weltliche Gedanken in seinem Haus hatte, bat ihn gleichzeitig darum, die Augen wiedersehen zu dürfen. Aus weiter Ferne hörte sie die Stimme des Pastors und die Worte des Freitagabendgebets: „O Herr Jesu Christe, du heiliges Gotteslamm: Wir bitten dich in dieser Abendstunde um deinen Frieden für uns und für die ganze Welt." Die weiteren Worte drangen schon nicht mehr in Margarethes Bewusstsein, sie schloss die Augen, neigte sich in der Kirchenbank langsam zur Seite, glitt im Halbschlaf aus ihren Holzpantinen, legte ihren Kopf auf das Bündel, zog auch die Beine auf die Bank, bat den Lieben Gott nochmals um Verzeihung, aber er würde sicher Verständnis haben, es war ein verflixt langer Tag, und sie wolle nur einen Augenblick ausruhen. Als der Pastor zu den Schlussworten kam: „Um deines bitteren Leidens und Sterbens willen", war Margarethe eingeschlafen.

Der Küster, der am Morgen die Kerzen zur Mette anzündete, fand sie in der Kirchenbank, tief und fest schlafend, und jagte sie unter Verwünschungen aus der Kirche.

7. Kapitel

Der Märzwind hatte den Himmel blank geputzt. Margarethe stand auf den Stufen zum Michel und sah, wie sich der Morgen hinter dem Dunkel der Dächer erhob, wie die Sonne die Mastspitzen der Segelschiffe erfasste, die unten im Hafen lagen. Auf dem Weg über den Schaarmarkt fragte sie zwei Marktfrauen, die ihre Stände aufbauten, nach dem Brauerknechtgraben. Die beiden Weiber lachten und zeigten in eine enge Straße, die wenige Schritte entfernt war. Sie lachten über Margarethes Schirm und fanden, dass bei diesem schönen Wetter solch Firlefanz unnütz sei. Es sei denn, sie sei eine feine Madame. Pardon. Margarethe verneinte lachend, und da sie um diese frühe Tageszeit Sophie nicht stören wollte, wahrscheinlich hatte sie die halbe Nacht durchgetanzt, lief sie runter zur Elbe.

Ihre Schritte wurden langsamer, und staunend blieb sie oberhalb der Vorsetzen stehen. Hunderte von großen Segelschiffen lagen Seite an Seite im Hafen. Hunderte von himmelragenden Masten streckten sich kahl, segellos, leblos in die Höhe. Das waren die dicken Pötte, die nach Amerika und nach Indien segelten, die wie Hunde an der Kette lagen. Margarethe sah, dass ablaufendes Wasser war, sah aber auch, dass sich auf den Großseglern kein Leben regte, dass keiner der Dreimaster elbabwärts lief, dass keine Schute längsseits anlegte, um Fracht zu löschen oder neue Fracht zu laden. Hamburg, das hatte Präzeptor Fest den Gören neben Subtraktion und Addition beigebracht, ist das Tor zur Welt. Das Tor, dachte Margarethe, ist nun zu. Sie dachte an den Douanier, der mit dem Säbel in ihren Sachen herumgestochert hatte, und verstand, warum Pastor Krakow jeden Sonntag den Zorn des Herrn herbeiflehte. Gedankenverloren sah sie zu den Großseglern, sah über den im Frühnebel liegenden Grasbrook, sah zur Süderelbe und wusste, dass dahinter irgendwo im Graublau des Märzmorgens ihr Dorf lag. Weit weg, sehr weit weg.

Sophie war bereits auf den Beinen und versorgte Henning, ihren kleinen Sohn. Mit Margarethe hatte sie nicht mehr gerechnet, da Hinnerk ihr gesagt hatte, dass gestern Abend kein junges Ding vom Dorf an die Tür geklopft hätte. Daher sah sie Margarethe überrascht an, die in der Tür stand und verlegen die Grüße des Buchhändlers Perthes ausrichtete, die sie am Abend vergessen hatte. Und dass Sophie bei ihm wieder ein Auskommen finden würde, wenn die Zeiten besser sind.

„Der gute Herr Perthes. Wenn der weiter gegen die Franzosen konspiriert, wird er die besseren Zeiten nicht mehr erleben. Er nicht und seine Freunde auch nicht." Mit der rechten Hand machte Sophie die Geste des Halsabschneidens.

„Was meinst du mit … konspirieren?", fragte Margarethe.

„Perthes träumt davon, die Franzosen aus Hamburg zu jagen. Wie denn? Mit ’nem nassen Lappen?“ Lachend setzte Sophie hinzu: „Ich hab nix gegen die Franzosen, solange sie anständig zahlen. Und das tun sie.“

Margarethe wusste nicht, ob sie mitlachen sollte, und sah Sophie unsicher an. Sophie bemerkte den Blick und wurde ernster: „Nicht, dass du mir auf dumme Gedanken kommst. Du hast nicht für drei zu sorgen! Wie heißt du eigentlich?“

„Margarethe.“

„Und du glaubst, dass ich dir eine Stellung besorgen kann?“

Margarethe zuckte die Achseln und sah Sophie fragend an, die Schmalz auf eine Scheibe Brot schmierte und sie ihrem Sohn gab, der mit großen Augen Margarethe betrachtete. „Wenn das so leicht wäre. Glaubst du, mir macht das Spaß, Nacht für Nacht anschaffen zu müssen?“

„Aber Hinnerk, dein Mann, hat der denn keine Arbeit?“

„Erstens ist Hinnerk nicht mein Mann, sondern mein Kerl. Zweitens ist er ohne Arbeit, seitdem sein Schiff im Binnenhafen liegt, und da liegt es schon seit über zwei Jahren. Glaubst du, der würde mich anschaffen lassen? Aber bevor wir verhungern …“

Margarethe öffnete ihr Bündel und legte eine Plockwurst und frisches Brot auf den Tisch. Brot und Wurst hatte sie kurz vorher auf dem Schaarmarkt gekauft. Sophie steckte alles wieder in Margarethes Bündel: „So war das mit dem Verhungern nun auch wieder nicht gemeint.“

Margarethe sah sich in der schäbigen Zweizimmerwohnung um, die Sophie, wie alle Hamburger, Bude nannte, und fragte, wie teuer die Miete sei. Sophie wies stolz darauf hin, dass sie, im Gegensatz zu vielen anderen, eine Bude für sich allein hätten, mit nur drei Leuten, die meisten müssten mit sechs, acht und noch mehr Leuten in diesen Löchern hausen. Als sie den Mietpreis nannte, schluckte Margarethe und beteuerte, dass sie gerne etwas zahlen würde, wenn sie bei Sophie für ein paar Tage unterkommen könnte. Nur so lange, bis sie eine Stellung gefunden hätte. Sophie lehnte das Angebot entschieden ab und meinte, dass sie eines Tages vielleicht Margarethes Hilfe braucht, daher würde sie gerne helfen. Während die beiden noch überlegten, wo sie in der Wohnküche Margarethes Schlafstelle einrichten könnten, öffnete sich die Tür und Hinnerk, Sophies Kerl, trat in die Bude, in jeder Hand einen Eimer mit Wasser. Er musste den Kopf einziehen, um nicht an die Decke zu stoßen. Sein blondes Haar fiel ihm bis auf die Schultern. Er trug weite, marineblaue Hosen und auf dem nackten Oberkörper eine mit Perlmuttknöpfen besetzte Jacke. Sophie machte ihn mit Margarethe bekannt, und Hinnerk reichte ihr seine kräftige Hand. „Willkommen an Bord!"

Sophie erklärte ihm mit Bestimmtheit, dass Margarethe für ein paar Nächte bei ihnen schlafen würde, jedenfalls so lange, bis sie eine Stellung als Magd und eine Unterkunft gefunden hätte.

„Und wo soll das sein?", fragte Hinnerk.

„Die Köchin bei Perthes meint, ich soll mal bei ..." Margarethe wusste nicht weiter, sie hatte den Namen des feinen Restaurants in Altona vergessen. „Es soll ein Restaurant sein, in Altona, an der Elbe, mit so einem französischen Namen."

„Rainville?"

„Ja, ich glaube, so heißt das. Ja. Ich weiß aber nicht, wo das ist."

Hinnerk goss das Wasser aus den beiden Eimern in den Waschzuber und sagte: „Kannst mit mir gehen. Ich mach heut Morgen rüber nach Altona."

Sehnsüchtig sah Margarethe zu dem Waschzuber. Sophie bemerkte den Blick und fragte, ob Margarethe sich schon gewaschen habe. Margarethe verneinte, und Sophie sagte großzügig: „Kannst dich nachher waschen. Auch wenn's verflixt kalt ist, aber ich muss mich jeden Morgen richtig waschen, jeden Morgen, sonst hab ich das Gefühl, der ganze Schmutz der Nacht bleibt an mir kleben."

Der kleine Henning meldete sich mit vollem Mund zu Wort und bettelte, dass sein Vater ihn mit nach Altona nimmt. Hinnerk sah Sophie fragend an, und die meinte: „Nimm ihn ruhig mit! Dann kommt der Bengel wenigstens an die frische Luft."

Während sie sich auszog und zu einem Stück Seife griff, das in einer Muschel auf der Fensterbank lag, sagte sie zu Margarethe: „Die Männer mögen das, wenn eine Frau sauber ist. Hinnerk würde das sonst mit mir gar nicht aushalten, oder?"

Hinnerk überlegte eine ganze Weile und erwiderte ernsthaft: „Nee, würd ich nicht!"

Sophie stand nun nackt in der kleinen Wohnküche und begann, sich gründlich zu waschen. Während sie sich einseifte, fragte sie Margarethe spöttisch: „Oder willst du nur in Hamburg bleiben, weil du dich verliebt hast?"

„Ich hab mich nicht verliebt!"

„Na, dein Blick! Jean scheint es aber auch erwischt zu haben!"

„Jean?"

„Der mit der Oboe und den glühenden Augen! Jedenfalls wollte er wissen, wo du wohnst. Keine Ahnung, hab ich gesagt. Hatte ich ja auch nicht. Bis jetzt!"

Margarethe spürte, dass sie rot wurde, sie spürte, dass Hinnerk das bemerkte, sie wurde verlegen, als er bedächtig sagte: „Lass die Finger von den Franzosen! Die bringen nichts als Unglück!"

8. Kapitel

Zunächst hatte sie sich gesträubt, aber Sophie hatte darauf bestanden, dass sie sich ein wenig herausputzt, wenn sie sich bei Monsieur Rainville in Altona vorstellt. Absatzlose Lederschuhe, schön und gut, aber welcher Mann sieht einer schönen, jungen Frau schon auf die Füße. Margarethe gab schließlich nach. Und da sie und Sophie in etwa die gleiche Größe hatten, trug sie über ihrem Sonntagskleid eine knöchellange Schürze, ein veilchenblaues Spenzer-Jäckchen, das bis zur Taille reichte, und auf dem Kopf eine kleine Rüschenhaube mit malvenfarbenem Band. Nun lief sie neben Hinnerk, auf dessen Schultern ein glücklicher Henning thronte, an den Wallanlagen entlang zum Millerntor. Hinnerk erzählte ihr, dass sein Schiff seit über zwei Jahren im Hafen liegt, dass er seit zwei Jahren keine Planken mehr unter seinen Füßen gehabt habe, seit zwei Jahren kein Salzwasser mehr geschmeckt habe. Wenn Sophie nicht anschaffen würde, müssten sie elend verhungern. Von dem bisschen Schmuggel könnten sie drei nicht leben. Früher sei er nach Südamerika geschippert, viermal im Jahr. Gewürze und Kaffee. Aber jetzt? Diese verdammte Kontinentalsperre! Dieser größenwahnsinnige Franzosenkaiser! Henning krähte: „Slat se dot, de Franzos!"

Hinnerk sagte lachend zu seinem Sohn: „Dat du mi bloß dat Mul hältst. Sünst steckt di die Douaniers eine Week in't Loch!"

Henning verdrehte die Augen. Schweigend erreichten sie das Millerntor, vor dem sich Fuhrwerke und Menschen stauten, die von Altona kamen und nach Hamburg reinwollten. Douaniers rissen Planen von den Fuhrwerken, prüften jede Tonne und jede Kiste. Dragoner mit harten Gesichtern unter goldschimmernden Helmen und Federbüschen ritten in die fluchende Menge und teilten mit flachen Säbeln Hiebe aus. Jeder Korb wurde geöffnet und alles, was nach Zucker, Tabak oder Kaffee, nach indischer Baumwolle oder Nankingseide aussah, wurde beschlagnahmt. Raus aus Hamburg gab es keine Probleme, unbeachtet ließ man die drei passieren. Dennoch blieb Margarethe stehen und sah empört dem gnadenlosen Treiben der Douaniers und Dragoner zu. Hinnerk zog sie weiter und sagte: „Das kannst du hier jeden Tag sehen. Das ist ja nun nix Ungewöhnliches."

Noch einmal drehte sie den Kopf zur schimpfenden Menge: „Das sind doch keine Schmuggler, oder?" Hinnerk verneinte.

Bevor sie zur Reeperbahn kamen, zeigte er zum Heiligengeistfeld, wo ein Gebäudekomplex mit einer Mauer und sehr hohen Fenstern zu sehen war. Eine mit Kopfsteinen gepflasterte Allee führte zu den Häusern.

„Wenn die Dragoner dich halb totgeprügelt haben, kannst du von Glück reden, wenn du da ein Plätzchen findest."

„Was ist denn das?", wollte Margarethe wissen.

„Der Pesthof!"

„Gibt's denn die Pest noch in Hamburg?", erschrak sie.

Hinnerk lachte: „Nee, die gibt's schon lange nicht mehr. Schon seit fünfzig, sechzig Jahren nicht mehr. Eigentlich heißt der Pesthof auch nicht mehr Pesthof, sondern seit ein paar Jahren Krankenhof. Sagt aber keiner."

„Hoffentlich lande ich da nicht", meinte Margarethe.

Als sie die Reeperbahn hochgingen, begann Hinnerk zu fluchen: „Kiek di dat an! Kein Reepschläger an de Arbeit! Da packt di doch de Wut! Wat meenst du, wat hier freuher los wer. Reep an Reep, Tau an Tau, Tampen an Tampen. Die konnten gar nicht so viel herstellen, wie die Christliche Seefahrt brauchte. Un hüt? Kiek di dat an!"

Wieder krähte Henning von oben: „Slat se dot, de Franzos!"

Margarethe blickte zu Boden, zögerte, strich die Schürze glatt, blieb stehen und sagte dann leise: „Ich geh nicht nach Altona. Ich geh nicht zu diesem Rainville, oder wie der heißt."

Hinnerk sah sie verblüfft an: „Warum denn das nicht?"

„Wenn die Franzosen so viel Leid über Hamburg bringen, nee ... ich kann nicht."

Hinnerk brauchte einen Augenblick, bis er begriff, was sie damit meinte, und setzte in seiner ruhigen Art an: „Tja, wie soll ich dir das erklären. Also, Franzos ist noch lange nicht Franzos, nee, das glaub man ja nicht."

Margarethe verstand ihn nicht. Also setzte Hinnerk erneut an: „Tja, wie soll ich dir das erklären? Also, du weißt doch sicher, was die französische Revolution ist. Da haben sie die Adeligen an die Laternen geknüpft. Aber viele sind auch geflüchtet. Und viele sind nach Hamburg geflüchtet. Ich war damals noch ein ganz kleiner Buttje. Und als der Robespierre, dieser Bluthund, seine eigenen Leute auf die Guillotine schickte, da kamen noch mehr. An die Zehntausend sollen es gewesen sein. Arm wie die Kirchenmäuse, aber fleißig und bescheiden und höflich. Und da sie nix Richtiges gelernt hatten, die Adeligen meine ich, haben sie als Sprachlehrer gearbeitet, oder als Tanzlehrer oder Fechtlehrer, einige haben auch als Putzmacherinnen Schnickschnack à la mode hergestellt. Das kam den feinen Hamburger Damen ganz schön zupass. Und einer von denen ist dieser Rainville. Früher soll er Adjutant eines Generals gewesen sein. Und heute hat er das feinste Lokal an der ganzen Elbe. Bei dem kannst du ruhig arbeiten. Der ist nicht so wie die da!"

Mit den letzten Worten drehte sich Hinnerk noch einmal um und zeigte zum Millerntor, wo Dragoner und Douaniers weiter für Ärger und Schläge sorgten. Zornig, mit schaukelnden Schritten ging Hinnerk weiter. Margarethe zögerte einen Augenblick, lief ihm nach und holte ihn rasch ein. „Vielleicht nimmt er mich ja gar nicht", sagte sie.

„Nee, anders rum. Hoffentlich nimmt er dich. Mit deinen paar gesparten Groschen kommst du nicht weit in Hamburg."

Nachdem sie das Nobistor passiert und Altonaer Boden betreten hatten, wandten sie sich nun der Elbe zu. Hinnerk, der lange geschwiegen hatte, fragte Margarethe jetzt: „Na, wie gefällt's dir in Dänemark?"

„Dänemark?"

„Ja, min Deern, nu sünd wi in Dänemark. Eben waren wir noch in Frankreich und nun sind wir in Dänemark."

„Das ist dir doch eine verquere Welt", sagte Margarethe. „Wi all snackt Platt, aber die einen leben im Königreich Westphalen, die anderen im Département Elbmündung. Sophie und du, ihr lebt in einer französischen Stadt ..."

„Ich auch", warf der kleine Henning ein.

„... und ich such in Dänemark Stellung bei einem Franzosen, den die eigenen Landsleute nach Hamburg vertrieben haben. Das ist dir doch eine verquere Welt." Hinnerk bestätigte knurrend: „Ja, Tüdelkram is dat! Richtigen Tüdelkram!"

Hoffentlich gehörte Jean, wie Margarethe ihn in Gedanken schon nannte, zu den guten Franzosen. Sie sah ihn vor sich, sah seine Augen, aber sie sah auch seine Uniform. Also musste er Soldat der Grande Armée sein, dachte sie enttäuscht. Also gehört er wie die Douaniers zu den Franzosen, die andere kujonieren. Wieder ließ sie sich von der Vernunft leiten und beschloss, ihn nie wieder zu sehen. Es sollte ihr leicht fallen, dachte sie, da sie wohl kaum noch mal in den ‚König von England' gehen würde. Sie wunderte sich, dass der Gedanke ein klein wenig weh tat. Kommt man über den Hund, kommt man über den Schwanz, tröstete sie sich und ging entschlossen weiter.

Vor ihnen, am Anfang der Elbchaussee, tauchte das Restaurant Rainville auf. Hinnerk verabschiedete sich. Wenn Margarethe abschlägig beschieden werden sollte, was er nicht hoffe, könnten sie ja zusammen wieder nach Hamburg zurücklaufen. In etwa einer Stunde hätte er seine Geschäfte erledigt, und sie könnten sich hier am Elbhang wiedertreffen. Margarethe war einverstanden und ging durch die Parkanlage zum Restaurant. Eine doppelläufige Freitreppe führte zum Eingang, der geschützt hinter vier schlanken Säulen lag, die von einem verzierten schmalen Giebel gekrönt wurden. Die Sonne tauchte die Front in strahlendes Weiß, und Margarethe blieb staunend stehen. Hier arbeiten zu dürfen, das musste ein Vergnügen sein, dachte sie und ging, jede Stufe der Freitreppe genießend, nach oben. Bevor sie durch die Säulen zum Eingang lief, drehte sie sich um und blickte auf die Elbe, auf der nur drei kleine Fischerboote waren. Einmal möchte ich das ja sehen, dachte sie, wenn die großen Dreimaster vorbeiziehen. Vielleicht ist Hinnerk auf so einem Schiff und man könnte ihm zuwinken. Mit diesen Gedanken betrat sie den Haupteingang des Restaurants Rainville und sah sich suchend in der Halle um. Ein älterer, livrierter Hausdiener, mit einer altmodischen, gepuderten Zopfperücke und weißen Handschuhen, kam auf sie zu, musterte sie missbilligend und erklärte hochnäsig, dass sie in Zukunft den Lieferanteneingang zu benutzen habe. Margarethe schüttelte den Kopf und sagte, dass sie keine Lieferantin sei, dass sie Monsieur Rainville sprechen möchte. Ein weiterer hochnäsiger Blick und die kühle Auskunft, dass Monsieur Rainville um diese Zeit noch schlafe. Wenn er dem Monsieur Rainville etwas ausrichten solle, könne sie sich ihm anvertrauen. Margarethe fasste sich ein Herz und fragte den Hausdiener, ob er wisse, ob der gnädige Monsieur vielleicht eine ehrbare Küchenmagd gebrauchen könnte, am Lohn solle es nicht liegen. Der Hausdiener, der sich wie ein Majordomus spreizte, ging prüfend um sie herum, und sein Blick wurde etwas milder.

„Pas mal, pas mal, die Demoiselle gefällt mir. Scheint Manieren zu haben."

Margarethe faltete bescheiden die Hände vor der Schürze.

„Spricht sie Französisch?"

„Noch nicht, aber ich habe mir gestern ein Wörterbuch gekauft", beeilte sie sich zu antworten.

„Monsieur Rainville mag es sehr, wenn unsere Bediensteten die Sprache seines Vaterlandes sprechen."

„Daran soll es nicht scheitern!"

Der Hausdiener blieb vor ihr stehen, sah auf ihre Hände und bedeutete durch eine Geste, dass er Margarethes Finger sehen wollte. Sie hielt ihm beide Hände hin, die er prüfend betrachtete. Margarethe wartete geduldig und war froh, dass sie Hände und Fingernägel mit der Wurzelbürste geschrubbt hatte.

„Die Demoiselle scheint zu wissen, auf was wir Wert legen!"

Als Margarethe hörbar aufatmete, dämpfte der Hausdiener die Hoffnungen: „Pas si vite! Zurzeit ist in der Küche keine Stelle vakant! Aber …", er machte eine kunstvolle Pause, „… das Osterfest steht vor der Tür, und ab Sonntag Palmarum trifft sich hier tout le monde. Wenn die Demoiselle einverstanden ist, hat sie die Fortüne, ab Palmsonntag in der Küche zu arbeiten. Und sie darf, vorausgesetzt ihr Französisch ist gut genug, dann bei den Soupers in den Speisesälen aushelfen."

Margarethe nickte erleichtert, doch der Hausdiener war noch nicht fertig: „Die ersten vier Wochen arbeitet die Demoiselle à l'essai, auf Probe. Sollte die Demoiselle sich sittsam und freundlich gegen jedermann zeigen, zahlt Monsieur Rainville ihr einen Wochenlohn von zwölf Schilling. Später. Sie hat freie Kost, aber kein Logis."

Er bat sie, am Sonntag Palmarum bei ihm, Monsieur Heinrich, vorstellig zu werden, und scheuchte sie mit einer ungeduldigen Handbewegung aus der Eingangshalle.

Margarethe stand oben auf der Freitreppe, hielt ihr Gesicht der Frühlingssonne entgegen und dankte dem Lieben Gott, dass er es so gut mit ihr meinte. Doch statt wie am gestrigen Morgen an der Ilmenau das Kirchenlied „Die güldne Sonne voll Freud und Wonne" zu singen, trällerte Margarethe die Melodie des übermütigen Walzers, den sie im Ballsaal des ‚Königs von England' gehört hatte, hüpfte übermütig die Stufen hinunter und lief zum Ausgang der kleinen Parkanlage, wo sie ungeduldig auf Hinnerk wartete. Als der mit Henning auf den Schultern kam und sie sich auf den Weg zurück nach Hamburg machten, erzählte sie ihm, sprudelnd vor Glück, dass sie ab Palmsonntag bei Rainville in Stellung sei. Gut, die ersten vier Wochen auf Probe, ohne Lohn, aber danach unglaubliche zwölf Schillinge! Jede Woche! Und dass sie dankbar sei, dass Sophie ihr die Kleider geliehen habe. Ohne das veilchenblaue Spenzer-Jäckchen, wer weiß?

Hinnerk hatte schweigend Margarethes schwärmerische Schilderung von ihrer Begegnung mit Monsieur Heinrich angehört und brummte unzufrieden: „Dieser Gauner, dieser Halsabschneider. Die ersten Wochen steckt er deinen Lohn in die eigene Tasche und danach macht er auch noch seinen Schnitt. Ich glaub nicht, dass Rainville weiß, was hinter seinem Rücken so alles läuft."

Margarethe wollte protestieren, ließ es aber sein, um sich ihre gute Laune nicht zu verderben. Als sie sich wieder dem Millerntor näherten, sagte Hinnerk zu seinem Sohn:

„Wenn dich einer fragt, ob wir was dabei haben, sagst du nix und hältst das Maul. Und Margarethe ist deine Frau Mutter! Ist das klar, mein Jung?"

„Klar wie Kloßbrühe", sagte der kleine Henning ernst.

Margarethe sah erstaunt von ihm zu Hinnerk, fragte, was das zu bedeuten habe, aber Hinnerk schwieg. Im Gegensatz zum Morgen war jetzt am Millerntor wenig Betrieb. Einige Dragoner standen neben ihren Pferden, zwei Douaniers traten Hinnerk und Margarethe in den Weg und wollten wissen, was sie in Hamburg zu erledigen haben und ob sie Waren mit sich führen. Hinnerk deutete zu Henning und sagte: „Notre fils! Wir wollen zu seiner Großmutter. La mère de ma femme, visiter!" Bei diesen Worten deutete er auf Margarethe, die höflich einen Knicks machte. Während ein Douanier Hinnerk sorgfältig abtastete, forderte der andere Margarethe auf, die Rüschenhaube abzunehmen. Sie sah den Douanier irritiert an, sah, dass er braune Augen hatte, und gab ihm die Rüschenhaube. Der Douanier klopfte und schüttelte die Haube, da aber kein Zucker herausfiel, auch kein Kaffee oder Tee, gab er sie Margarethe zurück. Der andere war mit Hinnerks Visitation fertig und bellte: „Passez!"

Erst als die drei das Millerntor hinter sich gebracht hatten und auf dem Weg zum Brauerknechtgraben waren, rief Henning wieder fröhlich von seinem Hochsitz: „Slat se dot, de Franzos!"

Margarethe fragte Hinnerk, ob die Douaniers denn überhaupt etwas hätten finden können. Statt einer Antwort hob er seinen Sohn von den Schultern, zog ihm die Hosen runter und zeigte ihr ein halbes Pfund flach gepressten Tabak. Zufrieden steckte Hinnerk den Tabak in seine Jackentasche und meinte: „Man muss sich nur zu helfen wissen. Ein paar Schillinge bringt das sicher auf dem Schwarzmarkt."

Der kleine Henning sah Margarethe stolz an, die musste tief Luft holen und fragte: „Aber das ist doch verflixt gefährlich, oder?"

„Dafür kannst du schon auf einer französischen Galeere landen, angekettet, zehn Jahre!"

9. Kapitel

Da Sophie und Hinnerk nicht aus den Betten kamen, war auch Margarethe erst spät aus ihren Strohsäcken gekrochen. Und als Glockenklang mahnend in den Brauerknechtgraben wehte, hatte sie sich beim Lieben Gott entschuldigt, dass sie zum ersten Mal seit neun Jahren am Sonntag die Kirche nicht besuchte. Sie hatte sich auch gleich für den kommenden Sonntag, Palmsonntag, entschuldigt. Nun war sie mit Sophie auf dem Weg zum Gänsemarkt und trug das veilchenblaue Spenzer-Jäckchen. Aber nicht mehr lange, dachte sie. Denn Sophie kannte eine französische Putzmacherin, bei der sie sich ihre Hauben und Kleider machen ließ, und zu dieser Madame Guillambert wollten die beiden jungen Frauen.

Als sie sich dem Großneumarkt näherten, staunte Margarethe über die vielen sonntäglich ausstaffierten Frauen, Männer und Kinder, die in die gleiche Richtung liefen wie sie. Dann hörte und sah sie auch den Grund für den Menschenauflauf. Hundertfaches Geklapper von Pferdehufen und Trommeln und Pfeifen einer Regimentskapelle. Ein Bataillon Dragoner ritt von den Kohlhöfen kommend auf den Großneumarkt, auf dem sich Grenadiere und Musketiere in Reih und Glied aufgestellt hatten. Sophie und Margarethe wollten den Platz umrunden, wollten sich durch die Schaulustigen drängeln, als Sophie stehen blieb und einen Knicks machte. Auch Margarethe blieb stehen und sah nun, wen Sophie begrüßte. Es war Friedrich Perthes, der Buchhändler. Und vor Perthes stand der junge Mann mit dem verwegenen Haarschopf, in einer weiß-roten Uniform, sein Haarschopf war unter einem hohen Tschako verborgen, und in der Hand hielt er einen Vorderlader mit Bajonett. Perthes sprach ernst auf ihn ein, und Margarethe wurde unfreiwillig Zeuge des Gesprächs. „Ich würde dir gerne helfen, Christian, aber ich kann nicht. Leider. Sag das deinem Vater. Ich habe Matthias schon freigekauft, das war teuer genug. Leider."

„Ich kann das später doch von meinem Lohn zurückzahlen."

„Wann später?"

Der junge Mann blickte auf den Marktplatz: „Wenn dieser ganze Spuk vorbei ist." Er wandte sich wieder zu Perthes, sein Blick streifte Margarethe, und er begann zu lächeln: „Wie schön, Sie wiederzusehen. Verzeihen Sie, ich habe es vorgestern versäumt, mich Ihnen vorzustellen: Christian Meinecke, Buchhandelsgehilfe, seit gestern Conscribierter des 127. Infanterie-Regiments." Kommandos wurden über den Platz gebrüllt, und Christian sah Margarethe bittend an: „Ich hoffe, man sieht sich wieder."

Margarethe zögerte, nickte dann aber unwillkürlich. Christian strahlte, hatte es eilig, da seine Kompanie bereits Aufstellung nahm: „Wo kann ich Sie finden? Bitte!"

Wieder zögerte Margarethe, sie wollte sich nicht überrumpeln lassen, doch Sophie kam ihr zuvor: „Ab Palmsonntag arbeitet sie bei Monsieur Rainville in Altona!"

Christian verabschiedete sich: „Ich werde kommen!“ Er lief zu den Kameraden seiner Kompanie und stellte sich ins Glied.

Während Perthes von Sophie wissen wollte, wie es ihr gehe, und dass er hoffe, dass sie eines Tages wieder bei ihm Arbeit fände, sah Margarethe dem beginnenden Schauspiel zu. Kommandos wurden gebrüllt, und nun paradierte das ganze 127. Regiment de Ligne, vorneweg die Militärmusik, dahinter noch ungeübt die frisch Conscribierten. Margarethes Blick suchte Christian Meinecke, doch ihre Augen trafen auf kastanienbraune Augen. Irritiert blickte sie weg, aber etwas war stärker, zwang sie, diese dunklen Augen wieder zu suchen.

Jean.

Und auch er suchte ihre Augen. Margarethe hörte die Pfeifen, Trompeten und Trommeln aus weiter Ferne. Sophies Stimme holte sie in die Wirklichkeit zurück: „Das da vorne, mit der Querflöte, das ist doch Jean, oder?“ Margarethe nickte. Dann hörte sie, wie Perthes zu einem anderen Herrn sagte: „Lassen Sie uns hoffen, dass Napoleon unsere Jungs nicht auch verheizt.“ Margarethe sah zu Perthes und zu dem anderen Herrn, dessen feistes Gesicht über einem Seidenjabot vor Empörung zitterte: „Ich bitte Sie, Perthes, zurzeit ist doch alles friedlich!“

„Zurzeit noch! In den Pariser Journalen schreibt man aber, dass der Kaiser nicht tatenlos zusehen kann, wie der russische Zar ständig gegen das Tilsiter Abkommen verstößt und auf eigene Faust Geschäfte mit den Engländern macht.“

„Frankreich und Russland sind befreundet. Gott sei Dank! Und gegen Freunde führt man keinen Krieg. Das sollten auch Sie wissen, verehrter Herr Perthes.“

„Dann erklären Sie mir bitte, wofür der Kaiser ein Hilfskorps von zwanzigtausend Mann vom preußischen König verlangt? Warum dreißigtausend Bayern auf dem Weg nach Osten sind? Wohin er die achtundzwanzigtausend Westphalen schicken wird?

Wieso Tausende Mecklenburger Bauernjungs nach Polen marschieren?“

„Gerüchte, verehrter Herr Perthes, nichts als Gerüchte!“

„Gerüchte? Ihr Wort in Gottes Ohr!“ Das offene Gesicht von Friedrich Perthes verdüsterte sich. „Ich befürchte, es wird Krieg geben. Krieg gegen Russland. Und unsere Jungs werden dabei sein. Leider.“

Der rotbackige Herr erregte sich noch stärker: „Ich bin aufs Höchste über Ihren Defätismus verwundert. Und dass Sie trotz Ihrer Haltung der Parade beiwohnen!“

„Ich wohne ihr nicht bei, wie Sie es auszudrücken belieben. Ich möchte nur all die braven Jungs noch einmal sehen. Lebend!“

„Wenn ich Sie nicht kennen würde, wäre ich jetzt genötigt …“

„Mich zu denunzieren?“, unterbrach Perthes ihn kühl.

„Wie gesagt, wenn ich Sie nicht seit Jahren kennen würde!“

Der feiste Herr schnaufte. Perthes tippte an seinen Zylinder und verabschiedete sich. Sophie zog Margarethe weiter, drängelte mit ihr durch die gaffende Menge. Margarethe versuchte, noch einen letzten Blick auf das 127. Regiment zu erhaschen, aber nun zogen Dragoner auf ihren Pferden vorbei und versperrten den Blick.

Während sie über die Hohe Bleichen weiter zum Gänsemarkt gingen, wollte Margarethe von Sophie wissen, warum aus einem Buchhandelsgehilfen plötzlich ein Soldat der Grande Armée wird. „Vielleicht weil wir Hamburger nun alle Franzosen sind?“ Aber so genau wusste Sophie es nicht, sie war heilfroh, dass ihr Hinnerk nicht zu den Jahrgängen gehörte, die in das Regiment gepresst wurden. Denn das Geld, um ihn freizukaufen, wie es einige Hamburger Kaufleute für ihre Söhne taten, das hatten sie nicht. Bitter setzte Sophie hinzu: „Wenn du arm bist, hast du drei Möglichkeiten: Entweder du schmuggelst! Du verhungerst! Oder du stirbst zum Ruhme Napoleons.“

Margarethe schwieg, sie wollte an Christian Meinecke denken, aber sie dachte an Jean.

Madame Guillambert, eine zierliche ältere Dame mit einem schmalen Gesicht, empfing Sophie wie eine alte Freundin und schätzte sich glücklich, Margarethe, entsprechend ihrer Stellung bei Rainville, neu und à la mode einzukleiden. Nachdem sie sorgfältig Maß genommen und die Zahlen in ein Büchlein eingetragen hatte, legte sie eine Auswahl von Schnitten und Stoffen vor und entschuldigte sich, dass sie nur mit Leinen dienen könne. Seide aus Frankreich sei auch für sie unerschwinglich teuer geworden. Da Sophie beweisen musste, dass sie Margarethe in Modefragen haushoch überlegen war, dunkelte es bereits, als man sich über Schnitte und Preise für ein lindgrünes Kleid, ein apfelgrünes Jäckchen, zwei cremefarbene Rüschenhauben mit Bändern, zwei Schürzen und drei Paar weiße Leinenstrümpfe einig war. Während Margarethe noch rechnete, wie viel ihr von ihren ersparten Reichstalern blieb, und sich damit tröstete, dass sie schon nach vier Wochen bei Rainville ihren ersten Lohn erhalten würde, zündete Madame Guillambert Rübenöl-Lampen an, holte, um das Geschäft zu besiegeln, aus dem Hinterzimmer selbst gemachte Pralinés und sagte: „Wenn Sie arbeiten chez Rainville, empfiehlt es sich de parler un peu de français."

Margarethe sah sie verständnislos an, und Sophie sprang helfend ein: „Du solltest Französisch lernen, un peu, meint Madame Guillambert."

Margarethe wollte sagen, dass sie schon ein Wörterbuch gekauft habe, besann sich aber und fragte artig: „Können Sie mich unterrichten, Madame?"

Madame Guillambert lächelte und wehrte ab: „La Comtesse de Briancourt wird sich glücklich schätzen de vous enseigner. Un instant, je vous donne l'adresse."

Sie griff zu dem kleinen Büchlein, in das sie Margarethes Maße eingetragen hatte, schrieb einige Zeilen auf eine Seite, trennte sorgfältig die Seite aus dem Büchlein und gab sie Margarethe. „Voilà! Grüßen Sie bitte die Comtesse von mir!“

Margarethe sah auf den Zettel. „Wo ist denn das?“

„In der Vorstadt, in St. Georg, gleich hinter dem Steintor“, sagte Sophie, die einen Blick auf den Zettel warf und noch ein Praliné nahm. Margarethe bedankte sich bei Madame Guillambert und verabschiedete sich.

Als sie mit Sophie aus dem kleinen Modeladen der Madame Guillambert auf den Gänsemarkt trat, hatte der Himmel bereits seine samtblaue Nachtjacke angezogen. Margarethe blickte zur Binnenalster und erschrak. Gigantische feurige Kugeln, rot, grün, gelb, blau, weiß, stiegen auf, zerplatzten, zerstoben. Feuer in den Farben des Regenbogens fiel vom Himmel, gefolgt von sich überlagerndem, krachendem Donner, wie Margarethe ihn nur von Sommergewittern kannte. Sie schrie entsetzt auf, packte Sophie am Arm und zeigte zum Himmel über der Binnenalster. Sophie lachte: „Hast du noch nie ein Feuerwerk gesehen?“

Margarethe schüttelte verneinend den Kopf, da sie nicht wusste, was ein Feuerwerk war. Und als Sophie fragte, ob sie Lust habe mit ihr zum Jungfernstieg zu laufen, um das Spektakel aus allernächster Nähe zu sehen, bejahte Margarethe die Frage stumm und sah mit großen Kinderaugen zum feuerspeienden Himmel.

Es waren nur einige Schritte zum Jungfernstieg, und da Scharen Schaulustiger Beifall klatschend das Feuerwerk bewunderten und immer wieder „Vivat!“ riefen, begann auch Margarethe zu klatschen. Doch wieder erschrak sie, als nun blaustrahlend das Wasser der Alster aufleuchtete und der französische Adler sich aus der Mitte des Sees erhob, aus unzähligen Lampen geformt, auf dem Kopf die Kaiserkrone tragend. Nun staunte auch Sophie und fragte eine applaudierende Frau, warum heute eine so prachtvolle Illumination auf der Alster stattfindet.

„Der König von Rom hatte am 20. März Geburtstag!“, jubelte die Frau.

Sophie sah Margarethe verblüfft an. Was hatten die Hamburger mit dem König von Rom zu tun? Wieder wandte sich Sophie an die applaudierende Frau: „Was haben wir mit dem König von Rom zu tun?“ Und grinsend fügte sie hinzu: „Ich kenn nur den ‚König von England‘!“

„Napoleons Sohn, le petit Napoléon, der König von Rom, der Thronfolger ist vorgestern ein Jahr alt geworden! Das feiern alle Patrioten! Vivat! Vivat! Vivat!“

Wieder klatschte die Frau begeistert, als ein Bündel purpurfarbener Raketen aus dem Wasser stieg. Während Margarethe noch überlegte, ob sie nun eine gute oder eine schlechte Patriotin sei, und nicht wusste, ob sie weiterklatschen sollte, tippte jemand auf ihre Schulter. Sie drehte sich um und sah in dunkle Augen, in denen sich das Feuerwerk funkenstiebend spiegelte. Jean.

„Excusez-moi, mais ich gehofft, dass ich Sie finde hier“, sagte Jean höflich und so leise, dass Margarethe ihn kaum verstand, sich unwillkürlich zu ihm beugte und ihm daher sehr nahe kam. Jean lächelte und sagte: „Wir haben uns gesehen. Sie und ich.“ Margarethe nickte, schwieg und sah wieder zum Feuerfarbenspektakel auf der Alster. Sie war froh, dass Sophie in der Dunkelheit nicht sehen konnte, wie sie rot wurde. Jean trat hinter sie und sagte: „Ich gefragt Sophie, immer wieder, nun alles ist gut.“

Trotz der Böller und Raketen hatte Sophie wohl ihren Namen gehört und blickte zu Margarethe, entdeckte Jean und begann zu lachen: „Nun sieh dir diesen frechen Hund an. Verfolgt dich bis zur Alster.“ Und mit einem spöttischen Blick zu Jean: „Na, bist du jetzt glücklich?“

Jean nahm den Tschako ab, klemmte ihn unter den Arm und stellte sich formvollendet vor: „Jean Carpentier, Musicien in achte Garde-Regiment, pardon, seit heut, aujourd'hui, Musicien im hundertzwanzigsieben Regiment de Ligne."

„Ich dachte, in dem Regiment dienen nur Hamburger?"

Margarethe ärgerte sich, dass ihr keine bessere Replik einfiel.

Jean lachte: „Oui, aber die Hamburger haben kein Militärmusik. Et sans musique, ohne Musik man kann nicht marschieren!"

„Oder tanzen!", warf Sophie ein. Sie blickte von Margarethe zu Jean und wieder zu Margarethe. „Excusez, Jean, aber wir beide müssen nach Haus. Meine Kerle warten aufs Essen. Au revoir et à bientôt!" Mit diesen Worten drängte sich Sophie durch die immer noch begeistert applaudierenden Zuschauer. Margarethe wollte ihr folgen, doch Jean stellte sich ihr in den Weg: „Mais non, non, s'il vous plaît, je vous accompagne, d'accord?"

Margarethe sah ihn verständnislos an und bemerkte erst jetzt, dass Jeans Haare so dunkel wie seine Augen waren.

„Ich Sie begleiten. Après le feu d'artifice, vous êtes d'accord?"

„Ich kann kein Französisch", sagte Margarethe trotzig.

„Noch nicht!" Jean lachte sie an und sagte nach einer Pause: „Wie ist Ihr Name? S'il vous plaît!"

Margarethe stellte sich auf die Zehenspitzen, spähte über die Zuschauer hinweg, doch Sophie war schon in der Dunkelheit verschwunden.

„Margarethe … Margarethe Detjens."

„Marguerite? Comme la fleur? Wie die Blume?"

Margarethe wusste es nicht, darüber hatte sie nie nachgedacht und zuckte mit den Schultern. Wieder spiegelten sich funkenstiebende Kugeln in Jeans Augen. Margarethe wollte raus aus der jubelnden, applaudierenden Menge, wollte mit sich allein sein, wollte nach Hause. Nach Hause? Ihr Zuhause war zwei Tagesreisen weit entfernt, das wurde ihr in diesem Augenblick bewusst, am Sonntag wurden um diese Zeit die Kühe gemolken. Margarethe blickte Jean ernst an und sagte: „Auch wenn ich nur vom Dorf komme, ich weiß schon, was feine Manieren sind."

„Dorf? Ein village?“

„Ein paar Häuser, ein paar Höfe und eine Kirche.“

Jean nickte bestätigend und sagte dann stolz: „Moi aussi, ich auch! Klein village dans le midi de la France. Und heut Musicien de la Grande Armée. Ici, à Hambourg.“

Margarethe beschloss, sich heute nicht von der Vernunft leiten zu lassen: „Gut, begleiten Sie mich zum Brauerknechtgraben!“

Auf dem Jungfernstieg und dem Gänsemarkt brannten Laternen, doch Jean schwärmte von Paris. Von Paris, wo nachts hundertmal mehr Laternen brennen und wo er seine Ausbildung als Militärmusiker genossen hatte. Und das schönste, das größte, das formidabelste Erlebnis war die Parade zum Einzug Napoleons und seiner Gattin Marie Louise in die Tuilerien. Niemals wird er das vergessen, jamais!

Während Jean erzählte und erzählte, von seinem Dorf Tournay im armen Süden, dass er verhungert wäre, wenn er nicht zur Grande Armée gegangen wäre, von seinem Traum, eines Tages ein Weingut zu kaufen, dass er deshalb im ‚König von England‘ zum Tanz aufspielt, in der Oper aushilft und in der Gertruden-Kapelle den Organisten vertritt, da der arme Mann an Fallsucht leide, dass er auf seinem Weingut später Opern wie Spontini komponieren möchte, während Jean erzählte und erzählte und Margarethe auf eine weite, sehr weite Reise mitnahm, waren sie am Michel vorbei über den Schaarmarkt gelaufen, vorbei an der Einfahrt zum Brauerknechtgraben, standen nun über den Vorsetzen, blickten auf den dunklen Strom und schwiegen. Hinter den Mastenskeletten der Großsegler, tief im Osten, sahen sie, wie die Sichel des Mondes gegen Wolfsrudel schwarzer Wolken ankämpfte und unterlag. Margarethe fröstelte und schlang die Arme um sich. Jean schwieg und blickte stromaufwärts in die

Nacht. Er räusperte sich und sagte zögernd: „Dahinten, fern im Ost, weit, weit hinter die Wolken, da ist la Russie." Er machte eine Pause, dann: „L'un des officiers d'ordonnance du Général Saint-Cyr behauptet, dass Napoleon schon bald mit der Grande Armée nach Russland marschiert, um zu bestrafen den Zar."

Margarethe fragte leise, fast ängstlich: „Müssen Sie dann mit? Ich meine, mit nach Russland?"

Jean schwieg, zögerte, flüchtete in ein Lachen: „Mais bien sûr! Sans musique, ohne Musik man kann nicht marschieren."

Vom Michel schwebten acht klare Glockenschläge hinunter zur Elbe. Jean zählte stumm mit und meinte, dass er jetzt eigentlich zum Tanz im ‚König von England' aufspielen müsse, da sonst der Traum von seinem kleinen Weingut nur ein Traum bleibe. Margarethe wollte wissen, was ein Weingut ist, sagte, dass sie das Wort noch nie gehört habe. Während sie zum Brauerknechtgraben gingen, erklärte er mit großer Sorgfalt und Begeisterung, was ein Weingut ist, dass die Weinreben, wie die Menschen, Sonne, Wärme und Liebe brauchen, dass es in seiner Heimat, anders als in Hamburg, Sonne genug gebe. Ah, le beau soleil! Im trüben Licht einer Laterne blieben sie stehen, schwiegen, wurden verlegen, bis Margarethe sich für die Begleitung bedankte.

„Ich möchte Sie wiedersehen, Marguerite!"

„Ich heiße nicht Marguerite, ich heiße Margarethe."

„Excusez-moi, Margarethe, bitte, ich möchte Sie wiedersehen. Morgen Abend? Wieder an Jungfernstieg?"

„Ich weiß nicht ..."

„Ich werde auf Sie warten, den ganzen Abend."

Er gab ihr einen Kuss mit den Augen, setzte den Tschako auf, den er die ganze Zeit unter dem linken Arm getragen hatte, und ging mit schnellen Schritten hoch zum Michel. Margarethe sah ihm einige Herzschläge lang nach, hoffte, er würde sich zu ihr umdrehen, doch dann wandte sie sich rasch ab. Wäre ja noch schöner, wenn der sieht, dass ich hinter ihm herstarre. Sie lief in den Brauerknechtgraben, in den Langen Jammer. Bevor sie das alte Fachwerkhaus betrat, fielen ihr Hinnerks Worte ein: „Lass die Finger von den Franzosen! Die bringen nichts als Unglück!"

10. Kapitel

Sie hörte den Wind, wie er seufzend ums mächtige, reetgedeckte Dach strich, hörte, wie er schluchzte und weinte. Sie hörte die alte Agnes, die undeutlich im Schlaf sprach. Sie lauschte, Agnes schwieg, der Wind weinte. Sie wunderte sich, dass sein Weinen wie das Weinen eines Menschen klang. So hatte sie den Wind noch nie erlebt. Sie spürte, dass sie träumte, dass es nicht der Wind war, dessen Sprache sie kannte. Sie zwang sich, aus dem Schlaf aufzutauchen, fühlte das Sackleinen, das Stroh, begriff, dass sie nicht in ihrem Bett in der Mägdekammer lag, öffnete die Augen und starrte in die Dunkelheit, lauschte. Das Weinen blieb, es war nicht der Wind. Und über das Weinen schob sich Hinnerks beruhigende Stimme: „Nun mal schön der Reihe nach, erzähl alles, nachher geht es dir besser."

Margarethe lauschte, und Sophie begann stockend zu erzählen: „Die drei waren noch nie da. Die hatten vorher schon was getrunken. Das hab ich aber nicht gleich gemerkt. Die wollten noch mal richtig auf die Pauke hauen, bevor ihr Regiment nach Russland zieht. Sagten sie. Erst hab ich sie gar nicht richtig verstanden. Alle drei waren Dragoner. Der eine war fast so groß wie du. Ich hab meinen Preis genannt. Er war einverstanden. Auf der Treppe musste ich über sein komisches Deutsch lachen. Die anderen beiden hab ich gar nicht bemerkt. Erst als sie im Zimmer standen." Stockend erzählte Sophie, wie die Dragoner sie mehrfach vergewaltigten, wie sie um Hilfe schrie, wie man sie schlug, ihr einen Knebel in den Mund steckte und die Hände auf dem Rücken fesselte. Margarethe kroch tiefer in ihre Strohsäcke, hielt sich die Ohren zu und sah sich im Hühnerstall, wie Lüder über sie herfiel, wie Ripke auf seinen Bruder einschlug. Niemand hatte Sophie geholfen.

Da es nebenan in der Schlafkammer still wurde, nahm Margarethe die Hände wieder von den Ohren und befahl sich weiterzuschlafen. Doch nun hörte sie Hinnerks bedächtige Stimme: „Das hat jetzt ein Ende. Du gehst nicht mehr in den ‚König von England'. Du gehst nirgendwo mehr hin. Ein für allemal."

„Und wovon sollen wir leben?"

„Nee, nee, das hat jetzt ein Ende. Ich geh nach Büsum, und wenn ich da nix finde, dann geh ich weiter nach Tönning. Vielleicht habe ich Glück und krieg eine Heuer auf einem Boot, das nach Helgoland segelt."

„Und wenn sie dich schnappen, was dann?"

„Die Engländer auf Helgoland sind doch heilfroh, wenn sie was verkaufen können. Und in Büsum oder Tönning gibt's keine französischen Douaniers."

„Aber dänische!"

Hinnerk musste ein Lachen unterdrücken: „Die schmuggeln doch alle selber."

„Du musst die Konterbande dann aber nach Hamburg bringen, oder?"

„Ja, um Geld zu verdienen, verkauf ich das Zeug hier."

„Ich weiß nicht, Hinnerk, ich weiß nicht."

„Aber ich. Morgen früh geh ich los. Wenn das Wetter hält, bin ich in zwei Tagen in Büsum. Und wenn ich Sonnabend nicht zurück bin, dann weißt du, dass ich nach Helgoland schipper und erst zu Ostern zurückkomme."

„Wenn du da Tabak oder Zucker kaufen willst, dann brauchst du doch Geld?"

„So ’n büschen hab ich ja noch, und was fehlt, verrechne ich mit der Heuer. Nun schlaf man, mein Deern, und wein nicht mehr.“

11. Kapitel

Henning saß am Tisch und löffelte aus einer hölzernen Schale heiße Milchgrütze, die Margarethe gekocht hatte, als Hinnerk, wie jeden Morgen, mit zwei Eimern Wasser in die Bude kam. Während er Wasser in den Waschzuber schüttete, fragte er Margarethe, ob Sophie schon wach sei. Sie nahm die Strohsäcke, die seit zwei Nächten ihr Bett waren, und brachte sie auf Zehenspitzen gehend in die Schlafkammer, kam zurück, ließ die Tür offen und sagte zu Hinnerk: „Sophie ist wach, aber es geht ihr verflixt schlecht.“

„Dann geh ich heut nicht nach Büsum.“

„Geh man! Ich komm schon zurecht!“, rief Sophie.

Hinnerk überlegte lange, kam dann zu einem Entschluss und sagte zu Margarethe: „Wenn es Sophie bis Mittag nicht besser geht, dann holst du Dr. Wegscheider!“

„Wo finde ich denn den?“

„Im Pesthof. Weißt ja, wo das ist. Gleich hinterm Millerntor.“

Margarethe nickte, stellte auch für Hinnerk eine Schale mit Milchgrütze auf den Tisch und sagte: „Mach ich gern. Ich such mir heut auch gleich eine Schlafstelle. Das ist ja kein Zustand, hier bei euch auf dem Fußboden.“

„Bis ich wieder da bin, kannst du ja bei Sophie mit im Bett schlafen. Dann ist die auch nicht so allein. Und wenn ich wieder da bin, such ich dir eine Schlafstelle.“

„Nimm mich mit nach Büsum!“, bettelte Henning. Doch Hinnerk schüttelte den Kopf: „Du passt schön up de beiden Fruunslüt up. Is dat kloar, min Jung?“

„Kloar wie Kloßbrühe“, sagte der kleine Henning enttäuscht.

Nachdem Hinnerk seine Schale leer gelöffelt, sich von Sophie zart verabschiedet, Brot und Wurst in seine mit Perlmuttknöpfen besetzte Jacke gestopft und Henning nochmals ermahnt hatte, auf die Frauensleute aufzupassen, waren Sophie und Margarethe mit Henning allein. Da Margarethe keine Fragen stellte, nicht wissen wollte, warum es Sophie so schlecht ging, musste Sophie nicht über das reden, was die Dragoner ihr letzte Nacht angetan hatten. Sie hätte sich zu sehr vor ihrem Sohn geschämt. Und da noch Feuer im Küchenherd war, bot Margarethe an, das Badewasser ein bisschen anzuwärmen. Doch Sophie wollte sich jetzt noch nicht waschen, wollte auch noch nichts essen. Stattdessen fragte sie besorgt: „Warum gehst du denn nicht gleich heut Morgen zu dieser Comtesse? Noch hast du Zeit, was zu lernen. Später ist es zu spät. Ich weiß, wovon ich rede."

„Ich kann dich doch hier nicht allein lassen!"

„Kannst du ruhig. Ich schlaf erst mal richtig aus. Dann richtig waschen. Und wenn ich was brauche, ist Henning ja auch noch da. Nich, min Lütten?"

Henning nickte und sagte mit großem Ernst zu Margarethe: „Kannst ruhig gehen. Ich pass schon auf Muttern auf."

Wenig später ging Margarethe durch die Altstadt zum Steintor. Ihren linken Arm hatte sie unter den Henkel eines kleinen Korbs geschoben, in dem ein Stück Brot und das Wörterbuch lagen. Sophie hatte ihr den Weg nach St. Georg beschrieben, und so hatte sie keine Mühe, auf dem Platz vor dem Steintor das Haus zu finden, in dem die Comtesse de Briancourt wohnte. Sie zog an einer Glockenstange, hörte den scheppernden Klang im Hausflur verebben und wartete. Als sie ein zweites Mal an der Glocke ziehen wollte, hörte sie tippelnde Schritte, die Haustür wurde einen Spalt geöffnet, und eine hutzelige, weißhaarige Bedienstete sah Margarethe neugierig, aber etwas ängstlich an. Margarethe fasste sich ein Herz und fragte: „Ist die Comtesse de Briancourt zu sprechen?"

„Jetzt? Um diese Zeit? Für Madame la Comtesse ist das eine unschicklich frühe Zeit. Je regrette." Die hutzelige Dienerin wollte die Tür wieder schließen, sah Margarethes enttäuschtes Gesicht und fügte versöhnlich hinzu: „Die Demoiselle sieht vertrauenswürdig aus, alors, ich werde Madame la Comtesse fragen, ob sie eine Ausnahme macht und bereit ist, zu empfangen. Wen darf ich melden?"

„Margarethe Detjens."

„In welcher Angelegenheit?"

„Ich möchte, dass die Comtesse mich unterrichtet."

Ein Strahlen ging über das runzelige Gesicht der alten Dienerin: „Ah, ça c'est formidable."

Weit öffnete sie die Haustür, bat Margarethe in den dunklen Flur und lief einige tippelnde Schritte voraus. Rechter Hand pochte sie an eine Tür und wartete, bis Margarethe das Wort „Entrez!" hörte. Die Dienerin gab ihr ein Zeichen zu warten, betrat den im Parterre liegenden Raum und schloss die Tür wieder hinter sich. Margarethe wunderte sich ein wenig über das Gehabe. So muss es sein, wenn man in einem Schloss angemeldet wird, dachte sie, genoss aber gleichzeitig die Aufmerksamkeit, die ihr entgegengebracht wurde. Die weißhaarige Dienerin öffnete die Tür und ließ Margarethe eintreten.

In einem Fauteuil am Fenster saß die Comtesse de Briancourt, eine stattliche Frau Ende fünfzig, mit verlebten Zügen, aber hellwachen Augen. Ihre Frisur erinnerte an das Ancien Régime, die gepuderten Wangen zierten zwei Schönheitspflästerchen à la Louis XV, ihr framboisefarbenes Kleid, das mehrere Reifröcke bauschten und dessen Dekolleté einen mächtigen Busen darbot, war im Laufe der Jahre blass geworden. In der rechten Hand hielt sie einen zierlichen Fächer aus Elfenbein, den sie spielerisch öffnete und schloss. Margarethe hatte so etwas noch nie gesehen, sie hatte nur aus Erzählungen der alten Agnes davon gehört. Die Comtesse sah Margarethe neugierig an und fragte: „Meine treue Dienerin Stephanie sagte mir, dass Sie Französisch lernen möchten?“ Das Deutsch der Comtesse war makellos, ohne hörbaren Akzent. Margarethe machte unwillkürlich einen Knicks und stotterte: „Madame Guillambert war so liebenswürdig, mich Ihnen, nein, Verzeihung, Sie mich, nein, ich bitte um Verzeihung, Sie mir zu empfehlen.“

Die Comtesse musste lachen: „Schon gut, mein Kind. Sie wollen Französisch lernen. Die Sprache eines Molières, eines Racines, eines Voltaires. Leider auch die Sprache einiger Emporkömmlinge wie Robespierre oder dieses hergelaufenen Soldaten aus Korsika.“

„Pastor Krakow nennt ihn einen blutrünstigen Satan“, glaubte Margarethe der Comtesse beipflichten zu müssen.

Die Comtesse sah sie mit ihren hellwachen Augen an und sagte warnend: „Mein liebes Kind, sagen Sie so etwas nie laut. Hier bei mir sind Sie sicher, aber sagen Sie so etwas nie laut auf der Straße. Denken Sie daran: Jeder kann ein Mouchard sein.“

Margarethe hatte das Wort ‚Mouchard‘ noch nie gehört, sah die Comtesse verständnislos an, die hinzufügte: „Sie wissen nicht, was ein Mouchard ist? Ein Denunziant, ein Spitzel, ein Verräter! Sogar der Bettler auf der Straße kann ein Mouchard sein. Auch der reiche Kaufmann! Seien Sie auf der Hut, mein Kind, sonst kann es Sie das Leben kosten.“ Sie stand auf, ging zum Fenster, zog die lichtdurchlässigen Chiffonvorhänge zu. „Pardon, aber es gibt Tage, da kann ich nicht nach draußen sehen.“ Sie bemerkte Margarethes erstaunten Blick. „Ich hoffe, Sie haben vergangene Woche nicht wie ich mit ansehen müssen, wie zwei Tagelöhner von meinen Landsleuten hier auf dem Steintorplatz enthauptet wurden. Nur, weil sie etwas Tabak geschmuggelt hatten. Tabak im Wert von fünf Talern! Que c’est ridicule!“

Margarethe schoss durch den Kopf, dass Hinnerk Tabak auf Helgoland kaufen und nach Hamburg schmuggeln wollte. Wird schon gut gehen, tröstete sie sich und verdrängte die Gedanken an Hinnerk und an Sophie. Die Comtesse setzte sich wieder und bat Margarethe, in dem anderen, zerschlissenen Fauteuil Platz zu nehmen. Am Fenster sei das Licht besser, falls sie sich Notizen machen wolle. Margarethe wurde verlegen, da sie nicht daran gedacht hatte, ein Heft und einen Bleistift zu kaufen. Sie holte ihr Wörterbuch aus dem Korb und legte es auf einen altersschwachen Spieltisch, in dessen Oberfläche ein Schachbrett mit verschiedenfarbigen Intarsien eingelassen war. Die Comtesse nahm das Buch in die Hand, las interessiert den Titel, blätterte durch die Seiten und bemerkte dann: „Ein sehr schönes Dictionnaire. Haben Sie es hier in Hamburg gekauft?"

„Ja, gleich am Freitag. In der Buchhandlung Perthes."

„Bei Perthes? Ein honoriger Mann! Etwas zu freimütig, aber so sind sie nun mal, die Republikaner!" Sie legte das Wörterbuch auf den Spieltisch zurück und sagte bedauernd: „Gerne würde ich Ihnen von Stephanie einen Kaffee servieren lassen, aber die Zeiten sind nicht danach."

Margarethe beteuerte, dass sie sich nichts aus Kaffee mache, da sie noch nie in ihrem Leben Kaffee getrunken habe. Die Comtesse war amüsiert: „Sie kommen nicht aus Hamburg?"

„Nein. Ich komme aus einem kleinen Dorf in der Heide."

„Und wollen dennoch Französisch lernen?"

„In einer Woche, ab Sonntag Palmarum, habe ich eine Stellung als Küchenmagd bei Monsieur Rainville in Altona."

„In einer Woche hat Gott die Welt erschaffen. Warum sollte es uns in derselben Zeit nicht gelingen, Ihnen etwas von meiner Muttersprache zu vermitteln?"

Was sollte Margarethe darauf antworten? Sie hatte die Sorge, dass ihre ersparten letzten Reichstaler diese Woche nicht überleben würden. Doch als sie die Höhe des Entgelts hörte, das die Comtesse für den Unterricht verlangte, atmete sie auf. Die Comtesse sah ihre Erleichterung und lachte: „Mein Kind, eine Kuh, die Milch gibt, darf man nicht schlachten. Wann möchten Sie, dass wir mit dem Unterricht beginnen?"

„Jetzt, sofort!", platzte Margarethe heraus und entschuldigte sich: „Pardon."

Die Comtesse de Briancourt lachte: „Wer weiß, vielleicht lesen Sie eines Tages Voltaires ‚Lettres Philosophiques' im Original, bei diesem Tempo!"

Nach zwei Stunden schwirrte ihr der Kopf. Eine Uhr schlug elfmal und erlöste Margarethe. Sie sah zu dem zierlichen Meisterwerk der Uhrmacherkunst, das auf einer Kommode stand, auf der sich auch ein kostbares Kaffeeservice befand. Die Comtesse glaubte, erklären zu müssen: „Porzellan aus Vincennes, aber noch vor 1753, das gibt es heute nicht mehr. Das Service und die Uhr sind das Einzige, was die Flucht vor der Guillotine und die schweren Jahre danach überstanden hat."

„Und Sie, Madame la Comtesse!"

„Aber nur dank meiner treuen Seele, Stephanie", ergänzte die Comtesse, denn in diesem Augenblick betrat die alte Dienerin die Stube. Margarethe verstaute das Wörterbuch in ihrem Korb, stand auf, bedankte sich und entschuldigte sich gleichzeitig für ihre Begriffsstutzigkeit. Die Comtesse musste lachen: „Aber nein! Sie sind intelligent, Sie lernen schnell, sehr schnell!"

Margarethe gab ihr die vereinbarte Summe und verabschiedete sich: „Darf ich morgen um dieselbe Zeit wiederkommen?"

„Wenn Sie es zeitlich einrichten könnten, wäre es mir lieber, Sie würden erst am Nachmittag kommen."

„Gern!"

Die Comtesse blieb in ihrem Fauteuil mit dem Rücken zum Fenster sitzen und reichte Margarethe die Hand. „Falls Sie Madame Guillambert sehen, grüßen Sie sie bitte von mir und sagen Sie ihr, dass ich mich erkenntlich zeigen werde. Und denken Sie an das Heft für die Notizen. Und den Bleistift! Au revoir, mein schönes Kind!"

„Au revoir, Madame la Comtesse, und … merci bien!"

Die alte Dienerin ging voraus, öffnete Margarethe die Tür und brachte sie durch den dunklen Flur bis zur Haustür. Während sie die Tür öffnete und einen Knicks andeutete, sagte sie: „Möge Gott Sie schützen, Mademoiselle!“

Margarethe war ein bisschen stolz auf sich, dass sie ihre ersten Worte in fehlerfreiem Französisch geschafft hatte. Sie lief durch das Steintor, die Douaniers inspizierten gelangweilt ihren Korb, sie lief weiter und bog hinter der St.-Petri-Kirche nach rechts zum Jungfernstieg ab. Wo Bücher und Zeitungen verkauft werden, gibt es sicher auch Hefte und Stifte, sagte sie sich und war froh, den Buchladen von Friedrich Perthes schon zu kennen. Sie dachte an die Comtesse und deren Flucht aus Paris. Irgendwie haben wir etwas Gemeinsames, dachte Margarethe, nur dass meine Flucht aus dem Dorf gegen das, was die Comtesse erlebt haben muss, ein Kinderspiel war. Ja, dachte sie, Menschen wie die Comtesse zählen sicher zu den guten Franzosen. Anders als die Franzosen, die uns heute kujonieren. Im Wasser der Binnenalster spiegelte sich der graue Märzhimmel. Gestern Abend hatte sie hier noch das Feuerwerk bestaunt, das zum Geburtstag des Königs von Rom zelebriert worden war, hatte sogar applaudiert, nun ärgerte sie sich und ertappte sich dabei, dass sie Jeans Hand auf ihrer Schulter spürte, dass sie seine Stimme hörte. Soll der heute Abend warten, bis er schwarz wird. Verblüfft blieb sie auf dem Jungfernstieg vor dem Haus 22 stehen. Zwei französische Grenadiere kamen mit einem Wäschekorb voller Bücher aus dem Buchladen, schütteten sie wie Torfziegel auf einen einachsigen Karren, der vor dem Haus stand, und gingen mit dem Wäschekorb zurück in den Laden. Margarethe folgte ihnen.

Zuerst sah sie nur zwei französische Offiziere, die selbst hier im Laden ihre ausladenden Zweispitze trugen. Beide rissen Bücher aus den Regalen, prüften die Titel und warfen die Bücher dann auf einen Haufen. Das einzige Wort, das Margarethe verstand, war „Confisqué!". Die Grenadiere machten sich wieder an die Arbeit und füllten erneut den Wäschekorb. Nun sah Margarethe das verbitterte Gesicht von Friedrich Perthes, der tatenlos mit ansehen musste, wie die nackte Willkür sein Buchsortiment plünderte. Als einer der beiden Offiziere in einem wertvollen Band blätterte und den Folianten geringschätzig zu den anderen Büchern auf den Haufen warf, hielt Perthes es nicht mehr aus.

„Sie Hornochse! Sie Rindvieh! Wissen Sie, was Sie da eben konfisziert haben?"

„Quoi donc?"

„Voltaire! Sie Döskopp! Voltaires ‚Lettres Philosophiques'. Ein Meisterwerk der europäischen Geistesgeschichte!"

Vor drei Stunden hätte ihr das noch nichts gesagt, aber nach dem Unterricht bei der Comtesse durfte Margarethe zu Recht empört nicken. Perthes wollte sich auf den Bücherhaufen stürzen und das wertvolle Exemplar retten, doch der Offizier zog seinen Degen und stoppte ihn. Resigniert wandte sich Perthes ab und sah jetzt erst Margarethe. Er brauchte einige Augenblicke, um sie zu erkennen, und fragte sie, womit er dienen könne. Margarethe fragte, ob sie ein Heft und einen Stift bei ihm kaufen könne. Perthes bejahte und holte das Gewünschte hinter einem Tresen hervor. Mit schnellem Griff entwand ihm der Offizier, den Perthes soeben angeblafft hatte, das Heft und blätterte es durch. Dann gab er es Perthes zurück, der sich einen wütenden Kommentar nicht verkneifen konnte: „Weißes, unschuldiges Papier! Ihnen wäre es wohl am liebsten, wenn ich nichts anderes als das verkaufen würde, oder?"

Der Offizier, der offenbar kein Deutsch verstand, reagierte nicht auf die Provokation, wandte sich gelangweilt ab und plünderte weiter die Regale. Resigniert reichte Perthes Margarethe Heft und Stift: „Bitte, nehmen Sie, ich schenke es Ihnen."

Margarethe wollte das kleine Geschenk nicht annehmen, doch Perthes bestand darauf. Bei dem Verlust, den er heute zu erleiden hätte, sei es ihm ein Labsal, aus freien Stücken etwas herzugeben. Sie bedankte sich für das Heft und den Stift und verließ den Buchladen. Wieder schütteten die Grenadiere Bücher wie Torfziegel in den einachsigen Karren. Margarethe blieb stehen, holte zweimal tief Luft und zischte die Grenadiere empört an: „Schämen Sie sich!"

Die Turmuhr schlug bereits zu Mittag, als sie am Michel vorbeikam. Margarethe beeilte sich und lief wenig später die Stiege zu Hinnerks und Sophies Bude hoch. Henning ließ zwei Schiffchen auf dem Waschzuber schwimmen, Segelboote, die sein Vater aus Kiefernborke geschnitzt hatte. Da das Wasser noch sauber war, sah Margarethe, dass Sophie sich nicht gewaschen hatte.

„Na, mein Jung, alles in Ordnung?"

„Mutter hat noch nicht gegessen."

Margarethe setzte den Korb ab, strich Henning kurz über die Haare und ging in die Schlafkammer. Sophie hatte die Augen weit geöffnet, starrte an die Decke und sagte leise: „Schick mal den Lütten raus."

Margarethe ging zurück in die Wohnküche und forderte Henning auf, mit den Nachbarskindern auf der Stiege zu spielen.

„Deine Mutter und ich müssen was beschnacken. Nix für kleine Jungs."

Henning nahm widerspruchslos seine Borkenschiffchen aus dem Wasser und verließ barfuß die Bude. Margarethe ging zu Sophie in die Schlafkammer zurück.

„Hilf mir mal!"

Margarethe half Sophie beim Aufstehen und sah, dass ihr Nachthemd und das Bettlaken blutgetränkt waren.

Margarethe sagte: „Bleib stehen, ich wasch dich ganz fix!" Sie zog Sophie das Nachthemd aus, warf es in einen Wäschekorb, schöpfte mit einer Schüssel Wasser aus dem Zuber, nahm Seife und Bürste und begann, Sophie behutsam und gründlich zu waschen. Sophie bibberte, behauptete aber, sie würde sich langsam wohler fühlen. Margarethe rubbelte sie trocken und sagte:

„Das letzte Mal hab ich das bei einem frisch geborenen Kalb gemacht." Sie lachte und rubbelte kräftig weiter. Dann zog sie das Bettlaken ab, warf auch das in den Wäschekorb und zog ein sauberes Laken auf. Sophie bekam ein frisches Nachthemd, und kurze Zeit später lag sie geschwächt, aber erleichtert wieder in ihrem Bett. Margarethe rief nach Henning, der sofort erschien, weil er gelauscht hatte.

„So, ich hol jetzt den Doktor!"

„Darf ich mit?"

„Da müssen ja nun nicht zwei hinlaufen, oder?" Margarethe sah Hennings enttäuschtes Gesicht und holte aus ihrer Jackentasche einige Münzen. „Während ich zum Pesthof laufe, läufst du rüber zum Schaarmarkt und holst für sechs Pfennige Rinderbrühe."

Sophie protestierte, doch Margarethe unterbrach sie: „Du musst was Anständiges essen! So 'n bisschen Milchgrütze bringt dich nicht wieder auf die Beine."

Sie gab Henning einen Kumpen.

„Und lass dich nicht übers Ohr hauen. Pass genau auf! Einen Daumenbreit unterm Rand. Und dass du mir ja nix verschüttest! Ist das klar, mein Jung?"

Henning antwortete: „Klar wie Kloßbrühe!" Froh, endlich eine Aufgabe zu haben, sauste der kleine Junge los, barfuß.

„Was soll ich dem Doktor denn sagen?"

„Sag ihm, ich bin hier die Stiege runtergefallen und hab bannig starke Schmerzen."

„Und wenn er die Wahrheit wissen will?"

„Das ist die Wahrheit!"

12. Kapitel

Vier Douaniers standen unter dem Vordach des Wachhauses am Millerntor und blickten unzufrieden in den Regen. Von Margarethe, die unter ihrem burgunderroten Schirm stadtauswärts lief, nahmen sie keine Notiz. Schon nach wenigen Schritten tauchte rechter Hand der Pesthof auf, und sie ging über die kopfsteingepflasterte, schmale Allee auf das große Krankenhaus zu. Eine hölzerne Brücke führte über einen Abwassergraben, der die Gebäude umschloss und voller Unrat war. Sie kam in den Innenhof und staunte über die hohen Fenster. Es herrschte nur wenig Betrieb. Einige Kranke schlurften trotz des stärker werdenden Regens an den Hauswänden entlang, um frische Luft zu schnappen. Ein Mann mit blutdurchtränkter Schürze kam aus einem zweigeschossigen Haus, das neuer und größer als die anderen war, und ging zu einem Wirtschaftsgebäude. Gleichzeitig rumpelte ein Ochsenkarren über das Kopfsteinpflaster und hielt vor dem zweigeschossigen Haus. Der Fuhrknecht rief dem Mann mit der blutdurchtränkten Schürze zu: „He, Chirurgus! Ick hev wedder einen för di!“ Margarethe entdeckte im Stroh auf dem Ochsenkarren einen bewusstlosen jungen Mann, dessen linker Unterschenkel zerquetscht war und stark blutete. Der als Chirurgus Angesprochene kam zum Ochsenkarren und sah mit gelangweiltem Blick den Schwerverletzten an: „Den muss der Doktor ankieken, bevor wir den Kram hier absägen!“ Er zeigte auf den zerquetschten Fuß.

„Wo find ich denn den Dr. Wegscheider?“, fragte Margarethe schnell dazwischen.

Während der Fuhrknecht und der Chirurgus den bewusstlosen jungen Mann vom Ochsenkarren hoben, deutete der Chirurgus mit dem Kopf zu dem großen, zweigeschossigen Haus: „Unten! Er muss noch im Männersaal sein!“ Margarethe bedankte sich, klappte ihren Schirm zusammen und betrat das Haus.

Einen Augenblick nahm ihr der wüste Gestank den Atem, als sie den Saal betrat, in dem nur Männer untergebracht waren. Nun mal sutsche, dachte sie, das hier ist auch nicht schlimmer als im Schweinekoben. Sie lief durch die Reihen der Betten, vor denen Notdurftstühle standen, sah sich nach dem Arzt um und wunderte sich, dass in fast jedem Bett zwei Kranke lagen. Da wird ja keiner richtig gesund, sagte sie leise und suchte weiter. In der vorletzten Bettreihe stand ein schlanker, mittelgroßer Mann um die vierzig, dessen Haar schon graue Strähnen zeigte, und fühlte den Puls eines Kranken. Das muss der Doktor sein, dachte Margarethe und wollte ihn ansprechen. Aber der Arzt, der einen schwarzen Gehrock trug, kam ihr zuvor: „Sie habe ich hier noch nie gesehen, oder? Gehören Sie zu den Pflegeweibern?"

„Nee, ich komme wegen meiner Freundin Sophie Dageförde. Sie hat starke Schmerzen. Ihr Mann bittet Sie, nach ihr zu sehen."

„Warum bringt er sie nicht her?"

„Er ist auf dem Weg nach Büsum, und ich kann sie nicht tragen."

Der Arzt versuchte, sich an den Namen zu erinnern: „Sophie, Sophie Dageförde? Richtig. Was fehlt ihr denn?"

„Sie ist von der Stiege gestürzt."

„Hat sie sich was gebrochen?"

„Nein, sie hat aber geblutet und hat Schmerzen im Unterleib."

Dr. Wegscheider sah Margarethe jetzt zweifelnd an: „Ist sie wirklich gestürzt?"

Margarethe zögerte einen Moment und sagte dann die Wahrheit: „Nein, drei Dragoner haben sie …" Margarethe schwieg.

„Hat man die Halunken gefasst?"

Margarethe verneinte stumm.

„Immer dasselbe", knurrte Dr. Wegscheider. Er wandte sich dem Kranken zu und sagte: „Morgen kriegen Sie zweimal noch einen Giftlattichauszug mit süßem Quecksilber, und dann sehen wir weiter." Zu Margarethe sagte er: „Ich kann jetzt hier nicht weg. Ich hab oben noch die zwei Frauensäle. Ich kann erst abends gegen sechs Uhr kommen."

„Sophie hat aber bannig Schmerzen", wiederholte Margarethe.

Der Arzt wandte sich den noch nicht versorgten Kranken zu und beruhigte sie, dass er gleich zurück sei. „Kommen Sie", sagte er zu Margarethe, „ich gebe Ihnen was aus unserer Apotheke mit." Er ging durch die Bettreihen, Margarethe folgte ihm. Auf einem Tisch, gleich neben dem Eingang, lag der bewusstlose junge Mann. Der Chirurgus stand neben ihm und hielt Dr. Wegscheider auf: „Sie sollten sich ihn gleich mal ansehen. Er verliert verflixt viel Blut. Und Blut ist ja nun mal der Lebenssaft."

Dr. Wegscheider blieb stehen, und während er die schwere Verletzung betrachtete, sagte er zu Margarethe: „Sagen Sie bitte Lohmeyer, er soll Ihnen ein Fläschchen China-Tinktur geben. Ich signier das später in seinem Rezepturbuch."

„Lohmeyer?"

„Unser Apotheker! Gleich rechts über den Hof. Und richten Sie Sophie aus, dass ich komme, aber erst gegen Abend. Wo finde ich sie denn?"

Margarethe nannte die Adresse im Brauerknechtgraben, verließ den Krankensaal und atmete tief durch, als sie an der frischen Luft war. Sie ging nach rechts zum Wirtschaftsgebäude und betrat das Haus durch eine Seitentür. Ein jovialer, rundlicher Herr mit einem goldenen Kneifer auf der Nase kam ihr entgegen und fragte sie, was oder wen sie suche.

„Den Herrn Apotheker Lohmeyer", antwortete Margarethe.

„Da haben Sie Glück, der steht vor Ihnen, Mademoiselle!"

Margarethe sagte ihm, was Dr. Wegscheider ihr aufgetragen hatte, und der freundliche Herr Apotheker nahm sie mit in sein Laboratorium, wie er den Raum nannte, der vollgestopft war mit Krügen, Kumpen, Schalen, Töpfen, Tassen und Tiegeln, mit Buddeln, Flaschen und Fläschchen. Er mischte einige Substanzen zusammen, murmelte etwas von fünfzehn Teilen Opiummilch, siebzig Teilen Wasser und dann noch fünfzehn Teilen Alkohol, und kurze Zeit später gab er Margarethe ein kleines Fläschchen mit einer schwarzbraunen Flüssigkeit. Vorher hielt er das Fläschchen jedoch gegen das Licht des Fensters und schüttelte es behutsam: „Das ist die Tinctura Opii simplex, ein Laudanum. Ihre Freundin sollte das in kleinen Schlucken über den ganzen Tag verteilt zu sich nehmen. Das schmeckt zwar etwas bitter, aber man träumt schön."

Margarethe versuchte, sich den lateinischen Namen zu merken, nahm das kleine Fläschchen und verstaute es in der Jacke. Sie fragte nach dem Preis und erschrak, als der Herr Apotheker die Summe nannte. Sie kramte ihre letzten vier Schillinge aus der Jackentasche, bekam fünf Pfennige zurück, bedankte sich und klapperte in ihren Holzpantinen davon.

Über die kopfsteingepflasterte Allee verließ Margarethe den Pesthof, spannte ihren Schirm auf und freute sich, dass er burgunderrot leuchtete, dass er dem schiefergrauen Nachmittag ein bisschen Farbe gab. Und sie war froh, dass sie bei diesem Wetter ihre Pantinen anhatte. Mit einem höflichen Kopfnicken wollte sie das Millerntor passieren, doch einer der Douaniers, die unter dem Vordach standen, forderte sie auf, ins Wachhaus zu kommen. „Ich habe nichts zu verzollen", sagte Margarethe höflich, nahm die Rüschenhaube ab und schüttelte sie. „Sehen Sie, kein Kaffee, Tee oder Zucker! Nichts!"

„Venez! Venez!"

Margarethe klopfte den Schirm sorgfältig aus, klappte ihn zusammen und betrat das Wachhaus. Am Tisch saßen Grenadiere und spielten Karten. Von einem Hocker erhob sich eine alte, versoffen aussehende Frau, watschelte auf Margarethe zu und befahl ihr, den Rock zu heben. Dann kniete sich die Frau ächzend vor Margarethe und griff ihr mit beiden Händen unter den Rock. Die Grenadiere unterbrachen ihr Kartenspiel und sahen gespannt zu. Als die Alte Margarethes Gesäß und die Scham abtastete, wollte Margarethe protestieren, sah die Gesichter der Grenadiere und biss die Zähne zusammen. Die Alte beendete die Visitation unter dem Rock, stand stöhnend auf und tastete Margarethes Oberkörper ab. Schnell hatte sie das Fläschchen entdeckt, das Margarethe in der Jackentasche hatte.

„Was ist das?", fragte die Alte.

„Medizin!"

Die Alte gab das Fläschchen einem der Douaniers, der den Stofflappen aus dem Flaschenhals zog, an der Tinktur roch und fragte: „C'est une épice?"

Die versoffene Alte übersetzte: „Ist das ein Gewürz?"

„Non", antwortete Margarethe.

„Un assaisonnement? Un aromate pour le repas?"

„Etwas, mit dem man das Essen schmackhafter macht?"

„Non! Das ist eine Medizin. Das ist Tinctura Opii simplex." Margarethe war froh, dass ihr die schwierigen Worte wieder eingefallen waren. Der Douanier ließ vorsichtig einen Tropfen auf seine Fingerspitze rinnen, prüfte mit der Zunge den Geschmack und verzog das Gesicht: „C'est très amer!"

Dann brüllte er los: „Ah, ça c'est du poison! Incroyable! C'est du poison!" Er sah zu den anderen Douaniers: „Une jeune fille avec du poison! Incroyable!"

Die Alte übersetzte: „Gift! Das ist Gift! Wen willst du damit denn vergiften, du Unschuldslämmchen?"

Die Alte roch nach Fusel, und Margarethe sagte zornig: „Der Apotheker Lohmeyer hat mir die Medizin für eine Freundin mitgegeben!" Der Douanier wartete die Übersetzung nicht ab, brüllte „Confisqué!" und brachte das Fläschchen mit einem Grinsen in den Nebenraum. Ein anderer Douanier verwarnte Margarethe, ließ Wort für Wort von der Alten übersetzen. Sollte man sie nochmals schnappen, würde man sie ins Zuchthaus an der Binnenalster stecken. Dann sehe ich Jean nie wieder, dachte

Margarethe plötzlich, verdrängte aber sofort diesen unsinnigen Gedanken, rätselte, warum Jean ihr unvermutet in den Sinn gekommen war, beschloss, sich lieber über den Verlust des Geldes zu ärgern, als an Jean zu denken, und verließ das Wachhaus.

Sie lief durch den Regen nach Hause und ärgerte sich, dass sie ihr Dictionnaire nicht dabei hatte, sonst hätte sie das Missverständnis sofort aufklären können und sich nicht auf die Übersetzungskünste der stinkenden Vettel verlassen müssen. Gottverdammichnochmal! So schnell wie möglich musste sie Französisch lernen! Sie fluchte laut vor sich hin und überlegte, ob sie zum Pesthof zurücklaufen und den freundlichen Apotheker um ein zweites Fläschchen bitten sollte. Sie verwarf den Gedanken, da die Douaniers auch dieses Fläschchen konfiszieren würden, und tröstete sich damit, dass Dr. Wegscheider heute Abend nach Sophie sehen wollte.

Der kleine Henning saß am Tisch, wischte mit einem Knust die letzten Tropfen Rinderbrühe aus dem Kumpen, steckte das Brot in den Mund und suckelte daran. Noch einmal wischte er den Kumpen mit dem Knust sorgfältig aus, zeigte auf die Tür zur Schlafkammer und erklärte mit großem Ernst, dass er, wenn er sechs Jahre alt sei, bei einem Reepschläger arbeiten werde, damit Muttern nachts nicht immer Taler verdienen muss. Dass er ihr dann auch öfter Rinderbrühe kaufen werde. Und Margarethe erzählte ihm, während sie die Jacke und die Holzpantinen auszog, dass sie es viel besser gehabt hatte als er, dass sie erst mit zwölf Jahren arbeiten musste. Henning suckelte am Knust und sagte bedächtig: „Dann hast du das ja richtig gut gehabt.“

Sophie meldete sich, fragte, warum der Doktor nicht mitgekommen sei. Margarethe ging zu ihr und schloss die Tür. Der Junge musste ja nicht alles mitkriegen. Sie setzte sich zu Sophie aufs

Bett und erzählte ihr, dass Dr. Wegscheider heute Abend vorbeikommt. Unvermittelt sagte sie: „Du hast mir gar nicht gesagt, dass der Doktor dich kennt. Jedenfalls wusste er sofort, wer du bist."

Sophie zögerte einen Atemzug lang. „Einmal in der Woche muss ich ja zu ihm in den Pesthof. In die Ordination."

„Bist du krank? Hab ich gar nicht gemerkt. Wirklich nicht."

„Ich bin nicht krank! Gott sei Dank! Nee, aber das ist gesetzlich vorgeschrieben, seit letztes Jahr, einmal pro Woche! Marschall Davout glaubt, dass er die venerischen Krankheiten bei seinen Soldaten so besser unter Kontrolle hat."

„Venerische Krankheiten?"

„Du meine Güte, brauchst du lange. Die Franzosenkrankheit!"

Langsam begriff Margarethe, wovon Sophie sprach, sie lief flammend rot an und war froh, dass sie vom rundlichen Apotheker Lohmeyer erzählen konnte, der ihr ein Fläschchen Tinctura Opii simplex mitgegeben hatte, dass aber diese Mistkerle von Douaniers das Zeug konfisziert hatten, nur weil die versoffene Vettel nicht richtig übersetzt hatte. Sophie tröstete sie, das hätte auch ihr passieren können. Die alten Huren übersetzen immer nur das, was die Douaniers gerne hören wollen. Als sie Margarethes erstauntes Gesicht sah, erklärte Sophie, dass manche Hure, die zu alt war und keinen Freier mehr kriegte, sich bei den Douaniers verdingte, um mit dem bisschen Französisch, was sie im Lauf der Jahre von den Soldaten gelernt hatte, ein paar Pfennige zu verdienen. Margarethe schwor, dass sie so schnell wie möglich Französisch lernen würde, damit ihr so etwas in Zukunft erspart bleibt. Das war das Stichwort für Sophie, und nun musste Margarethe ausführlich von der Comtesse de Briancourt erzählen.

13. Kapitel

Margarethe ging zum Fenster, öffnete einen Flügel, sah in den Regenhimmel, sah dann in den Hof und rief: „Henning! Pass schön auf! Wenn der Doktor kommt, zeigst du ihm den Weg!“ Sie ließ das Fenster geöffnet und setzte sich wieder zu Sophie aufs Bett. Sophie deutete mit einer Kopfbewegung zum Fenster: „Aber nicht zu lange, sonst hol ich mir noch den Tod.“

„Och, so ’n büschen frische Luft kann nicht schaden.“

Sophie sah sie an und wurde neugierig: „Damit ich frische Luft kriege, deswegen machst du das Fenster doch nicht auf, oder?“

Margarethe lächelte und schwieg.

„Nee, du willst wissen, wie spät das ist, oder?“

„Ist doch schön, wenn man weiß, was die Uhr geschlagen hat“, sagte Margarethe. Wenig später wehten sechs Glockenschläge vom Michel bis in den Langen Jammer. Margarethe zählte mit, stand dann auf, schloss das Fenster und sagte entschlossen:

„Soll er warten, bis er schwarz wird.“

Sophie begann zu lachen: „Hab ich’s doch geahnt. Jean, nich?“ Ernst setzte sie hinzu: „Lass die Finger von den Franzosen, die bringen nichts als Unglück.“

„Lass ich ja!“

Auf der Stiege hörte man Schritte. Henning öffnete die Tür und ließ Dr. Wegscheider in die Wohnung. Der wünschte einen guten Abend, klopfte die Regentropfen vom Filzzylinder, zog seinen mit einem Biberpelzkragen besetzten Mantel aus, schlug die Nässe ab und legte den Mantel über einen Stuhl. Er bat um eine Schüssel Wasser, wusch sich mit grüner Seife die Hände, ging in die Schlafkammer und schloss die Tür hinter sich. Margarethe und Henning setzten sich an den Tisch und warteten. Henning wollte wissen, ob die Mutter sehr krank ist. Margarethe zuckte die Achseln, sie wusste es nicht. Kurze Zeit später kam der Arzt wieder aus der Schlafkammer, ließ die Tür geöffnet und wusch sich nochmals die Hände. „Sie bleiben die nächsten drei Tage im Bett. Freitag sehe ich mir das noch mal genau an. Aber so wie es aussieht, haben Sie trotz allem Glück gehabt!“ Er blickte nach draußen, verzog das Gesicht und schimpfte: „So ’n Schietwetter! Und die Kutsche steht am Schaarmarkt.“ Er zog seinen Mantel wieder über, und Margarethe sagte: „Ich hab einen Schirm! Ich bring Sie gern hin!“

Der Arzt bedankte sich und begann zu schmunzeln: „Sophie hat mir erzählt, dass die Douaniers die Tinktur geklaut haben?“

„Ja, haben sie, diese Kanaillen!“ Margarethe schlüpfte wütend in ihre Holzpantinen und griff nach dem Schirm.

Als sie vom Langen Jammer in den Brauerknechtgraben kamen, der so eng war, dass selbst eine einspännige Kutsche hier nicht wenden konnte, fragte der Arzt unvermittelt: „Von welchem meiner Kollegen lassen Sie sich denn untersuchen?“ Margarethe brauchte einen Atemzug lang, bis sie die Frage verstanden hatte, und sagte empört: „Ich bin nicht so eine, wie Sie denken!“

„So? Sind Sie nicht? Was machen Sie denn?“

„Ab Sonntag Palmarum arbeite ich bei Monsieur Rainville.“

„In Altona? Ich befürchte, dass die Hamburger bald nicht mehr so viel Geld haben werden, um sich diesen Luxus zu leisten.“

Während sie unter Margarethes Schirm zum Schaarmarkt gingen, dachte Margarethe über das Gehörte nach und sagte dann selbstbewusst: „Davor habe ich keine Angst. Ich kann arbeiten. Dann find ich eben was anderes.“

Der Arzt musterte sie und sagte: „Sie gefallen mir. Mädchen wie Sie können wir im Pesthof als Pflegeweiber gebrauchen. Wenn das nichts wird bei Rainville, kommen Sie zu mir. Im Pesthof gibt es Arbeit genug.“ Er lachte. „Vor allem schlecht bezahlte.“

Während sie zur Kutsche gingen, die am Rand des Schaarmarkts stand, hörte der Regen auf. Margarethe klopfte ihren Schirm aus und faltete ihn zusammen. Zwei Jungs hielten das Pferd des Doktors, das vor den Einspänner geschirrt war. Als die beiden Margarethe sahen, rannten sie blitzschnell weg und blieben in sicherer Entfernung stehen. Der Arzt rief ihnen zu: „Was ist denn mit euch? Ihr kriegt doch einen Pfennig von mir! Jeder!"

„Schmiet röber, Doktor, süns pett de uns wedder op de Föt!"

Der Arzt warf den Jungs das Geld zu, die hoben die Pfennige auf und machten sich aus dem Staub. Er sah Margarethe erstaunt an: „Dunnerlüttchen, die haben ja richtig Respekt vor Ihnen."

Margarethe lachte: „Die Bambusen wollten mir meinen Schirm klauen, da haben die mich kennengelernt. Aber richtig."

Dr. Wegscheider schmunzelte und bekräftigte sein Angebot: „Also, wenn Sie mal nicht weiterwissen, dann kommen Sie in den Pesthof. Einverstanden?"

Er hielt die Hand hin, Margarethe schlug ein: „Einverstanden!" Der Arzt stieg in die kleine, einachsige Kutsche, griff zu Zügeln und Peitsche, schnalzte aufmunternd, das Pferd nickte gehorsam und wendete den Einspänner auf der Hinterhand. Margarethe sah der Kutsche eine Weile nach, wie sie zum Michel hochfuhr, sah dann auch, dass der Märzhimmel im einsetzenden Abendlicht rasch aufklarte, und ging runter zu den Vorsetzen, zur Elbe.

Sie blickte stromabwärts, blickte durch die nackten Masten, Spanten und Rahen der Dickschiffe nach Westen. Die Sonne hatte sich hinter weichen Wolkenkissen zum Schlafen zurückgezogen und schickte einen letzten, leuchtenden Gutenachtgruß hoch zu den Federwolken, die sich gegen den kobaltblauen Himmel wie winzige Tupfer abhoben. Einmal möchte ich schon sehen, wie diese Dreimaster abends mit der Flut einlaufen, mit Kaffee aus Südamerika, mit Pfeffer aus Indien, Nankingseide aus

China. Vielleicht ist Hinnerk auf einem Schiff und hat die Taschen voller Taler. Und Sophie muss keinem französischen Offizier schöne Augen mehr machen. Soll Jean warten, bis er schwarz wird, dachte Margarethe. Hoch am Himmel hörte sie aufgeregte, schrille Rufe. Sie öffnete die Augen und entdeckte eine schwarze Pflugschar, in weichen Kreisen tiefer sinkend, in Dutzende dunkler Punkte sich auflösend. Wildgänse, die auf dem Grasbrook einen Schlafplatz suchten, in der Dämmerung landeten. Vom Michel wehten klare Glockenschläge zur Elbe. Sieben. Soll er warten, bis er schwarz wird, dachte sie störrisch. An der Wolfgangswache wurden die Laternen angezündet, ihr Licht spiegelte sich im dunklen Wasser des Stroms. Margarethe beschloss, zurück in den Langen Jammer zu gehen, und wandte sich dem Schaarmarkt zu. Auch hier brannten einige Laternen und warfen ihren flackernden Schein auf das regennasse Kopfsteinpflaster. Unter einer der Laternen stand Jean.

„Enfin, après la pluie le beau temps!" Jean lachte und sprudelte los: „Ich warten, mais, kein Margarethe, c'est la pluie, das macht die Regen, ich denken. Dann, ich laufen hier und sage, wenn Margarethe kommt, sie darf nicht allein durch la ville sombre laufen. Zu dunkel, zu gefährlich. Voilà!" Jean strahlte sie an.

„Bonsoir", sagte Margarethe verlegen. Dieses Wort hatte sie am Vormittag bei der Comtesse gelernt, gleichzeitig zwickte ein bisschen ihr schlechtes Gewissen. Jean setzte den Tschako ab und klemmte ihn unter den linken Arm.

„Ich Sie begleiten. Wohin, s'il vous plaît?"

Eigentlich wollte sie zurück in den Langen Jammer, eigentlich. Aber dann wäre sie schon nach wenigen Schritten wieder bei Sophie und Henning. Unschlüssig blieb sie stehen und sagte plötzlich: „Drüben, auf dem Grasbrook, sind Wildgänse gelandet."

„Qu'est-ce que c'est … Wildgänse?"

„Große Vögel, wilde, die kommen zurück aus dem Süden."

„Aus dem Süden? Aussi comme moi? Wie ich?"

Margarethe musste lächeln und nickte. Jean fragte, wo die Wildgänse seien, und Margarethe ging mit ihm die wenigen Schritte zum Vorsetzen zurück. Doch die Nacht hatte sich über die Elbe gelegt, und Margarethe konnte nur ahnend in die tiefe Dunkelheit zeigen. Jean hoffte, dass man vielleicht morgen die wilden Vögel von hier aus sehen könnte. Das ging Margarethe etwas zu schnell, und das sagte sie ihm auch. Jean entschuldigte sich, beteuerte, dass er nicht über ihre Zeit verfügen wolle, machte eine knappe Verbeugung und fragte höflich: „Ich darf Sie einladen, n'est-ce pas?" Margarethe blickte ihn misstrauisch an: „Aber nicht in den ‚König von England'."

Jean lachte schallend los: „Non, pas du tout! In die Oper!"

„In die Oper?" Sollte Margarethe ihm sagen, dass sie nicht wusste, was die Oper ist? Zwar hatte sie das Wort gestern Abend von Jean schon gehört, ahnte auch, dass es etwas mit Musik zu tun haben musste, aber was genau, das wusste sie nicht. Morgen würde sie die Comtesse bitten, ihr zu erklären, was die Oper ist. Jean sah, dass Margarethe nachdachte, und fragte immer noch lachend: „Sie wissen nicht, Margarethe, was ist die Oper?"

Margarethe war ehrlich, nickte, ärgerte sich aber gleichzeitig über ihre Unwissenheit, ihre Dummheit.

„Près de Gänsemarkt, da ist der Opernhof. Da man spielt Oper. Musik, schon Musik. Mozart. Don Giovanni. Le mariage de Figaro. Avec die Damen und Messieurs, die singen, und mit beaucoup d'instruments, mit viel instruments, und mit des beaux costumes et des beaux décors."

Jean merkte, dass Margarethe immer noch nicht ganz begriffen hatte, was die Oper ist. Er fühlte sich aufgerufen, ihr das en détail zu erklären, und gab ihr seinen Tschako zu halten. Dann strich er eine imaginäre Violine, zeigte ihr, wo im Orchester die ersten und die zweiten Violinen sitzen, wo die Violoncelli, er zupfte ein Pizzikato auf einer Bratsche, sprang zu den Kontrabässen, fiedelte, brummte dazu eine purzelnde Melodie, spielte dann Englischhorn, dann Oboe, erwähnte, dass er auch in der Hamburger Oper die Oboe spiele, pfiff zwei Takte, spielte Querflöte, Piccoloflöte und Fagott. Die Hörner folgten, Trompeten und dann die Posaunen, bitte, mezzoforte!, allen gab Jean Töne und Leben, sogar den zwei Kesselpauken. Die Schlussakkorde spielte er, fortissimo, auf dem Cembalo und dirigierte mit der rechten Hand das Tutti, sah Margarethe strahlend an und sagte, dass in etwa so, vielleicht etwas mehr Holz, die Ouvertüre seiner ersten Oper klingt. Dann Vorhang hoch! Auftritt, die Sänger! Zuerst Monsieur le Comte, der Graf! Mit offenem Mund hatte Margarethe der atemraubenden Vorführung zugesehen und zugehört. Das also war Oper. Jean wiederholte seine Frage: „Ich darf Sie einladen, s'il vous plaît?“ Margarethe nickte, sagte bescheiden „gern“ und gab ihm seinen Tschako zurück.

Auf dem Weg zum Brauerknechtgraben schlug Jean den Freitagabend vor, da müsse er wieder in der Oper aushelfen, da könne er Margarethe mitnehmen. Sie blieb stehen und sah ihn mit Bedauern an. Am Freitagabend sei es ihr unmöglich. Erst Sonnabend seien ihre neuen Kleider bei Madame Guillambert fertig. Jean sah Margarethe empört an: „Mais non, ich nicht möchte sehen Ihre neuen Kleider, ich möchte sehen Sie!“

„Sonnabend!“

„Mais le Sonnabend il me faut spielen in ‚König von England‘!“

„Sonnabend!“

„Warum Sie neue Kleider, wenn Sie helfen in der Garderobe?“

„Ich soll in der Garderobe helfen?“

„Mais oui! Man muss zahlen kein Eintritt, man bekommt un peu d'argent, ein paar Sous, und man kann hören schön Musik!“

Das waren drei handfeste Gründe, die Margarethe überzeugten. „Gut, Freitag!“

Als sie in den Langen Jammer kamen, klärten sie noch schnell, wo und wann sie sich am Freitag treffen wollten. Aus einigen Buden fiel Licht in den Hinterhof. Margarethe blickte in den ersten Stock. Henning stand am offenen Fenster. Als er Jean sah, der seinen Tschako gerade wieder aufsetzte, krähte er: „Slat se dot, de Franzos!" Margarethe verabschiedete sich hastig und lief die Stiege hoch.

14. Kapitel

Madame Guillambert hatte bedauert, aber sie könne nicht garantieren, dass sie mit dem lindgrünen Kleid bis Freitag fertig sei. Die Hauben und die Schürzen, ja, das Spenzer-Jäckchen und die Strümpfe auch, aber das Kleid? Es gäbe eine Möglichkeit, wenn die Demoiselle Detjens noch etwas investieren würde, ein paar Sous für eine zweite Näherin? Margarethe hatte gerechnet, hatte entschieden, dass ihr die Oper das nicht wert sei, hatte die Grüße der Comtesse ausgerichtet und war nun auf dem Weg zu ihrer zweiten Unterrichtsstunde.

An ihrer linken Hand schlenkerte ein kleines Bündel, in dem das Wörterbuch, das Heft und der Bleistift waren. Sie dachte an ihre Schulzeit, an Präzeptor Fest, der würde Augen machen, wenn er sie jetzt sehen könnte. Sie lief vom Gänsemarkt zum Jungfernstieg und überholte eine Schar singender Waisenkinder, die in drei Reihen brav hinter einer Erzieherin hermarschierten und in ihren blauen Kitteln wie frierende Dohlen aussahen. Margarethe summte die Melodie eine Weile mit, dann kam ihr ein Lied in den Sinn, das ihre Großmutter früher gesungen hatte, von dem sie behauptete, dass es aus dem Dreißigjährigen Krieg stamme und dass ein Soldat es nur auf die Unschuld eines frommen Mägdleins abgesehen habe. Margarethe konnte sich nur an die letzten Zeilen erinnern, schmunzelte und sang vor sich hin:

„Sie schenkt ihm wohl ihr Herz, ihr Herz,
Er brach's, ließ sie zurück im Schmerz.
Sie konnt ihn nimmer finden."

Unsinn, dachte sie, niemand bricht mir das Herz, niemand, auch kein Soldat, und der Dreißigjährige Krieg ist schon lange vorbei.

Die Comtesse war eine gestrenge Lehrerin. Schritt für Schritt ging sie mit Margarethe deren Tagesablauf und die zu erwartenden Aufgaben bei Rainville durch, verzichtete auf alle Regeln der Rechtschreibekunst, wollte, dass Margarethe sich möglichst schnell in einfachen Sätzen ausdrücken konnte. Nach einer Stunde legten sie eine Pause ein, und die Comtesse wollte nun wissen, ob Margarethe Fragen zum Unterricht habe. Margarethe verneinte, druckste einen Augenblick herum und sagte verlegen, dass sie eine ganz andere Frage habe, eine ganz andere:

„Wissen Sie, Madame la Comtesse, was eine Oper ist?"

Die Comtesse sah sie verblüfft an und begann zu lachen:

„Aber ja, sicher, Oper, das weiß doch jedes Kind!"

„Bei uns auf dem Dorf gibt es keine Oper."

„Aber da wird doch sicher Musik gemacht, oder?"

„Ja, zu Hochzeiten. Oder zum Ernteball, nach Michaelis."

Die Comtesse hörte auf zu lachen, sie spürte, dass Margarethe ihre Frage ernst gemeint hatte. Sie fühlte sich durch den Lärm, der vom Steintorplatz kam, gestört und bat Margarethe, die Vorhänge zu schließen. Dann begann sie einen kleinen Exkurs in die Welt der Oper, erwähnte Monteverdi, dass sie in Paris oft die Oper besucht habe, bemühte sich, Margarethes Verständnis für diese Kunst zu wecken, nahm als Beispiel ‚La serva padrona' von Giovanni Battista Pergolesi, die sie Ende der siebziger Jahre in Paris unter dem Titel ‚La Servante Maîtresse' gesehen hatte. In dieser Oper sei eine Dienerin, eine Magd wie Margarethe, zum ersten Mal die zentrale Figur gewesen. Zerbina, intelligent und reizend wie Margarethe, gewinnt dank einer List den alten Hagestolz Doktor Pandolfo, ihren Herrn. Eigentlich hätte sie als Comtesse eine solche Insubordination ablehnen müssen, aber sie sei nun mal eine Liebhaberin der Opera buffa. Lachend fügte sie hinzu: „Dann kommt dieser geniale Schlingel, Amadé Mozart, setzt noch eins drauf und komponiert ‚Le mariage de Figaro'."

Mit gespielter Empörung wies sie darauf hin, dass der Wiener Hof die Komödie von Beaumarchais vorher verboten hatte. Zu Recht! Ein Affront gegen den Adel! Die Comtesse besann sich einen Augenblick, seufzte und sagte lächelnd: „Doch glauben Sie, das kümmert diesen gewitzten Schelm? Im Gegenteil! Er macht aus der Komödie eine Oper, macht den Diener und die Zofe, also Menschen wie Sie, Margarethe, zu Opernhelden! Tout le monde liebt diese köstliche Unverschämtheit. Ich auch, leider." Wieder lachte die Comtesse, dann wurde sie ernst, schwieg und blickte zu den geschlossenen Vorhängen. Leise ergänzte sie: „Nur, vom Figaro bis zum Sturm auf die Bastille war es dann ein sehr kurzer Weg, ein sehr kurzer."

Margarethe hatte nicht allzu viel von all dem verstanden, was die Comtesse über die Oper gesagt hatte. Sie sah und hörte, wie Jean sein Orchester dirigierte, sah sich selbst auf einer Bühne, wusste nicht, was sie singen sollte, und war heilfroh, dass die Comtesse nun darauf bestand, mit dem Unterricht fortzufahren.

Die nächsten Tage verliefen ruhig. Sophie schien das Schrecknis, durch das sie gegangen war, langsam zu verarbeiten. Doch meistens saß sie schweigend am Tisch, starrte aus dem kleinen Fenster in das Stückchen Märzhimmel, das vom Langen Jammer aus zu sehen war, und wartete auf Hinnerk. Margarethe hatte Mitleid mit ihr, sie verstand Sophies banges Warten. In der Nacht zum Donnerstag kroch sie zu ihr ins Bett und wärmte sie.

Am Freitag ging Margarethe nach dem Unterricht zu Madame Guillambert und holte ihre neuen Sachen ab. Auch das lindgrüne Kleid war fertig geworden. Als hätten die Haulemännlein über Nacht geholfen, dachte Margarethe. Und glücklich versicherte sie Madame Guillambert, dass sie in Zukunft alle Kleider von ihr anfertigen lassen würde. Madame Guillambert offerierte dankbar ihre selbst gemachten Pralinés.

Im Langen Jammer angekommen, probierte Margarethe die neuen Sachen. Da es keinen großen Spiegel gab, musste Sophie ihr immer wieder bestätigen, wie gut ihr das lindgrüne Kleid, die Schürzen, die Hauben, die apfelgrüne Spenzer-Jacke standen. Sie drehte und wendete sich, versuchte, in den Fensterscheiben ihr Spiegelbild zu entdecken, und als vom Michel sechs Schläge in den Langen Jammer wehten, entschloss sie sich, das neue Kleid und weiße Leinenstrümpfe anzuziehen. Als Sophie fragte, warum Margarethe so hibbelig wie ein Wippsteert sei, sagte sie lachend, dass sie um halb sieben jemand am Opernhof trifft. Sophie hatte den Namen Jean die letzten vier Tage nicht erwähnt, auch jetzt nicht, sie mahnte nur lächelnd: „Pass auf, dass er dir nicht das Herz bricht!" Margarethe schlüpfte in ihre Holzpantinen, steckte die Lederschuhe in einen Beutel und sagte auf Sophies verblüfften Blick hin: „Die muss ich schonen!" Erst in der Tür fiel ihr ein zu fragen, ob Sophie bei Dr. Wegscheider gewesen war. Sophie bejahte: „Wart man, wenn Hinnerk zurück ist, dann zwitscher ich wieder wie'n Vogel!"

15. Kapitel

Kurz bevor sie in die Gasse zum Opernhof einbog, wechselte Margarethe die Schuhe, erntete erstaunte Blicke, verstaute die Holzpantinen im Beutel und lief in ihren Lederschuhen auf das dreistöckige, holzverschalte Gebäude zu, das am Ende der Gasse lag. Über dem Parterre zog sich ein Sims entlang und versuchte dem Haus etwas Würde zu geben. Den Eingang zierte ein Vordach mit zwei Säulen, über dem Vordach drei halbe Fenster, die Margarethe an die Mägdekammer und die Stallungen erinnerten, darüber lagen drei größere Fenster weit auseinander, und oben, unter dem Giebel des Hauses, gab es weitere Fenster, die dicht beieinander lagen. An der Längsseite konnte Margarethe Fachwerk entdecken und eine Außenstiege, die zum ersten Stockwerk führte. Was für ein wunderliches Haus, dachte sie, und da drin spielt man Oper? Unter dem Vordach gingen Damen und Herren wartend auf und ab, ein Bäckerjunge rief frische Salzbrezeln aus und Margarethe sah sich suchend um. Sie brauchte einen Augenblick, bis sie Jean entdeckte, der sich eifrig mit einem Livrée tragenden, weißhaarigen Herrn unterhielt. Margarethe war froh, dass sie ihre neuen Sachen anhatte, denn auch Jean war herausgeputzt, trug einen kaffeebraunen, kurzschößigen Frack, zweireihig geknöpft, mit breitem Revers und hohem Kragen, den Ausschnitt schmückte ein seidenes Jabot, seine Beine steckten in weißen Hosen und frisch polierten Schaftstiefeln. Er lächelte, als er Margarethe sah, bedankte sich bei dem Herrn in Livrée und kam strahlend zu ihr: „Tout est bien! Um sieben Uhr muss Sie in der Garderobe sein." Er ging um Margarethe herum und sah sie bewundernd an:

„Ah, c'est beau ça, c'est très chic, c'est ravissant, merveilleux, non, c'est magnifique!"

Margarethe verstand kein Wort und bat Jean, Deutsch mit ihr zu sprechen. Er versuchte verzweifelt, die gleichen Komplimente auf Deutsch zu machen, bekam rote Ohren, musste passen, denn so etwas hatte er noch nie einer Demoiselle in Hamburg gesagt.

„Margarethe, Sie ist schön, sehr, sehr schön! Oui, c'est vrai!"

Margarethe wurde fast verlegen, strich mit schneller Geste eine Locke aus ihrer Stirn und bemerkte, dass sie vergessen hatte, den Zopf neu zu flechten und zu stecken. Aber wenn sie Jean richtig verstanden hatte, fand er sie auch so schön genug, und ein kleines leichtsinniges Gefühl stellte sich bei ihr ein. Da sie erst um sieben Uhr im Opernhaus sein mussten, hatten sie noch ein wenig Zeit und bummelten zur Lombardsbrücke.

Möwen sichelten im Abendlicht über das Wasser, suchten für die Nacht ein Quartier. Margarethe wollte wissen, welche Oper heute gespielt wird.

„Le Mariage de Figaro, von Amadé Mozart", antwortete Jean.

Sie lachte erleichtert und meinte: „Ich weiß nur so viel, dass die Komödie in Wien damals verboten wurde und dass der Mozart einen Diener und eine Zofe, also Menschen wie du und ich …"

Sie schwieg erschrocken, da sie Jean unwillkürlich geduzt hatte. Jean blickte sie bewundernd an: „Mais, c'est incroyable! Am Montag Sie hat nicht gewusst, was ist ein Oper, und nun …"

Gott sei Dank, dachte Margarethe, hat er nicht gemerkt, dass ich ihn geduzt habe. Lachend gingen sie zum Opernhof zurück. Jean bot ihr seinen Arm, sie hakte sich bei ihm ein, und zum ersten Mal spürte sie seinen Körper.

Der Livrée tragende Herr, mit dem Jean gesprochen hatte, war der oberste Logenschließer. Er führte Margarethe zur Garderobe und beruhigte die anderen Frauen mit dem Hinweis, dass die Demoiselle ihr Trinkgeld gewiss mit ihnen teilen werde. Margarethe bejahte das durch eifriges Kopfnicken. Der Vorraum füllte sich mit Herren und Damen in kostbarsten Abendkleidern, wie Margarethe sie noch nie gesehen hatte. Dagegen wirkten ihr neues Kleid und das Spenzer-Jäckchen doch recht bescheiden. Aber Jean hatte es gefallen, das war die Hauptsache. Sie hängte Mäntel, Capes und Umhänge auf nummerierte Haken, legte seidige Zylinder in Regale, nahm mit einem höflichen „Merci" Trinkgelder entgegen und lieferte sie umgehend bei der ältesten Garderobenfrau ab. Bis ein Herr vor ihr stand, dessen feistes

Gesicht sie kannte, das vor Empörung gezittert hatte, am Sonntag, auf dem Großneumarkt, bei der Parade. Über das Gelächter und Stimmengewirr im Foyer hinweg glaubte Margarethe die Stimme von Friedrich Perthes zu hören, der den feisten Herrn fragte, ob er ihn denunzieren wolle. Während sie den Mantel auf einen Haken hängte und die Nummer abnahm, sah sie die Grenadiere Bücher wie Torfziegel in den Karren schütten, sah die zwei französischen Offiziere im Buchladen die Regale plündern, sah Perthes' stumme Wut. Sie ging zu dem feisten Herrn zurück und gab ihm die Nummer. Als er in die Börse griff und einen Schilling Trinkgeld geben wollte, wehrte sie ab und zischte leise und verächtlich: „Mouchard!"

Der feiste Herr sah sie an und begann vor Empörung zu zittern:

„Was hat die Demoiselle da gesagt? Mouchard?"

Die älteste Garderobenfrau sagte schnell: „Nee, Monsieur! Die Demoiselle braucht ein Taschentuch, ein Mouchoir!" Sie zupfte aus ihrem Gürtel ein kleines Tuch und reichte es Margarethe, die sich damit die Nase tupfte. Der feiste Herr zögerte noch einen Moment, gab aber dann den Schilling der Garderobenfrau, die sich mit einem Knicks bedankte. Er blickte Margarethe kurz zweifelnd an und verschwand in der schwatzenden Menge, die in den Zuschauerraum drängte.

„Wie kann man so bekloppt sein? Du bist reif fürs Narrenhaus! Wenn ich dich hier noch ein Mal sehe, schmeiß ich dich raus, aber achtkantig!", blaffte die alte Garderobenfrau und steckte das Taschentuch wieder in den Gürtel. „Einen unserer Ratsherren als Mouchard zu beschimpfen, du musst ja völlig bekloppt sein!"

„Aber wenn's wahr ist?"

„Dann hält man die Klappe und denkt sich sein Teil!"

Die Türen zum Zuschauerraum wurden geschlossen. Margarethe hörte Applaus, Stille und dann die ersten Takte der Ouvertüre. Eine der Türen öffnete sich einen Spalt, und der oberste Logenschließer winkte Margarethe zu sich. Flüsternd schärfte er ihr ein, recht leise zu sein, und ließ sie durch den Türspalt in den Zuschauerraum schlüpfen. Es war schöner als in der Kirche, schöner als der übermütige Walzer im ‚König von England', noch schöner als die Vorstellung, die Jean am Montagabend geboten hatte. Sie schloss die Augen und fühlte sich in der völlig neuen Musik sogleich aufgehoben. Sie bemühte sich, Jeans Oboe herauszuhören und glaubte sie tatsächlich zu hören. Die letzten Takte der Ouvertüre verklangen, und der rote Vorhang hob sich.

Margarethe stellte sich auf die Zehenspitzen, um besser sehen zu können. Sie staunte über das Bühnenbild, über die Kostüme, doch wer war der Graf, wer der Kammerdiener? Margarethe wusste es nicht, wie auch, sie verstand von dem, was auf der Bühne vor sich ging, nicht ein einziges Wort. Gottverdammichnochmal, fluchte sie in sich hinein, da sprech' ich nicht nur Platt, sondern auch Hochdeutsch, da lern' ich auch noch Französisch, und die singen ganz was anderes. Warum hat Jean nichts davon gesagt? Weil ich Dösbaddel so getan habe, als würde ich die Oper kennen! Einige Takte lang ärgerte sie sich, ärgerte sich vor allem über ihre Dummheit, erlag dann aber dem Zauberwerk der Töne, Klänge und Stimmen, sie lehnte sich an die Wand und schloss wieder die Augen.

In der Pause kam Jean zu ihr, nahm sie mit nach draußen an die frische Nachtluft, fragte, wie es ihr gefällt. Margarethe beteuerte, dass ihr die Musik sehr gut gefällt, dass sie aber die Sänger … Weiter kam sie nicht, denn Jean fügte entschuldigend hinzu, dass Graf Almaviva heute indisponiert sei und dass die Sängerin der Susanna doch schon etwas zu alt und zu dick für diese Rolle sei. Margarethe nickte zu allem und traute sich nicht zu fragen, in welcher Sprache Almaviva und die anderen sangen. Da hörte sie eine Dame bedauernd zu einer anderen sagen, dass ihr Italienisch leider nicht so gut sei, um den Text wirklich zu verstehen. Margarethe fing den Ball auf und sagte: „Leider kann ich kein Italienisch, daher verstehe ich manches nicht richtig."

„Pas de problème!" Jean sprudelte und skizzierte schnell den Inhalt der nächsten zwei Akte bis hin zum Finale. Margarethe war ihm dankbar, und als die Logenschließer mit ihren Glocken das Pausenende einbimmelten, hatte sie zumindest eine Ahnung von dem, was sie auf der Bühne hören und sehen sollte.

Die alte Garderobenfrau hatte liebend gern darauf verzichtet, dass Margarethe nach dem Ende der Aufführung nochmals aushilft. Sie solle sich nicht wieder hier blicken lassen! Margarethe nahm ihren Beutel mit den Holzpantinen, ging nach draußen und wartete auf Jean, der wenig später kam und in seiner linken Hand den Oboenkoffer trug. Er entschuldigte sich, aber er habe zweimal gepatzt. Das zweite Mal ausgerechnet im Finale im zweiunddreißigsten Takt. Ob es sehr schlimm gewesen sei? Margarethe schüttelte verneinend den Kopf und wusste nicht, wovon Jean sprach. Sie fand die Oper wunderschön, das sagte sie immer wieder. Jean blickte sie dankbar an, und sie sah, dass sich in seinen Augen die Laternen des Opernhofs spiegelten.

Er bot ihr den Arm, und wie selbstverständlich hakte sie sich bei ihm ein, spürte nicht nur seine Nähe, sondern genoss sie. Jean erzählte wieder von seinem Traum, eines Tages zu komponieren wie Spontini oder Méhul.

„Warum nicht wie dieser Amadé Mozart?", fragte Margarethe.

Jean erwiderte lachend, dass dazu das Talent, das le Bon Dieu ihm geschenkt habe, nicht ausreichen würde. Aber so wie Spontini, warum nicht? Auf dem Weg zum Großneumarkt meinte er bedauernd, dass er sie morgen während des Tages nicht sehen könne, da die Conscribierten fleißig das Paradieren und das Marschieren lernen müssten.

„Et sans musique, ohne Musik man kann nicht marschieren!“

Er schlug den Abend vor, da würde er wieder im ‚König von England‘ spielen, da könnten sie sich sehen. Margarethe blieb stehen, entzog ihm den Arm und sah ihn ernst an: „Nein, in den ‚König von England‘ gehe ich nie wieder. Schlagen Sie sich das aus dem Kopf! Dann sage ich lieber Adieu.“

Jean spürte, dass er zu weit gegangen war, dass er drauf und dran war, Margarethes Verständnis zu überfordern und sie zu verlieren, bevor er sie gewonnen hatte. Er schwieg, senkte den Kopf und sagte leise: „Bitte, nicht adieu, bitte, au revoir.“

In diesem Augenblick war Margarethe der Comtesse dankbar, dass sie ihr schon in den ersten Unterrichtsstunden den feinen Unterschied deutlich gemacht hatte, daher konnte sie jetzt mit gutem Gewissen sagen:

„Gut, au revoir, aber nicht im ‚König von England‘.“

Jean legte die rechte Hand aufs Herz.

„Wo ich darf Sie morgen Abend treffen?“

„Morgen Abend? Morgen Abend werde ich sehr früh schlafen gehen, da ich am Sonntagmorgen bei Monsieur Rainville meine neue Stellung antreten werde.“

Der Wind frischte auf, räkelte sich, als ob er den ganzen Tag geschlafen hätte und erst jetzt in der Nacht Schabernack treiben wollte. Schweigend gingen sie am Michel vorbei, schweigend kamen sie zum Schaarmarkt. Margarethe wusste nicht, ob sie ihren Arm wieder in Jeans Arm einhaken sollte. Sie scheute sich vor der Annäherung und sehnte sich gleichzeitig nach der Nähe. Das ist dir doch eine verquere Welt, dachte sie verwirrt. Als Jean sie fragte, ob er sie bis in den Langen Jammer begleiten dürfe, und ihr den Arm bot, nickte sie erleichtert und hakte sich wieder fest bei ihm ein.

16. Kapitel

Seit Hinnerk fort war, ging Margarethe morgens zur Pumpe im Langen Jammer und holte frisches Wasser, auch an diesem Sonntagmorgen, obwohl die Dämmerung die engen Hinterhöfe noch nicht erreicht hatte. Sie schleppte die zwei schweren Holzeimer die Stiege hoch, schüttete Wasser in den Waschzuber und versuchte so leise wie möglich zu sein, da Sophie und der kleine Henning noch schliefen. Sie wusch sich sorgfältig mit grüner Seife das Gesicht, die Arme und Brüste, die Scham, den Steert, dann die Beine und die Füße. Sie verzog ein wenig die Nase, da sie den Geruch grüner Seife nicht mochte, und beschloss, Sophie nachher zu fragen, ob sie einen Tropfen ihres Parfums opfern würde, anlässlich des ersten Tages bei Monsieur Rainville. Sie zog frische Unterwäsche an, dunkle, wollene Strümpfe, ihr schwarzes Sonntagskleid, band eine der neuen Schürzen um und kämmte ihr Haar, in dem noch der Duft von verbranntem Torf hing, da sie am Abend vorher ihr Haar gewaschen und am Herdfeuer getrocknet hatte. Sie liebte diesen warmen, brandigen Duft, mit ihm war sie aufgewachsen, er gab ihr Ruhe und Kraft. Als sie ihren Zopf zu einem Knoten gesteckt hatte und zwei Scheiben Roggenbrot dick mit Schmalz bestrich, kam Sophie gähnend aus der Schlafkammer, hockte sich an den Tisch und fragte, was Margarethe denn in dieser Herrgottsfrühe in der Küche zu rumoren habe. Margarethe streute etwas Salz aufs Brot, biss ab und erwiderte kauend, dass heute ihr großer Tag sei und dass sie auf keinen Fall zu spät bei Monsieur Rainville in Altona eintreffen möchte.

„Warum ziehst du nicht das neue Kleid an?"

„Als Magd in der Küche? Das gehört sich nicht!"

„Wie siehst du denn an den Füßen aus? Zeig mal!"

Margarethe hob den Rock und zeigte ihre dunklen Strümpfe.

„So kannst du da doch nicht rumlaufen!"

„Doch, kann ich. Außerdem sind weiße Strümpfe in der Küche hoffärtig."

Sophie war mit Margarethes Aussehen nicht zufrieden.

„Zieh wenigstens die neue Jacke über."

Margarethe sagte: „Klar, dafür hab ich sie ja!"

Sie wusch sich nochmals die Hände, zog dann ihr apfelgrünes Spenzer-Jäckchen über und setzte eine cremefarbene Rüschenhaube auf. Sophie schaute sie an und sagte unvermittelt:

„Hinnerk ist jetzt fast eine Woche weg. Der hat wohl ein Boot nach Helgoland gekriegt. Wollen hoffen, dass alles gut geht."

Margarethe legte den Arm um Sophie und machte ihr Mut:

„Der weiß sich zu helfen. Den kriegt keiner so schnell klein."

Sophie blickte zum Fenster, in dem sich allmählich der Morgen zeigte, und leise wiederholte sie: „Wollen nur hoffen, dass alles gut geht." Margarethe drückte Sophie nochmals aufmunternd: „Wirst sehen, Ostern steht er hier in der Tür! Die Taschen voller Dukaten!" Sie schlüpfte in ihre Pantinen, verstaute die Lederschuhe und das Wörterbuch im Beutel, nahm ihren Schirm und wollte die Küche verlassen. In der Tür drehte sie sich um, sah Sophie verlegen an und sagte: „Das ist ja nun heute mein erster Tag bei Monsieur Rainville."

„Ja, aller Anfang ist schwer."

„Nee, ich mein, vielleicht könntest du mir zur Feier des Tages …"

Sophie blickte zum Brot und schob es über den Tisch. „Kannst alles mitnehmen, ich hol nachher frisches."

„Das mein ich nicht, ich mein, weißt du, die grüne Seife …"

Sophie musste schmunzeln, nickte verständnisvoll, stand auf, ging in die Schlafkammer und kam nach wenigen Augenblicken mit einem gläsernen, rubinroten Flacon zurück. Sie zog den Glasstöpsel raus, legte die Zeigefingerspitze auf die Öffnung, drehte den Flacon, entnahm ihm einen Tropfen und wollte ihn hinter Margarethes linkes Ohr tupfen, doch die wehrte ab.

„Da doch nicht!“

„Warum nicht?“

„Nee, nicht in die Haare, nee, die riechen so schön nach Torf.“

Sophie musste lachen: „Du bist mir vielleicht eine.“

Margarethe zeigte auf die obersten Knöpfe ihres Kleides. „Hier! Dann steigt mir der Duft in die Nase, und ich hab mehr davon.“

Sophie verrieb den Tropfen auf dem Stoff des Kleides und schnupperte ein wenig. „Riecht richtig gut, oder?“

Margarethe schnupperte auch. „So ’n Parfum, das kauf ich mir von meinem ersten Lohn.“

„Lass dir lieber was schenken!“

„Hat Hinnerk dir das geschenkt?“

„Hat er von seiner letzten Fahrt mitgebracht. Aus Brasilien. Da scheint immer die Sonne, sagt Hinnerk. Da ist immer Sommer. Deswegen sind die Mohren auch so schwarz wie eine verbrannte Weihnachtsgans, sagt Hinnerk. Die fangen sie in Afrika, da scheint auch immer die Sonne, und verkaufen sie in Amerika. Kannst du dir das vorstellen, dass ein Mensch verkauft wird?“

„Ja, kann ich“, sagte Margarethe und dachte an den Ehevertrag, den ihr Vater mit dem Herrn von Rodehorst ausgehandelt hatte.

„Schön, nich?“

Sophie hielt den rubinroten Flacon gegen das Fenster und sah im grauen Gegenlicht des Märzmorgens, dass nur noch wenige Tropfen übrig waren. „Wird Zeit, dass er wieder zur See fährt.“

Ein einzelner Glockenschlag wehte über den menschenleeren Schaarmarkt. Margarethe blickte zum Michel und sah auf der Kirchturmuhr, dass es halb sieben war. Eine Stunde brauchte sie bis Altona, Zeit genug, um pünktlich zu sein. Am Millerntor nahm keiner von ihr Notiz, an diesem frühen Sonntagmorgen wollten zwei Ochsengespanne in die Stadt, die Leiterwagen hoch mit Torf beladen. Sie wurden von den Douaniers aufs Schärfste inspiziert, und die Fuhrknechte schimpften vor sich hin. Margarethe blickte zum Pesthof und ärgerte sich noch immer ein wenig darüber, dass die Douaniers die Tinctura Opii simplex konfisziert hatten. Ihr werdet mich noch kennenlernen, dachte sie, wenn ich hier jeden Morgen und jeden Abend durchmuss. Auf der Landstraße von Eimsbüttel her näherte sich eine Escadron französischer Kürassiere, deren Brustharnische in der aufgehenden Sonne silbern funkelten. Während Margarethe sich fragte, was die Soldaten um diese frühe Morgenzeit auf der Landstraße zu suchen haben, ob sie von einer Nachtübung zurückkehrten, wurden Kommandos gebrüllt. Mit angelegten Lanzen ritten die Kürassiere im gestreckten Galopp auf Margarethe zu. Instinktiv wich sie in den Sommerfahrweg aus, der jetzt im März voller Schlammlöcher war. Ihr linker Fuß versank, sie fluchte, als die Escadron lachend an ihr vorbeidonnerte, sprang zurück auf das Kopfsteinpflaster, streifte die linke Pantine ab, zog den nassen Strumpf vom Fuß, wrang ihn aus und drohte mit der Faust hinter den Kürassieren her: „Ihr verfluchten Halunken!"

Doch dann musste sie lachen. Hätte sie auf Sophie gehört, dann hätte sie jetzt ihre weißen Strümpfe vergessen können, hätte zurück zum Brauerknechtgraben laufen müssen, hätte sich saubere Strümpfe holen müssen und wäre zu spät bei Monsieur Rainville erschienen. Hätte gleich am ersten Tag Ärger gehabt. Aber so? Sie nahm den Beutel und den Schirm in die eine Hand, mit der anderen Hand schleuderte sie den Strumpf und ging weiter. Bis Altona ist er wieder trocken, dachte sie und freute sich, dass Bescheidenheit sich manchmal auszahlt. Ihre Laune besserte sich noch mehr, da nun die Sonne durch die Wolken kiebitzte und dem Nebel, der von der Elbe heranschlich, den Garaus machte. Gut gelaunt wiederholte sie Worte und Redewendungen, die sie im Lauf der Woche bei der Comtesse gelernt hatte. Eines Tages würde sie mit Jean Französisch parlieren. Bis in den

Langen Jammer hatte er sie gebracht, bis auf die Stiege. Einige Herzschläge lang hatte sie gehofft, leichtfertig und unsinnig, dass er sie küsste, wie Figaro seine Susanna. Aber er hatte sich formvollendet verabschiedet:

„Ich wünsche Sie bonne chance chez Monsieur Rainville!"

Nicht einmal geduzt hatte er sie. Gestern hatte die Comtesse ihr erklärt, dass man in Frankreich nicht so schnell jemanden duzte wie in Deutschland. Sogar die Kinder siezten ihre Eltern. Sie dachte an den Brief, den sie ihren Eltern in Lüneburg geschrieben hatte. ‚Lieber Herr Vater, liebe Frau Mutter.' Die Comtesse hatte erzählt, dass sie ihren Gatten bis zu seinem letzten Atemzug gesiezt habe, um neben ihrer Liebe auch ihre Hochachtung auszudrücken. Vielleicht war es bei Jean ähnlich, hoffte sie. Als sie zu Sophie ins Bett gekrochen war, hatte sie ihr haarklein den Opernbesuch schildern müssen. Während sie flüsternd, um den kleinen Henning nicht zu wecken, erzählt hatte, wie schön die Kostüme, die Dekoration, die Musik waren, hatte sich Sophie an sie gekuschelt und war eingeschlafen. Margarethe hatte noch lange wach gelegen, hatte Sophies warmen Körper gespürt und sich mit herzklopfendem Erschrecken gewünscht, es sei Jean.

Kurz bevor sie die kleine Parkanlage durchquerte, die vor dem Restaurant Rainville lag, zog sie den nun fast trockenen Strumpf wieder an, wechselte von den Pantinen in die Lederschuhe und näherte sich erwartungsvoll dem säulenverzierten weißen Haus, das im Morgenlicht noch weißer wirkte als bei ihrem ersten Besuch. Sie erinnerte sich an Monsieur Heinrichs Mahnung, in Zukunft den Eingang für die Dienstboten und Mägde zu benutzen, und folgte einem Weg, der seitlich zum Hof des Restaurants verlief. Einige Stufen führten zu einer doppelflügligen Tür, hinter der Margarethe die Wirtschaftsräume vermutete. Sie klopfte herzhaft an die Tür, lauschte ins Haus, klopfte nochmals, doch nichts rührte sich. Sollte das Restaurant heute geschlossen sein? Hatte sie sich im Tag geirrt? Sie hörte Monsieur

Heinrich sagen: „Wenn die Demoiselle einverstanden ist, hat sie die Fortüne, ab Palmsonntag in der Küche zu arbeiten."

Margarethe blickte sich um und sah, dass sich unter der Remise, die im hinteren Teil des Hofes lag, etwas bewegte. Schnell lief sie die Stufen hinab, lief über den Hof zur Remise und war erleichtert, als sie einen älteren Mann sah, der das Zuggeschirr an einem Landauer ausbesserte. Ein Graukopf wie der Schiffer, der sie auf seinem Lastensegler mitgenommen hatte. Er blickte kurz auf, als sie sich ihm näherte, und grunzte freundlich:

„Hast es aber eilig. Hast es ja bannig eilig. Wenn du was liefern willst, dann stell das man hier ab."

„Ich will nichts liefern, ich will arbeiten. Monsieur Heinrich …"

Der Graukopf musste lachen: „Monsieur Heinrich, der schläft um diese Zeit noch. Vor Mitternacht kommt der nicht ins Bett. Weißt du denn nicht, wie spät das ist?", er wartete Margarethes Antwort nicht ab, „nicht mal halb acht! Nee, min Deern, um acht geht das hier erst richtig los."

Margarethe stellte sich vor, nannte ihren Namen und ihr Alter und sagte, dass sie von Monsieur Heinrich als Küchenmagd eingestellt worden sei. Der Alte blickte sie ernst an und knurrte, dass Monsieur Heinrich ein alter Halsabschneider sei, von dem sie sich nichts gefallen lassen soll.

Gegen acht Uhr wurde es lebhaft auf dem Hof, Köchinnen, Mägde und Lieferanten kamen. Margarethe trat in die Küche, stellte sich höflich der ältesten Köchin vor und fügte hinzu, dass Monsieur Heinrich sie als Küchenmagd eingestellt habe. Die Köchin erwiderte: „Eine tüchtige Magd können wir immer gebrauchen, gerade jetzt vor Ostern, aber Monsieur Heinrich hat mir nichts davon gesagt, dass du heute anfängst."

Margarethe brauchte einen Augenblick, um das Gehörte zu begreifen. Die Köchin sah ihr die Enttäuschung an und riet ihr gutmütig zu warten, bis Monsieur Heinrich aufgestanden ist, seinen morgendlichen Rundgang macht, und ihn dann selbst zu fragen. Margarethe nickte bescheiden, was hätte sie sonst machen sollen, setzte sich auf die Kante eines Hockers, klemmte den Schirm und den Beutel zwischen die Beine, sah den anderen bei der Arbeit zu und wartete.

Mehr als eine Stunde musste sie ausharren, bis Monsieur Heinrich, in Livrée und mit gepuderter Zopfperücke, endlich in die Küche kam. Sofort stand sie auf, machte einen artigen Knicks, doch Monsieur Heinrich nahm sie nicht zur Kenntnis. Mit der ältesten Köchin ging er den heutigen Speiseplan und die Anlieferungen durch. Margarethe wartete geduldig. Das alles ist viel wichtiger als du, beruhigte sie sich. Dann sah sie, wie die älteste Köchin Monsieur Heinrich fragend ansah und zu ihr zeigte. Wieder machte Margarethe einen artigen Knicks, als Monsieur Heinrich zu ihr kam und sie missbilligend betrachtete: „Was behauptet die Demoiselle? Ich hätte sie eingestellt? Als Küchenmagd?"

Margarethe nickte und sagte bescheiden: „Ja, als ich vor einer Woche bei Ihnen vorstellig wurde. Da haben Sie gesagt, dass ich ab Sonntag Palmarum …"

Monsieur Heinrich unterbrach sie ungeduldig: „Ich habe gar nichts gesagt. Ich kann mich nicht einmal eines Gespräches mit der Demoiselle entsinnen."

Margarethe befahl sich, ruhig zu bleiben, doch eine kleine, steile Falte bildete sich wieder auf ihrer Stirn. „Sie haben sogar gesagt, dass ich Ihnen gefalle, dass ich Manieren habe und dass ich die ersten vier Wochen auf Probe arbeiten werde, dass ich danach zwölf Schilling die Woche …"

Wieder unterbrach Monsieur Heinrich sie ungeduldig: „Schon gut, schon gut. Auch wenn ich so etwas niemals gesagt habe, will ich meinem Herzen einen Stoß geben. Aber nur, weil die Demoiselle Manieren zu haben scheint. Vier Wochen à l'essai, auf Probe, danach ein Wochenlohn von acht Schilling."

„Mit Verlaub, zwölf Schilling! Zwölf hatten Sie gesagt!"

Wieder betrachtete er Margarethe missbilligend und wollte sie mit einer gelangweilten Geste aus der Küche scheuchen. Am liebsten hätte sie ihn einen Lügner genannt, wusste aber, dass sie jetzt die Zähne zusammenbeißen musste, und sagte:

„Einverstanden! Acht Schilling! Danke!"

Monsieur Heinrich nickte gnädig und trug der ältesten Köchin auf, Margarethe in ihre Arbeit einzuweisen. Als er die Küche verließ, zischte Margarethe leise hinter ihm her: „Halsabschneider!"

Die Köchin hörte es und musste schmunzeln.

Wenig später schleppte Margarethe Holz und Torf in einem großen Weidenkorb in die Küche, spaltete Kienspan und kümmerte sich um die Herdfeuer. Als das erste Wasser kochte, brühte sie Kapaune, Tauben, Enten, Rebhühner und anderes Geflügel ab und begann mit dem Rupfen der Federn und dem Ausnehmen. Da sie auf dem Hof derer von Rodehorst gelernt hatte, wie man einem Hasen das Fell über die Ohren zieht, gehörte das, zur Erleichterung der anderen Mägde, auch zu Margarethes Aufgaben. Sie war glücklich. Sie hatte eine Stellung, hatte freie Kost und sollte schon in vier Wochen ihren ersten Lohn bekommen. Sie konnte der Zukunft unbesorgt entgegensehen.

Gegen Mittag kam Monsieur Rainville in die Küche, ein eleganter, mittelgroßer Herr, dessen Embonpoint augenfällig den guten Ruf seines Restaurants bewies. Er kostete verschiedene Saucen und machte bei einer, die zum Spanferkel gereicht werden sollte, ein unzufriedenes Gesicht. Die Köchin glaubte sich verteidigen zu müssen: „Diese Sauce mache ich heute zum ersten Mal."

„Pas mal, pas mal, mais ... es fehlt ein bisschen aigre-doux!"

Die Köchin verstand Monsieur Rainville nicht, sah ihn fragend an. Wieder kostete er die Sauce und wieder sagte er: „Oui, es fehlt ein bisschen aigre-doux!"

Margarethe, die gerade zwei ausgenommene Rebhühner wusch, hatte die kleine Szene mitbekommen, sah das ratlose Gesicht der Köchin, wischte ihre Hände an der Schürze ab, lief schnell zu ihrem Beutel, der unter dem Hocker lag, holte ihr Wörterbuch hervor und reichte es mit einem Knicks Monsieur Rainville.

„S'il vous plaît, Monsieur Rainville, mon dictionnaire!"

Er nahm das Buch, blätterte, sah Margarethe kurz und angenehm überrascht an und fand das deutsche Wort: „Süßsauer! C'est ça, süßsauer!" Die Köchin atmete auf und meinte, dass das kein Problem sei. Monsieur Rainville gab Margarethe das Wörterbuch zurück: „C'est très gentil! Ist Sie neu, Mademoiselle?"

Margarethe bejahte und stellte sich vor, Monsieur Rainville nickte zufrieden und verließ die Küche. Während Margarethe das Wörterbuch wieder in ihrem Bündel verstaute, glaubten die anderen Mägde dumme Bemerkungen machen zu müssen, wurden aber schnell von der ältesten Köchin zur Ordnung gerufen.

In der Küche ging es hoch her. Suppen, Saucen, Vorspeisen und Desserts wurden fertig, in den Backröhren garten die Braten, Gäste fuhren vor, die Kellner riefen ihre Bestellungen, Teller und Töpfe klapperten, es dampfte, zischte und brutzelte, und Margarethe genoss die Arbeit. Gegen drei Uhr wurde es etwas ruhiger. Der Kutscher steckte den Kopf in die Küche und rief Margarethe zu sich. Sie griff zu einem Leinentuch, trocknete sich die Hände ab und folgte ihm neugierig auf den Hof. Der Kutscher zeigte zur Remise und grinste. Unter der Remise stand ein junger, breitschultriger Mann mit verwegenem Haarschopf, in der Uniform des 127. Regiments de Ligne, den Tschako unter dem linken Arm. Er trat auf Margarethe zu und strahlte sie an.

„Ich hatte versprochen zu kommen! Hier bin ich!"

Es war der Buchhandelsgehilfe aus dem Laden von Friedrich Perthes, den sie vor einer Woche bei der Parade auf dem Großneumarkt zum letzten Mal gesehen und dem Sophie frech zugerufen hatte, dass Margarethe ab Palmsonntag bei Rainville in Altona arbeiten würde. Da ihr sein Name nicht sofort wieder einfiel, strich sie mit einer verlegenen Geste eine Haarsträhne aus der Stirn.

„Verzeihen Sie, Mademoiselle, ich musste Sie wiedersehen."

Christian Meinecke. Jetzt fiel ihr der Name wieder ein, und sie lächelte erleichtert.

„Für das Mittagessen ist es leider zu spät, mein Herr!"

„Mit Verlaub, ich bin nicht hier, um mich an den Köstlichkeiten der Rainville'schen Küche zu delektieren, abgesehen davon, dass ich mir so etwas Exquisites gar nicht leisten kann. Nein, ich wollte Sie wiedersehen."

Der Kutscher sah von dem jungen Mann zu Margarethe, grinste so unverschämt, dass Margarethe sich genötigt sah, für klare Verhältnisse zu sorgen. Steif sagte sie: „Mein Herr, ich habe Sie nicht gebeten, mich während der Arbeit zu besuchen. Ich bitte Sie daher höflichst, mich nicht zu inkommodieren."

Jetzt mischte sich der Kutscher ein: „Deern, wat snackst du da? De Jung, de mog di, dat sütt man doch, de will di wedderseihn, dat is doch minschlich, oder? Inkommodieren, dumm Tüch."

Christian Meinecke nickte und sagte: „Mademoiselle, ich habe keinesfalls die Absicht, Sie zu inkommodieren. Aber Freunde von mir haben heute eine Kutschfahrt raus nach Blankenese gemacht, da habe ich die Gelegenheit genutzt und ..."

Weiter kam er nicht, Margarethe unterbrach ihn: „Vielleicht ein andermal. Heute nicht. Heute ist mein erster Tag bei Monsieur Rainville, und ich bitte Sie um Verständnis dafür, dass ich nicht ins Gerede kommen möchte." Sie wandte sich ab und ging zur Küchentreppe. Christian Meinecke lief ihr nach, versuchte, sie aufzuhalten: „Warten Sie! Ich kenne nicht einmal Ihren Namen!“

„Vielleicht ist das auch besser so!“

„Deern, nun stell di nich so an“, mischte sich der Kutscher ein.

Margarethe blieb stehen und sah Christian Meinecke ernst an. „Vielleicht ist es nur eine Laune Ihres Gemüts, und Sie werden es in wenigen Tagen bereuen.“

„In wenigen Tagen, verehrte Mademoiselle, ist mein Regiment auf dem Weg nach Russland.“

Margarethe hörte ihr Herz schlagen.

„Herr Perthes, der über Informationen verfügt, ist sich sicher, dass unser Regiment einer Division des ersten Armeekorps unter Marschall Davout zugeteilt wird. Die zweite und vierte Division marschieren bereits nach Polen.“

Margarethe dachte an Jean, wollte Christian Meinecke nicht wehtun und sagte, auch um sich selbst zu beruhigen: „Gerüchte. Vielleicht sind das alles nur Gerüchte. Kann doch sein, oder?“

„Und wenn nicht?“

Margarethe schwieg.

„Darf ich Sie, wenn hier Feierabend ist, nach Hause begleiten?“

Margarethe verneinte stumm und sah Christian Meinecke um Verständnis bittend an. Sie ging weiter zur Küchentreppe, zog die Vernunft zu Rate, blieb nochmals kurz stehen und sagte: „Wenn Ihr Regiment nach Russland marschiert, dann darf ich Ihnen keine Hoffnungen auf ein Wiedersehen machen.“

„Aber wenn es Gerüchte sind, so wie Sie vermuten, wenn es nur Gerüchte sind, darf ich Sie dann wiedersehen?“

Margarethe antwortete nicht, lief die Stufen zur Küche hoch und schloss die Tür hinter sich. Der Kutscher sah den jungen Mann an und kratzte sich den Kopf.

Bis zum Feierabend arbeitete sie fleißig und erntete Lob von der ältesten Köchin, die sie Gesche nennen durfte. Sie zwang sich, nicht an Jean zu denken. Es gelang ihr nicht. Obwohl sie sich geschworen hatte, nie wieder in den ‚König von England' zu gehen, beschloss sie, der Vernunft einen Streich zu spielen, Jean noch heute dort aufzusuchen, ihm zu sagen, dass sie ihn liebt, ihn zu fragen, ob auch er sie liebt, ihm zu sagen, dass sie auf ihn wartet, bis er aus Russland zurück ist.

Nadelstichfeiner Landregen hatte schon bei Sonnenuntergang eingesetzt. Daher spannte Margarethe ihren Schirm auf, als sie nach acht Uhr das Restaurant Rainville verließ, und lief in ihren Pantinen über den Hof zur Auffahrt der doppelläufigen Freitreppe, die durch Laternen erhellt wurde. Unter einer der Laternen stand ein Mann in der Uniform des 127. Regiments, das erkannte sie am Tschako. Er spähte in den dunklen Hof, gegen die eisige Nässe schützte ihn ein knielanger Mantel, wie ihn Douaniers trugen. Margarethes Schritte wurden langsamer, sie überlegte, wie sie es diesem Christian Meinecke sagen sollte, dass seine Begleitung nicht erwünscht ist. Energisch ging sie auf ihn zu, doch plötzlich sah sie im Schein der Laterne, dass es nicht Christian Meinecke war.

„Jean? Jean!"

Margarethe lief auf ihn zu und nahm ihn unter ihren Schirm.

„Bonsoir, Margarethe!"

„Bonsoir, Jean! Wie kommst du denn hierher?"

Wieder hatte sie ihn geduzt, hatte es diesmal aber nicht bemerkt. Er bot ihr den Arm, sie hakte sich bei ihm ein, vergaß, was sie ihm alles sagen wollte, was sie ihn fragen wollte, und lief mit ihm durch die Parkanlage hoch zur Elbchaussee.

„Ich mach kein musique im ‚König von England', c'est fini!"

„Warum?"

„C'est fini! Weil ich mit Sie will sein. Jeden Abend. Ich wart bei Monsieur Rainville und ich Sie accompagne chez vous."

Margarethe weigerte sich darüber nachzudenken, was der wahre Grund für Jeans Entscheidung war, nicht mehr im ‚König von England' zum Tanz aufzuspielen. Stattdessen benutzte sie zum ersten Mal eine Redewendung, die sie bei der Comtesse gelernt hatte: „C'est très gentil, mais ce n'est pas nécessaire." Jean war einen Moment verdutzt, er lachte und drückte Margarethes Arm etwas fester an seinen Körper: „C'est très gentil! Merci! Nein, Margarethe, Sie spricht Deutsch mit mir, bitte! Sinon, ich bleib ein dumm Holzkopf."

Unter dem burgunderroten Schirm liefen sie durch den Regen nach Hamburg, und Margarethe erzählte begeistert, sprudelnd, wie ihr erster Tag verlaufen war. Sie erzählte von Monsieur Heinrich, von der ältesten Köchin, dass sie Monsieur Rainville ihr Wörterbuch geliehen habe. Christian Meinecke und das, was sie von ihm gehört hatte, erwähnte sie nicht.

17. Kapitel

In der Nacht auf Ostersonntag kam Hinnerk zurück, stand in der Schlafkammer, nass wie ein Pudel, und lachte. Unterhalb von Casparus war er durch den Wallgraben geschwommen, war über den Wall geklettert, die Wachpatrouillen hatten ihn angerufen, auf ihn geschossen, ihn verfehlt, mussten nachladen, und so konnte er unverletzt im Gängeviertel untertauchen. Nun lachte auch Sophie, sprang aus dem Bett, tastete ihn von oben bis unten ab, ob er auch wirklich unverletzt sei, küsste ihn, und Tränen der Erleichterung flossen. Henning wurde wach und brauchte eine Weile, bis er begriff, dass sein Vater wieder da war. Mit einem Kienspan steckte Hinnerk die Lampe in der Küche an und zog seine nassen Sachen aus. Während Sophie ihn trocken rubbelte, zauberte er aus einem Seesack pfundweise Tabak und feinste Schokolade hervor.

„Frisch aus Helgoland! Der Englishman war froh, dass er die Ware loswurde. Wenn ich das Zeug richtig gut verkaufe, dann kommen wir bis in den Sommer!"

Zur Feier des Tages bekamen Henning und die Frauen je ein Löffelchen Schokoladenpulver mit Zucker vermengt. Und Hinnerk erzählte, wie er in Tönning einen Gaffelsegler fand, auf dem er anheuern konnte, wie sie bei rauer See nach Helgoland ausliefen und wie er mit dem Englishman gefeilscht hatte. Margarethe, die noch nie in ihrem Leben Schokolade probiert hatte, sparte sich einen Rest für später auf, holte die Strohsäcke aus der Schlafkammer und baute ihr Bett in der Küche neben dem Herd wieder auf. Hinnerk versprach ihr, in den nächsten Tagen eine Schlafstelle für sie zu suchen.

Lange noch lag sie wach in dieser Nacht, lauschte auf den Wind, der sich in den Dächern des Langen Jammers verfing, hörte, wie Sophie und Hinnerk sich heftig liebten, leckte von dem Löffelchen die letzten Schokoladenkrumen ab, bekam klebrige Finger, steckte die Finger in den Mund, lutschte sie fast liebkosend sauber und dachte an Jean.

18. Kapitel

Ostersonntag war ‚tout le monde', wie es Monsieur Heinrich nannte, bei Rainville. Margarethe sehnte den Feierabend herbei, hoffend, wissend, dass Jean wie jeden Abend in der vergangenen Woche auf sie wartete. Fast stärker noch sehnte sie sich nach dem morgigen Tag, dem Montag, ihrem ersten freien Tag nach acht Tagen harter, zwölfstündiger Arbeit. Und wie jeden Abend wusch sie unter der Pumpe ihr Gesicht, ihre Arme und Hände mit grüner Seife und frischem, kaltem Wasser. Sie lief über den Hof zur Remise, wo sie, wie jeden Morgen, ihre Rüschenhaube und ihr apfelgrünes Spenzer-Jäckchen neben die Wetterjacke des Kutschers auf einen Haken gehängt hatte, schnüffelte, war zufrieden, dass sie nicht nach Braten, Fett und Zwiebeln rochen, setzte die Haube auf, zog das Jäckchen über, wechselte die Schuhe und klapperte nun frischfröhlich in ihren Pantinen auf Jean zu, der unter einer der Laternen an der Freitreppe bereits auf sie wartete. Wie jeden Abend in der vergangenen Woche.

„Bonsoir, Jean!"

„Bonsoir, Margarethe!"

Wie jeden Abend bot er ihr den Arm, und wie jeden Abend hakte sie sich fest bei ihm ein. Nach wenigen Schritten knöpfte er seine Uniformjacke auf, holte ein doppelt gefaltetes Papier aus einer Innentasche und überreichte es Margarethe.

„S'il vous plaît, das ist für Sie!"

Margarethe sah irritiert auf das Papier, öffnete es, konnte in der Dunkelheit aber nur erkennen, dass es beschrieben war.

„Was ist das?"

„Ein ‚laissez-passer', damit Sie haben in Zukunft keinen ennui mit die Douaniers."

In Altona blieb Margarethe unter einer Laterne stehen und betrachtete das Papier genauer. „Aber das ist ja auf Französisch!"

„Justement pour cela! Die Douaniers sind auch Französisch."

„Und was steht da geschrieben?"

Sie reichte Jean das Papier und lachend las er vor: „Margarethe Detjens, la plus belle Demoiselle du monde, hat freie Passage durch alle Tore de la Bonne Ville Hambourg, weil sie arbeitet in Altona bei Monsieur Rainville." Er wurde ernster und fügte hinzu: „Malheureusement hier man nicht schreibt, wie schön Ihr blau Augen, wie schön Ihr blond Haar, Ihr schön, rot … comment on dit … bouche?"

„Mein Mund?"

„Oui, Mund! Rien! Mais … regardez-là!"

Stolz zeigte er auf die Unterschrift.

„Le commandant de Hambourg,
Par Excellence le Général Saint-Cyr."

Er gab ihr das Papier zurück und erzählte, dass Gaston Dubreuil, Ordonnanz-Offizier des Generals Saint-Cyr, ein guter Freund aus Pariser Tagen, ihm in dieser Sache behilflich gewesen sei. Margarethe sah auf das Datum und stellte fest, dass der Passierschein erst gestern ausgestellt worden war.

„Aber, wozu brauche ich so etwas?"

Jean zögerte einen Augenblick mit der Antwort, doch dann sagte er leise: „En cas ich kann nicht mehr sein abends bei Rainville."

„Müssen Sie wieder im ‚König von England' spielen?"

„Nein, nein, jamais, nie mehr!"

Sie schwiegen. Margarethe verstaute den Passierschein in ihrem Bündel. Im Licht der Straßenlaterne sah sie, wie eine Fledermaus die ersten Nachtfalter jagte. Ein sicheres Zeichen, dass der Frühling kommt, dachte sie. Ein Frühling ohne Jean. Vor der nächsten Frage hatte sie Angst, doch sie musste sie stellen: „Heißt das auch, dass wir uns nie mehr sehen werden?"

Jean zögerte mit der Antwort: „Ich möchte Sie sehen, morgen, toute la journée!"

Margarethe atmete auf: „Morgen habe ich den ganzen Tag frei!"

Nun atmete auch Jean auf, bot ihr wieder den Arm, in den sie sich fest einhakte, und beide liefen durchs Nobistor auf das im Nachtdunkel leuchtende Hamburg zu. In Margarethes Kopf schlugen die Gedanken Purzelbaum und plötzlich sagte sie:

„Haben Sie schon einmal Schokolade probiert?"

„Oui, mais das ist her lang, sehr lang, wenn ich war achtzehn, avant le blocus continental."

„Jeden Tag könnten wir Schokolade essen, jeden Tag, wenn es diese verfluchte Kontinentalsperre nicht geben würde."

Jean versuchte, ihr die Vorteile der Maßnahme Napoleons zu erklären, sprach von den aufblühenden Leinwebereien in Frankreich und in Deutschland, die jetzt die englische Konkurrenz nicht mehr zu fürchten hätten, von der Möglichkeit, Zucker aus Rüben zu gewinnen, von einem vereinten Europa ohne England. Margarethe hörte mit halbem Herzen zu und sagte dann heftig: „Deswegen führt man doch keinen Krieg! Deswegen marschiert man doch nicht nach Russland!"

„Wenn der Kaiser befiehlt, il faut obéir, man muss gehorchen!"

Auf Margarethes Stirn bildete sich die kleine, steile Falte: „Unsinn! Tünkram! Wenn etwas falsch ist und man weiß, dass es falsch ist, dann muss man handeln!"

Jean sah sie an, er hatte sie nicht verstanden. „Handeln?"

Margarethe holte Luft: „Handeln, ja! Sich nicht abschlachten lassen wie ein Kalb! Nein! Ausbüxen! Abhauen!"

„Déserter?"

„Ja! Desertieren!"

Margarethe presste Jeans Arm an ihren Körper, wollte ihren Worten mehr Nachdruck verleihen: „Jean, du bist Musiker und kein Soldat!" Sie merkte, dass sie ihn duzte, und besann sich: „Verzeihen Sie. Denken Sie an Ihren Traum, das Weingut im Midi, au beau soleil! Stellen Sie sich vor, in Paris, in Paris wird Ihre Oper aufgeführt! Auch hier in Hamburg! Sie müssen nicht nach Russland marschieren, nur weil Napoleon das will." Sie holte Luft und setzte noch einmal fast wütend nach: „Soll er doch allein marschieren! Hauen Sie ab, Jean, desertieren Sie!"

Jean ließ sich mit seiner Antwort viel Zeit.

„Ich kann nicht. Ich habe juré … comment on dit auf Deutsch?"

Margarethe wusste es nicht, holte das Wörterbuch aus ihrem Beutel und gab es Jean, doch in der Dunkelheit fand er nicht die richtigen Seiten und die passenden Worte. Erst als sie die Wache am Millerntor passierten, Margarethe ihren Passierschein zeigte, die Douaniers kurz salutierten und den Weg frei gaben, fand Jean im Licht der Laternen die richtigen Worte im Dictionnaire.

„Ich habe schwören Gehorsam und Treue mein Empereur!"

Leise setzte er hinzu, während Margarethe ihren Arm in seinen Arm schob: „Ich kann nicht déserter, non, je ne peux pas."

19. Kapitel

„Vielleicht gibt's noch 'ne Mütze Schnee und 'n büschen Eis, aber das haut 'ne Deern wie dich ja nich um!" Hinnerk sprach von der Schlafstelle, die er gefunden hatte. Auf einem der Dachbodensäle im Brauerknechtgraben, durch dessen Luken und Ritzen der Wind den Schnee trieb. Da, wo zwei Dutzend Junggesellen und ledige Weiber schliefen, könnte Margarethe sich das Bett mit einer Markthökerswitwe teilen. Schon heute Abend könnte sie dort schlafen, und wenn sie es wünsche, würde Hinnerk im Laufe des Tages die Strohsäcke rüberbringen. Ihre Sachen sollte sie bei ihnen in der Bude lassen. „Sonst stibitzen die Bambusen dir die ganzen Plünnen", meinte er. Da sie keine andere Wahl hatte, war Margarethe einverstanden.

Gleich nach dem Frühstück nähte Hinnerk zwei kleine Leinenbeutel in die Innenseite von Hennings Hose. Er steckte in jeden Beutel eine Tabakprobe und ein Säckchen Schokolade und zog mit seinem stolzen Sohn los, um die Kostbarkeiten zu einem guten Preis an den Mann zu bringen. Sophie und Margarethe drückten ihnen die Daumen. Zum ersten Mal seit dem Opernbesuch hatte Margarethe ihr lindgrünes Kleid wieder angezogen, dazu eine helle Schürze, weiße Strümpfe und die Rüschenhaube. Sie stand am Fenster, blickte in den Hinterhof und wartete auf Jean, der versprochen hatte, sie um zehn Uhr abzuholen. Vom Michel wehte ein einzelner Glockenschlag herüber, halb elf, dachte Margarethe und spürte eine namenlose Furcht, die sie kürzer atmen ließ. „Vielleicht marschieren die ja schon längst nach Russland", versuchte Sophie etwas ungeschickt zu trösten und wischte den Tisch ab.

„Nee", sagte Margarethe, „was Jean verspricht, das hält er."

Sie atmete auf, denn in diesem Augenblick betrat Jean, in voller Uniform, den Hinterhof und blickte zum offenen Fenster hoch. Margarethe rief zu ihm hinunter: „Bin gleich da!", und verließ schnell die Küche.

„Nimm den Schirm mit, falls es regnet!", riet Sophie.

Margarethe hörte sie nicht mehr, lief nach unten, lief zu Jean.

„Bonjour, Margarethe!"

„Bonjour, Jean!"

„Franzosen-Flittchen!"

Margarethe drehte sich um zu verhärmten Frauen mit harten Augen, die an einem Holzbottich standen und Wäsche wuschen.

„Bonjour-Hure!"

Margarethe sah versoffene Gesichter von arbeitslosen Männern, die im Hinterhof herumlungerten und ihre erste Buddel tranken.

„Slat se dot, de Franzos!", riefen rotznasige Kinder und nahmen Reißaus. Margarethe wollte aufbrausen, Jean beschwichtigte sie mit einer Geste, bot ihr den Arm, und trotzig hakte Margarethe sich bei ihm ein. Gemeinsam verließen sie den Langen Jammer.

Sie gingen über den Schaarmarkt, der heute Morgen leer und verlassen war, und näherten sich dem Michel. Margarethe zeigte auf das mächtige Kirchenschiff. „Habe ich Ihnen erzählt, dass ich die erste Nacht in Hamburg im Michel geschlafen habe?"

„Nein, Sie haben nicht!"

Margarethe erzählte von ihrer Flucht aus dem Dorf in der Heide, von der Fahrt mit Hannes, dem Fuhrknecht, und weiter mit dem Lastensegler bis nach Hamburg; sie erzählte vom ersten Tag in dieser großen Stadt, wie sie im ‚König von England' zum ersten Mal in kastanienbraune Augen geblickt habe und wie sie dann im Michel eingeschlafen sei. Jean hörte zu und war dankbar, dass Margarethe von sich erzählte, dass er sie besser kennenlernte, dass er ihr Bild mit auf den langen Marsch nehmen konnte. Sie liefen weiter über den Großneumarkt zum Gänsemarkt, und Margarethe zeigte ihm das Geschäft Madame Guillamberts, die ihr all die schönen neuen Sachen genäht hatte.

Vom Gänsemarkt gingen sie weiter zum Opernhof. Margarethe hatte das Gefühl, als ob sie gemeinsam mit Jean von all dem Abschied nehmen müsste, was sie in den ersten Wochen in Hamburg gesehen und erlebt hatte. Jean spürte es und sagte:

„Margarethe, Sie müssen wieder gehen in die Oper. ‚Iphigénie en Tauride' von Christophe Gluck. Sie müssen hören."

„Spielen Sie wieder Oboe?"

„Malheureusement nein."

„Dann werde ich nicht hingehen."

„Aber es ist schön musique, Margarethe."

„Ich möchte nur Musik hören, die Sie spielen."

Er musste lachen und drückte ihren Arm fest an seinen Körper.

Ein frischer Südwestwind machte Frühjahrsputz, räumte unnütze Haufenwolken zur Seite und erlaubte der Sonne, Margarethe und Jean zu wärmen. Sie beschlossen weiterzulaufen, zur Lombardsbrücke. Zwar hatte Margarethe die Lombardsbrücke schon oft gesehen, sie hatte aber nicht geahnt, dass sich hinter der hölzernen Brücke die Große Alster wie ein See erstreckte, dass an ihren Ufern säulengeschmückte, prachtvolle Landhäuser der reichen Hamburger Kaufleute lagen, Häuser wie an der Elbchaussee. Staunend zeigte sie über das Wasser, doch Jean sah nicht hin. Er sah Margarethe, sah ihre Augen, ihren Mund, ihren schönen Mund, ihren Hals, ihr Haar, er sehnte sich danach, sie zu berühren. Margarethe spürte seinen Blick und zähmte verlegen einige widerspenstige Locken, die ihr in die Stirn fielen.

„Margarethe, ich habe ein groß désir, ein groß Bitte."

Sie sah ihn an und wurde noch verlegener.

„Schenken Sie mir eine … eine boucle von Ihr schön Haar."

„Eine … eine Locke?"

Jean strahlte erleichtert: „Oui, eine Locke, une boucle."

„Warum?", fragte sie leise und wurde rot.

Und Jean antwortete genauso leise: „Parce que je vous aime."

Margarethe war der Comtesse in diesem Augenblick dankbar, dass sie ihr etwas mehr vermittelt hatte als das, was sie täglich bei Rainville brauchte. Sie nahm die Nadeln aus dem Nackenknoten und entrollte ihren blonden Zopf.

„Ich habe keine Schere."

„Aber ich!"

Entsetzt blieben Vorübergehende stehen, als sie sahen, wie der Soldat den Säbel zog; sie lächelten, als sie sahen, wie er dem Mädchen ein Haarbüschel vom Ende ihres Zopfes abschnitt und die Locken liebevoll in einem Portefeuille verwahrte. Jean legte die rechte Hand auf sein Herz und schwor feierlich: „Immer ich werde Sie tragen mit mir. Toujours!" Fast etwas kokett fragte Margarethe: „Und was schenken Sie mir?"

„Ich weiß nicht, ich weiß nicht noch."

Sie lehnten sich gegen das Brückengeländer, die Große Alster im Rücken, ließen sich von der Sonne wärmen und blickten über die moorbraune Binnenalster zur Altstadt, wo sich hinter den Dächern des Drillhauses, links neben dem Turm von St. Petri, die Kuppel einer kleinen Kirche abzeichnete. Jean zeigte auf die Kuppel: „Wissen Sie, welcher Name ist die Kirch da hinten?"

„St. Petri, glaube ich."

„Nein, à la gauche de St. Petri!"

Margarethe wusste es nicht, wusste auch nicht, warum Jean sie danach fragte. „Das ist die St.-Gertruden-Kapelle", beantwortete Jean selbst seine Frage. „Das ist die Kirche, wo ich spiele die Orgel, wenn Monsieur Hagedorn ist nicht en bonne santé."

Margarethe erinnerte sich, dass Jean ihr erzählt hatte, dass er in der St.-Gertruden-Kapelle den Organisten vertrat, da der arme Mann an Fallsucht leidet. Schade, nie werde ich hören, wie Jean auf der Orgel spielt, dachte sie. Vielleicht, wenn er aus Russland zurückkommt? Erschrocken weigerte sie sich, den Gedanken weiterzudenken, was wäre, wenn Jean nicht zurückkommt.

Nachdem sie die Lombardsbrücke verlassen hatten, gingen sie entlang der Wallanlagen bis zum Steintor. Margarethe deutete über den Steintorplatz zum Haus der Comtesse de Briancourt. Unvermittelt fragte sie: „Werden Sie mir schreiben?"

„Bien sûr! Aber ich kann nicht schreiben Deutsch, ich kann schreiben seulement en français."

„Bon, en français."

„Aber Sie kann nicht lesen Französisch."

„Ich nicht, aber die Comtesse de Briancourt."

Margarethe war froh über diesen Einfall und nannte ihm die Adresse. Einmal in der Woche, an ihrem freien Tag, würde sie von nun an die Comtesse besuchen, um Französisch zu lernen und nach Post zu fragen.

In der Nähe der Wache gingen sie in ein kleines Gasthaus und aßen Pökelfleisch und Sauerkraut zur Feier des Tages. Und zur Feier des Tages tranken sie sogar ein Glas Hamburger Bier.

Als sie sich wieder auf den Weg machten, bis jetzt hatten beide das Thema Russland und Krieg ängstlich vermieden, drehte der Wind, und ein böiger Nordwest schüttete Graupelschauer über sie aus. Da Margarethe ihren Schirm nicht mitgenommen hatte, liefen sie dicht an den Häusern entlang, um ein wenig Schutz vor der Nässe zu finden. Jean lief vorweg, Margarethe folgte ihm. Plötzlich blieb er in einer Nebenstraße vor der Tür eines schmalen Hauses stehen.

„Hier ich bin einquartiert, bei Monsieur Hagedorn."

Einige Herzschläge lang befürchtete Margarethe, nein, hoffte Margarethe, dass er sie ins Haus einladen würde, dass sie der Schicklichkeit halber ablehnen müsste, dass sie aber dennoch Ja sagen würde. Jean erlöste sie aus dem Zwiespalt, da er sie bat, hier draußen auf ihn zu warten. Während sie wartete, blickte Margarethe zum Ende der Gasse, die in einen Platz mündete, auf dem sich die St.-Gertruden-Kapelle befand.

Es dauerte nicht lange, bis Jean wieder in der Haustür erschien. Er trug die knielange Pelerine, wie sie auch die Douaniers trugen, und nahm Margarethe, die sich an ihn schmiegte, unter seine Fittiche. In seiner linken Hand klimperte ein Schlüsselbund. Jean tat geheimnisvoll und zog Margarethe mit sich, bis zum Ende der Straße, bis auf den Platz, bis vor den Seiteneingang der St.-Gertruden-Kapelle. Bevor sie fragen konnte, was das zu bedeuten habe, steckte er einen Schlüssel ins Schloss und öffnete die Tür. Ohne ein Wort zu sagen, schob er Margarethe ins dämmrige Innere der St.-Gertruden-Kapelle und schloss die Tür hinter sich. Einen Vorteil hat das Ganze, sagte sich Margarethe nüchtern, wir sind im Trockenen und wir sind allein. Sie sah sich um, legte den Kopf in den Nacken, blickte zur Decke, sah mit wachsender Scheu zum Altar, wo leichenblass der Gekreuzigte hing, ließ ihren Blick über die Deckengemälde gleiten, bis zur Empore, über der das reich verzierte Gehäuse und die Prinzipalpfeifen der Orgel thronten. Jean bedeutete ihr stumm, ihm zu folgen, und ging zu einer Wendeltreppe, die im Seitenschiff zur Empore führte. Er stieg die Stufen hoch, Margarethe folgte ihm, er setzte sich auf den Hocker vor dem Spieltisch, legte die Hände auf die Klaviatur, setzte die Füße auf die Pedale und begann zu spielen, lautlos. Margarethe trat näher, staunte, wie Jeans Finger über die Tasten glitten, wie er verschiedene Register zog, wie seine Füße auf den Pedalen tanzten. Doch all das geschah, ohne dass ein einziger Ton zu hören war.

„C'est la reine des instruments", sagte Jean leise und stand auf. „Venez!"

Er ging zur rechten Seitenfront und öffnete die Verschalung, die in Scharnieren hing. Margarethe folgte ihm neugierig. Dann forderte er sie auf, genau hinzusehen, lief zum Spieltisch zurück und drückte einige Tasten der Klaviatur, kam wieder zu Margarethe und zeigte ihr, wie jede Taste einen Stecher bewegt, wie der Stecher eine Wippe bedient, wie die Wippe dann ihrerseits die Abstrakte und den Regulierknopf nach unten zieht. Jean redete, erklärte, Margarethe schwirrte der Kopf und sie ahnte, dass er mit den vielen Worten die aufkeimende Angst ersticken wollte. Er zeigte ihr, wie die Ventile die Luft in die Kanzellen der Pfeifen leiten und wie die Register zu bedienen sind. Sie staunte, was er alles wusste, dass Jean sich das alles merken konnte. „Aber", sagte er geheimnisvoll, „es fehlt der Wichtigste ... der Wind!"

Nun zeigte er Margarethe die zwei großen hölzernen Pedale für den Windbalg, dazu die Handgriffe in Kopfhöhe, um die beiden Pedale kraftvoll treten zu können. Er bat Margarethe, sich auf die Pedale zu stellen und abwechselnd kräftig zu treten. Sie tat es und hörte, wie der Wind, dem sie so gerne lauschte, langsam Atem holte, wie er die Orgel zum Leben erweckte. Sie schloss die Augen, hörte, wie sich die Stimme des Windes mit den hellen Tönen eines Choralvorspiels mischte, das Jean den kleinsten der über neunhundert Orgelpfeifen entlockte. Sie fühlte sich in dem anschwellenden, vielstimmigen Klang aufgehoben. Sie wurde eins mit der Musik, verschmolz mit den erdtiefen Tönen der Zweiunddreißig-Fuß-Pfeifen, wurde federleicht emporgehoben vom hohen Klang der Trompetenpfeifen, sie hätte stundenlang, tagelang, bis ans Ende aller Tage der Musik und dem Wind lauschen können.

Die letzten, leisen Töne schwebten durch den Raum, verklangen, und Jean trat zu ihr, reichte ihr die Hand, sodass sie sicher die Pedale des Windbalgs verlassen konnte. Im Halbdunkel der Empore sah sie, dass er weinte. Sie nahm sein Gesicht in ihre Hände und küsste seine Tränen. Dann fanden sich ihre Lippen, sie küssten sich, hielten sich fest umschlungen, wie Kinder, die durch einen nachtfinsteren Wald laufen müssen, und er nannte sie zärtlich ‚ma petite bourrasque'.

Als sie wieder auf dem Vorplatz der St.-Gertruden-Kapelle standen und Jean die Tür abschloss, hatte das Aprilwetter eine weitere Kapriole parat und wartete mit einem blitzblankblauen Himmel auf. Sie gingen zurück zum Haus des Organisten und wieder bat Jean sie zu warten, da er die Schlüssel zurückbringen müsse. Margarethe blickte zur St.-Gertruden-Kapelle und wusste, dass sie Jean liebt, wusste, dass er sie liebt. Doch dann wurde ihr mit Erschrecken klar, dass sie eine Ungeheuerlichkeit begangen hatte. Dass sie im Hause des Herrn gesündigt hatte. Sie sah in das Tiefblau des Himmels und bat den Lieben Gott um Verzeihung, bat ihn auch um Verzeihung, dass sie kein schlechtes Gewissen dabei verspürt hatte. Auch jetzt noch nicht. Lieber Gott, verzeih mir, betete sie stumm, aber es ist nun mal geschehen und es ist so, wie es ist. Jean trat wieder aus dem Haus, hatte seine Pelerine noch über den Schultern und trug in der linken Hand einen schmalen, lederbezogenen Koffer. Auf Margarethes fragenden Blick sagte er, dass in dem Koffer seine Oboe sei. In Margarethe stieg Angst auf, Angst, dass Jean heute Abend im ‚König von England' zum Tanz aufspielen musste. Aber sie schwieg und ging mit ihm Richtung Jungfernstieg, da sie vorgeschlagen hatte, Briefbögen und Couverts im Buchladen von Perthes zu kaufen. Als sie durch die Bergstraße runter zur Alster liefen und an der Kunst- und Musikalienhandlung Wiener vorbeikamen, zeigte Jean auf die beiden großen Schaufenster und meinte lachend, dass es ein schöner Traum sei, wenn die Noten seiner ersten Oper bei Wiener verkauft werden würden. Margarethe nickte, lächelte und war fast ein wenig stolz.

Auf dem Jungfernstieg blieben sie stehen, und Jean erinnerte Margarethe an das Feuerwerk, das die ‚bonne ville' Hamburg zu Ehren des Thronfolgers gegeben hatte. Margarethe lachte und gestand, dass sie zunächst ein bisschen Angst vor dem Feuerwerk gehabt hatte. Sie gingen weiter und erreichten wenig später den Buchladen von Perthes. Jean blieb vor dem Schaufenster stehen und bewunderte eine schöne, vielbändige Ausgabe der ‚Encyclopédie' von Denis Diderot. Bislang hatte er nur davon gehört, doch nun beschloss er, eines Tages alle Bände zu kaufen. Da Margarethe nicht wusste, wer dieser Denis Diderot war, und da sie nicht darüber nachdenken wollte, ob Jean jemals wieder vor diesem Buchladen stehen würde, sah sie zur Straße, auf der jetzt eine Kutsche hielt. Zwei lebhaft miteinander diskutierende Herren stiegen aus, und Margarethe erkannte den Buchhändler Perthes. Der Kutscher rief vom Bock: „Wat is nu, Herr Campe? Schall ick teuven oder schall ick Se later avholen?"

Der Herr neben neben Perthes, älter und verwegener aussehend als der Buchhändler, antwortete: „Warten, du Dösbaddel! Glaubst du, ich will hier übernachten?"

Perthes und Campe gingen zum Eingang des Buchladens, und Margarethe wurde ein zweites Mal Zeugin eines Gesprächs.

„Verehrter Campe, Bücher drucken ist eine Sache, sie zu verkaufen, ist eine ganz andere Chose. Leider!"

„Ich weiß, ich lasse nur sechshundert Exemplare drucken!"

„Das ist viel in der heutigen Zeit. Wer soll die verkaufen?"

„Wenn Sie fünfzig Exemplare nehmen, ist ein Anfang gemacht."

„Und neunundvierzig werden konfisziert. Nein, Campe, das ist Leichtsinn!"

„Wenn es stimmt, was ich gehört habe, marschiert General Saint-Cyr in Kürze mit dem 6. Armeekorps bis an die Memel. Und in Hamburg herrscht Ruhe!"

„Leider nein, Campe! Ein Namensvetter marschiert nach Russland. Unser General Carra de Saint-Cyr bleibt mit einer Garde von fünfhundert Dragonern und Gendarmen in Hamburg. Und die werden eine Plage sein, glauben Sie mir, schon um es Saint-Cyr recht zu machen und nicht selbst nach Russland zu müssen." Perthes sah Jean, sah die Uniform des 127. Regiments und fragte unvermittelt: „Ihr Regiment marschiert morgen vor Tagesanbruch, oder?"

Da Jean so tat, als ob er Perthes nicht verstanden habe, wiederholte der die Frage auf Französisch: „Demain matin, avant la pointe du jour, le commandement pour votre régiment est de marcher. C'est vrai ou non?"

Jean bestätigte zögernd: „Oui, c'est vrai."

Margarethe hielt es nicht mehr aus und fragte: „Was ist wahr?"

„Dass unsere Hamburger Jungs, das 127. Regiment de Ligne, im Morgengrauen nach Russland marschieren."

Jetzt erkannte Perthes Margarethe und lächelte. „Wie schön, dass ich Sie treffe. Christian Meinecke, der Gehilfe, der Sie damals bedient hat, Sie erinnern sich?, hat mir Grüße für Sie aufgetragen, falls ich Sie wiedersehe. Und hiermit sind die Grüße überbracht." Er wandte sich wieder dem anderen Herrn zu: „Kommen Sie, Campe, lassen Sie uns überlegen, wie wir der verflixten Zensur ein Schnippchen schlagen können." Beide Herren betraten den Buchladen.

Margarethe sah Jean an. „Ist das wahr?"

Jean sagte mit heiserer Stimme: „Ja, c'est vrai."

Nachdem sie Bögen und Couverts gekauft hatten, schlenderten sie ziellos durch die Straßen der Altstadt und vermieden es, von Abschied zu sprechen. Jean schwärmte stattdessen von Mozart, von Gluck und von Étienne Méhul, seinem Idol, der wie er aus einem Dorf in den Bergen kommt, der wie er aus einer armen Familie stammt, der schon mit zehn Jahren als Organist in seiner Heimatstadt Givet sein Brot verdienen musste, der alle Instrumente des Orchesters beherrscht, während Jean leider erst sieben spielen kann, der wunderschöne Opern schreibt, ob Margarethe ‚Joseph in Ägypten' kennt? Margarethe verneinte lachend und erinnerte Jean daran, dass sie durch ihn erst gelernt habe, was eine Oper ist. Jean ergänzte begeistert: „Wenn ich bin zurück, avant l'hiver, dann Sie gehen mit mir in die Oper, toujours."

„Toujours", wiederholte Margarethe.

Wie von einer unsichtbaren Hand geleitet, gingen sie über den Schaarmarkt zu den Vorsetzen, wo die Dreimaster immer noch wie Hunde an der Kette lagen, gingen an der Wolfgangswache vorbei stromabwärts zur Fortifikation Johannis, wo sie freien Blick auf die Elbe hatten, die tief stehende Sonne genossen und ahnten, nein, wussten, dass morgen nichts mehr so sein würde, wie es heute war. Sie wünschten sich, dass die Zeit stehen bliebe, und vermieden es, stromaufwärts nach Osten zu blicken, wo fern, tief am Horizont die Nacht bereits aufzog. Margarethe hielt ihr Gesicht den letzten Sonnenstrahlen entgegen, sie spürte, wie Furcht ihr den Atem nahm. Um sie zu bekämpfen, zu besiegen, begann sie plötzlich mit kräftiger, heller Stimme ein Kirchenlied zu singen: „Und wenn die Welt voll Teufel wär und wollt uns gar verschlingen, so fürchten wir uns nicht so sehr, es soll uns doch gelingen. Der Fürst dieser Welt, wie saur er sich stellt, tut er uns doch nicht; das macht, er ist gericht'. Ein Wörtchen kann ihn fällen."

Vom Michel schwebten sieben Glockenschläge. Jean zählte mit und sagte entschuldigend: „Alors, il me faut partir. Um acht ich muss sein Appell im Kornhaus." Er schwieg und beide sahen sich in die Augen.

„Je vous aime, Margarethe."
„Je vous aime, Jean."
Er nahm den schmalen, lederbezogenen Koffer in beide Hände, kämpfte gegen die Tränen und sagte mit stockender Stimme: „Ich möchte Sie schenken meine Oboe. Bitte. Wenn ich nicht komme zurück aus Russland, Sie hat une part de moi, die Sie erinnern an mich." Er reichte Margarethe den schmalen Koffer und sie nahm die Oboe wie ein Kind in ihre Arme und hielt sie fest.

Auf dem Weg zurück bat Margarethe Jean, sie nicht bis zum Langen Jammer zu begleiten. Er verstand sie und blieb mitten auf dem Schaarmarkt stehen.
„Adieu, Margarethe."
„Nein, kein Adieu, nein, au revoir! Auf Wiedersehen, Jean."
„Auf Wiedersehen, Margarethe."
Jean stieg den Hang zum Michel hoch. Margarethe sah ihm nach und sehnte sich nach einem letzten Blick aus kastanienbraunen Augen. Auf der Mitte des Hangs blieb Jean noch einmal stehen, drehte sich zu Margarethe und rief über den schon im Dunkel liegenden, leeren Marktplatz:
„Je vous aime, Margarethe!"
„Je vous aime, Jean!"
Er wandte sich ab und war nach einigen Herzschlägen im Schatten des Michels verschwunden. Margarethe blieb regungslos stehen, sie weinte, sie spürte es nicht, sie starrte ins Dunkel und bat den Lieben Gott, Jean zu beschützen.

20. Kapitel

Nach dem Abendbrot wollte Margarethe die Schillinge für die letzte Woche Logis zahlen, doch Hinnerk winkte ab. Schon morgen würde Schlottmann ihm den Tabak zu einem guten Preis abkaufen, würde ihn gegenüber den Douaniers als französischen Pfeifentabak deklarieren und unter der Hand weiterverkaufen. Dann hätten sie mehr als genug, wären auf Margarethes sauer verdiente Schillinge nicht angewiesen. Sie solle man schön ihr Geld für sich behalten, wer weiß, wann Rainville den ersten Lohn zahlen kann. Die Strohsäcke hatte Hinnerk bereits am Nachmittag zum Dachbodensaal im Brauerknechtgraben gebracht, nun erklärte er sich bereit, Margarethe den Weg dahin zu zeigen. Sophie riet ihr, nur Sachen mitzunehmen, die sie zur Arbeit brauchte, alles andere sei bei ihnen besser aufgehoben.

„Die stehlen wie die Heckischen", ergänzte sie.

Als Margarethe ihre neuen Sachen auszog und das schwarze Kleid überstreifte, hatte sie für einen Augenblick das Gefühl, von nun an Trauer tragen zu müssen. Sie zog die schwarzen Strümpfe an, band die indigoblaue Schürze um, wickelte ein Stück Seife, Kamm und Zahnbürste in ein Leinenhandtuch, verstaute das Handtuch in einem kleinen Bündel, in das auch noch ihr Wörterbuch und der Passierschein kamen, legte den selbst gehäkelten Umhang über die Schultern, stieg in die Pantinen und nahm den Oboenkoffer in die Hand. Hinnerk und Sophie sahen sie erstaunt an und zeigten auf den Koffer.

„Und wenn sie dir den heute Nacht klauen?"

„Der schläft bei mir im Bett, da kommt keiner ran."

Während Hinnerk ein Windlicht ansteckte und nach draußen ging, fragte Henning, wann Margarethe wiederkommt. Sie blieb in der Tür stehen und sagte: „Morgen, nach der Arbeit. Ich muss doch mitfeiern, wenn ihr die Taler tanzen lasst!"

„Vadder hat gesagt, ich krieg sogar 'nen Schluck braunes Bier!"

Sie kletterten die vier Stiegen bis unters Dach hoch, Hinnerk voran. Margarethe wollte wissen, wem sie die Miete zahlen muss.

Hinnerk sagte, dass er das mit dem Hausverwalter regelt. „Das Haus gehört so ’nem Pfeffersack, der nimmt’s noch von den Toten. Nee, schlaf erst mal eine Nacht hier. Vielleicht ist das ja nix für dich, dann bist du wenigstens dein Geld nicht los."

Einige wenige Unschlittkerzen erhellten den Dachbodensaal, und im flackernden Licht erkannte Margarethe Männer und Frauen, zerlumpt und krank aussehend, die an roh gezimmerten Tischen hockten und um Schnaps und ein paar Kanten Brot stritten. Hinnerk und Margarethe gingen zu einem Bett in der Ecke des Saals, in dem bereits die Markthökerswitwe lag. Hinnerk stellte Margarethe vor:

„Stine, dat is nu Margarethe, de schlöpt hüt nacht bi di!"

Misstrauisch musterte die Alte Margarethe, kratzte verschorfte Läusebisse blutig und knurrte: „Ick sech di, wenn du mi wat klaust, slag ick di dot."

Kurz entschlossen zog Margarethe die Strohsäcke aus dem Bett und legte sie auf den Fußboden. Sie bedankte sich bei Hinnerk: „Danke, ich schlaf lieber auf dem Boden. Da stör ich keinen. Und keiner stört mich."

„Kommst morgen Abend gleich zu uns. So ’n bisschen müssen wir ja feiern."

Mit diesen Worten verschwand Hinnerk. Margarethe band ihre Schürze ab, zog ihr Kleid aus, legte alles sorgfältig auf die Holzpantinen und kroch mit Strümpfen und Unterwäsche zwischen die Strohsäcke. Den Oboenkoffer nahm sie fest in die Arme, drückte ihn wie ein Neugeborenes zart an sich und versuchte zu schlafen. Aus dem Bett hörte sie die Stimme der Markthökerswitwe: „Ick sech di, wenn du mi wat klaust, slag ick di dot."

Noch Stunden später lag sie wach, nicht nur, weil sie an Jean dachte, nein, einige der armseligen Kerle und Weiber grölten, kreischten, prügelten sich, ein Paar trieb es wie die Hunde, von den anderen johlend angefeuert. Margarethe fühlte sich wie eine

Ertrinkende, die aus eigener Kraft das rettende Ufer erreichen musste. Lieber schlafe ich unter dem Sternenhimmel, lieber Nächte im Moor als eine einzige Nacht hier auf dem Saal. Sie kroch aus den Strohsäcken, zog sich wieder an, wickelte sich in den selbst gehäkelten, wärmenden Umhang, nahm ihr Bündel und den Oboenkoffer und verließ den Dachbodensaal. Die Markthökerswitwe hatte nur Augen für die Hundemenschen.

Margarethe lief den Weg zum Hafen zurück, den sie mit Jean gegangen war, bis zu Johannis, hockte sich in den Windschatten der Festungsmauer und wartete auf den Morgen.

21. Kapitel

Schwarze Skelette im Dunst der aufgehenden Sonne. Masten, Rahen und Wanten der leblosen Großsegler im Niederhafen. Margarethe blickte stromaufwärts und fragte sich, ob das 127. Regiment schon durch das Deichtor nach Osten marschiert. Da sie nicht wusste, wie spät es war, und um die Morgenkälte aus den Gliedern zu schütteln, beschloss sie, jetzt gleich nach Altona zu laufen. Waschen wollte sie sich bei Rainville im Hof unter der Pumpe. Sie ging auf den Wallanlagen zum Millerntor, grüßte höflich die Douaniers, die verschlafen ihren Dienst antraten und gerade das Tor öffneten, fragte nach der Zeit und bekam ein herzhaftes Gähnen zur Antwort. Durch den Nebel, der noch auf der Reeperbahn lag, lief sie nach Altona.

Auf dem Hof herrschte frühmorgendliche Stille, daher konnte Margarethe sich ungestört unter der Pumpe waschen, die Zähne putzen, ihr Haar kämmen und den Zopf neu flechten. Aus der Kutscherkammer hörte sie Husten und Fluchen, ein Zeichen dafür, dass der alte Kutscher aufstand. Als er mit einem Krug vor die Tür trat und steifbeinig über den Hof zur Pumpe stakste, wünschte Margarethe ihm einen fröhlichen guten Morgen. Der Kutscher sah sie erstaunt an: „Deern, wat makst du denn um düsse Tied hier? Du bist ja wohl vor den Hühnern aufgestanden, wat? Oder hest du kein Bett to Hus?"

Margarethe lachte und sagte, dass sie tatsächlich kein Bett habe und auf der Suche nach einer Schlafstelle sei, ob er ihr vielleicht weiterhelfen könne. Der Kutscher schüttelte verneinend den Kopf und meinte grinsend, dass sie ja wohl schlecht bei ihm in seiner Kammer schlafen könne.

Später fragte sie die Mägde und Köchinnen. Doch keine konnte ihr helfen, bis auf Gesche, die älteste Köchin. Die wollte heute Abend mit ihrem Mann sprechen, ob sie für ein paar Tage einen Schlafgast aufnehmen könnten, aber nur so lange, bis Margarethe was Vernünftiges gefunden habe. Gesche empfahl ihr, sich etwas in Altona zu suchen, damit sie nicht mehr diese elend langen Wege zu laufen habe. Margarethe versprach, sich am nächsten Montag hier in Altona umzusehen. Der weitere Tag verlief wie jeder Tag. Margarethe machte klaglos ihre Arbeit, nur gegen Abend, als es dunkel wurde, stieg Unruhe in ihr auf. Zum ersten Mal, seit sie bei Monsieur Rainville arbeitete, würde Jean nicht unter einer Laterne an der Freitreppe stehen und sie mit einem ‚Bonsoir, Margarethe!' begrüßen. Als sie kurz nach acht Uhr die Küche verließ, über den dunklen Hof lief und durch die kleine Parkanlage zur Elbchaussee hochging, zwang sie sich, nicht an Jean zu denken. Es gelang ihr nicht.

Am Millerntor sollte sie ihr kleines Bündel öffnen und ihre Habseligkeiten den Douaniers zeigen. Sie weigerte sich, zeigte stattdessen den Passierschein mit der Unterschrift des Generals Saint-Cyr und war Jean dankbar, dass der Name auch diesmal seine Wirkung nicht verfehlte. Während sie zum Brauerknechtgraben lief, entschloss sie sich, Sophie und Hinnerk zu fragen, ob sie diese Nacht ein letztes Mal bei ihnen in der Küche ihr Bett aufschlagen dürfe, nur diese eine Nacht. Vor der kleinen Feier, die Hinnerk geben wollte, würde sie die Strohsäcke vom Dachbodensaal holen und sie dann morgen mit nach Altona nehmen. Sie ging die Stiege hoch und blieb vor der Tür von Hinnerks und Sophies Bude stehen, da sie glaubte, Schluchzen gehört zu haben. Das Schluchzen kam aus der Küche. Behutsam öffnete sie die Tür. Sophie kauerte zusammengebrochen am Tisch und wiegte wie in Trance weinend ihren Kopf. Henning stand neben ihr, streichelte ihr Haar und stammelte leise: „Dat is alleen mine Schuld, dat is ganz alleen mine Schuld, glöv mi, Mudder." Sophie schien ihn nicht zu hören.

Margarethe stellte keine Fragen, sie sorgte zunächst dafür, dass Mutter und Sohn etwas zu essen bekamen. Bruchstückweise erfuhr sie, was geschehen war. Ein Kunde, ein Mouchard, musste den Tabakhändler Schlottmann verpfiffen haben. Als Hinnerk den Tabak lieferte, warteten bereits die Douaniers im Laden, verhafteten Hinnerk und steckten ihn in eine Zelle in der Hauptwache auf dem Großneumarkt. Henning gab sich die Schuld. Er hatte den Vater begleitet, doch statt das Maul zu halten, wie sein Vater es befohlen hatte, war er frech zu den Douaniers geworden, hatte einen sogar vors Schienbein getreten. Deswegen sei Vater verhaftet worden. Alles sei seine Schuld. Sophie bat Margarethe, bei ihr und Henning zu bleiben, bis Hinnerk zurückkommt, wenn er denn je zurückkommt. Margarethe legte tröstend den Arm um Sophie und war so hilflos wie sie.

22. Kapitel

Die Tage vergingen. Bei Sonnenaufgang lief Margarethe nach Altona, arbeitete zwölf Stunden und kehrte in der Dunkelheit zum Langen Jammer zurück. Wochen vergingen. An jedem Montag besuchte sie die Comtesse, um Jeans Sprache zu hören und zu lernen. Sie hatte sich das Wort ‚bourrasque' gemerkt, ‚ma petite bourrasque' hatte Jean sie in der St.-Gertruden-Kapelle genannt. Sie hatte die Comtesse gefragt, was das Wort bedeutet. Die hatte einen Moment die Augen geschlossen, als wenn sie an etwas erinnert würde, und hatte gelächelt: „Ihr Deutschen habt dafür ein wundervolles Wort: Windsbraut." So also hatte Jean sie genannt. Seine kleine Windsbraut. Wahrscheinlich weil sie den Windbalg der Orgel so kräftig bedient hatte, erklärte sie der Comtesse. Jedes Mal fragte sie, ob ein Brief gekommen sei. Jedes Mal verneinte die Comtesse diese Frage mit Bedauern, sah Margarethes wachsende Enttäuschung, ihren hilflosen Trotz, sich gegen das drohende Unheil aufzulehnen. Sie versuchte ihr dadurch zu helfen, dass sie ihren geschätzten Voltaire zitierte, dessen Einsichten und Ansichten ihr selbst in den schwierigsten Lebenslagen geholfen hätten, der sie gelehrt habe, den Wechsel von Glück und Elend als etwas Relatives zu empfinden, der ihr die Weisheit vermittelt habe, mit dem größten Schrecknis durch heitere Resignation fertig zu werden. Margarethe verstand nicht, was das war, heitere Resignation. Irgendwann, sagte sie sich, werde ich das schon verstehen.

In diesen Wochen besuchte Sophie täglich ihren Hinnerk, der in einer Zelle der Hauptwache auf seinen Prozess wartete und der ihr, wenn sie weinte, Mut machte: „Sutsche, min Deern, ganz sutsche. Den Kopf wird das schon nicht kosten."

Anfang Mai bat Margarethe Monsieur Heinrich um ihren ersten Wochenlohn. Doch der erklärte hochnäsig, dass man ihre Probezeit um vier Wochen verlängert habe. Eine Chance, vier weitere Wochen à l'essai arbeiten zu dürfen. Margarethe sah ihn an, und die kleine, steile Falte bildete sich auf ihrer Stirn.

„So war das aber nicht abgemacht!"

„Die Demoiselle kann sich glücklich schätzen, überhaupt eine Arbeit zu haben. Sie scheint zu vergessen, in welch schweren Zeiten wir leben."

Die Köchinnen und Mägde hielten den Atem an, warteten, dass Margarethe kuschen, dass sie klein beigeben würde. Doch Margarethe sagte laut und deutlich:

„Sie alter Halsabschneider!“

Monsieur Heinrich rang nach Atem, suchte eine passende Antwort: „Incroyable! Das ist der Gipfel der Impertinenz! Das wird die Demoiselle büßen! Incroyable!“

„Nun speel di man nich so up, du Halunke!“, sagte Margarethe in breitestem Plattdeutsch.

Einige Köchinnen und Mägde kicherten. Margarethe packte in aller Seelenruhe ihr Bündel und verließ die Küche. Gesche versuchte sie zu halten, doch Monsieur Heinrich ermahnte sie, dass man Gesindel laufen lassen sollte.

Als Margarethe auf dem Hof stand, musste sie Luft holen, ihre Hände zitterten. Der alte Kutscher kam zu ihr, sah sie väterlich besorgt an und fragte, was vorgefallen sei. Margarethe versuchte ein Lachen.

„Hast du nicht selbst gesagt, dass der Monsieur Heinrich ein Halsabschneider ist?

„Ja, dat hev ick!“

„So! Und das musste ihm mal einer ins Gesicht sagen.“

„Aber du doch nich!“

„Doch, ich!“

Sie gab ihm die Hand, verabschiedete sich und verließ den Hof. Auf dem Weg durch die Parkanlage blieb sie stehen und sah zur Front des Restaurants, die wie bei ihrem ersten Besuch von der Sonne in strahlendes Weiß getaucht wurde. Sie fragte sich, ob Monsieur Rainville wusste, wie sein Oberster Hausdiener mit den Menschen Schindluder trieb. Sie überlegte, ob sie zurückgehen, mit ihm sprechen sollte. Sie geriet ins Grübeln, ob sie sich falsch verhalten hatte. Was sollte sie Monsieur Rainville sagen? Wenn er nun selbst die Anweisung gegeben und sie Monsieur

Heinrich böswillig etwas unterstellt hatte? Es ist nun mal geschehen und es ist so, wie es ist, entschied sie und hatte das Gefühl, gegen die Hilflosigkeit der letzten Wochen einen kleinen Sieg errungen zu haben. Als sie zur Elbchaussee hochging, war sie fast wieder guten Mutes. Schade, dachte sie, dass ich Jean nicht erzählen kann, wie Monsieur Heinrich nach Luft geschnappt hat.

Da es erst früher Nachmittag war, ließ sie sich Zeit, genoss die Sonne und ging gemächlich die Reeperbahn hinunter zum Millerntor. Wie an ihrem ersten Tag in Hamburg war sie ohne Arbeit und ohne Lohn. Nachdenklich blieb sie stehen und sah auf die Dächer und Kirchtürme der Stadt. Was hielt sie noch in Hamburg? Wäre es nicht gescheiter, mit dem Lastensegler nach Lüneburg zu fahren und in ihr Dorf, zu ihren Eltern zurückzukehren? Ihr fiel das Gleichnis vom verlorenen Sohn ein. „Da er nun all das Seine verzehrt hatte, ward eine große Teuerung durch dasselbe ganze Land, und er fing an zu darben", zitierte sie in Gedanken den Apostel Lukas. „Ich will mich aufmachen und zu meinem Vater gehen und zu ihm sagen: ‚Vater, ich habe gesündigt gegen den Himmel und vor dir.'" Nein, entschied sie und hob den Kopf, erstens habe ich das Meine noch nicht verzehrt, zweitens habe ich noch nicht gedarbt und drittens habe ich nur ein bisschen gesündigt. Sie entschuldigte sich nochmals dafür beim Lieben Gott, dass sie Jean in einer Kirche geküsst hatte.

Sie dachte an Sophie und wie ungleich schwerer sie es hat. Seit Hinnerk in Haft war, verkauften Sophie und Henning morgens auf dem Dom-Markt krümelweise die Schokolade, die Hinnerk von Helgoland mitgebracht hatte. Das reichte zum Überleben, doch das Ende war absehbar. Sollte Sophie wieder als Hure arbeiten? Was würde aus Henning? Margarethe konnte die beiden nicht allein lassen. Sie überlegte, ob sie als Garderobenfrau in der Oper ein paar Schillinge verdienen könnte, oder als Wasserträgerin in der Altstadt, kräftig genug war sie. Mit Widerwillen dachte sie an den ‚König von England'. Zur Not wäre sie aber bereit, dort eine Stellung als Küchenmagd zu suchen. Als linker Hand der Pesthof auftauchte, fiel ihr plötzlich Dr. Wegscheider ein. „Mädchen wie Sie können wir im Pesthof gebrauchen", hatte er gesagt. „Wenn das nichts wird bei Rainville, dann kommen Sie zu mir. Im Pesthof gibt es Arbeit genug." An Dr. Wegscheider hatte sie in all den Wochen nicht gedacht, obwohl sie jeden Tag hier vorbeigelaufen war. Mit entschlossenen Schritten ging sie auf den Pesthof zu, klapperte in ihren Pantinen über die hölzerne Brücke, die den Abwassergraben überspannte, der noch immer voller Unrat und Fäkalien war, kam in den Innenhof und wandte sich gleich dem zweigeschossigen Haus zu, das neuer und größer als die anderen Gebäude war.

Wie beim ersten Mal nahm ihr der wüste Gestank den Atem. Und wie beim ersten Mal sagte sie sich, dass es hier auch nicht schlimmer als im Schweinekoben ist. Nach kurzem Suchen entdeckte sie Dr. Wegscheider, der an einem Bett stand und einem alten, wirrhaarigen Mann einen Kopfverband anlegte.

„Verzeihen Sie, wenn ich störe", sagte Margarethe höflich, „ich hoffe, Sie können sich an mich erinnern. Sophie Dageförde, ich bin die Freundin von ihr."

„Was ist denn mit ihr?"

„Nichts, gar nichts, Sophie geht's gut, ich meine gesundheitlich."

Dr. Wegscheider steckte mit einer Nadel den Verband fest und sagte zu dem alten Mann: „So, und nun wird nicht mehr gekratzt, sonst heilt das nie!"

Der Alte nickte gehorsam und legte sich wieder zu seinem Mitkranken ins Bett. Margarethe setzte neu an: „Damals, abends auf dem Schaarmarkt, bevor Sie in die Kutsche gestiegen sind, da haben Sie gesagt, dass ich bei Ihnen hier im Pesthof ..."

Weiter kam Margarethe nicht, denn Dr. Wegscheider unterbrach sie lachend: „Ich erinnere mich sogar noch an die Bengels, die vor Ihnen Reißaus genommen haben."

Margarethe atmete erleichtert auf: „Da haben Sie gemeint, wenn das im Rainville nichts wird, dann soll ich zu Ihnen kommen. Nun wollte ich fragen, ob es immer noch Arbeit für mich gibt."

„Und ob! Kommen Sie!" Dr. Wegscheider nahm Margarethe mit zum Eingang und fragte: „Wann können Sie anfangen?"

„Gleich morgen. Oder wann Sie wollen."

„Gut, morgen! Wir regeln das mit Chirurgus Menken, auch die Bezahlung, und dann fangen Sie gleich morgen hier an. Haben Sie schon mal Kranke betreut?"

„Nee, aber das traue ich mir allemal zu."

„Ich auch!", sagte Dr. Wegscheider lachend und sah Margarethe neugierig an: „Darf ich fragen, warum das bei Rainville nichts geworden ist?"

„Ich war dem Obersten Hausdiener wohl nicht fein genug."

„Feine Manieren sind hier nicht unbedingt gefragt", sagte Dr. Wegscheider und fügte hinzu: „Achtzehn Schillinge Lohn die Woche. Die Arbeit beginnt um sieben und endet um sieben. Der Sonntag ist frei, damit Sie den Gottesdienst besuchen können und die Familie auch noch ein bisschen was von Ihnen hat."

„Wie lange muss ich zur Probe arbeiten, ich meine umsonst?"

Dr. Wegscheider sah sie überrascht an: „Umsonst? Nein, nein, wer arbeitet, soll seinen Lohn bekommen! Umsonst ist der Tod." Er lachte. „Stimmt nicht ganz." Er zeigte in den Männersaal. „Ein paar Groschen kostet der selbst hier!"

Dr. Wegscheider ging mit ihr über den Hof zum Wirtschaftsgebäude. Aus der Tür kam mit blutverschmiertem Kittel der Chirurgus, den Margarethe schon bei ihrem ersten Besuch gesehen hatte. Der Doktor stellte sie vor, Margarethe nannte ihren Namen, und der Chirurgus Menken, der auch für die Verwaltung des Pesthofes zuständig war, zeigte sich mit dem Wochenlohn einverstanden. Er bat Margarethe, sich morgen früh um sieben Uhr bei Luise, dem ältesten Pflegeweib, zu melden. Luise werde sie in ihre Arbeit einweisen. Ein Handschlag besiegelte die Abmachungen. Margarethe bedankte sich höflich und klapperte wohlgemut in ihren Holzpantinen über das Kopfsteinpflaster des Innenhofes zum Ausgang.

Bevor sie lachend und trällernd nach Hause in den Langen Jammer ging, lief sie zur Comtesse de Briancourt und fragte, ob ein Brief für sie gekommen sei und ob Madame la Comtesse auch sonntags Zeit für sie hätte. Die Comtesse bedauerte, ein Brief von Monsieur Carpentier sei noch nicht eingetroffen. Sie sei aber einverstanden, wenn Margarethe sonntags um vier Uhr zu ihr komme. Ob sich die Arbeitszeiten bei Monsieur Rainville geändert hätten? En passant erzählte Margarethe, dass sie nicht mehr bei Monsieur Rainville arbeite, da die Zeiten für ein so feines Restaurant zu schlecht geworden seien, dass sie ab morgen Pflegeweib im Pesthof sei. Bei dem Wort Pesthof zuckte die Comtesse de Briancourt zusammen, aber Margarethe beruhigte sie, indem sie darauf hinwies, dass die Pest in Hamburg schon lange ausgestorben sei. Die Comtesse war sichtbar erleichtert und sagte, dass sie Margarethe am Sonntag erwarte.

In einer Schenke am Schaarmarkt kaufte Margarethe einen Krug braunes Bier und zahlte mit Vergnügen den Schilling Pfand. Sie beschloss, noch heute ihren Eltern zu schreiben und von ihrem Glück zu berichten. Mit ihrer guten Laune steckte sie Sophie und Henning an, der zum ersten Mal in seinem jungen Leben ein Schluck braunes Hamburger Bier trinken durfte. Wie sein Vater es ihm versprochen hatte.

23. Kapitel

„Kiek se di an! Swinegel sünd dat, richtige Swinegel!"

Luise, das älteste Pflegeweib, stand mit Margarethe im Eingang zum Männersaal und zeigte naserümpfend zu den Kranken. Zuerst hatte sie Margarethe zwei knöchellange, weiße Leinenkittel und eine weiße Haube gegeben, nun erklärte sie ihr, was im Laufe eines Arbeitstages alles zu erledigen sei. Gleichzeitig erwähnte sie, dass sie und die anderen Pflegeweiber froh wären, wenn sich Margarethe von nun an allein um den Männersaal kümmern würde. Sie hätte die Nase voll von diesen Kerlen. „Swinegel sünd dat. Dat segg ick di. Laat di bloß nix gefallen! De hevt nur Swinkram in'n Kopp!"

Margarethe fragte, wie viele Kranke insgesamt im Pesthof seien und wie viele hier im Männersaal lägen. Luise nannte stolz die Zahlen, die sie letzte Woche mit Dr. Wegscheider erstellt hatte: „Insgesamt achthundertzweiundachtzig. Davon sind vierhundertfünfundsiebzig Männer und vierhundertsieben Frauen. Aber die sind nicht alle krank. Vierhundertzweiundachtzig sind Invaliden und Versorgte, die hier ihren Lebensabend verbringen. Die sind aber alle drüben in den alten Gebäuden. Innerlich Kranke haben wir dreihundertvierzig und Äußerliche haben wir sechzig. Zu den Innerlichen zählen auch unsere hundertvier Wahnsinnigen. Die Männer liegen hier mit auf dem Saal."

„Wie viele liegen hier insgesamt?"

„Hundertzwei Männer in zweiundfünfzig Betten. Innerliche wie auch Äußerliche. Für vier Betten gibt es einen Notdurftstuhl. Jeden Morgen müssen die geleert und richtig gesäubert werden. Die Jauchegrube ist auf dem Hof. Auch die Pumpe."

Margarethe blickte zu den Männern in den Betten und bemerkte, wie schmutzig die Laken und Bezüge waren. Luise ermahnte sie streng: „Nur alle zwei Wochen werden die Laken und Bezüge gewechselt. Es sei denn, einer von denen hat ins Bett gemacht oder er eitert oder blutet zu stark. Sonst kommen die im Waschhaus nicht mehr nach. Kannst du gleich mit anfangen. Danach gibt es Frühstück. Für alle. Holst du dann aus der Küche."

Margarethe blieb vor einem Bett stehen, in dem zwei Männer lagen. Während der eine noch stöhnend schlief, sah der andere Margarethe mit rollenden Augen an, kicherte irre, entblößte sich und begann, sich selbst zu befriedigen. Dabei rief er: „Na, min Deern, hest du so wat Scheunet schon mol seihn?"

Energisch schlug Luise dem Geisteskranken auf die Finger und zog das Bettlaken über ihn. „Richtige Swinegel sünd dat!"

Margarethe erkundigte sich, woran die anderen Kranken denn so litten, und Luise zählte auf: „Geschwüre am Kopf und an der Lunge. Oder an den Beinen. Bräune und Ruhr. Einige leiden an Fallsucht, Blutspeien, der Lustseuche, manche sagen Franzosenkrankheit dazu. Viele an Schwindsucht, Krätze, Rose, Flechten, Fieber, Knochenfraß und vieles mehr. Das soll Dr. Wegscheider dir alles erklären. Dazu hab ich jetzt keine Zeit."

Luise ging mit Margarethe zum Ausgang zurück und schilderte ihr den weiteren Verlauf der täglichen Arbeiten. „Nach dem Frühstück werden Verbände und Pflaster gewechselt, aber nur, wenn es nötig ist. Dann wird sauber gemacht. Dr. Wegscheider und Chirurgus Menken wollen, dass es immer schön sauber ist. Dann ward dat ook schon Tied für das Mittagessen. Geschirr und Bestecke gibt es in der Küche. Keine Messer! Die kommen auf dumme Gedanken und murksen sich gegenseitig ab. Nach dem Mittagessen macht Dr. Wegscheider Ordination. Vormittags ist er bei den Frauen und Kindern. Wenn er damit fertig ist, kannst du einen Moment Luft schnappen. Dann musst du dich wieder ums Abendbrot kümmern. Pass auf, dass keiner sein Essen an andere oder an Besucher verkauft. Die kennen hier 'ne Menge Tricks, wie sie an ein paar Pfennige für Schnaps kommen. Und nachher wunderst du dich, dass sie in ihrem Bett verhungert sind. So, ich zeig dir noch, wo das Waschhaus und die Küche sind. Dann lernst du gleich Frau Menken kennen. Die Frau vom Chirurgus. Die ist für die ganze Wirtschaft und für die Küche zuständig. Die sagt dir auch, was die Kranken zu essen kriegen. Und dann geiht dat los!"

Margarethe lief neben Luise über den Hof zum Wirtschaftsgebäude. Wenn so viel Arbeit anfällt, dachte sie, wer kümmert sich dann am Sonntag um die Kranken? „Dr. Wegscheider sagte mir, dass ich sonntags frei habe. Wenn ich aber die ganze Arbeit hier sehe, dann …?"

„Sonntags hast du frei!", unterbrach Luise sie energisch. „Da müssen die Invaliden und die Versorgten ran. Die sind ja nicht alle bettlägerig. Die sollen mal schön nach dem Gottesdienst helfen." Sie lachte. „Für Gotteslohn sozusagen!"

Bis Dr. Wegscheider kam, hatte Margarethe nach bestem Wissen und Gewissen ihre Arbeit erledigt. Am liebsten hätte sie alle Betten neu bezogen, aber es hatte schon Krach im Waschhaus gegeben, da sie nach Meinung der Waschfrauen mit zu vielen noch sauberen Laken und Bezügen kam. Unter sauber verstand Margarethe zwar etwas anderes, dennoch versprach sie, sich zu bessern. Frau Menken, die sie gleich in ihr Herz geschlossen hatte, gab ihr mittags eine Küchenmagd zur Hilfe, so musste Margarethe die Kübel mit der Kohlsuppe nicht allein schleppen. Nach dem Essen sammelte sie die Schalen und Löffel wieder ein und brachte sie zur Küche. Dr. Wegscheider staunte, wie schnell sich Margarethe zurechtfand.

„Ich hab ja gesagt, Mädchen wie Sie brauchen wir im Pesthof!"

Er drückte Margarethe ein Notizheft und einen Bleistift in die Hand und ging mit ihr von Bett zu Bett. Die Kranken mussten ihre Namen nennen, Margarethe trug sie in das Heft ein, Dr. Wegscheider nannte die Krankheit, die Salben, die Pflaster und Tinkturen, die jeder Kranke bekam, das schrieb Margarethe sorgsam in das Heft. Bei einem Mann, der den Schwarzen Star hatte, trug Dr. Wegscheider ihr auf, kalte Kopfgüsse zu machen, Brechweinsteinsalbe vom Apotheker Lohmeyer zu holen und vor der Nacht noch einen neuen Stirnverband mit der Salbe anzulegen. So ging er von Bett zu Bett, und Margarethe schrieb die Bettnummern, Namen und Rezepturen fleißig in das Heft.

Nachdem Dr. Wegscheider gegangen war und Margarethe seine Wünsche dem Apotheker Lohmeyer mitgeteilt hatte, konnte sie einen Augenblick Luft holen. Morgens, beim Säubern der Notdurftstühle, hatte sie den Garten mit den Heilpflanzen entdeckt, der hinter dem Wirtschaftsgebäude auf dem Weg zur Kapelle lag. Margarethe lief in den Garten, kniete sich nieder und sog den Duft der Blumen ein. Jetzt, Anfang Mai, entfalteten die Kamille und der Baldrian ihre Knospen, der Salbei zeigte seine blauvioletten Lippenblüten, und neben den Maiglöckchen stand bereits die Kuhschelle in voller, purpurner Blüte. Ein Schwalbenschwanz taumelte von einer gelben Blüte zur nächsten. Margarethe hielt ihm die Spitze ihres rechten Zeigefingers hin und war so glücklich wie in den Tagen im Moor, als sich ein großer Schmetterling auf ihre Fingerspitze gesetzt hatte. Hinter sich hörte sie ein leises Lachen. Der rundliche Herr Apotheker, den goldenen Kneifer auch jetzt auf der Nase, war in den Garten gekommen und hatte die kleine Szene beobachtet.

„Blumen und Pflanzen mag die Demoiselle wohl, wie?"

Margarethe nickte, pustete sachte den Schwalbenschwanz an, der sich taumelnd wieder in die Luft erhob, und stand auf.

„Kennt sie auch all die Namen?"

Margarethe zeigte auf die Blumen, Kräuter und Sträucher, nannte die Namen und sagte, wann zum Beispiel der Fingerhut, der Weißdorn oder die Tollkirsche blüht und in welchem Monat welcher Schmetterling zu sehen ist. Als Lohmeyer sie erstaunt ansah, erklärte Margarethe, dass sie aus einem kleinen Dorf komme, dass sie mit der Natur aufgewachsen sei, die ihr hier in der Stadt so manches Mal fehlte. Der Apotheker fragte, ob sie im Heilpflanzengarten mithelfen wolle. Margarethe nickte und hätte den rundlichen Mann mit seinem goldenen Kneifer vor Glück umarmen können. Der Herr Apotheker lächelte zufrieden. So lernte sie schon in den ersten Tagen, welche Pflanze giftig ist, ob man Blüte, Blatt oder Wurzel nimmt und bei welchem Leiden welche Pflanze besonders heilsam sein kann.

Auch der Chirurgus Menken benötigte ihre Hilfe. So lernte sie neben all den Salben und Tinkturen auch seine Geräte kennen. Die großen Beinsägen, das krumme Amputationsmesser, den Trepan zum Durchbohren des Schädels, das Exstirpationsmesser, die Abbeißer und Arterienzangen, das Radiereisen, den Trokar, die Zahnzange, die Inzisionsschere und vieles andere mehr. Bereits am dritten Tag musste sie bei einer Amputation helfen. Der Chirurgus sägte einem Dachdecker, dessen zerquetschter Fuß schon die bräunliche Farbe des Wundbrands zeigte, bei vollem Bewusstsein oberhalb des Knöchels den Fuß mit der großen Beinsäge ab. Anschließend bat er Margarethe, den Fuß zu beseitigen. Als sie den blutigen, stinkenden Klumpen in die Jauchegrube warf, musste sie sich übergeben. Danach hockte sie sich zwischen die Heilpflanzen, atmete tief deren Duft ein und gewann ihre alte Kraft zurück. Das Schreien des armen Mannes hörte sie noch im Traum.

Dennoch klapperte sie jeden Morgen gerne wieder in ihren Pantinen zum Pesthof, da sie das Gefühl hatte, etwas Sinnvolles zu tun, und da sie hoffte, dass im fernen Russland jemand Jean genauso helfen würde, wie sie es im Pesthof tat, falls er krank, verletzt oder verwundet sein sollte. Dr. Wegscheider war über ihr schnelles Lernen und ihre nie erlahmende Tatkraft erstaunt und sagte das auch immer wieder: „Den Düvel ook! Man möchte glauben, dass Sie nie was anderes gemacht haben!“

Am Sonnabend zahlte ihr Frau Menken zwölf Schilling für die ersten vier Tage. Ab der kommenden Woche würde dann der volle Lohn gezahlt. Der Apotheker Lohmeyer legte noch einen Schilling pro Tag drauf. Zunächst wollte Margarethe das Geld nicht annehmen, doch er bestand darauf und versicherte, dass er das bei seinen Salben, Pillen und Tinkturen leicht wieder reinholt. Abends legte sie stolz ihr erstes in Hamburg verdientes Geld auf den Tisch und zahlte die Kosten für Essen und Logis. Sophie steckte dankbar die Schillinge ein, meinte aber, dass sie das nicht könnte: „Den ganzen Tag mit Kranken und Verrückten, nee, das würd ich nicht aushalten, nee, niemals."

24. Kapitel

Am Sonntag besuchte Margarethe mit Sophie und Henning den Gottesdienst im Michel. Während Sophie und Henning beteten, dass Hinnerk nicht zu jahrelangem Zuchthaus verurteilt wird, bat Margarethe den Lieben Gott um ein Lebenszeichen von Jean.

Am Nachmittag ging sie zur Comtesse. Zum ersten Mal seit Jeans Abschied trug sie ihr lindgrünes Kleid, das apfelgrüne Spenzer-Jäckchen, weiße Leinenstrümpfe und eine frisch gestärkte Rüschenhaube. Die letzten Schritte über den Steintorplatz fielen ihr schwer, da sie Angst hatte, wieder vergeblich nach einem Brief zu fragen. Und sie fragte sich, ob es sinnvoll sei, weiterhin Französisch zu lernen. Im Pesthof und im Langen Jammer brauchte sie kein Französisch, da kam sie mit Plattdeutsch zurecht. Wenn nun aber doch ein Brief kommen sollte, und sie könnte den Brief nicht lesen? Das ist dir eine verquere Welt, dachte sie und zog an der Glockenstange. Der scheppernde Klang war noch nicht im Hausflur verebbt, da wurde die Tür bereits geöffnet. Als ob die weißhaarige Dienerin auf Margarethe gewartet hätte. Sie strahlte sie an und sagte feierlich: „Une lettre! Ein Brief! Monsieur Jean hat geschrieben! Venez, venez!"

Mit tippelnden Schritten lief sie im dunklen Flur voraus, pochte wie immer an die Tür und wartete wie immer, bis sie das Wort „Entrez!" hörte. Sie öffnete die Tür, bat Margarethe zu warten, betrat den Raum, schloss die Tür und ließ Margarethe, die ihre herzklopfende Ungeduld zu zähmen versuchte, einen endlosen Augenblick allein. Endlich öffnete sich die Tür, und die Dienerin bat Margarethe einzutreten.

Die lichtdurchlässigen Chiffonvorhänge waren aufgezogen und ließen die Sonne in den Raum. Die Comtesse de Briancourt saß in ihrem Fauteuil am Fenster, in der rechten Hand hielt sie den zierlichen Fächer aus Elfenbein, mit dem sie auf den Spieltisch wies. Margarethe wünschte höflich „Bonjour" und entdeckte auf der Tischplatte einen Brief.

„Enfin! Monsieur Jean hat geschrieben", sagte die Comtesse.

„Was schreibt er?"

„Mein Kind, es ist Ihr Brief. Zwar plagt mich seit gestern die Neugierde, und es ist mir, zugegebenermaßen, äußerst schwer gefallen, ihn nicht zu öffnen. Aber ich werde mich hüten, so indiskret zu sein und Ihre Gefühle zu verletzen."

Margarethe ging zum Spieltisch, nahm vorsichtig den Brief, den ersten Brief, den sie in ihrem Leben erhielt, brach den Siegellack, öffnete das Couvert und entnahm drei Quartbögen. Um besser lesen zu können, trat sie ans Fenster. ‚Margarethe, mon amour! Ma petite bourrasque!' Weiter kam sie nicht, der Brief war in Französisch. Verlegen sah sie die Comtesse an. „Ein bisschen Französisch kann ich ja, aber lesen, das kann ich noch nicht." Sie zögerte einen Augenblick, fragte dann aber: „Haben Madame la Comtesse die Güte, mir diesen Brief zu übersetzen?"

„Wie schön, dass Sie meiner Neugierde so reichlich Nahrung geben", antwortete die Comtesse.

Margarethe gab ihr die Briefbögen, behielt das Couvert in der Hand und drückte es an ihr Herz. Die Comtesse überflog die

Bögen, nickte und sagte dann: „Setzen Sie sich zu mir. An Ihrer Stelle würde ich jedes der Worte in mein Notizheft eintragen. So geht nichts verloren, und Sie können den Brief lesen, sooft und wann immer Sie wollen. Ohne auf mich angewiesen zu sein."

Margarethe holte Notizheft und Bleistift aus dem Bündel und schrieb eifrig mit, als die Comtesse ihre etwas gestelzte, aber anrührende Übertragung ins Deutsche begann.

Unislaw bei Bromberg, den 20. April 1812
Margarethe, meine Liebe!
Meine kleine Windsbraut!
Als ich Sie verlassen musste, ließ ich meinen Tränen freien Lauf, nicht wissend, was das Schicksal für uns noch vorgesehen hat. Schon vor Anbruch des Tages sind wir durch das Deichtor in die aufgehende Sonne marschiert, und unter den Conscribierten war ein arges Fluchen und Wehklagen, ob sie jemals ihre geliebte Vaterstadt wiedersehen werden. In zwei Wochen sind wir bis Unislaw marschiert und haben bei Bromberg die Weichsel überschritten. Manch einer ist des Abends erschöpft am Biwakfeuer im Sitzen eingeschlafen, und es war nicht immer leicht, trockenes Holz für ein Feuer zu finden. So manchen Tag habe ich mir gewünscht, Offizier der Grande Armée zu sein, so wie unser verehrter Oberst d'Alembert, der seine Frau, seine Kinder und seine Diener mit auf den Feldzug genommen hat und der mit seiner Bagage drei Wagen für sich beansprucht. Einem armen Grenadier, sei er nun Musiker oder Infanterist, bleibt nichts, als jede der vielen Meilen brav zu laufen. Was besonders beschwerlich ist, wenn der Regen oder der Schnee fällt.

Nur einmal auf dem langen Weg, in Stettin, haben wir glanzvoll Parade gehalten, was aber in Insterburg besser werden soll. Die Uniformen der Kürassiere, Ulanen und Dragoner gaben ein farbenfrohes Schauspiel. So spielten wir ‚Veillons au salut de l'Empire', aus der Oper ‚Renaud d'Ast' des Militärchirurgus Simon Boy, den unser Kaiser besonders liebt. Die Parade beförderte die Laune der vielen Menschen. Hamburger, Lübecker und Bremer in unserem Regiment fassten wieder guten Mut und vertrauten wieder der Kriegskunst unseres großen Kaisers, der noch in Paris weilen soll.

Hier in Unislaw haben wir kein Biwak. Wir schlafen in Häusern, aber ach, was für Häuser! Die Läuse kriechen an den Wänden, und die Schweine, Gänse und Hühner logieren mit uns in einer Stube. Es gehört ein guter Magen dazu, diese Schweinerei gewohnt zu werden. Mit uns auf der Stube liegt ein Kamerad, mit dem ich auf dem langen Marsch Freundschaft geschlossen habe. Auch um Ihre Sprache nicht zu vergessen. Er heißt Christian Meinecke, ist ein braver, mutiger Bursche und war bei dem Buchhändler Perthes in Stellung. Sie erinnern sich gewiss. Wo wir die Bögen gekauft haben, auf denen ich mit heißem Herzen diese Zeilen schreibe. Christian leidet stark an Heimweh. Mir ist das Heimweh mit sechzehn Jahren in Paris abhanden gekommen. Manchmal denke ich, wie einfach es wäre, wenn all die Hamburger, Lübecker und Bremer kurzen Prozess mit uns Franzosen machten und einfach nach Hause gehen. Ein ganzes Regiment kann man wegen Desertion wohl schwerlich erschießen oder gar an den Galgen knüpfen. Es heißt, dass unser Regiment dem Befehl des Marschalls Davout unterstellt wird. Doch zu welcher Division wir kommen, das wissen wir nicht. Ich habe jedoch guten Mut, dass wir bald mit unserem Feind zusammentreffen werden.

Murat, der König von Neapel, soll die Kavallerie der Grande Armée befehligen. Ich danke Gott, dass ich nicht bei der Kavallerie bin. Denn dem General Murat eilt der Ruf der Tollkühnheit voraus. Während er wie durch ein Wunder in all den Schlachten überlebt hat, sind viele seiner Besten und Tapfersten gefallen. Wollen wir zu Gott hoffen, dass es für die Kinder und Frauen nicht so hart und grausam wird wie in den Schlachten bei Jena und Austerlitz, wo die Grande Armée trotz strahlender Siege viele Menschen verloren hat. In manchem Dorf werden wir von den Polen als die Befreier begrüßt, die sie vom Joch des Zaren erlösen. Doch manch einer meiner Kameraden meint, dass wir nicht nach Russland ziehen, dass uns Napoleon nach Indien schickt, um dem verhassten Königreich England eine vernichtende Niederlage beizubringen und die Seewege zu öffnen.

Hier kann es nur besser werden, denn die Tage werden länger und wärmer, und das Eis auf den Flüssen taut. Sie werden sehen, im Sommer bin ich zurück. Sie gehen mit mir in die Oper, und wir fahren in einer offenen Kutsche auf das Land und sehen uns alle Blumen an. Ich muss diesen ersten Brief beenden, da unser Oberst d'Alembert noch heute Nacht die Kurierreiter mit Post an General Saint-Cyr nach Hamburg schickt.

Immer wieder denke ich an Sie, an das Restaurant des Monsieur Rainville, wenn ich unter der Laterne auf Sie gewartet habe. Jetzt wartet dort keiner auf Sie. Das hoffe ich zumindest. Bitte vergeben Sie mir meine Indiskretion, aber ich muss immer an unseren letzten Tag denken, an die St.-Gertruden-Kapelle und an den Kuss. Seien Sie versichert, dass ich Sie liebe. Denken Sie an mich, wie ich an Sie denke.

Für immer, Ihr Ihnen ergebener Jean

Die Comtesse de Briancourt schwieg, während Margarethe die letzten Worte in ihr Notizheft schrieb. Dann reichte sie ihr die Bögen, die Margarethe liebevoll in das Couvert schob. Die Comtesse sah zum Fenster, räusperte sich und sagte leise: „Ein schöner Brief, ma chère Margarethe, vielleicht eine Nuance zu indiskret, aber ein schöner Brief. Ein intelligenter, junger Mann. Mein Kompliment."

Margarethe fühlte fast so etwas wie Stolz in sich aufsteigen. Stolz darauf, dass der Comtesse der Brief gefiel, dass sie Jean lobte, dass somit das Lob auch ihrer Liebe galt. Sie spürte, wie ihr warm wurde, und sagte verlegen: „Merci."

Die Comtesse fügte mit einem Seufzer hinzu: „Lassen Sie uns hoffen, dass Monsieur Jean heil und unversehrt zurückkommt."

25. Kapitel

Gedankenverloren zerrieb Margarethe ein Blatt der weißblütigen Gartenmelisse zwischen den Fingerspitzen, genoss den frischen, an Zitronen erinnernden Duft. Damals, im Rainville, musste sie die grünen Blätter, die zum Würzen der Speisen dienten, klein hacken. Jetzt pflückte sie im Garten des Pesthofs die Blüten und die jungen Triebe für den Apotheker Lohmeyer, der daraus, wie er sagte, den wahren Geist der Melisse destillierte. Obwohl sie erst seit drei Wochen im Pesthof arbeitete, hatte sie das Gefühl, dass die Tage bei Monsieur Rainville sehr weit zurücklagen. Hautnah waren nur die Abende, an denen Jean auf sie wartete, an denen sie sich mit einem kleinen, wohligen Schauer bei ihm einhakte, an denen sie mit ihm durch die Nacht zum Langen Jammer lief. Sie befahl sich, nicht mit Wehmut daran zu denken, und tröstete sich mit der Hoffnung, dass eines Abends Jean vor dem Pesthof steht und auf sie wartet. Jean. Sie rief sich zur Ordnung und pflückte rasch weiter, denn der Herr Apotheker hatte den Destillierkessel bereits angeheizt. An sonnigen, windgeschützten Waldrändern hatte Margarethe schon früher diese kniehohe Pflanze stehen sehen, die jeder im Dorf Immenblatt nannte. Doch anders als bei der Gartenmelisse waren die Blütenlippen zartrosa, mit einer blutroten, winzigen Zunge. Der Herr Apotheker hatte ihr den Unterschied zwischen der Waldmelisse und der Gartenmelisse erklärt und wofür der Geist der Melisse gut war. Nun pflückte Margarethe die letzten Blüten und legte sie behutsam in ihre hochgeraffte Schürze. Einige Bienen machten sich verärgert brummend davon, und Margarethe rief ihnen hinterher: „Nun stellt euch mal nicht so an. Ist genug für alle da!"

Sie betrat das Wirtschaftsgebäude und ging ins Laboratorium, dessen Kumpen, Krüge, Schalen, Töpfe, Tassen, Tiegel, Buddeln und Flacons sie immer wieder faszinierten. Auch der Destillationskessel, in den sie jetzt auf Geheiß des Apothekers die Blüten und die jungen Triebe schüttete. Wie jeden Tag bedankte sich Lohmeyer für ihre Hilfe, und wie jeden Tag wies er darauf hin, dass er es als Witwer besonders schwer habe. Sicher, im Laboratorium gehe ihm Margarethe prächtig zur Hand, aber in seinem Haus, das am Pferdemarkt lag, müsse er seit dem Tod seiner lieben Frau alles allein machen. Als Margarethe daraufhin fragte, warum der Herr Apotheker Lohmeyer keine Magd habe, meinte er nur seufzend, er habe zwar die Frau Gesine, aber eine Magd könne niemals die geliebte Frau ersetzen. Und die beiden Töchter? Könnten die Töchter ihm nicht helfen? Beide seien aus dem Haus, sagte der Herr Apotheker mit einem Seufzer. Und beide hätten ihren eigenen Hausstand zu versorgen. Es ist schon ein arges Kreuz, als Witwer durchs Leben gehen zu müssen. Auch heute bemitleidete sich der Herr Apotheker wieder selbst, wobei ihm die Trauermiene nicht so recht gelingen wollte. Seine Augen funkelten Margarethe über den goldenen Kneifer hinweg unternehmungslustig an. Doch sie bemerkte es nicht, sie war mit den Gedanken woanders.

Sie dachte an Sophie, sie stellte sich vor, wie Sophie von nun an als Witwe durchs Leben gehen musste. Heute sollte der Prozess gegen Hinnerk vor dem Hamburger Kammergericht stattfinden. Schon früh am Morgen war Sophie mit Henning zum Gericht gelaufen, wollte dabei sein, wenn Hinnerk wegen Schmuggels und Verstoßes gegen die Zollgesetze des Französischen Kaiserreichs verurteilt wird. Ein juristischer Beistand war ihm nicht zugestanden worden, da die Sachlage und der Vorwurf unbestreitbar waren. Sophie rechnete mit dem Schlimmsten, hatte in den letzten Nächten keinen Schlaf gefunden und Margarethe immer wieder unter Tränen beschworen, in dieser schweren Zeit bei ihr zu bleiben. Trotz der vielen Arbeit im Männersaal dachte Margarethe bis zum Abend nur an Sophie und Hinnerk, sodass Dr. Wegscheider sie zum ersten Mal ermahnen musste, sich stärker auf ihre Pflichten zu besinnen. Margarethe entschuldigte sich und erzählte, dass der Mann ihrer Freundin Sophie heute wegen Schmuggels vor Gericht steht und dass Sophie mit dem Schlimmsten rechnet.

„Ich wusste gar nicht, dass sie verheiratet ist."

„Ist sie auch nicht, aber so gut wie. Die leben schon fünf Jahre zusammen. Und wenn die ihn heute zum Tode verurteilen, dann ist sie Witwe. Oder so gut wie."

„Wegen ein paar Pfund Tabak!" Bitter fügte Dr. Wegscheider hinzu: „Als ob ein paar Pfund Tabak das Kaiserreich ins Wanken bringen. Absurd. Und die Hamburger Richter machen sich zum Handlanger dieser tragischen Absurdität!"

Kurz nach sieben lief Margarethe zum Millerntor, zeigte ihren Passierschein, wie jeden Abend, und durfte ungehindert das Tor passieren. Im Brauerknechtgraben verlangsamte sie die Schritte, im Langen Jammer blieb sie stehen und blickte zur Wohnung von Sophie und Hinnerk hoch. Sie glaubte ihren Ohren nicht zu trauen, als sie aus den geöffneten Fenstern lautes, fröhliches Singen hörte. Sophie sang: „Wenn Pingsten is, wenn Pingsten is, dann slacht min Vadder 'nen Bock! Dann danzt min Mudder, dann danzt min Mudder, dann küselt min Muddern ehr Rock."

Schnell lief Margarethe die Stiege hoch und betrat atemlos die Bude. Quer durch die Wohnküche tanzte Sophie mit Henning eine wilde Polka und sang fröhlich: „Wenn Pingsten is, wenn Pingsten is, dann slacht min Vadder 'nen Bock! Dann danzt min Mudder, dann danzt min Mudder, dann küselt min Muddern ehr Rock."

Margarethe ließ sich von der guten Laune sofort anstecken und tanzte mit. Kreuz und quer ging es durch Wohnküche und Schlafkammer, bis Sophie sich lachend, nach Atem ringend an den Tisch setzte und überglücklich zu erzählen begann.

„Zu Michaelis ist Hinnerk wieder da! Ist das nicht wunderbar? Die haben die Zeit in der Hauptwache angerechnet. Die ganzen acht Wochen! Ich kann dir gar nicht sagen, wie erleichtert ich bin. Komm, das muss gefeiert werden!"

Sophie goss braunes Bier aus einem Krug in einen Becher, gab ihn Margarethe, goss ihren Becher nochmals voll, auch Henning bekam noch einen Schluck, und dann stießen Mutter und Sohn mit Margarethe an.

„Die Richter haben's gut mit ihm gemeint." Sophie versuchte den würdigen Ton der Richter zu imitieren. „Da der Angeklagte Hinnerk Dresen, geboren zu Hamburg am zwölften des Monats Januar im Jahre des Herrn siebzehnhundertzweiundachtzig, sich bishero eines gottgefälligen sowie ordentlichen Lebenswandels befleißigt und sich bishero nichts hat zuschulden kommen lassen, daher auch dem Kaiserlichen Kammergericht zu Hamburg nicht gerichtsnotorisch bekannt ist, wird von der Strafe des Erhängens bis zum Tode und von schwerem Kerker abgesehen und wird an Stelle zur Strafe, zur wohlgemeinten Mahnung und sittlichen Läuterung, die Gesetze unserer verehrten Kaiserlichen Majestät, des Weltenführers Napoleon, in Zukunft zu beherzigen und zu respektieren, auf eine Strafe von einem halben Jahr Zuchthaus erkannt. Das Urteil ist alsbald und ohne Verzug zu vollstrecken und der Angeklagte in das Zuchthaus an der Binnenalster zu überführen!"

„Hurra, Hurra, Hurra!" schrie der kleine Henning, und die drei tanzten wieder lachend und singend durch die Bude.

Später, als Sophie zu Bett gegangen war und Henning schon lange schlief, saß Margarethe noch einen Augenblick allein am Tisch. Wie jeden Abend. Vor ihr lagen Jeans Brief und ihr Notizheft. Wie jeden Abend las Margarethe ihre Niederschrift und verglich sie Wort für Wort mit Jeans Brief, um seine Stimme zu hören. Bevor sie das Licht der Rübenöl-Lampe löschte, holte sie aus dem Schapp den Oboenkoffer, öffnete ihn, berührte fast scheu das Holz und die Klappen und führte das Mundstück langsam an ihre Lippen, küsste es, spürte Jeans Lippen, fühlte, wie Jeans Lippen das Mundstück umschlossen.

26. Kapitel

Auf dem Jungfernstieg dufteten die Linden. Ganz Hamburg schien an diesem Pfingstsonntag auf den Beinen zu sein, um das strahlende Frühsommerwetter zu genießen und die allerneuesten Creationen der Pariser Damen- und Herrenmode zu zeigen. Am Alsterpavillon spendierte Margarethe bunte Zuckerkringel, nun schlenderten Sophie, Henning und sie, Zucker schleckend, unter blühenden Linden zum rechten Ufer der Binnenalster, wo neben dem Werk- und Armenhaus das Zuchthaus lag. Margarethe staunte über die neueste Mode à l'Empire, über die Chemise-Kleider und Schutenhüte. Sophie war neidisch. Zu gerne hätte sie bei Madame Guillambert eine neue Haube bestellt, aber wovon sollte sie die bezahlen? In wenigen Tagen würden Henning und sie die letzten Schokoladenkrümel auf dem Dom-Markt verkaufen. Und was dann? Von dem bisschen, was Margarethe verdiente, konnten drei nicht satt werden. Margarethe machte den vernünftigen Vorschlag, dass sie mit Dr. Wegscheider, mit Luise, dem ältesten Pflegeweib, oder mit Chirurgus Menken sprechen würde, ob es für Sophie im Pesthof vielleicht eine Stellung gäbe. Entsetzt sah Sophie sie an: „Im Pesthof? Ich? Keine zehn Pferde kriegen mich dahin! Niemals! Nie! Da geh ich lieber abends im ‚König von England' tanzen."

Für einen kurzen Augenblick stieg Zorn in Margarethe hoch, sie schwieg aber und sagte sich, dass Sophie und sie nun mal ein verschiedenes Paar Stiefel sind.

„Ich kann mir ja jetzt schon Arbeit suchen. Stark genug bin ich und in die Schule will ich sowieso nicht", gab Henning ernsthaft zu bedenken.

„Nee, nee, werd du man erst mal sechs, dann sehen wir weiter!"

An der Stadtmühle trennten sie sich. Margarethe lief die Bergstraße zur St.-Petri-Kirche hinauf, und Sophie und Henning gingen am Alsterufer zum Zuchthaus, um Hinnerk zu besuchen.

Die Comtesse bedauerte, aber ein weiterer Brief sei bisher nicht eingetroffen. Als sie Margarethes enttäuschtes Gesicht sah, bat sie, sich in Geduld zu üben, noch fände der Krieg nicht statt, noch wäre kein Schuss gefallen. Vielleicht wendet sich alles zum Guten. Mit Sorge habe sie allerdings gelesen, was der ‚Hamburgische Correspondent' gestern vermeldet hatte. Und da er wie jede andere Zeitung der Zensur unterliegt, dürfe man diese Nachricht wohl als erwünscht und als offizielle Meinung der französischen Administration ansehen. Da Margarethe keine Zeitung kaufte oder las, bat sie die Comtesse um Nachsicht. Die Comtesse zitierte: „Der ‚Hamburgische Correspondent' meldet, dass sich in Dresden ab dem 17. Mai alle deutschen Fürsten getroffen haben, auch der König von Preußen und der Kaiser von Österreich, um die Stärke und Geschlossenheit Europas gegenüber dem Zaren zu demonstrieren und um ihre unverbrüchliche Treue zu ihrem geliebten Kaiser Napoleon unter Beweis zu stellen." Die Comtesse schnaufte wütend. „Degoutant, wie sich auch von mir respektierte Vertreter des deutschen Hochadels diesem hergelaufenen Bastard zu Füßen werfen."

„Vielleicht wollen sie Napoleon ja davon überzeugen, dass Krieg blanker Unsinn ist", wagte Margarethe einzuwenden.

Die Comtesse blickte zum Fenster und sagte verächtlich: „Die? Der König von Preußen soll pikiert gewesen sein, dass Napoleon ihn tagelang hat warten lassen. Ein tapferer Mann! Vor lauter Angst, in Ungnade zu fallen, machen die Herren sich in die Pantalons und folgen ihm bis in die Hölle." Wieder schnaufte sie wütend und zitierte weiter: „Der ‚Hamburgische Correspondent' meldet, Seine Majestät habe am 29. Mai mit der Garde Dresden verlassen und sei auf dem Weg nach Danzig und Königsberg, um die Truppen der Grande Armée zu inspizieren."

Die Comtesse ließ die Zeitung sinken, schaute Margarethe an und sagte: „Lassen Sie uns hoffen, dass der unersättliche Korse Vernunft annimmt und es bei dieser Inspektion bewenden lässt."

Margarethe nickte, holte Wörterbuch, Notizheft und Bleistift aus ihrem Bündel und setzte sich auf den zweiten Fauteuil. Eine weitere Doppelstunde begann.

27. Kapitel

Der Sommer kam. Im Garten des Pesthofes blühten der Rote Fingerhut, die Tollkirsche und das Liebstöckel. Apotheker Lohmeyer war überzeugt, dass in diesem Jahr die Pflanzen nur deshalb so üppig und so schön blühten, weil die Demoiselle sich um ihr Wohl und Wehe kümmerte. Zwar freute sich Margarethe über das Lob, musste dem Herrn Apotheker aber sagen, dass sie deshalb so manchen Streit mit den Waschfrauen gehabt hatte. Da die Pumpen im Sommer ihren Dienst versagten, warfen die Waschfrauen Margarethe vor, das wenige frische Wasser für das vermaledeite Unkraut zu verschwenden. Apotheker Lohmeyer versprach, sich der Sache anzunehmen, redete mit Dr. Wegscheider und Chirurgus Menken und schoss ein paar Dukaten aus seiner Privatschatulle zu. Bald darauf wurde die Brunnenleitung vollständig erneuert, die aus dem Jahr 1758 stammte und Wasser südlich von Eimsbüttel mithilfe einer Wasserkunst heranführte. Die Waschfrauen hatten nun Wasser im Überfluss, und es gab keinen Streit mehr mit Margarethe. Selbst der Graben um den Pesthof bekam etwas ab. Als sich Margarethe bei dem Herrn

Apotheker bedankte, funkelte der sie über seinen goldenen Kneifer hinweg zufrieden an, beteuerte aber bescheiden, dass alles ihr Verdienst sei. Ohne sie wäre er nie auf die Idee gekommen, sich um die Wasserversorgung des Pesthofs zu kümmern. „Ein so vorsorglicher Charakter, wie die Demoiselle ihn ihr eigen nennt, würde sich vorzüglich in einem Witwerhaushalt machen", fügte er mit einem leisen Seufzer hinzu. Und Margarethe tat so, als hätte sie diesen Satz nicht gehört.

An diesem Abend beendete sie ihre Arbeit etwas früher und kam schon kurz nach sieben Uhr in den Langen Jammer. Sophie saß am Tisch und schminkte sich, da sie seit einer Woche wieder in den ‚König von England' zum Tanzen ging, wie sie es nannte. Mit Hinnerk hatte sie darüber gesprochen, und er sah ein, dass eine Arbeit im Pesthof für Sophie zu schwer war. Dass kaum noch französische Gardisten, Kürassiere oder Dragoner in den ‚König von England' kamen, da die meisten von ihnen auf dem Marsch nach Russland waren, dass sie lausig wenig verdiente, das allerdings hatte sie Hinnerk nicht gesagt. Margarethe wollte ihr Kleid ausziehen und sich waschen, da unterbrach Sophie sie: „Du meine Güte, das hätt' ich fast vergessen, vorhin war so 'n Bengel da, Laufbursche von der Comtesse, ein Brief ist da! ... Vier Pfennige hab ich ihm gegeben, war richtig so, oder?"

Margarethe war einige Herzschläge lang sprachlos und zwang sich, nicht gleich loszustürmen. Sie holte die vier Pfennige aus ihrem Bündel, gab sie Sophie, zog sich aus, wusch sich und fragte so ruhig wie möglich: „Hat sie ausrichten lassen, ob ich noch heute Abend zu ihr kommen kann?"

„Hat sie! Eigentlich hab ich gehofft, du passt auf Henning auf."

„Nee, heute nun mal nicht. Geh du mal heute ein bisschen später tanzen. Bring du mal erst Henning ins Bett und wart mal, bis er schläft. Dann bin ich ja schon wieder da. Wo steckt der Bengel überhaupt?"

„Draußen. Bis zum Dunkelwerden darf er draußen spielen. Na, dann will ich ihn mal rufen."

Sophie ging zum offenen Fenster und rief nach Henning. Wenig später, nachdem Henning ihr versprochen hatte, brav auf sie zu warten und keinen Blödsinn zu machen, lief Margarethe durch den hellen Sommerabend zum Steintor.

Wie schon beim ersten Brief strahlte die weißhaarige Dienerin sie an und sagte in feierlichem Ton: „Une lettre! Venez, venez!"

Mit tippelnden Schritten lief sie im dunklen Flur voraus, pochte wie immer an die Tür und wartete wie immer, bis sie das Wort „Entrez!" hörte. Sie gab Margarethe das Zeichen zu warten und überließ sie einen schicklichen Augenblick sich selbst. Die Tür öffnete sich wieder, und die Dienerin bat Margarethe einzutreten. Auf dem Spieltisch stand eine Rübenöl-Lampe, die bereits brannte. Margarethe wünschte höflich „Bonsoir". Die Comtesse erwiderte den Gruß und reichte Margarethe ein pralles Couvert, das viele Bögen zu enthalten schien.

„Wenn Sie mögen, übersetze ich Ihnen den Brief gleich. Warum sollten Sie bis zum Sonntag warten? Ich sehe doch, dass die Ungeduld Sie fast verzehrt."

Margarethe brach den Siegellack, öffnete das Couvert, entnahm ihm eine Anzahl Bögen und warf einen schnellen Blick auf die erste Seite. Der Brief begann wie der erste mit den Worten ‚Margarethe, mon amour! Ma petite bourrasque!'

Sie reichte der Comtesse die Bögen. „Wenn Sie wieder die Güte haben. Außerdem möchte ich Ihnen danken, Madame, dass Sie den Laufburschen geschickt haben."

„Aber, ma chère Margarethe, ich war doch selbst einmal jung und sehr, sehr verliebt."

Die Comtesse setzte sich bequem in ihrem Fauteuil zurecht, bat Margarethe mit einer Geste, Platz zu nehmen, hielt die Bögen zur Lampe, da das Tageslicht allmählich entschwand, und begann mit ihrer gedrechselten Übertragung ins Deutsche. Margarethe setzte sich auf die Kante des zweiten Fauteuils, holte Notizheft und Bleistift aus dem Bündel und schrieb wieder eifrig mit.

Kowno am Njemen, den 25. Juni 1812
Margarethe, meine Liebe!
Meine kleine Windsbraut!
Nach Wochen forcierter Märsche hat die Grande Armée heute den Fluss Njemen überschritten, und wir haben das Biwak hinter der Stadt Kowno aufgeschlagen. Ich schreibe Ihnen diesen Brief, während es Nacht ist, aber hier bilden die Abendröte und die Morgenröte ein Licht, und der große, weite Himmel will nicht dunkel werden. Obwohl die Sonne untergegangen ist, erreichen ihre Strahlen noch hoch am Firmament einige Wolkenstreifen, die in den zartesten Farben leuchten. Sollte ich diese seltene Stimmung in Töne umzusetzen versuchen, so wäre ich mir nicht sicher, ob es ein Instrument gäbe, das diesem wundersamen Schauspiele gerecht würde. Bei uns in Tournay, im Süden Frankreichs, gibt es nicht dieses Phänomen, und in Hamburg ist der Himmel durch die vielen, hohen Häuser arg begrenzt, sodass man ihm nicht die gebührende Aufmerksamkeit schenken kann. Ich muss mich mit dem Schreiben sputen, denn vor Tagesanbruch geht der Brief an Sie ab, in der Hoffnung, dass auch dieser zweite Sie bei bester Gesundheit erreicht. Blaise Jaubert, einer der Kurierreiter, die Marschall Davout regelmäßig nach Hamburg schickt, hat versprochen, mir diesen Dienst in alter Freundschaft zu tun. Blaise kommt wie ich aus dem Süden, und er versteht mein Sehnen. Aber lassen Sie mich Ihnen der Reihe nach berichten.

Trotz der glanzvollen Parade in Insterburg, die der Kaiser in der grünen Uniform der Garde Chasseurs à Cheval abnahm und die bei allen Begeisterung hervorrief, hat auf dem Marsch bis an die Ufer des Njemen viele schon wieder der Mut verlassen. Da wir tagelang durch sumpfiges Gebiet marschierten, kamen die

Intendanten mit den Proviantwagen nicht nach; die von Ochsen gezogenen Gefährte blieben einfach im Sumpf stecken. Dennoch verlangten die Obristen, dass wir das Tempo des Marsches hielten. So trieb der Hunger viele zu Unsinnigkeiten, manche aßen die Rinde junger Birken, andere wiederum zögerten nicht, das Fleisch verendeter Pferde zu genießen. Und ich schäme mich, Ihnen gestehen zu müssen, dass mich der Hunger zum Bettler machte. In einem aus Holz erbauten Städtchen sah ich nämlich zufällig in einem Hause eine französische Offiziersfrau sich an schönem, weißem Brot sättigen. Meiner nicht mehr mächtig, eilte ich durch das Hoftor zu ihr und flehte um ein Stück solcher so lang entbehrter Labung. Die Dame reichte mir ein ganzes Brot mit der dringenden Bitte, es nur nicht sehen zu lassen. Freudentränen waren mein Dank dafür.

Vor zwei Tagen sind wir dann endlich an die Ufer des Njemen gekommen, den die Deutschen Memel nennen, und sind mit dem 1. Armeekorps unter Marschall Davout vereinigt worden. Die forcierten Märsche in den zurückliegenden Wochen haben die Kräfte weit über Gebühr beansprucht, so leiden viele an Auszehrung und an der Ruhr. Als wir unser Biwak hoch am Westufer bezogen, stellte sich zur Vermehrung unserer Qualen auch noch Regen ein. Neben anderen Regimentern und Korps, welche bereits vorher hier angelangt waren, legten wir uns ohne Stroh auf den nassen Boden nieder, bis ein wohltätiger Schlaf den Leiden auch dieses Tages ein Ende machte. Es sind über 400 000 Soldaten und 100 000 Pferde hier zum Übergang bereit. Letzteren fehlt es so an Futter, dass die Kavallerie mit Sicheln und Sensen versehen ist, um grüne Fütterung herbeischaffen zu konnen, die mit dem Stroh vermengt wird, welches uns hätte zum Liegen dienen sollen. Mein bester Kamerad und Freund Christian, den ich Ihnen gegenüber erwähnt habe, lässt Sie von Herzen bitten, den Buchhändler Friedrich Perthes über den jämmerlichen Zustand unseres Regiments und des 1. Korps zu informieren. Dann hat gestern ein Vorkommnis die Bataillone und Regimenter in helle Aufregung versetzt, das ich Ihnen kurz schildern will und in dem sehr viele ein böses Omen sehen. Am Abend vorher stieg der Kaiser zu Pferde, um im Mondschein das Gelände zu erkunden und die Stelle für den Übergang zu bezeichnen. Während er mit seinem Stab über die Felder galoppierte, sprang zwischen den Beinen seines Pferdes ein Hase auf und veranlasste es so zu einem leichten Sprung zur Seite. Der Kaiser, der kein guter Reiter ist, fiel zu Boden, erhob sich aber schnell und stieg, ohne ein Wort zu sagen, wieder zu Pferde. Unter anderen Umständen hätte er schrecklich auf das Pferd und auf den Großstallmeister gescholten. Der Kaiser soll aber eine Heiterkeit vorgetäuscht haben, die an ihm ungewohnt ist und die deutlich zeigt, wie er die Aufmerksamkeit von einem Zwischenfall abzulenken wünscht, der nur deswegen von Bedeutung ist, weil man nun einmal abergläubisch ist, auch ohne es zu wollen. Und zumal unter so außergewöhnlichen Umständen und am Vorabend so großer Ereignisse. General Caulaincourt soll sogar gesagt haben: Wären wir Römer, die an Orakel glaubten, wir würden den Njemen nicht überschreiten!

Noch während der Nacht wurden die drei Brücken über den Njemen geschlagen, und man war gespannt, was sich zutragen würde. Außer einigen Gewehr- oder Pistolenschüssen ereignete sich aber nichts. Der heutige Morgen brach an, die Nebelwolken schwanden, ungemein wohl taten uns die Strahlen der Sonne, die sich, so weit das Auge reichte, in den blanken Waffen und Kürassen der Truppen spiegelten. In breiten Strömen sah ich die Grande Armée gegen die drei Brücken sich ergießen, ein herzergreifendes Schauspiel!

Nachdem ein Teil der Truppen sich auf dem jenseitigen Ufer befand, sprengte auch der Kaiser mit seinem zahlreichen Gefolge hinüber und ließ die Regimenter an sich vorüberziehen. Indessen waren wir noch beschäftigt, unsere Uniformen zu säubern, und setzten uns dann auf der mittleren Brücke mit klingendem Spiel in Bewegung. Doch das Durcheinander war unglaublich. Jeder Offizier wollte der Erste sein, jeder seine Equipage mitnehmen. In diesem Chaos gaben elegante Offiziersfrauen mit Kindern und Dienern in prächtigen Kutschen einen befremdlichen Anblick. Am merkwürdigsten wirkte auf mich aber ein Tross von Weibern auf Wagen, zu Pferde und zu Fuß, von denen man mir sagte, sie wären zur Pflege der Kranken und Blessierten in den Hospitälern bestimmt. Ebenso auch ein Zug von Ärzten, meist junge Leute, an denen ein älterer Kommandeur viel zu tadeln hatte. Beten Sie zu Gott, dass ich der Hilfe dieser Menschen niemals bedürfen möge.

In all den Wochen des Marschierens habe ich versucht, weiter an meiner Oper zu komponieren, aber es will mir nicht so recht gelingen, da alles, was mir beifällt, doch arg nach Marschmusik klingt. Ich sehne den Tag herbei, an dem ich Ihnen wieder in die Augen sehen darf, Sie küssen werde und mich glücklich zu schätzen weiß, dass mich Ihr Lächeln zum Divertimento für den dritten Akt beflügelt.

Die Comtesse machte eine kleine Pause, da sie merkte, dass Margarethe zögerte und sie fragend ansah.

„Verzeihen Sie, Madame, was ist ein Divertimento?"

Die Comtesse gluckste zufrieden und erklärte, dass ein Divertimento im Gegensatz zur miserablen Marschmusik von heiterem Charakter ist und dass man in der Oper dazu tanzt. Margarethe lächelte und bat die Comtesse weiterzuübersetzen.

Die Breite des Flusses machte keinen besonderen Eindruck auf mich. Der Blick auf die Elbe, den Sie und ich so manches Mal genossen, ist um vieles imposanter. Daher sagten auch Christian und die anderen Kameraden geringschätzig: „Das ist also die Memel. Da sollten die mal unsere Elbe sehen!" Das war fast die alleinige Bewillkommnung des Grenzflusses, der bisher zwei gewaltige Heere voneinander getrennt hatte.

Während wir unter dem couragierenden Klang der Trompeten, der Flöten und der Trommeln durch Kowno marschierten, der ersten feindlichen Stadt, die wir nach dem Übergang betraten, waren überall Spuren der wildesten Zerstörungssucht sichtbar. Feuer rauchten noch, Läden waren ausgehoben, Fenster eingeschlagen. Von den Einwohnern war höchstens hie und da ein Jude zu sehen. So war Kowno auf den ersten Anblick als völlig ausgeplünderte Stadt zu erkennen, und der Kaiser soll in große Rage geraten sein, dass die Soldaten seiner Grande Armée wie Marodeure sich aufführten. Am tiefsten berührte mich aber ein Vorkommnis, das ich nicht verschweigen will. Nachdem wir Kowno verlassen hatten und auf der Straße nach Wilna waren, entdeckte ich unter den Toten, die am Wegesrand lagen, einen jungen Russen. Er war nackt, und ein Schuss durch die Brust ließ seinen Tod vermuten. Doch plötzlich richtete er sich halb auf, blieb in einer sitzenden Stellung, murmelte einige Worte und sank dann wieder um. Ich sprach ihn auf Französisch an, dann auf Deutsch, das er zu verstehen schien. Er richtete sich auf und sagte in schlechtem Deutsch: „Euer Zar ist ein böser Mann. Was hat ihm unser Zar getan? Was will er von unserem Mütterchen Russland? Steh auf, du heilige Erde, und kämpfe für Glauben, Zar und Vaterland.“ Nach diesen Worten sank er um, ich rief nach dem Regimentsarzt, doch nun war er gestorben. Als wir das Biwak aufschlugen, berichtete ich Oberleutnant Martens von dem Vorfall. Er blickte nachdenklich ins Feuer und meinte, dass der Kaiser sich auf ein gefährliches Abenteuer eingelassen habe.

Ich muss jetzt enden, da der Brief Sie sicher erreichen soll. Ich ersuche Sie um Ihr Verständnis, wenn diese Worte für eine Zeit lang die letzten sein werden, denn es ist allen Truppen auf kaiserliche Order strengstens untersagt worden, jedwede Vorkommnisse nach Hause zu vermelden. Die Sorge des Kaisers erscheint mir angebracht, wenn man den elenden Zustand und den sinkenden Mut auch unseres Regimentes bedenkt und den noch vor uns liegenden, weiten Weg.

Seien Sie versichert, Margarethe, dass ich Sie liebe. Denken Sie an mich, wie ich an Sie denke. Für immer, Ihr Ihnen ergebener Jean

Postscriptum: Buchhändler Perthes möge auch die lieben Eltern und Geschwister des Christian Meinecke unterrichten und sie von ihrem Sohn und Bruder grüßen.

Die Comtesse de Briancourt schwieg, während Margarethe die letzten Worte in ihr Notizheft schrieb. Dann reichte sie ihr die Bögen, die Margarethe liebevoll ins Couvert schob, und sagte: „Ein schöner Brief, aber ein sehr gefährlicher Brief, ma chère. Denken Sie daran, jeder kann ein Mouchard sein."

„Aber nicht Buchhändler Perthes!", widersprach Margarethe.

„Nein, sicher nicht. Dennoch sollten Sie vorsichtig sein, sehr vorsichtig, und den Brief niemandem zeigen. Sprechen Sie mit Perthes, aber seien Sie auf der Hut."

Margarethe sah die Comtesse an und sagte: „Jean schreibt doch nur die Wahrheit."

„Die Wahrheit ist eine Medizin, die manchmal bitterer schmeckt als die Lüge. Wenn bekannt wird, dass die Grande Armée nur ein bunt zusammengewürfelter Haufen von Marodeuren und Plünderern ist, was dann? Wenn die Spatzen von den Dächern pfeifen, dass schon ein dummes Pferd den ‚Glanz dieser Welt', die Kaiserliche Majestät, abschütteln und in den Dreck werfen kann, was dann?"

Margarethe hatte darauf keine Antwort. Aus der Ecke, wo die Kommode mit dem zierlichen Meisterwerk der Uhrmacherkunst stand, waren zehn silberhelle Schläge zu hören. Die Comtesse sah zum Fenster, sah, dass auf dem Steintorplatz Laternen angezündet wurden, und drängte zum Aufbruch. „Sputen Sie sich, ma chère. Um zehn Uhr werden die Stadttore geschlossen, und Sie müssen Akzise zahlen."

Margarethe antwortete lächelnd: „Das ist mir der Brief wert!"

Sie verstaute das Couvert sorgsam in ihrem Bündel, auch das Wörterbuch, das Notizheft und den Bleistift, und stand auf. Die Comtesse blickte sie besorgt an.

„Haben Sie genug Geld, damit Sie keinen Ärger bekommen? Oder soll ich Stephanie bitten, Ihnen auszuhelfen?"

Margarethe klopfte auf ihr Bündel und sagte selbstbewusst: „Vielen Dank, nein, Madame la Comtesse, ich habe etwas sehr viel Besseres, einen Passierschein, von dem General Saint-Cyr persönlich unterschrieben."

„Étonnant!", sagte die Comtesse und zeigte sich beeindruckt.

„Hat Jean mir beschafft", erklärte Margarethe stolz.

„Wussten Sie, dass General Saint-Cyr, trotz aller Kälte, die man ihm nachsagt, ein Liebhaber der Musik ist, wie Ihr Jean? Er selbst soll sogar ein passabler Violinist sein. Wie extraordinär für einen hohen Militär! Wussten Sie das?"

Margarethe wusste es nicht, es interessierte sie auch in diesem Augenblick nicht sonderlich, sie versprach, am Sonntag wiederzukommen und verließ mit einem „A bientôt" die Comtesse.

Vor dem Haus blieb sie stehen, atmete ein und sah in den hohen, lichtgesättigten Sommernachthimmel, an dem sich erste Sterne zeigten. Dieselben Sterne sieht jetzt Jean, dachte sie und ging über die Brücke des Stadtgrabens zum Steintor. Da die Flügel des Tores bereits geschlossen waren, schimpfte sie leise vor sich hin und klopfte energisch gegen den rechten Torflügel. Sie musste nicht lange warten, der Flügel wurde geöffnet, und zwei Douaniers sahen sie an. Ob die Demoiselle in Hamburg wohne? Margarethe bejahte die Frage und schlüpfte durch das geöffnete Tor.

„Un instant, un instant, il faut payer die Akzise!"

Margarethe blieb stehen, holte den Passierschein aus ihrem Bündel und gab ihn den beiden Douaniers, die unter das Vordach des Wachhauses traten und im Laternenschein das Papier prüften. Sie steckten die Köpfe zusammen, sprachen leise miteinander, prüften nochmals das Papier und kamen mit fragenden Gesichtern zu Margarethe zurück.

„Sie arbeitet chez Rainville in Altona?"

Margarethe überlegte kurz, ob sie lügen sollte, und entschied sich für die Lüge. „Oui!"

„Mais Altona liegt da!" Der jüngere Douanier zeigte mit der Hand in Richtung Westen, wo die letzten, winzigen Spuren des Abendrots am Himmel verglühten. „De l'autre côté de la ville!"

Margarethe nickte und sagte: „Oui!"

„Was machen die Demoiselle ici?"

„J'ai visité une amie, la Comtesse de Briancourt."

Die beiden Douaniers sahen sich an, blickten auf den Passierschein und sagten: „Dans ce papier on dit, permission seulement nur für die Restaurant Rainville."

„Ja! Da arbeite ich!"

„Mais, aber nicht heute soir."

„Pourquoi vous ne dites pas la vérité?", fragte der Ältere.

„Die Wahrheit? Heute habe ich nicht … aujourd'hui je n'ai pas travaillé chez Rainville, oui, c'est vrai!"

Der Ältere befahl ihr mit einer Geste des Zeigefingers, ihm ins Wachhaus zu folgen, und mit einer weiteren, knappen Geste, das Bündel auf einen Tisch zu legen.

„Öffnen!"

Margarethe öffnete den Knoten und trat einen Schritt zurück. Schlagartig bekam sie Angst, Angst, die ihr fast die Luft nahm. Die beiden Douaniers stocherten im Bündel herum. Aus dem Nebenraum kamen zwei Gendarmen, die neugierig zusahen. Die Douaniers prüften kurz das Wörterbuch, das Notizheft, lachten über die Holzpantinen, die Margarethe mitgenommen hatte, und fanden dann den Brief. Der ältere Douanier nahm die Bögen aus dem Couvert und begann zu lesen. Der junge Kollege und die Gendarmen sahen ihn ungeduldig an, doch der Ältere las stumm den ersten Bogen zu Ende, reichte ihn dann dem ranghöheren Gendarm, der ebenfalls stumm zu lesen begann und ihn nach Lektüre weitergab. Schon nach kurzer Zeit machten die Bögen die Runde, und Margarethes Angst stieg. Als die vier die letzten Zeilen gelesen hatten, bat Margarethe darum, den Brief zurückzubekommen.

„C'est confisqué!", sagte der ranghöhere Gendarm, steckte die Bögen wieder ins Couvert und verwahrte sie in seiner Jacke. „Vous restez ici!"

Das war ein Befehl. Der Ranghöhere und die beiden Douaniers gingen in den Nebenraum. Der junge Gendarm sah Margarethe verunsichert an, versuchte ihren Blick zu erwidern, zu dem sie sich zwang, griff dann nervös zu seinem Gewehr, richtete das Bajonett auf sie und wiederholte: „Vous restez ici!"

Es dauerte eine Weile, bis der Ranghöhere mit den Douaniers in den Wachraum zurückkam. Sein Deutsch war so gut, dass Margarethe schnell begriff, dass sie in großer Gefahr war.

„Dieser Brief ist eine Infamie, eine böse Verleumdung unseres geliebten und verehrten Kaisers und seiner glorreichen Grande Armée. Wer hat diesen Brief geschrieben?"

„Jean Carpentier", antwortete Margarethe höflich.

„Gehört dieser Jean Carpentier zum 127. Regiment de Ligne?"

„Das weiß ich nicht. Ich kenne mich im Militär nicht aus."

„Wen haben Sie über diesen Brief in Kenntnis gesetzt?"

„Niemanden."

Die beiden Douaniers sprachen leise, aber dringlich auf den Gendarm ein.

„Wie ich höre, haben Sie die Comtesse de Briancourt besucht. C'est vrai?"

„Ja, das ist wahr."

„Kennt die Comtesse diesen Brief?"

„Nein, er ist doch an mich adressiert. Ein Liebesbrief an mich."

„Vous parlez si bien le français de comprendre toute la lettre?"

Margarethe nahm ihren Mut zusammen und behauptete, dass ihr Französisch gut genug sei, den Brief zu verstehen. Gleichzeitig hoffte sie, dass die Douaniers nicht noch einmal das Notizheft aufschlagen und die Übersetzung finden würden.

„Haben Sie Monsieur Perthes über den Inhalt informiert?"

„Nein!"

„Werden Sie ihn informieren?"

Margarethe überlegte sich die Antwort sorgfältig und sagte:

„Ich soll ihn von Christian Meinecke grüßen. Ein Gruß ist doch kein Verbrechen, oder?" Sie sah den Gendarm tapfer an und bemerkte, dass seine Augen kalt und leer und müde waren. Der jüngere Douanier reichte ihm jetzt den Passierschein, auf den er einen flüchtigen Blick warf.

„Sie arbeiten bei Rainville?"

Margarethe entschloss sich, die Wahrheit zu sagen: „Nicht mehr. Jetzt arbeite ich im Pesthof. Als Pflegeweib."

„Wenn ich Sie richtig verstehe, dann haben Sie einen ungültigen Passierschein zum Betreten der ‚bonne ville' Hamburg benutzt und damit die Zollbestimmung des Kaiserreichs wissentlich und vorsätzlich verletzt. C'est vrai?"

„Ich möchte doch nur nach Hause", versuchte Margarethe zu protestieren. Angst nahm ihr den Atem. Zum ersten Mal hatte sie Angst vor dem Unbekannten. Angst vor dem, was sie nicht beeinflussen konnte, dem sie hilflos ausgeliefert war.

„Ob und wann Sie nach Hause kommen, das wird das Gericht der Stadt Hamburg entscheiden."

Erneut blickte er auf den Passierschein, blickte Margarethe an und sagte dann müde, als wenn er diese Sätze schon zu oft in seinem Leben gesagt hatte: „Die Demoiselle Detjens wird hiermit arrestiert. Gegen die Demoiselle Detjens wird der Vorwurf der Spionage, der Konspiration und der Kollaboration mit den Feinden des Kaiserreichs erhoben. Weiters wird ihr der Vorwurf der willentlichen Verletzung der Zoll- und Passiergesetze gemacht." Er sah zu dem jungen Gendarm, der Margarethe mit dem Bajonett in Schach hielt. „Die Demoiselle Detjens wird noch am heutigen Abend an die Hauptwache zur vorläufigen Inhaftierung überstellt." Der junge Gendarm nickte eifrig, schob das Bajonett weiter voran und stach mit einem Lächeln in das Oberteil des lindgrünen Kleides. Margarethe wollte sich wehren, biss aber vor Schmerz, vor Scham und vor aufsteigender Wut die Zähne zusammen. Sie vergaß ihre Angst.

Wenig später lief sie, an den Händen gefesselt, durch das schlafende Hamburg. Der junge Gendarm ging hinter ihr. Wenn sie den Kopf in den Nacken legte, wenn sie in den Sommernachthimmel sah, wenn sie an Jean dachte, an seine Zeilen, dass der Himmel in Hamburg durch die vielen, hohen Häuser arg begrenzt ist, immer dann stieß ihr der junge Gendarm das Bajonett in den Rücken und zwang sie, weiterzulaufen. Vom Michel schlug es mit klarem Schlag zwölf Uhr, Mitternacht, als sie die Hauptwache auf dem Großneumarkt erreichten. Margarethe war heilfroh, dass man ihr das Bündel gelassen hatte, mit den Holzpantinen, dem Wörterbuch, mit dem Bleistift und mit dem Notizheft. Der junge Gendarm zeigte dem wachhabenden Offizier den Inhaftierungsbescheid. Margarethe wurde in eine Zelle gebracht, die sie mit drei Frauen teilen musste. Die Tür wurde verriegelt und verschlossen. Margarethe hörte, wie sich die Schritte der Gendarmen entfernten.

„Dammichnochmal, erst gibt das nix zu fressen, nu kann man nich mal in Ruhe schlafen", nörgelte eine junge Frau und begann zu husten. Durch ein vergittertes Fenster fiel der Widerschein der Straßenlaternen. Margarethe brauchte eine Weile, bis sich ihre Augen an das Halbdunkel gewöhnt hatten. Auf dem gestampften Lehmboden entdeckte sie einige Strohsäcke, griff nach einem, atmete angeekelt den muffigen Dunst ein und legte den Strohsack in die einzige freie Ecke.

„Ick sech di, wenn du mi wat klaust, dann slag ick di dot."

Margarethe blickte in die Ecke, aus der diese Stimme kam, und glaubte das Gesicht der Markthökerswitwe zu erkennen. Die dritte Frau sagte nichts, sie wimmerte im Schlaf leise vor sich hin. Margarethe hockte sich auf den Strohsack und ordnete ihre Gedanken. Am liebsten hätte sie sich geohrfeigt. Wie konnte sie nur so dämlich sein, mit dem Passierschein herumzuwedeln, statt die Akzise zu zahlen? Hochmut kommt vor dem Fall, sie musste dem alten Sprichwort Recht geben. Sie dachte an die Comtesse und hoffte, dass sie nicht in Schwierigkeiten geriet. Sie dachte an Buchhändler Perthes und hoffte, dass man ihm keinen Strick aus dem Brief drehen würde. Sie dachte an Henning und hoffte, dass Sophie in dieser Nacht früher nach Hause kommt. Sie dachte an Dr. Wegscheider und den Apotheker Lohmeyer, dachte daran, dass die beiden sie morgen vermissen werden. Und dann fragte sie sich, wer, in drei Gottes Namen, sie aus diesem elenden Loch holen wird. Niemand. Sie spürte wieder, wie die Angst ihr den Atem nehmen wollte, und betete: „Und ob ich schon wanderte im finsteren Tal, fürchte ich kein Unglück; denn du bist bei mir, dein Stecken und Stab trösten mich."

„Hör auf zu sabbeln und schlaf endlich", nörgelte die junge Frauenstimme.

Margarethe legte sich auf den stinkenden Strohsack, schob das Bündel unter ihren Kopf, starrte an die Zellendecke und bildete sich ein, den Sommernachthimmel zu sehen. Nun erst spürte sie, dass sie hungrig war, dass sie seit Mittag nichts gegessen hatte. Jean und seine Kameraden mussten die Rinde junger

Birken und das Fleisch verendeter Pferde essen, mussten auf der nassen Erde schlafen. Dagegen habe ich es gut, dachte sie, bis zum Morgen halte ich es hier leicht aus, und beim allerersten Tageslicht werde ich Jeans Brief lesen. Sie befahl der Angst, ihr nicht den Schlaf zu rauben, tastete nach dem Notizheft im Bündel, und da sie nicht wusste, wie die Musik eines Divertimentos klingt, trällerte sie lautlos die Melodie des munteren Walzers, den sie im ‚König von England' gehört hatte, als sie Jean zum ersten Mal sah, als sie zum ersten Mal in seine kastanienbraunen Augen sah.

28. Kapitel

Der Walzer hatte sie an die Hand genommen, hatte sie in den Schlaf geleitet, bis in den Traum. Sie wollte den Traum festhalten, doch er war ihr entglitten, hatte Leere hinterlassen, in die nun die Angst kroch. In den Scherben ihres Schlafes stöberte sie nach dem Traum, sie fand ihn nicht. Die Angst dehnte sich aus, nahm Besitz von ihr. Margarethe schlug die Augen weit auf, suchte das Morgenlicht. Noch war es dunkel, noch hatte die Sonne die Nacht nicht vom Tag geschieden. Sie befahl der Angst, sie in Ruhe zu lassen. Vergebens. Sie zwang sich, langsam zu atmen, Kraft zu sammeln. Sie sagte sich, dass sie der Angst ins Gesicht sehen muss, dass sie sich stellen muss, dass sie den Gegner kennenlernen muss, um ihn zu besiegen. Die Angst war ihr Gegner. Aber woraus bestand diese Angst? Was machte sie so stark, dass sie ihr fast den Atem nahm? Sutsche, ganz sutsche, sagte Margarethe zu sich. So wie man ein Pferd beruhigt, das durchgehen will. Sutsche, ganz sutsche. Bislang hatte sie der Angst immer einen Namen geben können. Der Herr von Rodehorst. Lüder. Monsieur Heinrich. Jetzt hatte die Angst noch keinen Namen, war noch nicht greifbar, war nicht etwas, dem man sich entgegenstellen konnte. So kam sie nicht weiter. Sie musste sich fragen, warum sie

Angst hatte. Wovor sie Angst hatte. Der Schlüssel lag bei ihr. Schritt für Schritt musste sie auf die Angst zugehen, so nah, dass sie ihr in die Augen sehen konnte. Sie hatte gestern etwas getan, das gegen das Gesetz war, das nicht rechtens war. Nur, welches Gesetz? Sie zählte die zehn Gebote auf und war sich sicher, dass sie kein Gebot übertreten hatte. Sie hatte also gegen ein Gesetz verstoßen, das der Kaiser erlassen hatte. Spionage. Konspiration. Kollaboration. Margarethe verstand nicht einmal den Sinn dieser Worte, kannte nicht die Gesetze, die diese Sünden unter Strafe stellten, war sich aber fast sicher, dass sie weit über das hinausgingen, was Gott den Menschen gebot. Solche Gesetze kann nur jemand erlassen, der trotz seiner ganzen Macht Angst hat, dachte sie. Wie groß muss dessen Angst sein, um solche Gesetze zu erlassen? Falsch, verbesserte sie sich, solche Gesetze werden erlassen, um Menschen ins Gefängnis zu werfen, vor denen man Angst hat. Vor wem hat ein Kaiser Angst? Sie wendete die Frage hin und her, kam aber immer wieder auf dieselbe Antwort: Nicht vor gekrönten Häuptern, nicht vor deutschen Fürsten, die hat er besiegt oder bestochen. Nein, vor Menschen, die er trotz seiner Grande Armée nicht besiegen, die er nicht bestechen kann, vor denen hat er Angst. Vor Menschen, wie ich es bin. Daher die anmaßenden Gesetze. Vor mir hat er Angst! Der große Kaiser im fernen Frankreich hat Angst vor einer kleinen Bauernmagd. Nach kurzem Zögern gestand sie sich: Und ich habe Angst vor ihm. Sie spürte, dass ihre Kraft zurückkehrte, jetzt, da sie ihren Gegner kannte. Ja, ich habe Angst vor Napoleon! Angst, weil ich nicht weiß, was seine Handlanger mit mir machen werden. Angst, weil ich nicht weiß, wie die Strafe ausfallen wird. Das ist es, dachte sie, das ist der Kern der Angst. Das Unbestimmbare. Das Warten auf ein Urteil. Bisher hatte sie versucht, ihr Leben selbst zu bestimmen. Niemand durfte über sie verfügen. Niemand. Deshalb war sie im März aus dem Dorf geflüchtet. Deshalb hatte sie Monsieur Heinrich einen Halunken genannt. Deshalb hatte sie sich in Jean verliebt. Nun musste sie einen Weg finden, der ihr die Möglichkeit des Handelns wiedergab.

Durch das vergitterte Zellenfenster sah Margarethe, wie das Nachtdunkel von der Morgenhelle aufgesogen wurde, wie der Tag anbrach. Sie griff zu ihrem Bündel, holte das Notizheft hervor und las Jeans Brief. Sie hörte seine Stimme. Sie las bis zu den Zeilen: „Ich sehne den Tag herbei, an dem ich Ihnen wieder in die Augen sehen darf, Sie küssen werde und mich glücklich zu schätzen weiß, dass mich Ihr Lächeln zum Divertimento für den dritten Akt beflügelt." Mit den Fingerkuppen berührte sie zart ihre Lippen. Sie schloss die Augen. Sie spürte Jeans Lippen.

Aus einer Ecke der Zelle kam trockenes Husten. Margarethe öffnete die Augen und blickte in ein junges, hungriges Gesicht, von greller Schminke entstellt. Sie sah ein lindgrünes Chemisenkleid, sah, wie die junge Frau sich auf einen Arm stützte, mit der freien Hand in ihr Haar griff, sich mit den Fingern kämmte und gähnend fragte: „Hast du heut Nacht den Rabatz gemacht?"

„Ja, ich war das!"

„Was hast denn ausgefressen?"

„Spionage, Konspiration, Kollaboration."

Die junge Frau musste wieder husten. „Klingt ja richtig gruselig. Was is denn das?"

„Wenn ich das man wüsst! Und du?"

Die junge Frau sprach betont Hochdeutsch: „Beischlafdiebstahl. Der feine Herr vermisste plötzlich sein Portemonnaie."

Sie lachte, hustete gleichzeitig und fiel wieder ins Plattdeutsch zurück. „So 'n Bangbüx. Ruft der doch gleich die Gendarmerie. Un da hebt sei mi schnappt. So 'n Schiet!"

„Ick sech di, wenn du mi wat klaust, dann slag ick di dot."

Margarethe sah zur anderen Ecke. Es war die Markthökerswitwe, die auf einem Strohsack lag und die junge Hure anblaffte.

„Hol du din Mul!", war die knappe Antwort. „Erst die kleinen Leute mit falschen Gewichten bescheißen. Und dann die arme Witfrau spielen. Das ist mir vielleicht eine Madame, aber eine ganz feine", sagte sie zu Margarethe gewandt. Mit einem Kopfnicken deutete Margarethe zu der Frau, die im Schlaf vor sich hingewimmert hatte und nun scheinbar ruhig und tief schlief, mit dem Gesicht zur Wand. Die junge Hure seufzte: „Das is 'ne ganz arme Deern. Die lass man in Ruhe."

Die Markthökerswitwe giftete: „Von wegen Ruhe! So 'ne gehört up dat Schafott! 'ne Kindsmörderin is dat!"

Die junge Hure senkte die Stimme und sagte mitfühlend zu Margarethe: „Die hat ihr Gör ins Paradies gebracht. Da hat die Lütte das sicher besser als in Hamburg. Erst zwei Wochen alt und schon halb verhungert."

„Und ihr Mann?"

„Mann? Wer heiratet denn so 'n armes Ding, das mit fünfzehn ein Kind kriegt?"

„Här sei dat an de Kinderlade avgeven, dann könnt dat Wurm noch leven", giftete die Markthökerswitwe wieder.

„Gibt schon Waisenkinder genug", sagte die junge Hure. „Ich hoff nur, dass mir so was erspart bleibt."

Sie blickte zu der Kindsmörderin und hatte Mitleid. Plötzlich Schritte auf dem Gang. Die Zellentür wurde aufgesperrt. Zwei Gendarmen und ein Kalfaktor brachten das Essen. Für jede Frau einen Kanten hartes Brot, für jede einen Kumpen mit heißem Wasser und Graupen. Die Gendarmen schwiegen, auch der Kalfaktor schwieg, sie sahen zu der Kindsmörderin. Mit einer Kopfbewegung forderten die Gendarmen den Kalfaktor auf, und der trat mit seinen schweren Pantinen der Schlafenden in die Nieren. „Wach up! Hier ward dem Herrgott nich de Tach klaut!"

Margarethe befahl sich, ruhig zu bleiben. Während die Männer die Zelle verließen und die Tür wieder verriegelten, drehte sich die Kindsmörderin zu den anderen Frauen um und starrte sie aus leeren Augen an. Margarethe stand auf und reichte ihr das Brot und den Kumpen. Jetzt erst sah sie, dass die Kindsmörderin noch ein Mädchen war, ein Kind, wie Margarethe es war, als Lüder ihr das erste Mal sein Begehren gezeigt hatte. Margarethes Mitleid wandelte sich in Wut, doch sie beherrschte sich, sagte sich, dass Wut ein schlechter Ratgeber ist. Sie aß das Brot, schlürfte die Graupensuppe und sah die Kindsmörderin an:

„Wie heißt du?"

„Helene. Und du?"

„Margarethe. Nun iss mal was, oder willst du hier verhungern?"

Die Kindsmörderin begann zu essen. Margarethe betrachtete das magere, zerweinte Gesicht, die schmutzigen Haare, die dünnen Arme, Hände wie zerbrechliche Vogelkrallen, dachte sie und sah auf ihre eigenen Hände. Sah, dass ihre Hände schmutzig waren, setzte den leeren Kumpen auf den gestampften Lehmboden und blickte sich um. „Womit soll man sich denn hier waschen?"

„Mit der eigenen Pisse!" Die junge Hure lachte, verschluckte sich und hustete.

29. Kapitel

Vom Großneumarkt drang der Lärm der erwachenden Stadt in die Zelle. Kutschen dröhnten über das Kopfsteinpflaster, Peitschenknallen, Pferdegetrappel, Frauenstimmen, Hundebellen, Kommandos der Wachoffiziere, Möwengeschrei, Kinderlachen, Rufe der Markthöker. Margarethe stand auf, ging zum Fenster, stellte sich auf die Zehenspitzen, streckte sich, um einen Blick auf den Großneumarkt zu ergattern. Doch sie sah nur ein blaues Stückchen Sommerhimmel, durch das einige Möwen sichelten. Eingesperrt, weggeschlossen, vergessen, dachte sie und hockte sich enttäuscht auf den Strohsack. Als sie nochmals zum vergitterten Fenster sah, spürte sie, wie die Angst sich wieder bei ihr einnisten wollte.

„Guck mal, geht das so?"

Margarethe blickte zu der jungen Hure, die mit etwas Spucke und dem Saum ihres Kleides die Schminke in ihrem Gesicht zu entfernen versuchte.

„Geht so. Warum machst du denn das?"

„Wenn ich Besuch krieg, will ich anständig aussehen."

„Darf man denn hier Besuch kriegen?"

„Auguste kommt jeden Nachmittag vorbei. Meine älteste Schwester. Heute bringt sie vielleicht meinen Kerl mit."

„Gottverfluchtes Hurengesindel!", giftete die Markthökerswitwe.

„Hol du dat Mul!", war wieder die knappe Antwort. Margarethe ahnte, dass sich ihr eine Möglichkeit bot. Sicher, es war ein Wagnis, aber besser, etwas zu wagen, als untätig hier zu hocken. „Glaubst du, dass Auguste einen Brief für mich bestellen kann?"

„Warum nicht?" Die junge Hure sah sie neugierig an. „Kannst du denn schreiben?"

„Ja! Du nicht?"

„Nee, hab ich nie richtig gelernt. Lesen kann ich so 'n bisschen. Rechnen auch. Aber beim Schreiben, da hapert's bannig. Hast du denn Papier, oder muss Auguste dir das erst noch besorgen?"

„Nee, hab ich dabei."

Wenig später legte Margarethe ihr Notizheft auf die Knie, nahm den Bleistift aus dem Bündel, blätterte bis zu einer leeren Seite, starrte zum vergitterten Fenster, überlegte sorgsam und schrieb einen Brief, für den sie sich viel Zeit nahm. Da sie das Verhalten ihres Gegners nicht einschätzen konnte, riet ihr die Klugheit, den Brief so unverfänglich und gleichzeitig so geschraubt wie möglich abzufassen, dass er, falls man ihn abfangen sollte, nicht gegen sie verwendet werden konnte.

„Liebe Sophie, bitte schelte nicht mit mir, aber durch eigene Dummheit und Unwissenheit bin ich zu meinem Leidwesen in einer Zelle der Hauptwache gelandet. Lass mich Dir schildern, was geschehen ist. Statt die übliche Akzise am Steintor zu zahlen, habe ich geglaubt, dass mein von seiner Exzellenz General Saint-Cyr gezeichneter Passierschein für alle Tore gültig sei. Es war ein Irrtum, den ich bitter bereue. Außerdem hat man einen Brief konfisziert, den Jean an mich geschrieben hat. Mir ist unerklärlich, was die Messieurs Gendarmen und Douaniers an einem Liebesbrief Verwerfliches finden. Aber in diesen schwierigen Zeiten müssen die Institutionen seiner Kaiserlichen Majestät wohl sehr wachsam sein. Was zu verstehen ist. Bitte unterrichte Dr. Wegscheider oder den Apotheker Lohmeyer, dass mir etwas Unvorhergesehenes zugestoßen ist und dass ich hoffe, bald wieder im Pesthof zum Wohl auch unserer französischen Mitbürger arbeiten zu dürfen. Für Trost und Rat der beiden Herren wäre ich dankbar. Bitte schließe mich in Deine Gebete mit ein. Diesen Brief schreibt Dir eine auf Gnade hoffende und ihre Fehler bitter bereuende Margarethe."

Sie las den Brief nochmals in Ruhe durch, riss die zwei Seiten aus ihrem Notizheft, faltete sie zu einem schmalen Streifen, schob die Enden des Streifens ineinander und schrieb Sophies Adresse auf die Vorderseite des flachen Päckchens. Danach verstaute sie das Notizheft und den Bleistift wieder im Bündel. Die junge Hure versuchte, den Namen zu lesen, und sah Margarethe erstaunt an: „Sophie Dageförde? Ich glaub, die hat mit Auguste im ‚König von England' gearbeitet. Ziemlich wilde, rote Haare. Kann das sein?"

Margarethe grinste und sagte: „Kann sein."

„Gottverfluchtes Hurengesindel!", giftete die Markthökerswitwe. Schritte waren auf dem Flur zu hören. Die junge Hure steckte den Brief in ihr Mieder und sah erwartungsvoll zur Zellentür, die nun entriegelt wurde. Einer der Gendarmen, die mit dem Kalfaktor das Essen gebracht hatten, trat ein und forderte die junge Hure auf mitzukommen. Schnell kniff sie Margarethe noch ein Auge und verließ die Zelle. Sorgfältig verriegelte der Gendarm die Tür. Seine Schritte verhallten auf dem Flur.

Mit großen Augen hatte die Kindsmörderin Margarethe beobachtet. Nun druckste sie herum und wagte dann die Frage: „Wenn du schreiben kannst, kannst du dann vielleicht auch mal für mich einen Brief schreiben?“

„Kann ich! An wen?“

„An meine Eltern.“ Wieder begann sie zu weinen, zu wimmern, sie legte sich auf den Strohsack und drehte ihr Gesicht zur Wand.

„Ick segg di, wenn du mine Tochter wärst, up dat Schafott würd ick di bringen!“, schimpfte die Markthökerswitwe.

„Hol du dat Mul!“, sagte Margarethe schroff, hockte sich neben die Kindsmörderin und strich ihr über das Haar.

Wenig später wurde die junge Hure zurückgebracht, die ein wütendes Gesicht machte. Sie wartete, bis die Tür verriegelt war, und explodierte: „Diese Halunken, diese verfluchten Halunken! Die haben Auguste deinen Brief abgenommen und ihr gesagt, dass sie nun Besuchsverbot hat. Halunken sünd dat! Und mein Kerl hat sich auf Französisch entschuldigt. So ’n Schietkerl!“

Margarethe brauchte einen Moment, um das Geschehene zu verstehen. Ihr Brief war kassiert worden. Die Gendarmen würden ihren Brief lesen und sich fragen, wie Margarethe an das Papier gekommen ist. Sofort musste sie die Seiten mit Jeans beiden Briefen aus dem Notizheft reißen. Während sie das Heft aus dem Bündel nahm, ließ sie schnell die Worte an Sophie wie durch ein Sieb laufen und hoffte, dass sie ihr nicht gefährlich werden konnten. Sorgfältig riss sie Seite um Seite aus dem Heft, so sauber, dass man kaum sehen konnte, dass die Seiten fehlten. Zu der jungen Hure sagte sie: „Dat is ja nu richtigen Schiet!“

„Das sag ich dir. Aber wenn ich hier rauskomme, kratz ich ihm die Augen aus!"

„Ich mein das mit dem Brief. Ich hatte gedacht, Sophie kann was für mich tun."

Die junge Hure beruhigte sie: „Vielleicht kann sie das ja."

„Wie denn?"

„Auguste ist plietsch! Die sagt Sophie Bescheid, dass du hier bist. Wart mal ab!"

Margarethe öffnete ihr Kleid und versteckte Jeans Briefe unter ihrem Herzen. Da soll sie mal einer finden, dachte sie. Als sie ihr Kleid zuknöpfte, wurden Schritte im Flur laut, die Tür wurde geöffnet, Gendarmen betraten die Zelle, zwei bauten sich vor Margarethe auf, die unwillkürlich aufstand, um auf Augenhöhe zu sein, einer blieb an der Tür stehen und behielt die anderen Frauen im Blick.

„Sie haben écrit une lettre?", fragte der erste Gendarm.

„Oui, an meine Freundin Sophie, une amie de moi."

„Woher haben Sie le papier?"

Margarethe zog ihr Bündel unter dem Strohsack hervor, holte das Notizheft raus, überreichte es dem Gendarm und versuchte ein unschuldiges Gesicht zu machen. Es gelang ihr.

„Was ist das?"

„Un cahier! Ich lerne Französisch."

Die Gendarmen blätterten neugierig in dem Heft herum, griffen nach dem Bündel und öffneten es. Die Pantinen plumpsten zu Boden. Die junge Hure lachte frech. Die Gendarmen nahmen das Wörterbuch und blätterten ebenfalls neugierig darin herum.

„Warum hat Sie das?"

„Um zu lernen. Pour apprendre le français."

Die Gendarmen verstauten das Notizheft und das Wörterbuch wieder im Bündel. Die Holzpantinen ließen sie achtlos auf dem Lehmboden liegen.

„Tout ça est confisqué!", sagte der erste Gendarm.

„Sie kommt mit!"

Margarethe verließ mit den Gendarmen die Zelle. Als sie auf dem Flur stand, als die Gendarmen sie in ihre Mitte nahmen und zum Verhör brachten, ärgerte sie sich, schämte sich fast, dass sie sich heute noch nicht gewaschen hatte. Auch eine der Schikanen des Kaisers, seine Gegner zu demütigen, dachte sie. Müssen sich in ihrer eigenen Pisse waschen! Wenn Napoleon glaubt, dass er mich damit kleinkriegt, dann irrt er sich. Unter ihrem Herzen, auf der nackten Haut fühlte sie Jeans Worte, Jean, der weit weg irgendwo in Russland war, der an ihre Liebe glaubte, wie sie an seine. Bevor Margarethe das Zimmer des diensthabenden Offiziers betrat, berührte sie mit den Fingerkuppen ihre Lippen, ganz zart, schloss die Augen und spürte Jeans Lippen.

30. Kapitel

Das Verhör verlief schneidend kalt. Ein Sous-Lieutenant, der fließend Deutsch mit einem für Margarethe unbekannten Akzent sprach, warf ihr vor, Mithäftlinge angestiftet zu haben, Briefe aus der Détention Préventive zu schmuggeln. Dies sei eine konspirative Aktion. Höflich wies Margarethe darauf hin, dass sie nur einen Brief an ihre Freundin Sophie schicken wollte, um sie von ihrem Missgeschick zu unterrichten. Sie habe nicht gewusst, dass dies verboten sei. Der Sous-Lieutenant unterbrach sie ungeduldig, zeigte auf den Brief und sagte warnend, dass er sehr gut Deutsch verstehe, da er aus dem Elsass sei, dass er den Sinn dieses Briefes sehr wohl begreife. Die Demoiselle Detjens solle ehrlich und offen gestehen, wer außer ihr, der Dageförde, dem Dr. Wegscheider und Apotheker Lohmeyer noch zum Kreis der Konspirateure gehöre. Durch Leugnen verschlimmere sie ihre Lage. Margarethe versicherte, dass sie nicht einmal genau wisse, was ein Konspirateur ist. Der Sous-Lieutenant schlug in Margarethes

Wörterbuch nach, das auf dem Tisch neben den Akten lag, und benutzte im Verlauf des Verhörs das deutsche Wort ‚Verschwörer'. Als er die Frage wiederholte, wehrte Margarethe entsetzt ab und beteuerte, dass sie nicht mal im Traum an eine Verschwörung denke, dass sie nicht einmal wisse, gegen was oder wen sie sich verschwören sollte, dass sie in Hamburg so gut wie keine Menschenseele kenne, dass sie eine unwissende Bauernmagd sei. Und fast devot fügte sie auf Französisch hinzu: „Seulement une servante paysanne, pauvre et ignorante."

„Für Bauernmagd ist Ihr Französisch zu gut."

„Ich nehme Unterricht bei der Comtesse de Briancourt."

„Einer Vertreterin des Ancien Régimes? Warum gestehen Sie nicht, dass Sie mit konterrevolutionären Kräften konspirieren?"

Margarethe zwang sich, ruhig zu bleiben.

„Seit wann ist es verboten, Französisch zu lernen?"

Der Sous-Lieutenant antwortete nicht auf ihre Frage. Er sah auf Jeans Brief, der auch vor ihm auf dem Tisch lag, und klopfte mit dem Finger auf einen Bogen. „In welcher Beziehung stehen Sie zu dem Buchhändler Friedrich Perthes?"

„In keiner. Ich soll ihm nur Grüße ausrichten."

Mit Genugtuung in der Stimme erklärte ihr der Sous-Lieutenant, dass man den Buchhändler Friedrich Perthes seit geraumer Zeit wegen konspirativer Umtriebe beobachte, dass es nur noch eines Beweises bedurfte, den man aber jetzt dank des Briefes des Jean Carpentier habe. Er machte eine Pause und sagte dann mit einem kleinen Triumph: „Nach der Rückkehr vom glorreichen Feldzug werden wir den Jean Carpentier, Musiker im 127. Regiment de Ligne, wegen Hochverrats anklagen. Ich darf Ihnen affirmieren, dass er zum Tode durch die Guillotine verurteilt wird."

Einige Herzschläge lang hatte Margarethe das Gefühl zu ertrinken. Zufrieden sah der Sous-Lieutenant, dass seine Worte getroffen hatten, blickte wieder auf Jeans Brief, blätterte, suchte und fragte dann schneidend: „Wie er Ihnen schreibt, ist dieses der zweite Brief. Wo befindet sich der erste?"

Margarethe legte die linke Hand aufs Herz, spürte die Seiten aus dem Notizheft auf ihrer nackten Haut und sagte: „Bei meiner Freundin Sophie Dageförde. Ich wohne da."

Der Sous-Lieutenant nickte, als habe er nichts anderes erwartet, und sagte, dass mit der Weitergabe des Briefes der Tatbestand der Verschwörung erwiesen sei. Den ersten Brief werde man ebenfalls konfiszieren und die Mitverschwörer zur Vernehmung in die Hauptwache bringen. Margarethe wollte protestieren, wollte den Sous-Lieutenant von Sophies Unschuld, von Dr. Wegscheiders und Apotheker Lohmeyers Unschuld überzeugen. Doch der Sous-Lieutenant betonte kühl, dass die Demoiselle nur durch ein ehrliches, offenes Geständnis ihre Lage und die Lage ihrer Mitverschwörer verbessern könne. Schließlich lebe man nicht mehr in Zeiten der Barbarei oder der Willkür. Dank der Genialität seiner Majestät, unseres Kaisers, habe man den Code civil, der jedem, ohne Ansehen der Person, Gerechtigkeit widerfahren lasse. Da Margarethe nur wiederholen konnte, dass sie und die anderen keine Verschwörer seien, beendete der Sous-Lieutenant das Verhör mit dem Hinweis, dass sein Supérieur, der Colonel Massot, über das Weitere zu entscheiden habe. Mit einer knappen Geste befahl er den Gendarmen, Margarethe in die Zelle zurückzubringen.

Später saß sie wieder auf dem Strohsack, starrte zum Fenster hoch und hatte das Gefühl, in einen Mahlstrom geraten zu sein, der alles verschlingt. Sie, Sophie, Dr. Wegscheider, Apotheker Lohmeyer, den Buchhändler Perthes, die Comtesse. Jean. Auf ihn wartete die Guillotine. Durch ihre hochmütige Dummheit riss der Mahlstrom alle mit. Ihre Gedanken begannen sich zu drehen, sie wurden schneller, rasend schnell, wurden zu einer wirbelnden Sturmböe, die ihr die Besinnung raubte und sie ohnmächtig auf das stinkende Stroh warf.

Es dauerte eine Weile, bis Margarethe wieder bei Bewusstsein war. Die junge Hure kniete neben ihr, sah sie ängstlich an.

„Manninnetünn, hast du mir einen Schreck eingejagt."

Margarethe versuchte sich aufzurichten, es gelang.

„Geht schon wieder, muss ja!"

„Haben dich wohl bannig schikaniert, diese Halunken, was?"

Margarethe nickte und schwieg. Die junge Hure ging zu ihrem Strohsack zurück, blickte sie aber weiterhin ängstlich an. Es war später Nachmittag, und Margarethe atmete die sommerliche Hitze ein, die in die Zelle kroch. Der Wunsch, sich mit kaltem, klarem Wasser von Kopf bis Fuß zu waschen, wurde übermächtig. Mit dem Wunsch wuchs die Wut auf Napoleon, sie begriff, dass er stärker, viel stärker war, als sie angenommen hatte. Sollte sie ein Geständnis ablegen, wie der Sous-Lieutenant es empfohlen hatte, um die anderen zu retten? Was sollte sie gestehen? Was? Das ist dir doch eine verquere Welt, dachte sie. Aus Angst vor einer Verschwörung gegen seinen geliebten Kaiser stellt dieser Sous-Lieutenant die Dinge auf den Kopf, dreht sie so lange hin und her, bis sie passen, und ich bin drauf und dran, diesen Unfug auch noch zu glauben. Sie lachte befreit auf. Die junge Hure sah sie erleichtert an und sagte: „Richtig so! Sollen die sich an dir die Zähne ausbeißen, diese Halunken!"

Margarethe betrachtete ihre ungewaschenen Hände, sah die Schmutzflecken auf ihrem lindgrünen Kleid, hatte den Mief des Strohsacks in der Nase, den Dunst der anderen drei Frauen, den Gestank des Notdurftbottichs, sie roch ihren eigenen Schweiß. Wieder begannen ihre Gedanken zu kreisen. Sutsche, sagte sie sich, ganz sutsche. Hier ist es nicht schlimmer als im Schweinekoben. Sie sah den Männersaal im Pesthof, sah die Kranken, die sich selbst nicht helfen konnten, und überlegte, ob sie um Hilfe beten sollte. Statt eines Gebets fiel ihr ein Spruch ihrer Großmutter ein, den sie als Kind gehasst hatte, der ihr jetzt aber Mut gab: Hilf dir selbst, so hilft dir Gott! Sie sträubte sich gegen den Spruch, doch sie spürte, wie die Kraft in sie zurückströmte.

Abends gab es wieder einen Kanten Brot und einen Kumpen Wasser mit Graupen. Margarethe ließ das Wasser kalt werden, fischte mit den Fingern die Graupen aus dem Kumpen, aß sie und wusch anschließend Gesicht und Hände mit dem Wasser. Sie zog ihr Kleid und ihre Strümpfe aus und legte die Sachen sorgfältig auf die Holzpantinen, öffnete ihren Knoten, entflocht ihren Zopf, kämmte ihr Haar mit den Fingern, streckte sich dann im Unterkleid auf dem Strohsack aus und las im schwindenden Licht des Tages die Seiten aus dem Notizheft, die sie auf ihrer Haut getragen hatte. Jeans Briefe. Sie schloss die Augen und hörte seine Stimme. Mit den Fingerkuppen berührte sie ihre Lippen und schlief ein.

Die Tage verliefen eintönig. Mit den anderen Frauen sprach Margarethe wenig, sie hatten sich nichts zu sagen. Die junge Hure ließ von ihrer Schwester ausrichten, dass die mit Sophie gesprochen habe. Die Kindsmörderin weinte stumm vor sich hin, wartete auf ihren Prozess, und Margarethe überlegte, ob sie das Mädchen trösten sollte. Welchen Trost konnte sie ihr geben? Die Markthökerswitwe kam mit einer Verwarnung davon.

Die sommerheißen Nächte stahlen Margarethe den Schlaf. Wenn sich die Angst bei ihr einnisten wollte, sagte sie sich, dass Sophie gewitzt genug sei und sich ihrer Haut schon zu wehren wisse; dass Dr. Wegscheider und Apotheker Lohmeyer die Vorwürfe als Unsinnigkeiten entlarven werden; dass die Comtesse de Briancourt den Sous-Lieutenant in seine Schranken weisen wird; und dass der Buchhändler Perthes bezeugen wird, mit Margarethe nie über den Zustand der Grande Armée und den Russlandfeldzug gesprochen zu haben. Was Jean betraf, den würde sie warnen, wenn er zurück in Hamburg war, und zur Not würde sie mit ihm fliehen, wohin auch immer. Aber um ihn zu warnen, musste sie raus aus diesem Loch, durfte nicht wochenlang, monatelang hier hocken, bis es zu spät war. Sie wartete auf eine Chance, befahl sich, gescheiter und klüger zu handeln als bisher. Ihre Chance kam am frühen Morgen des fünften Tages.

31. Kapitel

Hinter dem Schreibtisch, mit dem Rücken zum Fenster, saß ein älterer Offizier, der müde in Dokumenten und Akten blätterte und den einer der Gendarmen mit ‚Mon Colonel' ansprach. Die Gendarmen hatten Margarethe gesagt, dass man sie zum Verhör zu Colonel Massot bringen würde, das also war Colonel Massot. Den hohen Kragen und einige Knöpfe seiner Uniformjacke hatte er geöffnet, mit der linken Hand rieb er sich den Magen und verzog dabei das Gesicht. Auf dem Schreibtisch stand ein Glas mit Wasser, aus dem er einige kleine Schlucke trank. Wieder rieb der Colonel mit der linken Hand seinen Magen, blickte in die Akten und sah dann Margarethe müde an.

„Die Demoiselle Detjens ist bereit zu gestehen?"

„Mon Colonel, ich weiß nicht, was ich gestehen soll. Ich bin mir keiner Schuld bewusst."

„Aucune faute?"

„Doch, verzeihen Sie, mon Colonel. Am Steintor habe ich versucht, mit einem nicht mehr gültigen Passierschein in die Stadt zu gelangen. Ich wollte nur schnell nach Hause und habe mir nichts dabei gedacht. Wirklich nicht. Des Weiteren habe ich eine Mitgefangene gebeten, einen Brief an meine Freundin Sophie Dageförde zu bestellen, weil ihre Schwester meine Freundin kennt. Da ich als Pflegeweib im Krankenhof arbeite, habe ich meine Freundin gebeten, Herrn Dr. Wegscheider und den Herrn Apotheker Lohmeyer über mein Missgeschick zu unterrichten."

Während ihr die Worte ohne Stocken über die Lippen gingen, konnte sie Colonel Massot beobachten, der müde abwinkte und sich wieder den Magen rieb. Endlich begriff Margarethe, dass der Mann an Magenschmerzen litt. Das war eine Chance, sie ahnte es: „Darf ich Monsieur le Colonel eine Frage stellen?"

„S'il vous plaît!"

„Leiden Monsieur le Colonel an Magenschmerzen?"

„Comment?"

„Un instant, vous permettez?" Margarethe wartete die Antwort nicht ab, nahm ihr Wörterbuch, das vor dem Colonel auf dem Tisch lag, blätterte, suchte, fand die Übersetzung und fragte: „Leiden Monsieur le Colonel an le mal au ventre?"

Colonel Massot zögerte einen Augenblick und nickte.

„Das Beste dagegen ist ein Sud aus Fenchel und Kamille."

„Comment?"

„Un instant!" Wieder blätterte Margarethe in ihrem Wörterbuch: „Ein l'eau de cuisson aus fenouil und camomille."

Colonel Massot setzte ein Lächeln des Bedauerns auf. „Oui, c'est vrai, mais fenouil es gibt nicht in Hambourg. Fenouil es gibt in mein Heimat, in Languedoc. Pas ici!"

„Doch! Auch ici!" Margarethe strahlte ihn an. „Im Garten des Krankenhofes, wo ich arbeite. Dans le jardin de l'hôpital, wo ich travaille. Oui, c'est vrai!"

Der Colonel sah sie erstaunt an, rieb sich den Magen und schwieg. Margarethe nahm ihren ganzen Mut zusammen.

„Ich kann ... Ich mache Ihnen avec plaisir ein l'eau de cuisson aus fenouil und camomille."

Der Colonel schwieg, wandte sich zum Fenster, schwieg, rieb seinen Magen, schwieg noch eine Weile und befahl dann den Gendarmen, Margarethe in die Zelle zurückzubringen.

Durch das offene Zellenfenster hörte Margarethe die Glockenschläge des Michels. Elf Schläge schwebten über den Lärm des

Großneumarktes hinweg. Margarethe überlegte, was sie falsch gemacht hatte. Warum der Colonel Massot geschwiegen hatte. Vielleicht war sie zu vorwitzig gewesen? Schritte hallten auf dem Flur, hielten vor der Zelle, die Tür wurde entriegelt, zwei Gendarmen traten ein und befahlen Margarethe mitzukommen. Beide trugen die Gewehre geschultert, mit aufgepflanztem Bajonett. Einer der Gendarmen trug außerdem einen Korb unter dem Arm.

„Au jardin de l'hôpital, allez!"

Verdutzt blieb Margarethe stehen. „Zum Pesthof?"

„Allez, allez!", kam wieder das Kommando.

Wie im Traum ging Margarethe über den Großneumarkt, von den Gendarmen flankiert, lief den Neuen Steinweg entlang, lief weiter zum Millerntor und dann die schmale Allee zum Pesthof hoch. Im Innenhof sonnten sich Kranke und starrten mit offenen Mäulern Margarethe nach, die mit den Gendarmen im Kräutergarten verschwand. Der eine Gendarm reichte ihr den Korb: „Pour le Colonel!"

Rasch begann Margarethe damit, die Doldenblüten des Fenchels zu pflücken und in den Korb zu legen. Plötzlich hörte sie einen erleichterten Aufschrei: „Dem Herrgott sei Dank, dass du wieder da bist!" Frau Menken, die Frau des Chirurgus, kam aus dem Wirtschaftsgebäude geeilt und wollte Margarethe in die Arme nehmen, doch die Gendarmen stellten sich ihr in den Weg.

„C'est interdit!"

„Ach, nun habt euch man nicht so!"

Die Gendarmen legten die Gewehre in Anschlag. Frau Menken war nun doch etwas eingeschüchtert. Unglücklich dreinsehend ging sie zum Wirtschaftsgebäude zurück. „Was soll ich denn nur Dr. Wegscheider und Herrn Lohmeyer sagen?"

„Ist alles ein riesiger Irrtum!"

„C'est interdit!", bellten die Gendarmen.

Margarethe sammelte Kamille ein und legte ein paar Blütenstauden des Salbeis in den Korb. Frau Menken war in der Tür zum Wirtschaftsgebäude stehen geblieben und schlug entsetzt die Hände vor der Brust zusammen, als Margarethe nun, eskortiert von den Gendarmen, den Garten verließ.

In der Hauptwache gab es eine Küche, in der das Essen für die Untersuchungshäftlinge und die Wachmannschaften zubereitet wurde. Margarethe stand am Herd und kochte einen Sud aus Fenchelblüten, Kamille und Salbei. Während der ganzen Zeit standen die beiden Gendarmen neben ihr und ließen sie nicht aus den Augen. Sie ließ den Sud durch ein Sieb in eine Kanne laufen und bläute den Gendarmen ein: „Sagen Sie dem Colonel, seulement einige ...", sie kannte das französische Wort für Schluck nicht, sagte lautmalerisch „gluckgluck" und deutete mit Daumen und Zeigefinger an, wie klein die Schlucke sein sollten. Die Gendarmen nickten und brachten sie in die Zelle zurück.

Am Abend wusch sie sich wieder mit dem Wasser der Graupensuppe und fiel in einen angstfreien Schlaf. Bevor sie einschlief, las sie Jeans Briefe und legte die Fingerkuppen an ihre Lippen.

Der nächste Tag verstrich ereignislos. Margarethe wartete, dass etwas geschah, aber es geschah nichts. Jedenfalls nichts, was sie betraf. Die junge Hure hatte Glück, ihre Schwester hatte den Herrn getroffen, dem sie die Geldbörse stibitzt hatte, und ihn bei einem kostenlosen Liebesakt davon überzeugt, die Anzeige zurückzuziehen. Am Nachmittag wurde die junge Hure auf freien Fuß gesetzt. Die nächsten drei Tage werde sie, wie sie sagte, mit ihrem Kerl im Bett verbringen. Vor Glück quiekend, verließ sie die Zelle. Nun war Margarethe mit der Kindsmörderin allein. Sie versuchte, mit dem Mädchen zu sprechen: „Was ist nun mit dem Brief? Soll ich ihn schreiben?"

„Was soll ich denen denn sagen? Ich habe noch nie einen Brief geschrieben."

„Ich weiß noch, was ich in meinem ersten Brief geschrieben habe."

„An deine Eltern?"

„Ja." Margarethe dachte einen Augenblick an den Kramerladen in Lüneburg und daran, dass sie ihren Eltern auch einen Brief schreiben müsste.

„Und was hast du geschrieben?"

„Lieber Herr Vater. Liebe Frau Mutter. Vergeben Sie mir die Schande, die ich über Sie gebracht habe."

Die Kindsmörderin sah Margarethe misstrauisch an: „Du siezt deine Eltern?"

„Das muss man in einem Brief, das gehört sich so."

„Nee, das möchte ich nicht, das könnte ich auch nicht, nee, dann schreibe ich lieber keinen Brief."

Margarethe fand die Kraft, das elende Wesen in ihre Arme zu nehmen, sie hatte keinen anderen Trost für sie.

Sie verlor das Zeitgefühl. Sie wusste nicht, wie viele Tage und Nächte sie jetzt schon in dieser stickigen Zelle verbracht hatte. Der Besuch im Pesthof lag weit zurück. Tage? Wochen? Sie wusste es nicht. Sie hockte auf dem Strohsack, zwang sich, ihre Haare zu flechten, zwang sich, ihr lindgrünes Kleid anzuziehen, zwang sich, den harten Kanten Brot und die Graupen zu essen, zwang sich, mit dem Wasser aus dem Kumpen Gesicht und Hände zu waschen, zwang sich, zu warten, horchte in sich hinein, wartete darauf, dass die Angst sich meldet. Doch die Angst meldete sich nicht. Es wäre ihr auch gleichgültig gewesen, wenn sie sich gemeldet hätte. Sie starrte hoch zum vergitterten Fenster und wunderte sich, dass sie den Lärm auf dem Großneumarkt kaum noch hörte. Er war ihr auch gleichgültig, er machte ihr nur bewusst, dass sie ausgesperrt, vergessen war.

Irgendwann wurde die Zellentür entriegelt, Gendarmen traten ein, befahlen ihr mitzukommen und brachten sie in das Office, in dem sie vor Tagen, sie wusste nicht vor wie vielen Tagen, von Colonel Massot verhört worden war. Wieder saß der Colonel hinter dem Schreibtisch, den Rücken zum Fenster, und blätterte müde in Dokumenten und Akten. Margarethe bemerkte, dass er den hohen Kragen seiner Uniformjacke nicht geöffnet hatte, dass kein Knopf geöffnet war, dass er mit der linken Hand nicht seinen Magen rieb. Na und, dachte sie, ist doch egal, ist doch völlig gleichgültig, ob ein Colonel die Uniformjacke zugeknöpft hat oder nicht, ob er seinen Magen reibt oder nicht.

„Die Demoiselle Detjens ist bereit zu gestehen?"

Margarethe nickte, sah durch das Fenster und wiederholte:

„Am Steintor habe ich versucht, mit einem nicht mehr gültigen Passierschein in die Stadt zu gelangen. Ich wollte schnell nach Hause und habe mir nichts dabei gedacht. Des Weiteren habe ich eine Mitgefangene gebeten, einen Brief an meine Freundin zu bestellen, weil ihre Schwester meine Freundin kennt. Da ich im Krankenhof arbeite, habe ich meine Freundin gebeten, Herrn Dr. Wegscheider und Apotheker Lohmeyer über mein Missgeschick zu unterrichten."

„Oui, das ist bekannt", sagte der Colonel, öffnete ein silbernes Tintenfass, schärfte mit einem kleinen Messer einen Federkiel, tunkte den Federkiel in das Tintenfass, schrieb einige Zeilen auf einen Bogen, streute etwas Löschsand aus einer Büchse auf das Papier, blies den Sand mit einer müden Geste vom Papier und fragte beiläufig: „Hat die Demoiselle remarqué rien, nichts?"

„Ich hoffe, dass es Monsieur le Colonel etwas besser geht, ich meine, avec le mal au ventre?"

Der Colonel stand auf, zeigte zufrieden auf seinen Bauch, sagte: „Oui, ça va bien, ça marche! Oui, merci", und lächelte. Er nahm das Wörterbuch in die Hand, warf kurz einen Blick darauf und gab Margarethe das Buch zurück. Dann suchte er auf dem

Schreibtisch, fand Margarethes Notizheft, gab ihr auch das Heft zurück und sagte fast höflich: „Das ist Sie. Die andere choses bleiben confisqués. Die lettres und der laissez-passer. Vous savez, c'est nécessaire wegen die Konspiration."

„Ich bin kein Konspirateur", sagte Margarethe leise.

„Je sais. Monsieur Wegscheider und Monsieur Lohmeyer haben das confirmé. Au revoir, Mademoiselle, et bonne chance!"

Margarethe stand einen Augenblick benommen da, zweifelte, dass sie den Colonel richtig verstanden hatte. Aber der fügte hinzu: „Mademoiselle, Sie muss mir promettre, verprechen, zu bringen noch mal le fenouil ... D'accord?"

„D'accord!"

Wenig später stand sie auf dem Großneumarkt, in der linken Hand trug sie ihr Bündel und die Holzpantinen, in der rechten Hand ihr Wörterbuch und ihr Notizheft, auf ihrer Haut trug sie Jeans Briefe. Das Blau des Sommerhimmels kam zurück in ihre Augen, sie lachte, wollte die Welt umarmen. Erst mal waschen, richtig waschen, entschied sie, von Kopf bis Fuß kalt waschen.

32. Kapitel

Nackt, nass und glücklich stand Margarethe im Waschzuber und genoss das kalte Wasser, das Sophie ihr über Kopf, Haare und Schultern goss, das in kleinen Bächen über ihren Körper rann, das die Dumpfheit der letzten Tage mit sich nahm. Margarethe schnupperte an der grünen Seife, verzog die Nase und lachte. „Hätt ich nicht gedacht, dass ich mich nach diesem Duft noch mal sehnen würde!" Auch Sophie lachte. Margarethe rieb die schäumende Seife ins Haar, seifte Arme, Brüste, Scham und den Steert ein, und Sophie versprach, einen Tropfen ihres Parfums zu spendieren. Dann erzählte Sophie von den Gendarmen, die die Bude auf den Kopf gestellt hatten, nur um Jeans ersten Brief zu finden. Sie hatten sie mit zur Hauptwache genommen, wo sie von einem schnöseligen Sous-Lieutenant vernommen worden war. Dem hatte sie aber Kontra gegeben, aber richtig.

Der kleine Henning juchzte vor Freude, dass die vermaledeiten Franzosen Margarethe nicht einen Kopf kürzer gemacht hatten. Sophie schickte ihn zum Schaarmarkt, um braunes Bier für einen Schilling zu holen. Zur Feier des Tages, wie sie lachend sagte. Margarethe wagte nicht, nach Hinnerk zu fragen, wollte die Wiedersehensfreude nicht trüben, doch Sophie sprudelte los und erzählte, dass sie und Henning jeden Tag zum Zuchthaus an der Binnenalster laufen, um Hinnerk zu besuchen. „Stell dir das vor, zu Michaelis ist er wieder zu Hause! Ich bin schon ganz kribbelig! Wirklich!" Sophie lachte und presste die rechte Hand in ihren Schoß. Zur Feier des Tages ging sie heute nicht in den ‚König von England' zum Tanzen.

Nachdem Henning das Bier gebracht hatte, auf Margarethes glückliche Heimkehr mit anstoßen durfte und ins Bett geschickt worden war, hockten die beiden Freundinnen am Tisch, lachten, klönten, bis es dunkel wurde. In dieser Nacht lag Margarethe noch lange wach, lag auf dem Strohsack, hielt die Oboe, die die Gendarmen nicht konfisziert hatten, in den Armen, streichelte das Holz, führte das Mundstück an ihre Lippen, spürte Jeans Lippen, fühlte, wie seine Lippen ihre Lippen berührten.

Am nächsten Morgen ging sie, fröhlich mit ihren Holzpantinen klappernd, zur Arbeit. Schon in aller Herrgottsfrühe hatte sie im Hof das lindgrüne Kleid, Strümpfe, Hemd und Hosen gewaschen, hatte alles mehrfach mit klarem Wasser ausgespült, damit kein Staubkörnchen sie an die Tage und Nächte in der Zelle erinnerte, hatte ihr leinenes Mägdekleid angezogen, eine weiße Schürze umgebunden, eine Rüschenhaube aufgesetzt, und fühlte sich in der Morgensonne und der wiedergewonnenen Freiheit pudelwohl. Sie beschloss, am kommenden Sonntag auf dem Weg zur Comtesse bei Madame Guillambert Halt zu machen und sie zu fragen, was ein Sommerkleid kostet. Vergissmeinnichtblau. Wäre der Preis halbwegs vernünftig, würde sie sich diesen Luxus gönnen. Trostpflaster für erlittenes Unrecht. Der Gedanke gefiel ihr, und sie trällerte einen Hamburger Kontra.

Trällernd ging sie zum Millerntor, vor dem sich die ersten Fuhrwerke stauten, die in die Stadt wollten. Margarethe sah die zornroten Gesichter der Fuhrknechte, hörte sie fluchen, sah die Douaniers, die jede Ladung aufs Schärfste inspizierten, hörte den anmaßenden Ton, mit dem sie alles beschlagnahmten, was verdächtig erschien; sie glaubte das Bajonett zu spüren, das der junge Gendarm ihr in den Rücken gestoßen hatte, als er sie durch die nächtlichen Straßen zur Hauptwache trieb. Schlagartig war die Angst wieder da und die Stimme des Sous-Lieutenants. „Wir werden den Jean Carpentier wegen Hochverrats anklagen." Sie musste Jean eine Nachricht zukommen lassen, einen Brief, sie musste ihn warnen, nach Hamburg zurückzukommen. „Ich darf Ihnen affirmieren, dass er zum Tode durch die Guillotine verurteilt wird." Nein, lebensgefährlicher Unsinn, dachte sie, der Brief wird ihn nie erreichen, nie, der wird abgefangen, von der Zensur, der Brief verschlimmert nur Jeans Lage. Sie musste einen anderen Weg finden. Aber welchen? Margarethe hatte keine Antwort. Sie murmelte ein „Bonjour" und passierte die Wache am Millerntor.

Über die kopfsteingepflasterte Allee ging sie zum Pesthof, ihre Schritte wurden schneller, sie lief, als ob sie vor etwas flüchten müsste, lief durch das Tor in den Innenhof, blieb stehen, atmete erleichtert auf und fühlte sich in der Welt des Leidens und des Elends geborgen. Mit Freudenjuchzern kam Frau Menken ihr entgegen, nahm sie in die Arme und dankte Gott, dass Margarethe die Schikanen der Franzosen heil überstanden hatte. Luise und die anderen Pflegeweiber, die kurz danach eintrafen, waren froh, dass sie nun nicht mehr in den Männersaal mussten. Und schon wenig später teilte Margarethe das Frühstück aus. Sie freute sich, dass sie wieder handfeste Aufgaben hatte, freute sich, dass die Kranken sie begeistert begrüßten, und konnte sogar über ein paar derbe Scherze lachen. Sie hatte das Gefühl, wieder zu Hause zu sein. Als sie zum Bett des alten Euhus kam und ihm seinen Kumpen reichte, zeigte der Alte auf den jungen Mann, der neben ihm lag, blass, bleich, mit blutgetränkten Verbänden, scheinbar noch schlafend.

„Ich glaub, der ist tot."

„So schnell stirbt sich das hier nicht", sagte Margarethe und trat seitlich ans Bett. Sie nahm das Handgelenk des jungen Mannes, um den Puls zu fühlen, suchte, spürte kühle Haut, spürte keinen Herzschlag, rief laut: „Aufwachen! Frühstück!"

Der junge Mann blieb stumm. Margarethe legte ihre linke Hand auf seine Stirn, schob mit den Fingerspitzen der rechten Hand die Augenlider hoch und blickte in das blinde Weiß des Todes.

„Der ist tot, mausetot … oder?", flüsterte der alte Euhus.

Margarethe nickte und schloss die Augen des jungen Mannes.

„Nicht, dass mir graust, aber lange kann ich mit ihm hier nicht liegen!"

„Ich verteil nur schnell das Frühstück und dann …"

Sie fragte Euhus nach dem Namen des toten jungen Mannes.

„Scheerer … Johannes Scheerer. Den haben die Douaniers so zugerichtet. Wegen zwei Pfund Zucker. Gestern. Hier am Millerntor. Wegen so 'n bisschen Zucker muss so 'n junger Mensch sterben. Eine Schande ist das, eine Schande, sag ich."

Margarethe schwieg, teilte das Frühstück aus, ging ins Wirtschaftsgebäude zu Chirurgus Menken und fragte ihn, ob er sich um den Toten kümmern würde. Menken freute sich, Margarethe wohlbehalten wiederzusehen, leider müsse er erst einen Abszess bei einer Frau entfernen, die vor Schmerzen die ganze Nacht geschrien habe. Margarethe solle den Toten bitte allein in die Leichenhalle bringen. Er würde sich ihn später ansehen, den Totenschein ausstellen und auch einen Laufburschen zur Familie schicken. „Schade um so einen jungen Menschen. Aber ich hab mir gleich gedacht, dass er's nicht allzu lange macht", stellte Chirurgus Menken sachlich fest.

Aus der Wagenremise holte Margarethe eine Schubkarre und schob sie in den Männersaal zum Bett, in dem der alte Euhus steif wie ein Stock neben dem Toten lag und ängstlich vermied, ihn zu berühren. Margarethe schimpfte mit ihm: „Nun stell di man nich so an, hei bit di nich, help mi mol." Der alte Euhus rührte sich nicht und sah sie trotzig an.

„Du schöst di wat schämen!", schimpfte Margarethe. Fluchend stieg der alte Euhus aus dem Bett, und mit vereinten Kräften legten sie den toten jungen Mann auf die Schubkarre. Als Margarethe Euhus aufforderte, sie zur Leichenhalle zu begleiten, schüttelte er den Kopf und murmelte: „Dat kann ick nich, nee, dat kann ick nich." Schnaufend hockte er sich auf die blutigen Laken, und man sah ihm an, dass er erleichtert und froh darüber war, das Bett für sich allein zu haben.

In der Leichenhalle, die an der Nordseite der zum Pesthof gehörenden kleinen Kirche lag und in der es auch Ende August kühl war, mühte Margarethe sich, den jungen Mann von der Schubkarre auf die Bahre zu legen. Sie schob ihre Hände unter die Achseln des Toten, hob an, spürte, dass die Leichenstarre bereits in den Nackenmuskeln eingesetzt hatte, dass die Arme steifer wurden, und so fiel ihr die Arbeit etwas leichter, sie löste die Verbände von Kopf und Schultern, zog ihm das Krankenhemd aus. Durch das Fenster an der Ostseite fiel ein Streifen Sonnenlicht auf das Gesicht des Toten. Nicht älter als Jean, dachte sie und erschrak. Fast liebevoll strich sie über das wirre, blutverkrustete

Haar, fühlte die zertrümmerte Schädeldecke, sah das Blut, das aus dem linken Ohr den Hals entlanggelaufen und getrocknet war, und sie beschloss, den Toten gründlich zu waschen. Wenig später war sie mit einem Eimer Wasser, mit grüner Seife, einem Waschlappen und einem Handtuch zurück. Behutsam säuberte sie die Haare, die Stirn, die Wangen, den Hals, so sanft, so vorsichtig, als hätte sie Angst, dem Unbekannten Schmerzen zuzufügen. Je länger sie ihn ansah, umso mehr veränderte sich sein Gesicht, wurde zu Jeans Gesicht, zu Jean. Sie wusch Jean. Sie zog Jean sein Totenhemd an. Sie küsste Jeans kalte Lippen.

Erst als Chirurgus Menken kam, die Todesursache feststellte und den Totenschein für Johannes Scheerer ausfertigte, erwachte Margarethe aus ihrem Alptraum. Der Chirurgus sah, dass sie geweint hatte, und wollte wissen, ob sie mit dem jungen Mann befreundet oder verwandt gewesen sei. Margarethe verneinte und dachte an Jean. Nein, Jean ist nicht tot, Jean lebt, Jean muss leben. Sicher wartet schon ein Brief auf mich bei der Comtesse de Briancourt. Jean lebt. Heute Abend werde ich den Beweis in Handen halten. Dieser Gedanke gab ihr Trost.

Kurz nach dem Mittagessen kam Dr. Wegscheider und wehrte Margarethes Dank ab. Es sei eine Selbstverständlichkeit gewesen, dass Lohmeyer und er sich energisch und, wie man sieht, erfolgreich bei Colonel Massot für Margarethe eingesetzt hatten. „So schnell schnappt uns keiner das beste Pflegeweib weg, auch kein Franzose!"

„Ich bin kein Konspirateur, wirklich nicht", beteuerte Margarethe. Der Doktor lachte und meinte, dass die Franzosen, da der Russlandfeldzug wohl nicht recht vorangehe, überall nur Konspirateure und Kollaborateure, vor allem aber Gespenster sähen, und empfahl ihr, Menken als Vorsteher des Pesthofs zu bitten, einen Passierschein für sie zu beantragen, damit ihr solch Missgeschick in Zukunft erspart bleibe. Dann betraten sie den Männersaal, gingen von Bett zu Bett, Dr. Wegscheider untersuchte einige Kranke, sprach mit ihnen, nannte Salben, Tinkturen und Rezepturen, und Margarethe schrieb alles in ihr Heft, wie jeden Tag. Am Bett des alten Euhus blieben sie stehen, und Dr. Wegscheider sah Margarethe fragend an. „Bei Sonnenaufgang verstorben, leider. Chirurgus Menken hat den Totenschein schon ausgestellt", sagte sie leise. Dr. Wegscheider wandte den Blick vom Bett zu den hohen Fenstern, starrte in blendendes Licht und schwieg. Margarethe sah, wie er die Faust ballte, die Finger streckte, wieder die Faust ballte. Die Knöchel liefen weiß an. Doch er schwieg.

„Wegen 'n bisschen Zucker muss so 'n junger Mensch sterben", fluchte der alte Euhus. „Diese vermaledeiten Franzosen! Verfluchte Douaniers! Eine Schande ist das, sag ich!" Er sah aber recht zufrieden aus, da er das Bett für sich allein hatte.

Am Nachmittag fand Margarethe endlich etwas Zeit, um in den Garten zu gehen. Vorher hatte sie Chirurgus Menken gebeten, einen Passierschein für sie beim Stadtkommandanten zu beantragen. Das könnte einige Zeit dauern, gab er zu bedenken. Margarethe war es recht, Hauptsache, man würde sie nicht noch einmal schikanieren und einsperren. Als sie in den Garten kam, schloss sie die Augen, atmete den Duft ein, genoss die Sonne, breitete die Arme aus. Dann sah sie, dass die Sommerhitze den Blumen und Heilkräutern in den Wochen, in denen sie nicht da gewesen war, arg zugesetzt hatte. Fingerhut, Kamille und Arnika ließen ihre Köpfe hängen, Weißdorn, Kuhschelle und Salbei waren bereits verblüht. Kannenweise holte Margarethe Wasser aus dem neuen Bassin. Goldglänzende Käfer hatten es eilig, nicht in den Fluten zu ertrinken. Moorjungfern, Tagpfauenaugen und Erdhummeln tanzten um die Blüten des Natternkopfes. Ein Zaunkönig nippte einige Wassertropfen und schmetterte sein Lied. Margarethe schleppte Kanne auf Kanne und staunte über ihre kleine Welt, in der Werden, Vergehen und Wiederwerden so nah beieinander lagen, in der alle und alles Zeugnis von einem Schöpfer gaben, der nichts Widersinniges befahl, der nicht ungerecht strafte, der nur erschuf, dachte sie und trällerte fröhlich ein Kirchenlied. Als sie die letzten Zeilen sang, stimmte ein Bass munter mit ein: „Narzissus und die Tulipan, die ziehen sich viel schöner an als Salomonis Seide, als Salomonis Seide." Apotheker Lohmeyer funkelte sie erfreut über seinen Kneifer an, dankte Gott, dass Margarethe die schwere Zeit so gut überstanden habe, und fügte hinzu, diesmal ohne Seufzer: „Ein so vorsorglicher Charakter, wie die Demoiselle ihn ihr eigen nennt, würde sich vorzüglich in einem Witwerhaushalt machen." Margarethe tat wieder so, als habe sie diesen Satz nicht gehört.

Es wurde Abend, die Turmuhr der kleinen Kirche schlug sieben. Margarethe brachte das Geschirr in die Küche, legte Kittel und Haube ab, band die weiße Schürze über ihr Mägdekleid und setzte die Rüschenhaube auf. Als sie mit ihren Pantinen über den Hof klapperte, blickte Frau Menken aus dem Fenster und fragte, warum Margarethe es in drei Gottes Namen so eilig habe. „Ich muss noch durch die ganze Stadt zum Steintorplatz! Ich will nicht wieder Ärger kriegen!"

Auf der Allee wurde sie etwas langsamer, sie musste rechnen. Eine Stunde würde sie brauchen, vorausgesetzt die Douaniers am Millerntor machten ihr keine Schwierigkeiten, gegen halb neun könnte sie bei der Comtesse sein. Eine Stunde würde die Comtesse für die Übersetzung brauchen, dann wäre es halb zehn, Zeit genug, um vor Toresschluss in die Stadt zu gelangen. Wenn die Comtesse keinen Brief von Jean hat? Margarethe sträubte sich, diesen Gedanken weiterzudenken. Das Getrappel von Pferdehufen war hinter ihr zu hören, instinktiv wich sie aus, doch das Pferd wurde gezügelt, blieb stehen.

„Von Madame Menken höre ich gerade, dass die Demoiselle durch die ganze Stadt muss." Apotheker Lohmeyer strahlte sie aus seiner einspännigen Kutsche an: „Da trifft es sich gut, dass ich den gleichen Weg habe. Es wäre mir daher ein Vergnügen, wenn die Demoiselle meine Offerte akzeptieren und mich bis zum Steintor akkompagnieren würde!" Mit den letzten Worten öffnete er den Schlag der Kutsche und lud Margarethe zum Einsteigen ein. Sie überlegte kurz. Noch nie war sie in einer Kutsche gefahren. Ja, auf einem Leiterwagen schon, die Kühe vorgespannt, wenn es zum Heumachen ging, auch auf einem Holzfuhrwerk. Aber eine Kutsche? „Es wäre mir ein Vergnügen, wenn die Demoiselle …", wiederholte Apotheker Lohmeyer und sah sie gewinnend an. Besser gut gefahren als schlecht gelaufen, dachte Margarethe und wunderte sich ein wenig über sich selbst, mit welcher Selbstverständlichkeit sie in die Kutsche stieg und neben dem rundlichen Apotheker Platz nahm. Der schnalzte vergnügt mit der Zunge, das Pferd nickte brav und zog wieder an. Am Millerntor grüßte Lohmeyer gut gelaunt die Douaniers, zeigte seinen Passierschein, sie wurden nur flüchtig inspiziert, dann weitergewunken, Lohmeyer rief frohgemut „à demain!", und wenig später rollte die Kutsche zum Großneumarkt. Das ist dir doch eine verquere Welt, dachte Margarethe, als sie an der Hauptwache vorbeifuhren. Gestern noch sitze ich in einer Zelle bei Wasser und Brot und heute lasse ich mich hochherrschaftlich durch Hamburg kutschieren. Was wohl der Sous-Lieutenant dazu sagen würde? Oder Colonel Massot? Bei dem Gedanken an den Colonel hatte sie fast so etwas wie ein schlechtes Gewissen, sie hatte versprochen, ihm Fenchel zu bringen. Morgen ist auch noch ein Tag, beruhigte sie sich und genoss die Fahrt. Lohmeyer zeigte zur Hauptwache und meinte in väterlich ermahnendem Ton: „Die Demoiselle sollte ernsthaft Sorge tragen, dass ihr ein solches Malheur, wie das gehabte, nicht nochmals widerfährt."

„Chirurgus Menken beantragt einen Passierschein für mich!"

„Pas mal, nicht schlecht!", sagte der Apotheker, setzte dennoch besorgt nach: „Ein Passierschein ist recht nützlich, schützt aber nicht vor Repressalien, vor allem nicht, wenn man ganz allein in dieser großen Stadt lebt, wie die Demoiselle. Leider."

„Ich weiß mich schon zu wehren", antwortete Margarethe.

Noch einmal deutete Lohmeyer zur Hauptwache und bog dann in den Alten Steinweg ein: „Völlig auf sich allein gestellt, wäre es für die Demoiselle unter Umständen recht schwer geworden, die Freiheit wieder zu genießen. Da trifft es sich doch gut, wenn man Freunde hat. Amicus certus in re incerta cernitur", fügte er nicht ohne Stolz auf seine Lateinkenntnisse hinzu. Margarethe sah ihn verständnislos an. Lohmeyer spürte ihren Blick, hatte Angst, zu forsch gewesen zu sein. Eine leichte Röte überzog sein pausbäckiges Gesicht: „Den sicheren Freund erkennt man in unsicherer Lage! Wie schon der Dichter Ennius sagte."

Margarethe überlegte einen Augenblick und erwiderte ernsthaft: „Ja, das stimmt!"

Lohmeyer atmete erleichtert auf und traute sich vorsichtig einige Schritte weiter: „Noch besser als ein Freund ist natürlich ein treusorgender Ehegatte. Da wird mir die Demoiselle sicherlich Recht geben, oder?"

Da Margarethe nicht antwortete, nahm Lohmeyer seinen ganzen Mut zusammen und erkundigte sich so beiläufig wie möglich: „Hegt die Demoiselle diesbezüglich schon irgendwelche Pläne?"

„Verzeihen Sie, was meinen Sie mit … diesbezüglich?"

Die leichte Röte auf Lohmeyers Gesicht wich einem Dunkelrot. „Also, diesbezüglich, im Fall der Demoiselle will diesbezüglich heißen, ob die Demoiselle gedenkt, sich in absehbarer Zeit zum Beispiel zu verehelichen?"

Margarethe musste zunächst ein Lachen unterdrücken, ließ sich mit der Antwort Zeit und sagte dann: „Nein, diesbezüglich hege ich in absehbarer Zeit keine Pläne.“ Nun musste sie doch lachen. Lohmeyer ließ einen erleichterten Schnaufer hören und trieb schnalzend sein Pferd an.

Kurz vor dem Steintor wollte Margarethe aussteigen, doch der Herr Apotheker bestand darauf, sie bis vor das Haus der Comtesse zu fahren. Falls die Demoiselle einverstanden wäre, würde er sie später wieder mit in die Stadt zurücknehmen, er habe hier in der Nähe nur eine Petitesse zu erledigen, es wäre ihm ein Vergnügen, auf die Demoiselle zu warten. Margarethe war nun doch etwas verwirrt und bat den Apotheker, nicht auf sie zu warten: „Der Unterricht bei der Comtesse wird gut und gerne über eine Stunde dauern.“

Lohmeyer strahlte sie an: „Ich bin enchanté, dass die Demoiselle sich der Mühe unterzieht, die Sprache unseres verehrten Kaisers zu lernen!“

„Unseres Kaisers? Mein Kaiser ist Napoleon nicht!“

Lohmeyer sah die kleine, steile Falte, die sich auf Margarethes Stirn bildete, und wurde ernst: „Meiner auch nicht. Weiß Gott! Aber, Mademoiselle, man muss mit den Wölfen heulen, wenn die Zeiten so sind, wie sie sind, n’est-ce pas?“

Margarethe stieg aus, lief zum Haus der Comtesse und zog an der Glockenstange neben der Haustür, hörte den scheppernden Klang im Flur verebben und wartete. Sie blickte zur Kutsche und sah, dass der Herr Apotheker es sich bequem gemacht hatte und ebenfalls wartete. Unwillkürlich musste sie über die Beharrlichkeit des älteren Mannes schmunzeln. Als sie ein zweites Mal an der Glocke ziehen wollte, hörte sie tippelnde Schritte, die Haustür wurde einen Spalt geöffnet, die weißhaarige Dienerin der Comtesse blinzelte in die Abendsonne und brauchte einige Augenblicke, bis sie Margarethe erkannte. Sie wünschte einen guten Abend und sagte kopfschüttelnd: „Madame la Comtesse hat sich gemacht des grandes soucis, weil la Demoiselle ist nicht gekommen an die letzten Sonntage."

„Hat Monsieur Jean geschrieben?"

Wieder schüttelte die Dienerin den Kopf und sagte bedauernd: „Non, nein, es hat kein Brief von Monsieur Jean. Mais, venez, venez! Madame la Comtesse wird sich freuen, die Demoiselle zu sehen." Mit tippelnden Schritten lief sie im dunklen Flur voraus, pochte an die Tür und wartete, wie immer, bis sie das Wort „Entrez!" hörte. Sie öffnete die Tür und ließ Margarethe einen Augenblick allein. Der Flur war kühl wie die Leichenhalle des Pesthofs. Margarethe zwang sich, nicht an den toten jungen Mann zu denken. Es gelang ihr nur schwer. Endlich öffnete sich die Tür wieder, und die Dienerin bat Margarethe einzutreten.

Die Comtesse saß in ihrem Fauteuil am Fenster und reichte Margarethe die linke Hand zum Willkommen. In der rechten hielt sie ihren zierlichen Fächer aus Elfenbein, mit dem sie sich Kühlung zufächelte. Die Fenster waren geöffnet, und die im Luftzug sich bauschenden Chiffonvorhänge gaben den Blick auf den Steintorplatz frei. Die Kutsche des wartenden Apothekers war von hier aus gut zu sehen.

„Ich habe mir Sorgen gemacht, ma chère", begann die Comtesse das Gespräch. „Als Sie am Sonntag nicht kamen, dachte ich, Ihre Pflichten im Pesthof hätten Ihr Erscheinen verhindert. Als dann aber zwei Gendarmen mit schlechten Manieren und der Order hier auftauchten, mich zu einem Interrogatoire auf die Hauptwache zu bringen, als Sie auch am letzten Sonntag nicht erschienen sind, da habe ich mir ernsthaft Sorgen um Sie gemacht. Was ist passiert?"

„Es tut mir leid, glauben Sie mir, es tut mir von Herzen leid, dass ich durch meine Dummheit Madame Unannehmlichkeiten bereitet habe", antwortete Margarethe kleinlaut. „Ich hoffe nur, man hat Madame nicht in eine Zelle gesperrt … wie mich."

„Nein, ich habe mich mit Erfolg gewehrt, diese ungehobelten Burschen auch nur bis zur Hauptwache zu begleiten. Wo kämen wir hin, wenn jeder wichtigtuerische Sous-Lieutenant glaubt, sein Mütchen an uns kühlen zu dürfen?“ Sie sah Margarethes unglückliches Gesicht und lächelte verzeihend. „Nun spannen Sie meine Neugierde nicht allzu sehr auf die Folter und erzählen Sie, warum man Sie ins Maison d'arrêt gesperrt hat.“

In knappen Worten berichtete Margarethe, was sie an jenem Abend und in den Wochen danach erlebt hatte, dass sie hoffte, keinem geschadet zu haben. Als die Comtesse erwiderte, dass der Buchhändler Perthes sich schon zu wehren wisse, wurde Margarethe blass. An Perthes hatte sie in den letzten Tagen überhaupt nicht mehr gedacht. Sie hörte die Stimme des Sous-Lieutenants, der ihr erklärte, dass man den Buchhändler seit geraumer Zeit wegen konspirativer Umtriebe beobachte, dass es nur noch eines Beweises bedurft hätte, den man jetzt dank des Briefes des Jean Carpentier habe. Noch heute Abend werde ich zu ihm gehen und mich auch bei ihm entschuldigen, beschloss Margarethe. Dann stellte sie die Frage, die sie bewegte, seit sie die Wohnung der Comtesse betreten hatte: „Glauben Sie, dass es ein schlechtes Zeichen ist, dass Jean nicht geschrieben hat?“

„Sie sind reichlich ungeduldig, ma chère, mit seinem letzten Brief hat Monsieur Jean bereits Kopf und Kragen riskiert. Haben Sie seine letzten Zeilen vergessen?“ Die Comtesse schloss die Augen und zitierte: „Ich bitte Sie um Ihr Verständnis, wenn diese Worte für eine Zeit lang die letzten sein werden, es ist allen Truppen auf kaiserliche Order strengstens untersagt, jedwede Vorkommnisse nach Hause zu vermelden.“

Margarethe schwieg, fragte dann zögernd: „Glauben Sie, dass Jean lebt?“

Die Comtesse öffnete die Augen und sah Margarethe ernst an. „Ob Monsieur Jean lebt? Ich weiß es nicht. Der ‚Hamburgische Correspondent‘ meldet, dass auf dem Marsch nach Smolensk die ersten Scharmützel von unserer glorreichen Grande Armée siegreich bestanden wurden.“ Leise fügte sie hinzu: „Aber Sie, ma chère, und ich, wir beide wissen, dass jeder noch so kleine Sieg der Grande Armée mit dem Leben Unschuldiger bezahlt wird.“

„Jean lebt!“ Margarethe legte die rechte Hand auf ihr Herz. „Ich spüre es, ich weiß, dass er lebt. Jean lebt!“

Die Comtesse de Briancourt blickte aus dem Fenster, deutete mit einer kleinen Bewegung zur einspännigen Kutsche, in der es sich der Apotheker bequem gemacht hatte, und sagte mit leisem Spott in der Stimme: „Dann passen Sie auf, dass Monsieur Jean ihrem Galan die Flügel nicht zu heftig stutzt, wenn er zurück in Hamburg ist. Es wäre schade um den alten Gockel.“

„Erstens, chère Madame, ist das nicht mein Galan! Zweitens ist das kein alter Gockel, sondern der ehrenwerte Herr Apotheker Lohmeyer aus dem Pesthof! Seine Geschäfte haben ihn zufällig zum Steintorplatz geführt! Und der Herr Apotheker Lohmeyer hatte die Güte und die Freundlichkeit und …“

„Schon gut, schon gut, ma chère“, unterbrach sie die Comtesse, „ich wollte Ihnen nicht zu nahe treten. Excusez-moi!“ Und nach einem kleinen Schmunzler fügte sie hinzu: „Im Übrigen ist ein Apotheker eine durchaus respektable Partie. Wofür ich in diesen schwierigen Zeiten sehr viel Verständnis hätte.“

„Herr Lohmeyer könnte mein Vater sein, Madame!“

„Ist er aber nicht! Und das ist gut so!“, war die lebenskluge Antwort. Margarethe sah die Comtesse verdutzt an, sah, dass sie zu lächeln begann, zu lachen, und fiel in das Lachen mit ein.

Kurz nach neun Uhr saß Margarethe wieder in der Kutsche. Als Lohmeyer sie fragte, wo er sie absetzen dürfe, nannte sie den Jungfernstieg. „Welch ein wunderbarer Zufall. Das liegt genau auf meinem Weg nach Hause!“ Lohmeyer strahlte sie an, sie kamen ohne Schwierigkeiten durch das Steintor, bogen ab zum Pulverturm, fuhren die Steinstraße bis zur St.-Petri-Kirche, dann in die Bergstraße und rollten zum Jungfernstieg, der sich in der Abendsonne von seiner schönsten Seite und voller Leben zeigte. Lohmeyer zügelte das Pferd, ließ es brav Schritt gehen, lüpfte hin und wieder galant den Zylinder, um ihm bekannte Flaneure zu grüßen, und genoss mit sichtbarer Zufriedenheit die Blicke einiger älterer Damen. Vor dem Haus 22, dem Buchladen von Perthes, bat Margarethe zu halten. Als sie sich bedankte, wehrte er ab, doch seit diesem Abend sah Margarethe den ehrenwerten Apotheker Lohmeyer mit etwas anderen Augen.

Lohmeyer sah ihr nach, als sie den Buchladen betrat. Mit dem Verlauf des heutigen Abends war er äußerst zufrieden. Ein Anfang ist gemacht, sagte er sich und ließ die Zügel aufmunternd auf den Hintern des Pferdes klatschen. Er wendete, und in leichtem Trab rollte die Kutsche zum Pferdemarkt, wo das Haus des Herrn Apotheker Lohmeyer lag.

Sie hatte dem Buchhändler Perthes die Grüße von Christian Meinecke ausgerichtet und zitiert, was Jean über den Zustand des 127. Regiments geschrieben hatte. Perthes hatte sie gebeten, mit niemandem über den Inhalt des Briefes zu reden. Sie sagte ihm, wie erleichtert sie sei, dass man den Herrn Perthes wegen ihrer Dummheit nicht behelligt habe. Erst als sie den Buchladen verlassen hatte und über Große Bleichen und Herrengraben nach Hause ging, fiel ihr ein, was sie vergessen hatte. Wir haben bald Ende August, hatte Perthes gesagt. Sie hatte ihren Geburtstag vergessen, den 15. August, ihren zwanzigsten Geburtstag. Da war sie in Teufels Küche gewesen, die Zeit war ihr entglitten.

33. Kapitel

Margarethe hatte Wort gehalten und dem Colonel Massot so oft Fenchel und Kamille gebracht, bis sein ‚mal au ventre' vorerst geheilt war. Er hatte sich auf seine Art erkenntlich gezeigt und dem Passierschein, den Chirurgus Menken beantragt hatte, die erforderliche Légalisation de Signature gegeben. Margarethes Tage waren mit der Arbeit im Männersaal des Pesthofes, mit Handreichungen für Apotheker Lohmeyer und mit der Pflege des Heilkräutergartens ausgefüllt. An den freien Tagen ging sie zur Comtesse de Briancourt, lernte fleißig Französisch, zahlte brav ihre Unterrichtsstunden und war fest davon überzeugt, dass Jean lebte. Auf einen Brief wartete sie nicht mehr. Aus dem ‚Hamburgischen Correspondenten' hatte die Comtesse vorgelesen, dass König Friedrich von Württemberg seinen Soldaten untersagt hatte, nach Hause zu schreiben. „Allerhöchstdieselben wollen daher jede schriftliche Äußerung dieser Art auf das Ernstlichste verboten haben mit dem ernsten Anfügen, dass wenn dergleichen wieder statthaben sollte, die Urheber mit den empfindlichsten Strafen belegt werden sollen." Die Comtesse hatte hinzugefügt, dass dieses ein unerhörter Euphemismus für die Erschießung eines Soldaten sei. Warum sollte der eisenharte Marschall Davout, der das 1. Korps befehligte, zu dem das 127. Regiment gehörte, milder gesonnen sein? Das fehlte noch, dass Jean ihretwegen Kopf und Kragen riskiert, sagte sich Margarethe. Aber das Warten fiel ihr schwer, und so manches Mal sang sie auf dem Weg zum Pesthof oder im Kräutergarten vor sich hin:

„Wenn ich ein Vöglein wär' und auch zwei Flügel hätt', flög ich zu dir; weil's aber nicht kann sein, weil's aber nicht kann sein, bleibe ich allhier."

Auch an diesem Sonntagnachmittag war sie auf dem Weg zur Comtesse. Einem spontanen Einfall folgend, nahm sie aber nicht den kürzesten Weg zum Steintor, sondern lief das linke Ufer der

Binnenalster entlang zur Lombardsbrücke. Diesen Weg war sie mit Jean gegangen, als er mit seinem Säbel eine Locke von ihr ‚erkämpfte'. Auf der Brücke blickte sie über die Große Alster zu den säulengeschmückten Landhäusern, die weiß in der Nachmittagssonne aufleuchteten, lief weiter über die Wallanlagen in Richtung Steintor und blieb vor dem Gasthaus stehen, wo Jean und sie Pökelfleisch gegessen und Hamburger Bier getrunken hatten. Sie ging weiter, bog in eine Nebengasse ein, dachte nicht mehr an die Comtesse und kam auf den Platz, an dem die St.-Gertruden-Kapelle lag. Sie ging zum Seiteneingang, für dessen Tür Jean damals den Schlüssel geholt hatte, und drückte die Klinke. Die Tür war nicht verschlossen, und sie spürte ihr Herz klopfen. Sie blickte sich um, und da sie keinen Menschen sah, betrat sie rasch die Kirche und zog die Tür hinter sich zu. Mit einem um Verzeihung bittenden Blick sah sie zum Altar, wo leichenbleich der Gekreuzigte hing, schaute hoch zur Empore und zur Orgel, die sie in ihren Bann zog, ging zur Wendeltreppe im Seitenschiff und stieg die Stufen hoch. Als sie vor dem Spieltisch stand, hörte sie Jean sagen: „C'est la reine des instruments." Sie ging zur rechten Seitenfront, stellte sich auf die hölzernen Pedale des Windbalgs, packte die in Kopfhöhe angebrachten Handgriffe, begann zu treten, kräftiger, sie hörte, wie der Wind erwachte, wie er zu flüstern begann, sie ‚ma petite bourrasque' nannte, wie er Atem holte. Sie schloss die Augen. Der Wind wurde stärker, er nahm sie mit, trug sie fort. Weit weg. Sie hielt inne, lauschte, wie der Wind leise erstarb, öffnete die Augen und stieg von den Pedalen. Als sie zum Spieltisch zurückging, stand Jean vor ihr. Er weinte. Sie nahm sein Gesicht in ihre Hände, küsste seine Tränen. Dann fanden sich ihre Lippen, sie küssten sich, hielten sich umschlungen. Margarethe fühlte plötzlich, wie die Kälte des Kirchenschiffs in sie drang, sie schlang die Arme um ihre Schultern, ahnte, dass sie von Erinnerungen zu zehren begann, dass damit das Sterben der Liebe begann. Sie stieg die

Wendeltreppe hinunter, verließ mit schnellen Schritten die St.-Gertruden-Kapelle, lief über den menschenleeren Vorplatz und weiter in eine schmale Gasse.

34. Kapitel

Margarethe hatte darauf bestanden, für ein richtiges Frühstück zu sorgen, zur Feier des Tages. So konnte sich Sophie mit der ersten Morgensonne auf den Weg zur Binnenalster machen, um Hinnerk in die Arme zu schließen, sobald er die Mauern des Zuchthauses hinter sich ließ, und Henning musste natürlich mit. Margarethe schrubbte und fegte Wohnküche und Schlafkammer, ging dann zum Schaarmarkt, um frisches Roggenbrot, Griebenschmalz und eine Kanne braunes Bier zu kaufen. Auf dem Weg zum Markt wurde ihr bewusst, dass heute ihr letzter Tag im Langen Jammer war. Zwar hatte Sophie gemeint, Margarethe könnte doch wieder in der Küche am Herd schlafen, aber zufrieden hatte sie bei diesem Vorschlag nicht ausgesehen. Daher hatte Margarethe vor Tagen schon die anderen Pflegeweiber im Pesthof gefragt, ob sie eine Schlafstelle für sie hätten. Alle hatten abgewunken. Sie wussten selbst nicht, wohin mit ihren vielen Kindern und den arbeitslosen Männern. Blieb nur Frau Menken. Aber auch die hatte den Kopf geschüttelt, sie, ihr Mann und die drei Gören hätten nur zwei kleine Zimmer, da wäre für einen Schlafgast kein Platz. Auf dem Weg zurück vom Schaarmarkt beschloss Margarethe, nochmals mit Frau Menken zu sprechen. Notfalls könnte sie auch im Laboratorium schlafen. Als letzte Möglichkeit bliebe ein Strohsack auf dem Dachbodensaal. Aber zu den Hundemenschen wollte sie auf keinen Fall zurückkehren.

Nachdem Margarethe den Küchentisch gedeckt und Wasser für den Kaffee aus gebrannten Eicheln aufgesetzt hatte, breitete sie ihren selbst gehäkelten Umhang auf dem Boden aus, um ihr Hab und Gut zu verstauen. Zuerst das schwere Wörterbuch, zuletzt die Schätze, die sie bei Madame Guillambert erstanden hatte. Aus dem Ganzen machte sie ein Bündel, schob ihren Schirm unter den Knoten und stellte den Koffer mit Jeans Oboe daneben. Durchs offene Fenster drang vom Hof eine fröhliche Jungenstimme, die den neuesten Gassenhauer krähte, und eine kräftige Männerstimme fiel mit ein:

„Da maakt he sick Napoleon, Napoleon pardautz!
Ick bün Kaiser, ick bün Kaiser, sä Napoleon.
Sla em dot, sla em dot, sä de Hanseat.
Un Vigo-Vigolin, un Vigo-Vigolin,
und sin Deern, de heet Katrin."

Mit dem Refrain polterten Hinnerk und Henning die Stiege hoch und in die Stube, gefolgt von einer strahlenden Sophie. Lachend nahm Hinnerk Margarethe in die Arme, hob sie hoch und drehte sie im Kreis. Mager ist er geworden, hart und sehnig, stellte sie fest. Und seine langen Haare haben sie geschoren, wie einem Schaf die Wolle. Hinnerk sah Margarethes Blick und strich sich über den fast kahlen Schädel: „Wegen de Luus! Dat wachst sich all'ns wedder t'recht."

Die drei setzten sich an den Tisch, Hinnerk schnitt das Brot auf, während Margarethe den Eichelkaffee aufbrühte.

„Min Vadder ward nu so 'n vermaledeiten Franzos!", schimpfte Henning. Margarethe sah fragend zu Sophie, dann zu Hinnerk. Während er eine Scheibe dick mit Griebenschmalz bestrich, erläuterte er, dass er sich habe inskribieren lassen, um früher aus dem Zuchthaus entlassen zu werden, dass er die Uniform der ‚Canonniers Gardes-Côtes' tragen werde. Sophie ergänzte, dass Hinnerk Dienst auf den Fährbooten machen wird, unten von der Wolfgangswache rüber zur Süderelbe und nach Wilhelmsburg. „Die haben nicht genug Schipper."

„Sind ja fast alle desertiert", ergänzte Hinnerk. „Bevor ich im Zuchthaus krepiere oder mich dieser Bluthund Saint-Cyr nach

Russland schickt, schipper ich lieber die Messieurs bei Wind und Wetter über die Elbe."

„Sold kriegt er auch", fügte Sophie schmunzelnd hinzu, „das Beste ist aber … Hinnerk ist abends zu Hause!"

„Bist du denn nu 'n Franzos?", hakte Henning nach.

Hinnerk lachte: „Nee, ick bin und bliv din Vadder!"

Seine Augen lachten nicht, sie blieben hart, und Margarethe ahnte, dass er eine Rechnung mit den Franzosen offen hatte.

Wenig später war Margarethe auf dem Weg zum Pesthof. Sie hatte versprechen müssen, sich regelmäßig zu melden, Sophie und Hinnerk hatten versprochen, Henning zu schicken, falls Jean sich bei ihnen meldete oder sie ein Lebenszeichen von ihm erhalten sollten. Auf Sophies Frage, wo Margarethe denn nun schlafen würde, hatte sie geantwortet, dass sie bis Martini Schlafgast beim Chirurgus Menken sei. Das entsprach zwar nicht der Wahrheit, aber ganz falsch war es auch nicht, denn sie war fest entschlossen, die kommenden Nächte im Laboratorium zu verbringen. Sollte Frau Menken das nicht erlauben, würde sie Herrn Lohmeyer ganz herzlich bitten.

Sie ging durchs Millerntor, kein Douanier interessierte sich für sie, was gab es schon Lohnenswertes aus Hamburg herauszuschmuggeln? In ihren Pantinen klapperte sie die Allee hoch zum Pesthof. Da Apotheker Lohmeyer gewöhnlich erst nach dem Mittagessen kam, Margarethe aber einen Schlüssel für das Laboratorium hatte, schloss sie den Raum auf und verstaute Bündel und Oboenkoffer unter einem der Regale. Sie schloss wieder ab, zog einen weißen Kittel über und meldete sich bei Luise, dem ältesten Pflegeweib, zum Dienst. Die rüffelte sie, dass sie, wie alle jungen Dinger, nur Flausen im Kopf habe und nicht aus den Federn käme. Margarethe hörte nicht hin. Sie musste, wie jeden Morgen, erst einmal gegen den betäubenden Gestank und die herzzerreißenden Schmerzensschreie im Männersaal ankämpfen. Sie fing sich und begann ihre Arbeit wie jeden Tag damit, die Notdurftstühle zu leeren.

Gegen Mittag, bevor das Essen ausgeteilt wurde, lief sie über den Hof zur Küche, um Frau Menken zu helfen. Hinter dem Wirtschaftsgebäude stand die Kutsche von Dr. Wegscheider, daneben die Kutsche des Apothekers. Die Pferde waren ausgeschirrt, aber angebunden, hatten ihre Futtersäcke um den Hals und mahlten, die Augen halb geschlossen, zufrieden ihren Hafer. Margarethe hielt einen Augenblick inne. Pferd müsste man sein, dachte sie, dann wüsste man, wohin man gehört, hat sein Futter und sein Dach über dem Kopf, bekommt zwar die Trense ins Maul, ist aber aller Sorgen ledig. Sie rief sich zur Ordnung.

Bäuerin auf Rodehorst hätte sie werden können, Lüders Weib, in wenigen Tagen, am zweiten Sonntag nach Michaelis. Mit der Trense im Maul. Nein, der Liebe Gott hat es gut mit mir gemeint, ermunterte sie sich und war froh, kein Pferd zu sein. Während sie Frau Menken half, Suppe in die Schalen zu füllen und die Schubkarren zu beladen, fragte sie nochmals, ob Frau Menken sie nicht als zahlenden Schlafgast über den Winter nehmen könnte. Doch Frau Menken bedauerte und klagte erneut, dass ihre Gören wachsen und wachsen, dass sie kaum Platz für ein weiteres Bett in der Schlafkammer habe. Margarethe gab auf und bemerkte beiläufig, dass ja das Laboratorium nachts nicht genutzt werde. Frau Menken erschrak: „Nee, Kind, versündige di nich, do spökt dat nachts, glöv mi, do spökt dat, ick hev dat oft nauch hört." Außerdem würde der Herr Apotheker nie seine Einwilligung dazu geben. Nee, Margarethe solle lieber in der Leichenhalle schlafen, da sei sie ungestört, und mit einem Lachen fügte Frau Menken hinzu: „Wenn do einen licht, de deit di nix, de is dot, de schnarcht nich mol."

Nach dem Mittagessen ging Margarethe ins Laboratorium, um sich bei Apotheker Lohmeyer zu entschuldigen, dass sie, ohne ihn gefragt zu haben, ihre Sachen hier untergestellt hatte. Doch sie kam nicht weit, Lohmeyer winkte ungeduldig ab, ließ sie nicht ausreden: „Zufällig, seien Sie versichert, dass es nicht meine Intention war, zufällig wurde ich Zeuge Ihres Gespräches mit Frau Menken und erlangte Kenntnis von Ihrer Situation."

Margarethe sah ihn verständnislos an. Lohmeyer nahm seinen Mut zusammen, über seinen Kneifer blickte er sie fast scheu an: „Also, ich glaube, ich habe eine Solution für Ihr Problem."

„Verzeihen Sie, Herr Lohmeyer, welches Problem?"

„Das Problem Ihres winterlichen Logis."

Margarethe sah ihn erleichtert an: „Sie meinen, ich darf hier im Laboratorium meine Sachen lassen und mir eine Schlafstelle …"

Weiter kam sie nicht, denn wieder unterbrach sie der Apotheker höflich: „Nein, nicht hier im Laboratorium, das wäre zu viel der Inkommoditäten für Sie. Ich möchte Ihnen einen besseren, einen wohlüberlegten Vorschlag unterbreiten."

Er machte eine Pause, nahm den Kneifer von der Nase und putzte ihn umständlich: „Ich habe gegenüber der Demoiselle erwähnt, dass meine beiden Töchter aus dem Haus sind und dass nur meine Köchin und mein Gehilfe bei mir wohnen. Eines der Zimmer meiner Töchter wäre unter Umständen frei."

Er beendete das Putzen seines goldenen Kneifers, setzte ihn wieder auf die Nase und sah Margarethe erwartungsvoll an. Mit manchem hatte sie gerechnet, aber nicht damit, dass der Herr Lohmeyer ihr ein Zimmer in seinem Haus anbieten würde. So ganz konnte sie nicht glauben, was sie gehört hatte, blieb daher auf der Hut: „Und was sind das für … Umstände?"

„Ich hatte und habe weiterhin Einquartierung. Nachdem Colonel Serrault aber mit seiner Brigade an die Weser verlegt worden ist, bewohnt ein Lieutenant nun die Mädchenzimmer. Gemäß seinem militärischen Rang aber hat ein Lieutenant keine Diener und infolgedessen keinen Anspruch auf ein zweites Zimmer. Es wäre nach meinem Dafürhalten eine günstige Gelegenheit, das zweite Zimmer für ein Familienmitglied zu requirieren."

„Familienmitglied?"

Er sah sie gewinnend an und unterstrich jedes Wort mit einem Kopfnicken: „Justament. Wenn die Demoiselle sich als meine Nichte ausgeben würde, die nach Hamburg zugezogen ist, um mir bei der mühevollen Arbeit im Pesthof zur Hand zu gehen."

„Und Sie wären dann", Margarethe überlegte einen Moment, „mon cher oncle?"

Jetzt strahlte der Herr Apotheker über das ganze Gesicht: „Justament!"

Es war kurz nach Feierabend, Lohmeyer hatte auf Margarethe gewartet und ließ es sich nicht nehmen, ihr Bündel eigenhändig zur Kutsche zu tragen und sorgsam zu verstauen. Er spannte das Pferd ein und forderte Margarethe auf, neben ihm Platz zu nehmen. Als er auch den Oboenkoffer verstauen wollte, schüttelte sie den Kopf und hielt den Koffer fest auf ihren Knien. Frau Menken war auf den Hof getreten und sah mit offenem Mund der Kutsche nach, während Chirurgus Menken anerkennend hinterherpfiff. Margarethe hörte den Pfiff und spürte, dass die Schamröte in ihre Wangen stieg.

In leichtem Trab legten sie die kurze Strecke bis zum Millerntor zurück. Da um die späte Tageszeit kaum jemand nach Hamburg rein wollte, war ein Douanier sogleich bei ihnen, prüfte die Papiere des Apothekers, warf einen kurzen Blick auf Margarethes Passierschein, wollte dann aber energisch wissen, was in dem Koffer sei. Auch Lohmeyer war neugierig.

„Eine Oboe!"

Der Douanier sah sie verständnislos an.

„Un hautbois", wiederholte Margarethe.

„Ouvriez!"

Margarethe öffnete den Koffer, zum Vorschein kam Jeans Oboe, zerlegt in vier Teile. Während Apotheker Lohmeyer Margarethe erstaunt, dann fast bewundernd ansah, nahm der Douanier das Oberstück aus dem Koffer, schüttelte es, hielt es gegen den Himmel, nahm dann das Unterstück, danach den Schallbecher. Da aus keinem der Teile Kaffee, Zucker oder Tabak herausfiel, legte der Douanier alles wieder in den Koffer, prüfte noch kurz das Mundstück und gab dann die Weiterfahrt frei: „Passez!"

Während sie in das Innere der abendlichen Stadt rollten, konnte Lohmeyer seine Neugierde nicht mehr zügeln:

„Ich hatte keine Ahnung, dass die Demoiselle eine Liebhaberin der Musik ist."

Da Margarethe nicht wusste, was sie sagen sollte, zog sie es vor zu schweigen und ließ den Apotheker reden.

„Auch ich bin ein großer Liebhaber der Musik. Sie verschönt das Leben und schenkt uns in schweren Stunden Trost. Ja, Sie werden es nicht vermuten, auch ich spiele ein Instrument. Jetzt werden Sie sich sicherlich fragen, welches?"

Aber Margarethe fragte sich nicht, sie wartete.

„Das Violoncello!"

Lohmeyer sah sie Beifall heischend an. Er lachte.

„Das sieht man mir wohl nicht an, wie?"

„Nein", sagte Margarethe aufrichtig.

„Ich und drei Freunde, zusammen bilden wir das Streichquartett ‚Harmonia'. Zur Zeit üben wir das vierte Quartett in c-Moll von Ludwig van Beethoven ein. Ich weiß, ich weiß, er ist vielen zu wild, zu ungestüm, manche sagen sogar, er ist zu modern. Ich hoffe aber, er gefällt auch Ihnen. Ich weiß jetzt gar nicht, ob er auch schon etwas für Oboe geschrieben hat. Wissen Sie es?"

„Nein", sagte Margarethe wahrheitsgemäß und war erleichtert.

„Ich glaube, van Beethoven wird mein Lieblingskompositeur." Lohmeyer schwieg einen Moment, dann fragte er: „Und wer ist Ihr Lieblingskompositeur?"

Margarethe musste nicht lange überlegen, wen kannte sie schon? „Mozart!"

Apotheker Lohmeyer nickte anerkennend:

„Ein zu früh verstorbenes Talent!"

Seine Stimme wurde härter. „Und Saint-Cyr, dieser Ignorant, lässt ihn verbieten. Wieder einmal! Eine Schande!" Lohmeyers Ton änderte sich erneut, wurde schwärmerisch: „Vor einigen Monaten, es war im April glaube ich, hat es eine wunderbare Aufführung der ‚Mariage de Figaro' gegeben. Waren Sie da?"

Margarethe nickte und sagte dann leise: „Ja, es war wunderbar."

Lohmeyer blickte auf den lederbezogenen, schmalen Koffer: „Soweit ich mich erinnere, war die Oboe gut besetzt, oder?"

Wieder nickte Margarethe und sagte kaum hörbar: „Jean … Jean Carpentier."

Lohmeyer blickte sie erstaunt an: „Ein Franzose?"

„Das ist sein Instrument."

Lohmeyer brauchte eine ganze Weile, um die Tragweite von Margarethes Worten zu begreifen, dann fragte er fast väterlich: „Und wo ist er jetzt?"

„Mit Marschall Davout auf dem Weg nach Moskau."

Plötzlich vergaß Lohmeyer all seine erlernten, feinen Manieren und fluchte in breitestem Platt: „Düsse gottverdammte Korse, düsse Düvel Napoleon! Wat will he bi us in Hamborg, kann sin Hals nich fullkreegen, jümmers noch mehr und mehr. Nu ok noch Russland! Gott slag em dot! Slag em endlich dot!"

Lohmeyer war so laut geworden, dass sein Pferd scheute.

Die einspännige Kutsche rollte zum Pferdemarkt und hielt vor einem nicht allzu großen, doch recht ansehnlichen Haus. Ein Schaufenster und ein Schild über der Ladentür zeigten an, dass hier der Apotheker Lohmeyer Salben, Tinkturen und Schönheitswässerchen feilbot. Margarethe stieg aus, nahm ihr Bündel mit dem Schirm unter den Arm, den Oboenkoffer in die linke Hand und blickte zu den Fenstern des Obergeschosses hoch, in denen sich die Abendsonne spiegelte. Lohmeyer folgte ihrem Blick und machte ein besorgtes Gesicht: „Wie die Demoiselle sieht, gibt es zwei Probleme mit den Fenstern. Das eine ist, dass sie seit dem Auszug meiner beiden Töchter und dem Tod meiner lieben Frau die erforderliche Reinlichkeit vermissen lassen. Das andere ist, dass sie mit der vom Magistrat neuerdings eingeführten Fenstersteuer zu einer Kostbarkeit geworden sind. Ein ‚article de luxe', den sich unsereins kaum noch leisten kann."

Ungläubig sah Margarethe ihn an: „Steuer auf Fenster?"

„Nicht nur auf Fenster! Auch auf Türen wird jetzt eine Steuer erhoben. Die Fantasie unseres Empereurs ist unermesslich, wenn es gilt, seinen Größenwahn zu finanzieren."

Aus dem Laden trat ein hagerer, grauhaariger Mann, der die grüne Jacke und die Schürze eines Hausdieners trug, und der die Ladentür hinter sich abschloss. Er hatte einen Buckel und ging schief, als hätte er zu viel achterlichen Wind. Lohmeyer stellte ihn vor: „Das ist Wilhelm, der gute Geist meiner Alchimistenküche, Freund und Helfer in allen Lebenslagen." Dann stellte er Margarethe vor: „Wilhelm, das ist die Demoiselle Detjens, die Demoiselle wird mit ihrer Jugend und Tatkraft uns allen eine willkommene Stütze sein."

Spontan streckte Margarethe die Hand aus.

„För di bin ick Margarethe und nich die Demoiselle Detjens."

Wilhelm ergriff ihre Hand, sein Gesicht legte sich in viele gütige Falten, und bedächtig sagte er: „Denn man tau!"

Während er das Pferd am Kehlriemen packte und durch den Torbogen in den Hof führte, gingen Apotheker Lohmeyer und Margarethe ins Haus.

Vom vorderen Teil des Flurs führte eine hell gestrichene Treppe in die Obergeschosse, im hinteren Teil war eine Tür mit eingesetztem Fenster, die zum Hof hinaus ging. Lohmeyer zeigte auf die Räume, die linker Hand lagen, und erklärte, dass sei sein Reich, wo er seiner Alchimistenkunst nachgehe, bevor er zum Pesthof fahre. Rechter Hand sei das Reich von Frau Gesine, mit der er Margarethe aber erst später bekannt machen werde. Da es im Flur schon dunkel wurde, bat Lohmeyer Margarethe, einen Moment zu warten, er müsse für die notwendige Illumination Sorge tragen. Mit diesen Worten verschwand er im Reich der Frau Gesine. Margarethe schaute sich mit großen Augen um, sie blickte durch die Fenster auf die Straße, die Treppe hoch zum ersten, zum zweiten Geschoss und war beeindruckt. Bis auf das Haus des Buchhändlers Perthes war sie noch nie in einem Bürgerhaus in Hamburg gewesen, nicht einmal im Traum hätte sie sich einfallen lassen, eines Tages Schlafgast in einem solchen Haus zu sein. Wie viele Schillinge der Herr Lohmeyer wohl pro Nacht von ihr verlangen wird? Andererseits, allzu viele wohl nicht, da er ja gegenüber Wilhelm gesagt hatte, dass sie mit ihrer Jugend und Tatkraft eine willkommene Stütze ist. Weiter kam sie nicht mit ihren Überlegungen, da aus dem hinteren Flur Lohmeyer in strahlender Helligkeit auf sie zukam und seinen Auftritt genoss wie ein goldlockiger Lichterengel das Weihnachtsfest.

„Aimée Argand, Physikus und Beförderer der Innovationen und Bruder im Geist. Da staunt die Demoiselle, wie?"

Margarethe staunte wirklich, staunte über die Leuchtkraft, die die Lampe von sich gab. Während sie die Treppe ins Obergeschoss hochstiegen, glaubte Lohmeyer, die neuartige Technik erklären zu müssen: „Das Geheimnis dieser Wunderlampe besteht in dem doppelwandigen, metallenen Zylinder, in den ein baumwollener Docht gezogen ist. Da der Zylinder unten offen ist, entsteht durch die Wärme ein Zug nach oben, der Zylinder wirkt wie ein Kamin. Daher diese unglaubliche Helligkeit, die man durch die Stellung des Dochtes auch noch verändern kann. Ich bin kein Prophet, chère Margarethe, aber es wird nicht mehr lange dauern, da wird die Nacht so hell sein wie der Tag."

„Ja, aber ... warum?"

Da der Apotheker Lohmeyer keine sinnvolle Antwort auf diese Frage parat hatte, zeigte er Margarethe zunächst das Wohn- und Esszimmer, das linker Hand lag. Margarethe, durch ihre Zeit bei Rainville und die Besuche bei der Comtesse de Briancourt ein wenig kundig, staunte dennoch über die Möbel, deren feines Furnier aus Kirschholz war. Sie staunte über den Esstisch mit den sechs hochlehnigen Stühlen, sie bewunderte den Teppich und die Tapete, auf der sich Tulipane, Veilchen und Rosen ein Stelldichein gaben. Es war die erste Tapete, die sie sah. Der Herr Lohmeyer ist wirklich à jour, dachte sie. Mit bescheidener, dennoch besitzerstolzer Geste zeigte er in die Ecke am rechten Fenster. Hier stand ein Notenpult, daneben das Violoncello in einer Halterung.

„Wenn die Demoiselle mag, morgen Nachmittag trifft sich unser Streichquartett ‚Harmonia' hier im ‚salle à manger', Gäste sind herzlich willkommen."

Margarethe bedankte sich mit einem kleinen Knicks. Lohmeyer zeigte auf den grünbauchigen Kachelofen und zum Nebenraum: „Der Kamin versorgt beide Räume, sodass es selbst im grimmigsten Winter in meinem Schlafgemach nicht ungemütlich wird. Aber auch die Zimmer meiner Töchter sind mit einem Kamin verbunden und haben Öfen, Sie werden sehen. Ich darf vorausgehen?" Er verließ das Zimmer.

„Gegessen wird abends um neun Uhr."

„Aber ich werde, wenn Sie erlauben, in der Küche essen."

Bei diesen Worten fiel ihr ein, dass sie weder Brot noch Speck, weder Schmalz noch Wurst, dass sie gar nichts bei sich hatte. Sie wurde verlegen, doch Lohmeyer schien davon keine Notiz zu nehmen: „Die Hausgemeinschaft isst an einem Tisch. Und Sie, chère Margarethe, gehören ab heute, falls Sie meine Offerte akzeptieren, zu unserer Hausgemeinschaft."

Dankbar nickte Margarethe. Lohmeyer wandte sich nach links einem schmalen, bis zur Decke reichenden Schrank zu, neben dem ein Servierwägelchen stand. Er öffnete die zweiflügelige, in Hüfthöhe liegende Schranktür und ließ Margarethe einen Blick hineinwerfen. Sie staunte, denn es gab weder Boden noch Fächer, nur rechter Hand zwei Seile, die ins Erdgeschoss führten.

„Damit das Essen nicht kalt wird und das Geschirr nicht auf der Treppe zerdeppert wird, habe ich seinerzeit diesen ‚montplats' nach eigenen Konstruktionsentwürfen anfertigen lassen. Nicht viele Häuser in Hamburg besitzen eine derartige Finesse."

Die Genugtuung in Lohmeyers Stimme war unüberhörbar. Er schloss den Speisenaufzug, ging zur Tür des Mädchenzimmers, das zur Straße lag, klopfte an die Tür und wartete. Er klopfte erneut und rief dann mit entschlossener Stimme:

„Lieutenant Fillon! Excusez-moi de vous déranger!"

Die Tür öffnete sich und ein verschlafener junger Lieutenant starrte in das Licht der Argand-Lampe.

„Quoi?"

„Excusez-moi, millefois, mais il y a Einquartierung!"

„Quoi?"

Lohmeyer zeigte auf Margarethe.

„Ein Pflegeweib, garde-malade de l'hôpital, vous comprenez, pour vos camerades blessés, für Ihre verletzten Kameraden."

„Mais …"

„La Demoiselle bekommt das zweite Zimmer, weil Sie keine Diener haben, vous n'avez pas de servantes, c'est pourquoi!"

Der junge Lieutenant fragte verunsichert: „C'est un ordre?"

Lohmeyer nahm seinen Mut zusammen und sagte kühn: „Ja, das ist ein Befehl, c'est un ordre supérieur."

Missmutig akzeptierte der junge Lieutenant den Befehl und schlurfte in Pantoffeln mit Lohmeyer und Margarethe zur Tür des zweiten Mädchenzimmers.

„Aber Sie wollten mich doch als Ihre Nichte ausgeben?"

„Wollte ich. Aber bei Soldaten ist ein Befehl allemal besser als ein Argument. Da wird nicht lange gefragt, da wird gehorcht. Und irgendwie stimmt es ja auch, was ich gesagt habe mit der Einquartierung." Er begann leise zu lachen.

Es dauerte nur wenige Augenblicke, dann hatte der Lieutenant seine Stiefel, seine Ausrüstung und sein Bettzeug zusammengeklaubt und aus dem Zimmer gebracht. Lohmeyer öffnete das Fenster und ließ frische Luft herein. „Das ist das Zimmer meiner ältesten Tochter, Agnes. Das andere Zimmer, das der Lieutenant bewohnt, ist oder besser gesagt war Wiebkes Zimmer." Und mit einer Stimme, in der neben Trauer auch Verständnis war, fügte er hinzu: „Beide haben mit ihren Männern Hamburg verlassen, wegen der verdammten Kontinentalsperre. Als Kaufleute wären die hier glatt verhungert. Agnes lebt nun in St. Petersburg und Wiebke in Kopenhagen." Mit einem kleinen Seufzer beendete Lohmeyer seinen gedanklichen Ausflug: „Irgendwann wird dieser Spuk vorüber sein, und ich kann sie alle wieder hier in Hamburg in meine Arme schließen."

Margarethe trat ans Fenster, atmete tief durch und sah in den Hof, wo Wilhelm im letzten Tageslicht die Kutsche in die Remise schob. Lohmeyer zeigte ins Zimmer, entschuldigte sich für die Unordnung à la française, doch Margarethe war rundum glücklich. Ein Bett, ein eigenes Bett, eine Kommode mit einem Waschbecken und einem Wasserkrug. Ein Henkeltopf aus Porzellan für die nächtliche Notdurft. Dazu ein zierlicher Kachelofen, der im

Winter dafür sorgen wird, dass keine Eiskruste mehr auf dem Wasser ist. Ein eigenes Zimmer. Vor Glück wurde ihr fast ein wenig schwindelig, sie musste die Augen schließen und sich zur Ordnung rufen. Mit ruhiger Stimme sagte sie: „Wahrscheinlich wissen Sie nicht, wie viel ein Pflegeweib verdient und dass ein solches Zimmer weit oberhalb meiner Möglichkeiten liegt."

„Ich sehe das folgendermaßen", Lohmeyer setzte eine gewissenhafte Miene auf und hob dozierend den Zeigefinger, „solange Colonel Serrault mit seinen zwei Dienern hier einquartiert war, musste ich drei Mäuler zusätzlich stopfen, bekam aber keinen einzigen Schilling extra dafür. Laut Cantonnement-Ordre hat ein Colonel Anspruch auf zwei warme Mahlzeiten am Tag mit je einem Pfund Fleisch, und seine Diener haben Anspruch auf eine warme Mahlzeit. Dazu Gemüse, Brot, Schmalz, Wurst und drei Liter Bier für jeden, dazu zwei Flaschen Wein für den Colonel. Durch Sie, ma chére Margarethe, spare ich nicht nur, nein, ich verdiene sogar. Statt vier warmer Mahlzeiten beanspruchen Sie nur eine. Und, korrigieren Sie mich, wenn ich Sie falsch einschätze, Sie trinken keine drei Liter Bier oder zwei Flaschen Wein am Tag! Bitte verlangen Sie aber nicht von mir, dass ich Ihnen den Differenzbetrag, den ich durch Sie auf der Habenseite verbuchen werde, gutschreibe. Sie haben Kost und Logis frei. Als kleine Geste wünsche ich mir, wie ich es Wilhelm schon sagte, dass die Demoiselle uns allen eine Stütze sein wird. Schlussendlich erhoffe ich mir, mit Ihrer Einquartierung einer weiteren durch das Militär zu entgehen."

Mit offenem Mund hatte Margarethe dem Ausflug in die haushälterische Logistik zugehört und begann nun, dankbar zu lächeln. Und Lohmeyer, zufrieden mit der Qualität seiner Beweisführung, strahlte sie über seinen goldenen Kneifer an, der im Licht der Argand-Lampe aufblitzte. Margarethe legte ihr Bündel auf die Dielen, den Oboenkoffer auf die Kommode und wollte mit dem Einräumen ihrer Sachen beginnen, doch Lohmeyer hielt sie zurück: „Das alles hat Zeit. Lassen Sie uns zu Frau Gesine gehen, damit auch sie das neue Mitglied unserer Hausgemeinschaft kennenlernt. In der Zwischenzeit wird Wilhelm Ihnen ein Licht ins Zimmer stellen und Bettzeug herbeischaffen."

Er ging voraus und hielt die Lampe in Kopfhöhe, sodass Margarethe genügend Licht hatte, um nicht zu stolpern. Lohmeyer deutete ins zweite Obergeschoss und erklärte, dass da oben Frau Gesine und Wilhelm ihre Zimmer hätten.

Auch in der Küche verbreitete eine Argand-Lampe ihr helles, warmes Licht. An der Pumpe stand Wilhelm, bediente den Schwengel, fing mit beiden Händen das Wasser auf und wusch sich mit grüner Seife. Am Tisch saß Frau Gesine, eine mollige Mittvierzigerin, die eine mit Rüschen besetzte Schürze umgebunden hatte und eine Haube auf dem sorgfältig gelockten Haar trug. Sie entkernte einen reifen Kürbis, den sie zum Einlegen in kleine Stücke zerteilte, wischte ihre Hände ab, als Lohmeyer und Margarethe in die Küche traten, und eilte auf die beiden zu, während ihre flinken Mausaugen Margarethe neugierig prüften.

„Wilhelm hat mir schon erzählt, dass Sie unser Gast sind."

Lohmeyer korrigierte sie: „Nicht Gast, die Demoiselle Detjens ist für die nächste Zeit Mitglied unserer Hausgemeinschaft."

Er wandte sich an Wilhelm: „Du richtest der Demoiselle das Zimmer von Agnes her. Lieutenant Fillon hat seine Chosen schon entfernt. Neue Matratze, Bettzeug, Wasser, Seife und Handtücher, Kerzen und einen Tunkzünder."

Margarethe bemerkte, wie das Lächeln auf Frau Gesines Gesicht leicht einfror, dennoch reichte sie ihr die Hand, bot ihr aber, im Gegensatz zu Wilhelm, nicht an, sie zu duzen. Lohmeyer reichte seine Lampe Frau Gesine und wies sie an, der Demoiselle

Detjens den Abort zu zeigen. Woraufhin diese wiederum Margarethe bat, ihr zu folgen. Sie verließen die Küche und überquerten den Hof. Neben dem Pferdestall führte ein Gang zum Abort. Gott sei Dank, dachte Margarethe, dann ist es im Winter nicht zu kalt. Sie war aber wirklich erfreut, als sie den Abort sah. Ein getünchter, mit Dielen ausgelegter Raum. Ein Deckel verschloss die gepolsterte Öffnung; saß man, so war rechter Hand eine Konsole, auf der eine Schüssel, eine Seifenschale und ein Krug standen, ein Handtuch hing an der Wand. Links neben dem Sitz war ein Korb, gut gefüllt mit Lappen, Lumpen und Baumwollresten. An alles war gedacht und man behielt saubere Finger. Einen so gepflegten Abort hatte selbst die Comtesse de Briancourt nicht in ihrem Haus. Das sagte Margarethe der Frau Gesine, die dieses Kompliment mit einem selbstgefälligen Lächeln entgegennahm und Margarethe in etwas milderem Lichte sah.

Um neun hatte man zu Abend gegessen, Kaninchen in Johannisbeerengelee und gelbe Rübchen. Apotheker Lohmeyer und Lieutenant Fillon hatten weitgehend allein die Konversation bestritten, da Frau Gesine und Wilhelm nur etwas sagten, wenn sie gefragt wurden, und Margarethes Französisch noch nicht gut genug war, um mithalten zu können. Sie schwieg auch, weil zu vieles neu für sie war. Nun lag sie im Bett, auf einer weichen, mit Spreu gefüllten Matratze, kuschelte sich in ein Oberbett, das mit Gänsefedern gefüllt war, hielt den Oboenkoffer in ihren Armen und wiederholte den sechsten Vers des 36. Psalms, den der Herr Lohmeyer bei Tisch aus der Hausbibel am Vorabend zu Michaelis vorgelesen hatte:

„Herr, deine Güte reicht, so weit der Himmel ist,
und deine Wahrheit, so weit die Wolken gehen.“

Lange war sie noch wach, hörte, wie der junge Lieutenant die Haustür aufschloss, trunken singend die Treppe hochstolperte,

„chevaliers de la table ronde, goûtons voir si le vin est bon", in seinem Zimmer verschwand, hustete, fluchte, dann ruhiger wurde und schließlich verstummte. Es wurde wieder leise im Haus des Apothekers Lohmeyer. Sehr leise. Und Margarethe fragte sich, wo Jean in dieser Stunde sein mochte.

35. Kapitel

Die Tage, die Wochen vergingen. In manchen Morgenstunden, wenn Margarethe zum Pesthof lief, zeigte der Herbst bereits sein frostiges Gesicht, und der Tag ertrank im Nebel. Auch heute. Nach dem Unterricht bei der Comtesse hatte sich Margarethe entschieden, nicht sofort nach Hause zu gehen. Sie wickelte sich fest in ihren Umhang und lief auf den Wallanlagen Richtung Deichtor bis zur Mühle auf der alten Bastion Bartholdus. Auch heute hatte sie, wie jeden Sonntag, auf ein Lebenszeichen von Jean gehofft, auch heute vergeblich. Das Wenige, das die Comtesse über das Schicksal des 127. Regiments zu berichten wusste, hatte sie aus dem ‚Hamburgischen Correspondenten' erfahren. Am 17. und 18. August war das 1. Korps bei Smolensk auf die Armee des Zaren gestoßen, das 127. Regiment hatte an dieser Schlacht teilgenommen. Eigene Verluste nannte die Zeitung nicht. Sie durfte nicht, meinte die Comtesse, Zensur. Smolensk war in Brand gesteckt und vollständig zerstört worden. Auf dem Weg nach Moskau hatte die Grande Armée am 7. September bei Borodino eine weitere Schlacht zu bestehen. Die Zahl der Toten auf russischer Seite wurde mit fünfzigtausend angegeben und als grandioser Sieg gefeiert, die eigenen Toten wurden wiederum verschwiegen. Fünfzigtausend, die Zahl war für Margarethe nicht begreifbar. Auch dass die Grande Armée bereits über einhunderttausend Mann durch Krankheit, Hunger und Füsilladen verloren hatte, wie die Comtesse vom Buchhändler Perthes wusste, half Margarethe nicht, das ganze Ausmaß des Leids zu verstehen.

Für sie war Krieg etwas, was nur Jean und sie betraf. Fünfzigtausend, einhunderttausend, Zahlen berührten sie nicht, solange Jean lebte. Die Comtesse war ungehalten geworden: „Wenn alle Menschen in Hamburg getötet werden, auch Ihre Freunde Sophie, Hinnerk et le petit Henning, dann sind es immer noch weniger Tote, als dieser Krieg bisher gekostet hat!“ Margarethe hatte beschämt den Kopf gesenkt, als die blutige Ungeheuerlichkeit der Zahlen ihr bewusst geworden war.

Sie stand im Windschatten der Mühle auf Bartholdus und blickte elbaufwärts. Vor acht Monaten hatte sie der mächtige Strom mit in die große Stadt genommen, vor acht Monaten kannte sie das Wort Krieg nur aus den Predigten von Pastor Krakow und aus dem Gesangbuch. Ihr Blick ging nach Osten, ins lichtlose Grau des Novembers. Unter den Wolken zogen Kraniche, sie hörte die Rufe der großen Vögel, die zu kreisen begannen, tiefer und tiefer schwebten und sich auf den Elbinseln zur Nacht niederließen. Woher kamen sie? Aus Russland? Was hatten sie gesehen? Margarethe befahl ihren Gedanken, nicht weiter zu wandern, und lief zurück in die Stadt.

Apotheker Lohmeyer war erfreut, der Demoiselle sein Comptoir zur Verfügung stellen zu dürfen, als Margarethe ihn fragte, ob sie das Schreibpult für einen Brief an ihre Eltern benutzen dürfe. Auf dem Heimweg hatte sie sich entschlossen, noch heute den überfälligen Brief zu schreiben. Der Gedanke, dass ihre Eltern ebenso sehnsüchtig auf einen Brief von ihr warten könnten wie sie auf einen Brief von Jean, hatte ihr Gewissensbisse verursacht. Sie stand am Pult, tunkte den Federkiel ins Tintenfass, sinnierte und wählte dann dieselbe Anrede wie in ihrem ersten Brief:

„Lieber Herr Vater. Liebe Frau Mutter.

Gott, der Herr, hat es gut mit mir gemeint und hat mich bis hierher geleitet und beschützt.“ Sie berichtete von ihrer Arbeit als

Pflegeweib im Krankenhof, das Wort ‚Pesthof' vermied sie, um ihre Eltern nicht unnötig zu beunruhigen. Sie schrieb, dass sie Französisch und gute Manieren bei einer Comtesse lerne, dass sie ein eigenes Zimmer habe, mit eigenem Kachelofen, im Haus des Apothekers Lohmeyer. Und dass der Herr Lohmeyer Witwer sei und Musikliebhaber, der sie schon des Öfteren zu Konzerten in den Musiksaal am Valentinskamp mitgenommen habe. Und ihr, da der große Musiksaal nicht beheizt sei, einen angenehm wärmenden Kragen-Spenzer aus taubenblauem Samt geschenkt habe. Jean erwähnte sie nicht.

36. Kapitel

Der Wind hatte gedreht, er kam seit Tagen aus Nordost und brachte Kälte mit sich, bittere, grimmige Kälte. Margarethe stand am Fenster ihres Zimmers und ließ die Eisblumen unter ihrem Atem zerschmelzen. Sie sah in den Hof. Es schneite. Eine Handbreit Schnee lag auf den Dächern. Gut, dass sie neue Holzpantinen gekauft hatte, mit Stroh ausgelegt waren die bei diesem Wetter schön trocken und warm. Aber was sollte sie anziehen? Ihr alter, selbst gehäkelter Umhang war für diesen Anlass zu schäbig. Sich in lange, wollene Schals zu wickeln, wie die Bardowicker Gemüsefrauen, wollte sie Herrn Lohmeyer nicht zumuten. Und der neue Kragen-Spenzer würde bei dem Schneetreiben zu sehr strapaziert, entschied sie. Am besten wäre es, sie würde Herrn Lohmeyer bitten, allein zu gehen. Gestern Abend, auf der Heimfahrt vom Pesthof, hatte er sie eingeladen, mit ihm am heutigen Sonntag, dem sechsten Dezember, die St.-Michaelis-Kirche zu besuchen, in der zur Feier der Einnahme Moskaus das Tedeum gefeiert werden sollte. Bürgermeister Abendroth hatte, auf Druck Generals Saint-Cyr, den Dankgottesdienst für alle Hauptkirchen angeordnet. Aber das sei kein Grund für ihn, betonte Lohmeyer, in den Michel zu gehen. Sollte er Gott dafür danken, dass dieser menschenfressende Kyklop unsere Jungs zur Schlachtbank geführt hat? Nein, ihn zwang die Musik in die Kirche. Von Musikdirektor Schwencke wusste er, dass neben dem Luther'schen Tedeum das Utrechter Tedeum von Georg Friedrich Händel zur Aufführung kommen sollte, das er noch nie gehört habe. Die Demoiselle dürfe sich diese Kostbarkeit nicht entgehen lassen. Margarethe sah die Begeisterung in Lohmeyers Gesicht und willigte ein, ihn zu begleiten. Jetzt bereute sie ihr zu schnell gegebenes Wort, fürchtete, dass er sich ihretwegen gegenüber Freunden zu erklären habe. Besser wäre es, sie würde jetzt den Kachelofen anheizen, es sich gemütlich machen, Vokabeln lernen und am Nachmittag die Comtesse besuchen. Sie eilte die Treppe hinunter und ging zum Comptoir, da sie wusste, dass der Herr Lohmeyer die frühen Morgenstunden am Sonntag der Buchhaltung widmete.

Sie klopfte, und nach einem Lohmeyer'schen „Hereinspaziert!" betrat sie das Comptoir. Der Apotheker sah sie fragend an, und Margarethe bat um Verständnis, dass sie ihn nicht zum Tedeum in den Michel begleiten könne, sie habe Vokabeln zu lernen.

„Ist der Demoiselle bewusst, was Sie versäumt?"

„Durchaus, ja."

„Wer weiß, ob Sie noch einmal in Ihrem Leben die Gelegenheit haben werden …" Er verstummte, beugte sich vor und sah sie über den Rand seines Kneifers besorgt an: „Darf ich den wahren Grund kennenlernen?"

Margarethe holte Luft und begann, ihre Worte zu drechseln:

„Es schickt sich nicht, dass ein Mann Ihres Standes von einer so unangemessen gekleideten Person begleitet wird und demzufolge die spöttischen Blicke seiner Freunde bei diesem denkwürdigen Ereignis auf sich zieht." Sie atmete auf, dass sie den Satz ohne Stottern zu einem guten Ende gebracht hatte, und erschrak, da Lohmeyer erleichtert zu lachen begann.

„Mit anderen Worten, Kleider machen Leute?“

Sie wusste nicht, ob sie die Frage bejahen oder verneinen sollte und sah zu Boden. Lohmeyers Lachen ging nun über in ein glucksendes Lächeln, er klappte die Kontobücher zu und bedeutete Margarethe, mit ihm zu kommen.

Mit schnellen Schritten lief er die Treppe hoch ins Obergeschoss, ging zu seinem Zimmer, öffnete die Tür und bat Margarethe einzutreten. Das Schlafgemach war penibel aufgeräumt, ein stummer Diener mit Hemden und Westen stand zu Füßen des Bettes, zwei große Eichenschränke an der Längs- und an der Stirnseite. Lohmeyer öffnete den größeren Schrank und entnahm ihm einen Capuchon, dessen Kapuze und Ärmel mit Pelz besetzt waren. Fuchs, erklärte der Apotheker. Er bat Margarethe, den Mantel überzuziehen. Vorsichtig berührte sie das dunkelblaue Wolltuch, strich über das seidige Innenfutter, betastete den Pelzbesatz. Als Lohmeyer sie mit einem Nicken aufforderte, schlüpfte sie in den Mantel. Er war etwas zu weit, da seine Frau, Gott habe sie selig, wohl eine stattlichere Figur gehabt habe, meinte Lohmeyer, ansonsten passe der Capuchon aber wie angegossen. Mit diesen Worten sah er Margarethe zufrieden an. Sie zögerte einige Herzschläge lang, gab dann den Mantel mit entschlossener Geste zurück:

„Bitte seien Sie mir nicht böse, lieber Herr Lohmeyer, aber ich kann Ihr Geschenk nicht annehmen.“

Doch Apotheker Lohmeyer war nicht böse, er hängte den Mantel auch nicht in den Schrank zurück, sondern sagte mit einem Lächeln: „Ich befürchte, die Demoiselle hat mich missverstanden.“ Er machte eine Pause, eine sehr wirkungsvolle Pause. „Ich hatte nicht die Absicht, der Demoiselle den wertvollen Mantel zu schenken. Ich wollte ihr den Capuchon nur für diesen einen Tag leihen, damit die Demoiselle Schnee und Kälte trotzen und in den Genuss des Händel’schen Tedeums kommen kann.“

Margarethe spürte, wie die Scham ihr Gesicht aufflammen ließ, sie senkte den Kopf und sah nicht das siegesgewisse Schmunzeln in Lohmeyers Gesicht. Es gab für sie nur eine Möglichkeit, ihren Fauxpas wiedergutzumachen. Die Bitte, ihn zur Aufführung des Tedeums begleiten zu dürfen, im Capuchon. Wenig später, nach dem zweiten Frühstück, machten sich die beiden auf den Weg zur Hauptkirche St. Michaelis.

Trotz des Schneetreibens hatten sich vor dem Hauptportal schon viele Menschen versammelt, die in kleinen Gruppen noch ein bisschen klönten, bevor sie das Kircheninnere betraten. Wenn er Bekannte begrüßte, lüpfte der Herr Apotheker seinen hellgrauen Filzzylinder; und Margarethe, die sehr aufrecht, elegant, fast großbürgerlich im Capuchon daherkam, sah, wie die Damen sie neugierig musterten und die Köpfe zusammensteckten. Statt der Holzpantinen trug sie pelzbesetzte Stiefelchen, die Lohmeyer ihr ebenfalls geliehen hatte und die erstaunlicherweise passten. Hier und da hielt Lohmeyer ein Schwätzchen und stellte Margarethe seinen Bekannten vor. Anders als zu den Konzerten im Musiksaal, wo sie getrennte Plätze hatten und Lohmeyer bisher nicht in die Verlegenheit gekommen war, Margarethe vorstellen zu müssen, traten sie hier unübersehbar als ein Paar auf. Sehr zur Zufriedenheit des Herrn Apotheker.

„Darf ich bekanntmachen, mein Freund Gustav Brandes, Schiffseigner und Opfer der vermaledeiten Kontinentalsperre, Mademoiselle Detjens, Herboriseuse bei uns am Krankenhof." Da fast jeder bei dem Wort ‚Herboriseuse' verständnislos guckte, setzte Lohmeyer mit einem stolzen kleinen Lachen hinzu:

„Die Demoiselle kümmert sich um all die Kräuter, die ich für Tinkturen und Salben benötige, als meine Kräuterhexe sozusagen, besser, meine rechte Hand." Die Reaktion auf diese Worte war zumeist ein respektvoller Blick, und Margarethe sagte sich, dass der Herr Lohmeyer ganz schön plietsch sei.

Er wollte Margarethe auch Buchhändler Perthes vorstellen, der mit Frau und Kindern zum Hauptportal kam, doch der begrüßte Margarethe wie eine Freundin und fragte, ob sie nochmals einen Brief bekommen habe. Sie verneinte, worauf Perthes mit einem Blick in den schneeverhangenen Himmel den Herrgott darum bat, alle unsere Jungs heil und sicher nach Hause zu bringen.

Neugierig wollte Lohmeyer von Perthes wissen, was er davon halte, dass Schwencke das Händel'sche Tedeum aufführen lasse. Perthes antwortete mit einer Gegenfrage, ob Lohmeyer denn auch wisse, wer die Idee dazu gehabt habe? Lohymeyer war sich sicher: Schwencke. Perthes verneinte: „Nein, unser Hauptpastor Rambach. Und warum? Händel hat das Tedeum komponiert, weil die Engländer die Franzosen besiegt hatten, weil sie die Macht Ludwigs des Vierzehnten gebrochen hatten." Perthes sah Lohmeyer verschwörerisch an: „Die Aufführung heute, lieber Freund, ist ein subtiler Akt der Insurrektion."

Lohmeyer erschrak: „Was, wenn Saint-Cyr oder seine Offiziere das bemerken!"

„Nennen Sie mir, lieber Lohmeyer, einen einzigen Militär, der etwas anderes als die Marschmusik kennt!"

Margarethe wollte einen nennen, aber schwieg lieber, denn nun wurde Perthes zornig: „Siegesfeier! Einnahme von Moskau! Eine Verhöhnung des Schicksals ist das! Alles, was man hört und liest, ist entsetzlich. Ja, es stimmt, die Grande Armée ist bis nach Moskau gekommen, ja, aber sie wird dort verhungern! Moskaus Bürger haben die Stadt niedergebrannt und sind mit allem, was essbar ist, geflohen. Was nutzt der grandioseste Sieg, den wir heute feiern sollen, wenn der Schnee das Leichentuch unserer Söhne ist?" Immer noch zornig ging Perthes mit seiner Familie ins Kircheninnere. Lohmeyer und Margarethe folgten ihnen.

Von der Orgelempore begann der Chor das Luther'sche Tedeum:

„Herr Gott, dich loben wir."

Die Gemeinde führte weiter:

„Herr Gott, wir danken dir."

Wieder setzte der Chor ein:

„Dich, Vater in Ewigkeit,"

und die Gemeinde ergänzte:

„ehrt die Welt weit und breit."

Margarethe sang mit, denn diesen Text kannte sie seit ihrer Kindheit. Während des Wechselgesangs zwischen dem Chor und der Gemeinde dachte sie an ihre erste Nacht im Michel, dankte Gott, dass er es bisher so gut mit ihr gemeint hatte, und kuschelte sich in den weichen, warmen Kapuzenmantel.

„Auf dich hoffen wir, lieber Herr."

Kräftig sang Margarethe gemeinsam mit der Gemeinde die Schlusszeile: „In Schanden lass uns nimmermehr." Das ‚Amen' sangen alle gemeinsam.

Hauptpastor Rambach, im Hamburger Ornat mit weißem Mühlsteinkragen, stieg auf die Kanzel, die weit in den Kirchenraum ragte. Mit seinen blitzenden Augen, der markanten Nase und dem kräftigen Kinn erinnerte er Margarethe an Pastor Krakow. Rambach wies die Gemeinde darauf hin, was der Anlass dieses Tedeums sei, dass Gott der Herr die Grande Armée seiner kaiserlichen Majestät bis vor die Tore Moskaus geführt habe. Er wies aber auch darauf hin, dass dies der zweite Advent sei und dass er für den heutigen Tag, entsprechend den Perikopen der lutherischen Kirche, einen Text des Propheten Maleachi ausgewählt habe, die Verse 19 bis 24 des 3. Kapitels. Mit kraftvoller Stimme las er: „Denn siehe, es kommt ein Tag, der brennen soll wie ein Ofen; da werden alle Verächter und Gottlosen Stroh sein, und der künftige Tag wird sie anzünden, spricht der Herr Zebaoth, und wird ihnen weder Wurzel noch Zweige lassen!" Mit dem 21. Vers wurde seine Stimme noch mächtiger, wuchs an zu einem Donnergrollen: „Ihr werdet die Gottlosen zertreten; denn sie sollen Asche unter euren Füßen werden des Tages, den ich machen will, spricht der Herr Zebaoth!“

Beeindruckt, gleichzeitig etwas verängstigt sah Lohmeyer zu Perthes, der nur Augen für Rambach hatte und zustimmend nickte. Lohmeyer flüsterte Margarethe zu: „Hoffentlich geht das gut. Wenn die Franzosen begreifen, was unser Pastor da predigt, dann steht der nicht mehr lange auf seiner schönen Kanzel.“

Von der Orgel aus leitete Musikdirektor Schwencke den Chor und ließ das Händel'sche Tedeum erklingen. Lohmeyer schloss die Augen, genoss die Musik und wohl auch den Text, da er ein wenig Latein konnte.

„Tibi omnes Angeli, caeli et universae potestates:
Tibi cherubim et seraphim incessabili voce proclamant.“

Auch Margarethe schloss die Augen, hörte die Worte des Chores, den Klang der Orgel und wollte sich davontragen lassen, wollte sich erinnern. Doch ihre Gedanken wurden vom Schnee erstickt, konnten das unendliche Weiß nicht durchdringen. Auch als sie die Kirche verließ und hoch in das wirbelnde Weiß blickte, wich die Angst nicht von ihr, dass Jean von diesem grenzenlosen Nichts aufgesogen, dass der Schnee sein Leichentuch ist. Lohmeyers Stimme holte sie in die Wirklichkeit zurück. Er fragte, ob sie ihm verzeihen würde, wenn er sie nicht nach Hause begleite, aber Perthes habe ihn zum Frühschoppen eingeladen, da dürfe er nicht Nein sagen. Margarethe bat, auf sie keine Rücksicht zu nehmen. Nachdem sie Perthes versprochen hatte, sich zu melden, sobald sie etwas Neues vom 127. Regiment erfahren würde, ging sie durch den Schnee zum Schaarmarkt und weiter zum Brauerknechtgraben.

Seit Wochen hatte sie Sophie und Hinnerk nicht mehr gesehen, das wollte sie heute nachholen. Als sie in den Langen Jammer kam, begegneten ihr zwei Frauen, die in Holzeimern Wasser geholt hatten und sie abfällig von oben bis unten musterten.

„Wat will denn düsse feine Madame hier bi us?"

„Is dat nich de Bonjour-Hure?"

Margarethe tat so, als ob sie nichts gehört habe, und ging über den gefrorenen Schneemodder weiter zum Haus, in dem Sophie und Hinnerk wohnten. Vorsichtig, um nicht mit dem Capuchon lang hinzuschlagen, ging sie die vereiste Stiege hoch, klopfte an die Tür und betrat nach einem fröhlichen „Herein, wenn's kein Schneider ist!" die Wohnküche. Sophie stand am Herd, kochte Grünkohl, dessen Duft unter der niedrigen Zimmerdecke hing. Sie drehte sich um, aber erkannte Margarethe erst, als die den Schnee abklopfte und die Kapuze nach hinten schob. Die Freundinnen umarmten sich, und Sophie sagte zunächst nichts, da sie staunend den Stoff und den Pelz des Capuchons begutachtete. Dann fragte sie ehrfürchtig: „Wer hat dir denn den geschenkt?"

„Der ist nicht geschenkt, der ist geliehen."

„Von der Comtesse?"

„Nee, du weißt doch, dass Lohmeyer Witwer ist, und er wollte gerne, dass ich ihn heute zum Tedeum begleite, in den Michel, deswegen bin ja hier, da ich nichts Vernünftiges anzuziehen hab, in meinem alten Umhang kann ich ja nicht immer rumlaufen, das kann ich ihm ja auch nicht antun, da wollte ich eigentlich absagen, aber er nahm mich mit in sein Schlafzimmer …"

„So weit seid ihr schon?", unterbrach Sophie sie.

„Was, so weit? Nee, doch nicht, was du denkst, nee, aber in dem größeren Schrank, da hing dieser wunderschöne Mantel, und ich dachte zuerst, ich blöde Kuh, er will ihn mir schenken, mir! Ich hätte im Boden versinken können, als er sagte, dass er ihn mir nicht schenken wolle, sondern leihen tut, für heute, ich dachte …"

Weiter kam sie nicht, denn Sophie begann schallend zu lachen, und lachend sagte sie: „Solch einen Freier möchte ich auch mal haben, der mir einen so wertvollen Capuchon schenkt!"

„Verdammichnochmal, er hat ihn mir nicht geschenkt!“

„Is ja schon gut. Erst leiht er dir den für einen Tag, dann für eine Woche, und dann gehört er dir. Er selbst kann ihn ja wohl nicht so gut tragen, und seine Frau ist tot.“

„Vielleicht möchte ihn aber eine seiner Töchter haben?“

„Dann würde er schon lange nicht mehr im Schrank hängen.“

Sophies Logik war überzeugend, auch ihre nächsten Sätze waren überzeugend: „So einen Freier habe ich mir immer gewünscht. Ich würde Gott danken, dass er mich zu ihm geführt hat, und würde Gott bitten, dass Lohmeyer um meine Hand anhält.“

Margarethe legte den Kopf schief und sah Sophie ungläubig an: „Habe ich richtig verstanden? Du würdest Lohmeyer heiraten?“

„Wenn er mich fragt, aber sofort!“

„Weißt du, wie alt der ist?“

„Na und? Umso früher ist er im Grab.“

„Seine Töchter sind älter als ich.“

„Gut, dann musst du nicht Mutter spielen.“

„Und die Liebe?“

„Die Liebe!“

„Ich denke, du liebst Hinnerk?“

„Tu ich ja auch.“

„Dann könntest du Lohmeyer doch nicht heiraten …“

„Klar kann ich, und Hinnerk wäre mein Geliebter. Lohmeyer müsste das in Kauf nehmen, sonst würde er mich ja verlieren und dann wär’ er wieder Witwer.“ Sophie lachte leise auf, warf sich den Capuchon über und sagte leichthin: „Du glaubst doch nicht, dass Jean noch lebt?“

„Doch, glaube ich.“

„Wach auf!“, Sophie machte eine Pause, „Weihnachten wird Lohmeyer dich fragen, ob du seine Frau werden willst.“

„Du spinnst!“

„Dann musst du Ja sagen! So eine Chance kommt nie wieder."

„Du spinnst!"

Sophie lachte: „Und Henning kann dann Blumen streuen."

Etwas später kamen Hinnerk, der die Uniform der ‚Canonniers Gardes-Côtes' trug, und der kleine Henning vom Eisangeln nach Hause. Während er sich am Herd wärmte, berichtete Hinnerk, dass auch die Fahrrinne zufriert und dass ab morgen keine Fährboote mehr fahren. Dass er dann auf der Bastion Hermannus Dienst tun werde. Er meinte, wenn es weiter so friert, dann ist das Eis bald so dick, dass eine ganze Division samt Kavallerie und Artillerie über die Elbe ziehen kann. Und er setzte hinzu: „Falls sie heil und gesund aus Russland zurückkommen." Was er so höre von französischen Offizieren, das klingt trostlos. „Die fressen vor Hunger schon ihre eigenen Pferde. Wollen hoffen, dass sie sich nicht selbst noch auffressen!"

Sophie sah, wie Margarethe erschrak, und wollte sie trösten: „Hinnerk übertreibt mal wieder, das ist alles nur Gerede. Noch ist keiner aus Russland zurück."

„Da kommt auch keiner zurück!" Hinnerk hockte sich vor den Herd, öffnete die Klappe und legte Holz nach. „Am besten, du vergisst Jean und nimmst einen anständigen Hamburger Jung." Er schloss die Herdklappe, stand auf und legte den Arm tröstend um Margarethe. Sie entzog sich, sie hielt es in der nach Grünkohl und Nässe stinkenden Bude nicht mehr aus, zog den Capuchon an, strich Henning über den Haarschopf und bat Sophie und Hinnerk, nicht böse zu sein, aber sie müsse noch zur Comtesse. Sophie sagte zum Abschied: „Die Schillinge kannst du sparen, mit Lohmeyer kannst du Platt schnacken."

Das Schneegestöber war stärker geworden. Margarethe stakste über die Michaelisstraße in die Innenstadt und war froh, dass die pelzbesetzten Stiefelchen warm und trocken waren. Hin und wieder blieb sie stehen und beobachtete Schneeflocken, wie sie lautlos herabsanken, wie sie sich für kurze Zeit auf dem Fahrdamm hielten, dann aber von Pferdehufen, Wagenrädern und Schlittenkufen zerquetscht wurden. Auch auf den Trottoirs wurden die Flocken schnell zertreten, zu Schneebrei. Margarethe wurde zum ersten Mal bewusst, wie viel zerstörerische Kraft in einer Stadt steckte. Und zum ersten Mal sehnte sie sich nach dem stillen Winter auf dem Dorf, sehnte sich nach dem unschuldigen Schnee, der auf den mächtigen Tannen liegen blieb. In Hamburg gab es keine Tannen, nur drei Reihen Linden am Jungfernstieg. Sie ging die Steinstraße hoch zum Pulverturm und weiter auf die Wallanlagen zur alten Festung Sebastian. Aber auch hier standen keine Tannen. Hier reckten junge Linden und Silberweiden ihre nackten Ärmchen in den Dezemberhimmel und konnten den Schnee nicht halten. Margarethe wusste nicht mehr weiter, sie hatte das Gefühl, sich im Weißen zu verirren. Sollte sie weiter hoffen, dass Jean zurückkommt? Oder sollte sie Lohmeyers Werben nachgeben? Wäre jetzt Sommer, dann hätte sie, wie einst als kleine Deern, ein Gänseblümchen genommen und die Blütenblätter entscheiden lassen. ‚He levt mi, he levt mi nich.'

Vom Turm der St.-Jacobi-Kirche schlug es ein Uhr. Viel zu früh, um Madame de Briancourt aufzusuchen, dachte sie. Vielleicht war das aber der Fingerzeig des Schicksals, auf den sie wartete? Die Comtesse könnte ihr Gänseblümchen sein, überlegte sie. Wenn Madame de Briancourt bereit ist, sie zu dieser Unzeit zu empfangen, dann würde sie weiter Französisch lernen und auf Jean warten. Ist sie aber nicht bereit, oder nicht zu Hause, dann genügt das Französisch, was sie bisher bei ihr gelernt hatte, entschied Margarethe. Im Schneegestöber ging sie durch das Steintor und über den großen Platz zum Haus der Comtesse.

Als sie vor der Tür stand und nach der Glockenstange griff, war sie so aufgeregt wie an dem Tag, als sie zum ersten Mal vor diesem Haus stand. Einen Augenblick zweifelte sie, ob sie ihre Entscheidung dem Zufall überlassen sollte. Da sie aber keinen Ausweg sah, zog sie kräftig an der Glockenstange. Wie beim ersten Mal hörte sie den scheppernden Klang im Hausflur verebben, wartete. Nichts geschah. Sie zog ein zweites, ein drittes Mal, denn so schnell ließ sie sich nicht vom Zufall ihr Schicksal bestimmen. Wieder verebbte der Glockenklang, wieder Stille. Margarethe merkte jetzt erst, dass sie die Luft angehalten hatte, sie atmete langsam aus und wandte sich ab. Der französische Adler am Wachhaus hatte sich eine Schneekappe aufgesetzt, blickte Margarethe höhnisch an und sah wie ein Aasvogel aus, so nannten ihn auch die Hamburger. Leichenfledderer, fügte Margarethe hinzu, legte den Kopf in den Nacken, blickte in das grenzenlose Weiß, schloss die Augen, ließ Flocken auf ihrem Gesicht schmelzen und sah, wie der bleiche Jean vom Schnee zugedeckt wurde.

„Mademoiselle Margarethe, qu'est-ce que vous désirez?"

Margarethe öffnete die Augen, drehte sich ungläubig um. In der offenen Haustür stand die alte Dienerin und lächelte. Margarethe ging auf sie zu: „Ich weiß, dass es eine unschickliche Zeit ist, aber ist die Comtesse zu sprechen?"

„Madame hat Sie kommen sehen und ist bereit de vous …"

Erleichtert umarmte Margarethe die hutzelige Alte und ging mit ihr ins Haus. Das Schicksal will, dass ich weiterhin Französisch lerne, sagte sie glücklich zu sich, Jean lebt!

37. Kapitel

Frau Gesine hatte zwei Karpfen auf dem Markt gekauft, die sie zum Ende der Adventsfastenzeit auf den Tisch brachte. Wie üblich hatte sie für fünf Personen gedeckt, doch Lieutenant Fillon fehlte. Apotheker Lohmeyer wollte nicht länger auf ihn warten, sprach das Tischgebet, wünschte allen einen gesegneten Heiligen Abend und zerlegte die beiden Fische in kleine Portionen. Er war bester Laune, seine Tochter Wiebke hatte geschrieben, dass er Großvater eines Jungen geworden sei, den man ihm zu Ehren auf den Namen Simon habe taufen lassen. Wilhelm, Frau Gesine und Margarethe gratulierten zum ersten Enkel, und Lohmeyer spendierte einen guten Weißwein. Nach dem Essen verteilte er seine Geschenke. Wilhelm bekam eine neue Pfeife mit einem Meerschaumkopf, Frau Gesine wurde mit Seidenstoff für eine Haube bedacht, und Margarethe erhielt ein Paket, das sie erst später öffnen möge, in ihrem Zimmer, darauf hatte Lohmeyer bestanden. Und Margarethe schenkte ihm Noten. Auf seine verdutzte Frage, wie sie auf die wunderbare Idee gekommen sei, ihm eine Sonate von Luigi Boccherini zu schenken, erzählte sie, dass sie zur Kunst- und Musikalienhandlung Wiener in der Bergstraße gegangen sei und nach Noten für Violoncello gefragt habe, und dass man ihr eine Sonate von Boccherini empfohlen habe. Da sie Noten leider nicht lesen kann, habe sie keine Ahnung, wie die Musik klingt. „Nichts leichter als das", meinte Lohmeyer, legte die Noten auf den Ständer, holte das Instrument aus der Ecke, rückte das Licht zurecht, spannte den Bogen, stimmte, bat um ‚attention', und kurz darauf füllten die warmen Töne des Violoncellos den großen Wohnraum.

Später, in ihrem Zimmer, öffnete Margarethe das große Paket, sie ahnte, was es enthielt, und tatsächlich kam der Capuchon zum Vorschein. Sie zögerte einige Herzschläge lang, legte sich dann den Mantel über und sah im Kerzenlicht ihr Spiegelbild in den dunklen Fensterscheiben, die frei von Eisblumen waren. Sollte, konnte sie das Geschenk annehmen? Was würde Jean sagen, wenn er sie in diesem Capuchon sehen würde? Was würde sie sagen, wenn Jean sie fragt, wer ihr den Mantel geschenkt hat? Und warum? Da sie die Fragen nicht beantworten konnte, siegte die Vernunft. Es war Winter, kalt, sie hatte keinen Mantel und sie würde Jean die Wahrheit sagen. Erleichtert griff sie zum Wasserkrug, der auf der Kommode mit dem Lavoir stand, um einen Schluck zu trinken. Der Krug war leer, sie hatte vergessen, frisches Wasser zu holen. Sie überlegte kurz, ob sie morgen früh oder jetzt noch in die Küche zur Pumpe laufen sollte. Sie entschied sich für jetzt, nahm den Kerzenleuchter in die eine, den Krug in die andere Hand, trat in Strümpfen auf den Flur, lief die Treppe hinunter und ging zur Küche. Nach zwei, drei Auf und Abs mit dem Schwengel saugte die Pumpe schmatzend an, und Wasser lief in den Krug. Gleichzeitig hörte Margarethe Poltern an der Haustür. Sie trat in den Flur, hielt den Leuchter hoch und sah Lieutenant Fillon, wie er auf unsicheren Beinen krachend die Tür ins Schloss fallen ließ. Seine dunkelgrüne Pelerine war mit Schnee bedeckt, die Haare zersaust, seine Wangen gerötet, der obere Teil seiner weißen Uniformweste stand offen. Schwer atmend starrte er ins Kerzenlicht.

„Sutsche, Herr Lieutenant, doucement, s'il vous plaît."

Statt einer Antwort stolperte der junge Lieutenant zur Treppe, stürzte beinahe und setzte sich laut stöhnend auf die dritte Stufe: „Merde alors!"

Margarethe stellte den Leuchter auf den Treppenpfosten und half dem Lieutenant wieder auf die Beine. „Vous avez bu …", sie machte die Geste des Trinkens, „… bu un peu trop, oder?"

Sie nahm den Leuchter wieder in die Hand, sodass genug Licht auf die Stufen fiel, und ging voraus. Stöhnend stieg Lieutenant Fillon hinter ihr her und fluchte: „On ne peut pas boire trop, vous comprenez, pas en vue de cette catastrophe!"

„Wie bitte?"

Lieutenant Fillon griff in seine Weste und zog eine kleinformatige Zeitung hervor: „Regardez le ‚Moniteur', er ist arrivé à Hambourg heute, aujourd'hui. Lesen Sie!"

Er holte Margarethe auf der Treppe ein und wollte ihr unbedingt die Zeitung geben: „Prenez, prenez und lesen Sie!"

Margarethe steckte die Zeitung in den Bund ihres Rocks und ging zu ihrem Zimmer: „Merci und bonne nuit!“

„Bonne nuit?“ Lieutenant Fillon lachte böse auf: „Lesen Sie der neunundzwanzig Bulletin de la Grande Armée!“ Fluchend und böse lachend schloss er seine Zimmertür auf und verschwand.

Margarethe hörte noch, wie er auf sein Bett fiel, dann wurde es wieder still im Haus. Sie betrat ihr Zimmer, stellte den Krug auf die Kommode, den Kerzenleuchter auf das Schreibpult, das Wilhelm ihr aus Kiefernholz gezimmert hatte, und verriegelte vorsichtshalber die Tür, falls Lieutenant Fillon des Nachts noch einmal rausmusste und sich in der Tür irren sollte. Sie breitete den ‚Moniteur‘ auf dem Schreibpult aus, holte ihr Wörterbuch und suchte das neunundzwanzigste Bulletin, das der Lieutenant genannt hatte. Da war es:

29e Bulletin de la Grande Armée,
Molodetchna, 3 décembre 1812

Margarethe begann zu lesen:

Jusqu'au 6 novembre, le temps a été parfait, et le mouvement de l'armée s'est exécuté avec le plus grand succès.

Mithilfe ihres Wörterbuches konnte Margarethe den ersten Satz übersetzen:

Bis zum 6. November ist das Wetter ausgezeichnet gewesen, und der Rückzug der Armee ist mit größtem Erfolg ausgeführt worden.

Sie las weiter:

Le froid a commencé le 7; dès ce moment, chaque nuit nous avons perdu plusieurs centaines de chevaux …

Margarethe übersetzte:

Die Kälte hat begonnen am 7. Von diesem Augenblick an haben wir jede Nacht mehrere Hundert Pferde verloren …

Margarethe spürte, wie das Grauen greifbar wurde. Sie las:

... à Smolensk, nous avions déjà perdu bien des chevaux de cavalerie et d'artillerie.

Sie übersetzte:

... in Smolensk hatten wir schon verloren so gut wie alle Pferde der Kavallerie und der Artillerie.

Von den Soldaten, von den Menschen sagte das Bulletin nichts. Margarethe übersetzte weiter und schrieb die Daten und Zahlen in ihr Vokabelheft:

Die Kälte, die am 7. begann, steigerte sich plötzlich und dauerte vom 14. auf den 15. und den 16., das Thermometer zeigte 16 und 18 Grad unterhalb des Gefrierens. Die Wege waren bedeckt mit Glatteis; die Pferde der Kavallerie, der Artillerie ... starben nicht zu Hunderten, sondern zu Tausenden, hauptsächlich Pferde aus Frankreich und Deutschland. Mehr als dreißigtausend Pferde verendeten in wenigen Tagen.

Margarethe las weiter, suchte nach einem Satz, nach einem Wort über die Soldaten. Ja, der Kaiser, seine Offiziere, seine Generäle und Marschalle wurden erwähnt, auch, dass auf dem Rückzug der Herzog von Reggio in der Schlacht an der Beresina verwundet worden war, dass seine Verletzung aber nicht gefährlich ist, nur eine Kugel in die Seite, das ließ Napoleon vermelden. Wie viele Tausende braver Bayern, Preußen, Badener, Sachsen oder Hamburger verwundet, gefallen oder verhungert waren – kein Wort über sie. Die Pferde waren wichtiger. Dann aber kam, zum Schluss des 29. Bulletins der Grande Armée, das Wichtigste:

„La santé de Sa Majesté n'a jamais été meilleure."

Für diesen Satz brauchte Margarethe kein Wörterbuch:

„Die Gesundheit Seiner Majestät ist niemals besser gewesen."

Noch lange lag sie wach und wiederholte diesen letzten Satz.

38. Kapitel

Margarethe erzählte es Herrn Lohmeyer, Sophie und Hinnerk, sie erzählte es Dr. Wegscheider, dem Chirurgus Menken und seiner Frau, die erzählten es ihren Verwandten und Bekannten. Buchhändler Perthes, Verleger Campe und ihre Freunde sorgten dafür, dass eine Übersetzung des 29. Bulletins sofort in Umlauf kam. An der Börse, in den Kontoren, in Handwerksbetrieben, Geschäften, auf den Märkten gab es nur ein einziges Thema. Die Nachricht von der Niederlage der Grande Armée verbreitete sich wie ein Lauffeuer durch Hamburg. Zeitgleich wurde bekannt, dass Napoleon in Dresden gesehen worden war, auf der Flucht, als in Hamburg noch das Tedeum zur Eroberung Moskaus gefeiert wurde. Ohnmächtige Wut herrschte in der Stadt. Und niemand wusste etwas über das Schicksal des 127. Regiments.

Der letzte Abend des Jahres kam. Margarethe trug ihr lindgrünes Kleid, dazu das apfelgrüne Jäckchen, eine Rüschenhaube mit Bändern auf den frisch geflochtenen Haaren, weiße Strümpfe und ihre flachen Lederschuhe. Als sie ihr Spiegelbild in den dunklen Fensterscheiben sah, war sie mit ihrem Aussehen zufrieden. Zwar kannte sie die Herren, die erwartet wurden, aber nicht deren Frauen, und sie wollte dem Herrn Lohmeyer keine ‚Schande' machen, wie sie zu sich sagte. Er hatte sie eingeladen, mit ihm und seinen Freunden vom Streichquartett ‚Harmonia', nebst Gattinnen, ins neue Jahr zu feiern. Sie hatte gezögert, hatte sich unbehaglich gefühlt, doch als er erwähnte, dass Frau Gesine und Wilhelm dabei sein werden, hatte sie zugesagt. Eigentlich hatte sie gehofft, mit Sophie und Hinnerk Silvester feiern zu können. Doch als die meinten, dass sie im ‚König von England' so richtig einen draufmachen wollten, bis ihnen die Puste ausgeht, da hatte Margarethe Nein gesagt, wollte nicht erinnert werden. Vielleicht hatte Lohmeyer gespürt, in welcher Stimmung sie sich befand, vielleicht verband er Absichten mit der Einladung. Margarethe wollte darüber nicht nachdenken, denn die Gäste trafen ein. Wilhelm nahm ihnen die Zylinder, Mäntel und Pelze ab und bat die Herrschaften in das Obergeschoss, wo der große Wohnraum schon geheizt und festlich illuminiert war.

Obwohl es armselige Zeiten waren, wie Lohmeyer betonte, hatte jeder der Gäste etwas für einen Silvester-Punsch dabei. Advokat Tussmann, erste Violine, brachte neben seiner Gattin ein kleines Fässchen Arrak mit, das er von einem Mandanten, einem Kolonialwarenimporteur, statt eines Honorars erhalten hatte. Die zweite Violine, Börsenmakler Ahrens, hatte geschmuggelten Zucker und die Gattin dabei. Registrator Lüttjohann, Viola und Junggeselle, hatte statt Zitronen, die es seit der Kontinentalsperre nicht mehr gab, Zitronenmelisse aufgetrieben, die er Lohmeyer überreichte und die ihm bewundernde Blicke von Frau Gesine einbrachte, Blicke, die sich im Lauf des Abends noch intensivieren sollten. Tee und heißes Wasser steuerte der Hausherr bei. Dazu gab es in Schmalz gebackene Krapfen. Man nahm Platz. Frau Gesine kam neben Herrn Lüttjohann zu sitzen, der verlegen, aber erfreut ihren Arm drückte, und Margarethe kam zufällig auf den freien Stuhl neben dem strahlenden Lohmeyer.

Nachdem der Punsch dampfte und duftete und die ersten Gläser getrunken waren, stand Lohmeyer auf, klopfte an sein Glas und bat um ‚Silentium'.

„Mesdames, oder wie wir in Hamburg bald wieder sagen dürfen, leve Frunslüüt, zum Ausklang des Jahres wird das Streichquartett ‚Harmonia', das im Laufe der Zeit bei Freunden der Musen Terpsichore und Polyhymnia sich einen Namen gemacht hat, ein Stück unseres Freundes Amadé Mozart zu Gehör bringen."

Während dieser Worte stellte Wilhelm die vier Notenständer und die Stühle auf ihre Positionen, Lohmeyer selbst verteilte die Notenblätter und dozierte weiter:

„Es handelt sich um das Jagd-Quartett in B-Dur, das Mozart nebst fünf weiteren Quartetten dem von ihm verehrten Komponisten Haydn widmete. Ich hoffe, die Damen – aber auch du, Wilhelm –, also wir alle kommen in den Genuss einer die Seele erhebenden Darbietung. Meine Herren, darf ich bitten!“

Die Damen applaudierten, während die Herren ihre Instrumente auspackten, Platz nahmen und zu stimmen begannen. Dann klopfte Lohmeyer mit seinem Bogen auf den Notenständer, es trat Ruhe ein, und das Silvesterkonzert des Streichquartetts ‚Harmonia‘ begann.

Nach dem verdienten Applaus nahmen die Herren wieder am Tisch Platz, bis auf Lohmeyer, der ankündigte, dass er eine kleine Zugabe zum Besten geben wolle: „Ein musikalisches Dessert, das ermöglicht wurde, da das liebenswerte Fräulein Detjens mich zu Weihnachten mit einer Sonate des verehrten Luigi Boccherini beglückte, von der ich den dritten Satz, das Scherzo, zu Gehör bringen möchte.“ Die Gäste applaudierten erneut, Lohmeyer stimmte nochmals kurz sein Violoncello, bat stumm, mit erhobenen Augenbrauen um Ruhe und begann zu spielen. Margarethe war während seiner gestelzten, doch ernst gemeinten Worte rot geworden, was aber niemand zu bemerken schien. Wenn Applaus das Brot des Künstlers ist, so bekam Lohmeyer nach Beendigung des Scherzos reichlich zu essen. Bescheiden winkte er ab und lenkte den Dank auf Margarethe, die erneut rot wurde, was diesmal aber von Frau Gesine bemerkt wurde.

Unter großem Gelächter fand das Bleigießen statt. Frau Tussmanns flüssiges Blei erstarrte zu einer Mondsichel, die ihren Mann zu der Bemerkung veranlasste, dass er seine Gemahlin des Nachts wohl an ihr Bett fesseln müsste, sonst würde sie bei Mondschein glatt schlafwandeln. Tussmann selbst goss einen Batzen, klar, einen Batzen Gold, meinten alle, denn so ein Advokatus, der verdient auch noch an Not und Elend der anderen. Gelächter. Die Eheleute Ahrens waren sich einig, dass ihre Bleifiguren den Wunsch nach Kindern symbolisierten. Dann war Lüttjohann dran. Mit etwas Fantasie konnte man die Bleifigur als Haube deuten. Frau Gesine juchzte auf und war sich sicher, dass der Herr Registrator im neuen Jahr unter die Haube komme! Nun war Margarethe an der Reihe, ließ Blei im Löffel schmelzen, bis es flüssig wurde, schüttete das Blei mit Schwung ins Wasser, holte es nach einem Augenblick wieder heraus und hielt die bizarre Figur so hinter eine Kerze, dass der Schatten an die Wand fiel. Eine größere und eine kleinere Gestalt waren zu erkennen. Mann und Frau, ein Paar, da waren sich Frau Tussmann und Frau Ahrens einig. Ihre Männer waren derselben Meinung und Lohmeyer nickte zustimmend. Dann musste er die Zukunft mithilfe des Bleis befragen. Als er die Figur aus dem Wasser zog, sah sie so bizarr wie Margarethes aus und warf einen ähnlichen Schatten an die Wand. Alle waren sich einig, dass auch das ein Paar sei. Lohmeyers Freunde und ihre Gattinnen sahen sich vieldeutig lächelnd an und blickten immer noch lächelnd von Lohmeyer zu Margarethe und wieder zurück. Lohmeyer strahlte Margarethe über seinen goldenen Kneifer an. Als Nächste goss Frau Gesine ihr Blei ins Wasser. Mit etwas gutem Willen ließ sich eine Haube erahnen. „Wie bei Herrn Lüttjohann!“, meinte sie und war sich sicher, dass auch sie im neuen Jahr ihr Glück finden werde. Ihr Blick auf Lüttjohann intensivierte sich. Nun war noch Wilhelm dran, aber der wollte nicht, er wisse auch so, was die Zukunft bringt.

Nachdem der Punsch die Stimmung prächtig angeheizt hatte, spendierte Lohmeyer noch einige Flaschen Rotspon, die ebenfalls ihre Wirkung taten und bei einigen Scharaden, die gespielt wurden, zu riesigem Gelächter führten. In ausgelassener Stimmung wurden kurz vor zwölf Uhr die Fenster geöffnet, um das

Geläut der Hamburger Kirchenglocken zu genießen. Es schneite nicht mehr, die Luft war kalt und klar, die Glocken begannen fast zaghaft, dann immer stärker werdend, ihren mystischen Klang über die Dächer auszubreiten. Alle wünschten sich gegenseitig Prosit Neujahr. Lohmeyer trat zu Margarethe, wurde verlegen und glaubte, die unterschiedlichen Motive der Geläute erklären zu müssen: „Das ist das Tedeum-Motiv, drei Glocken, fis, a und h, kleine Terz und große Sekunde. Und das, hören Sie, Margarethe, das ist das Gloria-Motiv, h, cis, e, große Sekunde und kleine Terz. Hören Sie?“ Margarethe nickte und schwieg. Als drittes Motiv kam, wie Lohmeyer ihr erklärte, das Paternoster. Wieder setzte er an, die Motiv-Stimmung zu erklären, doch er brach ab, schwieg und sagte dann mit großer Behutsamkeit:

„Können Sie sich vorstellen, meine Gattin zu werden?“

Margarethe sah in die dunkle Nacht und schwieg.

„Ich kenne Sie jetzt eine Weile, eine ganze Weile, und habe Sie schätzen gelernt. Sie selbst haben gesehen, was in diesem Haus fehlt, die liebende Hand der Gattin. Wenn, wie ich annehme, Frau Gesine in Bälde einen neuen Hafen findet, wird es noch stiller in meinem Haus.“

Er blickte zu Lüttjohann und Frau Gesine, die nur noch Augen füreinander hatten.

„Ich möchte, dass Sie meine Gattin werden und diesem Haus wieder eine Seele geben.“ Er nahm seinen Kneifer ab, steckte ihn in die Seitentasche seiner Weste und deutete zu den Sternen: „Das Blei, war das nicht ein Fingerzeig der Göttin Tyche?“

Zwar kannte Margarethe nicht die Göttin Tyche, aber sie wusste die Antwort auf die Frage des Apothekers Lohmeyer. „Erst leiht er dir den für einen Tag, dann für eine Woche, und dann gehört er dir“, hatte Sophie gesagt, als Margarethe im Capuchon bei ihr erschienen war. Und grinsend hatte sie hinzugefügt: „Spätestens Weihnachten wird Lohmeyer dich fragen, ob du seine Frau werden willst.“ Es war Silvester geworden, aber Sophie hatte recht behalten. Er hatte sie gefragt, und sie hatte Zeit genug gehabt, sich ihre Antwort vorher zu überlegen. Sie sah Lohmeyer dankbar an und sagte so leise und so behutsam wie er:

„Ihre Frage ehrt mich sehr, lieber Herr Lohmeyer. Ich bin Ihnen für alles, was Sie für mich getan haben, unendlich dankbar. Aber ich kann und möchte mich in diesem Augenblick noch nicht entscheiden. Ich bitte um Ihr Verständnis, doch ich möchte warten, bis wir Gewissheit haben, welches Schicksal das 127. Regiment erlitten hat.“

Lohmeyer nickte, holte seinen Kneifer wieder aus seiner Weste, rieb ihn am Seidenstoff blank, begann zu lächeln, erleichtert zu lachen und setzte den Kneifer wieder auf die Nase: „Das, liebe Margarethe, das verstehe und billige ich. Denn, und das darf ich mit ins Neue Jahr nehmen und das stimmt mich froh, Ihre Antwort ist zwar kein Ja, aber zumindest auch kein Nein.“

Beide wendeten sich nun wieder dem offenen Fenster zu, beide schwiegen, beide lauschten den sich klangvoll überlagernden Glockentönen, die über die Stadt schwebten. Beide hingen sehr unterschiedlichen Gedanken nach.

Am Neujahrsmorgen stapfte Margarethe in Wollstrümpfen und Holzpantinen durch den Schnee zum Millerntor, grüßte artig die frierenden Douaniers, wünschte ihnen „une bonne année“ und ging weiter zum Pesthof, da sie Dr. Wegscheider versprochen hatte, Dienst zu tun. Dass sie auch heute rechtzeitig aus den Federn gekommen war, dafür sorgte eine alte englische Kutschenuhr, die Hinnerk auf dem Trödelmarkt erstanden, instand gesetzt und ihr zu Weihnachten geschenkt hatte. Der gestrige Abend ging ihr nicht aus dem Sinn. Hatte sie sich richtig verhalten? Ja, sie war nicht Sophie, sie bestand nicht nur aus kühlem Verstand. Ihr fiel die Geschichte von Esau ein, der für ein Linsengericht sein Recht als Erstgeborener an seinen Bruder Jakob verkauft hatte. Nein, sie war auch nicht Esau. Für ein Linsengericht würde sie ihre große Liebe niemals verkaufen.

39. Kapitel

Zu Heilige Drei Könige tauchten lebende Tote in Hamburg auf, Geistern gleich, barfuß, halb verhungert, mit Erfrierungen, verwundet, fiebernd, in Lumpen, voller Eiter, Schmutz, Ungeziefer. Die Reste eines bayerischen Dragoner-Regiments, die es zum Remontieren bis nach Hamburg verschlagen hatte. Das Fleisch ihrer Pferde hatte sie vor dem Verhungern gerettet. Die Dragoner waren die ersten, Entsetzen und Mitleid erregenden Überlebenden der Grande Armée, die Hamburg erreichten. Jeder, der einen Sohn, Bruder oder Freund im 127. Regiment hatte, lief zum Kornhaus, wo die Dragoner kaserniert waren, hoffte, etwas über das Schicksal der Hamburger Jungs zu erfahren. Vergeblich. Auch Margarethe lief zum Kornhaus, auch sie vergeblich. Die Trommeln und Pfeifen der Militärmusik hatten die Dragoner ein letztes Mal gehört, als sie Moskau belagerten, vor dem Rückzug, vor dem verfluchten russischen Winter.

Mit gesenktem Kopf ging sie zurück zum Pesthof. Dr. Wegscheider hatte sie gebeten, zum ‚kleinen Michel' zu gehen, in dem Hamburgs Katholiken ihre Gottesdienste abhalten durften, und einen Priester zu bitten, in den Pesthof zu kommen, um einem Sterbenden die letzte Ölung zu geben. Margarethe hatte die Gelegenheit genutzt und war zum Kornhaus gelaufen. Alles in ihr sträubte sich, die Wirklichkeit anzuerkennen. Anzuerkennen, dass Jean, wie wohl alle aus dem 127. Regiment, verhungert war, da das 127. Regiment zur Infanterie und nicht zur Kavallerie gehörte. Oder wie es einer der Dragoner derb, aber ehrlich ausdrückte: „Dei Schuh konnst nit fresse, aba dei Pferd scho!"

In Grübeleien versunken ging sie am Wachhaus am Millerntor vorbei, ging weiter über die Zufahrtsallee zum Pesthof und über den gefegten Innenhof. Kurz sah sie zu einem Pferdeschlitten, der am Hauptgebäude stand und auf dem ein schlafender Bauer hockte. Sie ging in die Kleiderkammer, verstaute Umhang und Schals, zog einen Leinenkittel über, setzte eine Haube auf und ging zum Haupthaus. Sie wollte den Männersaal betreten, doch im Eingang kam ihr ein junger Mann entgegen, mager, verdreckt, mit verwegenem Haarschopf und einem rotblonden, wüsten Bart. Er trug eine Weste des 127. Regiments, sah Margarethe an, sah sie so durchdringend an, dass sie sich unwillkürlich eine Locke aus der Stirn strich. Er begann ungläubig zu lächeln. Jetzt erkannte Margarethe den jungen Mann. Es war Christian Meinecke, der Gehilfe des Buchhändlers Perthes.

„Das nenne ich eine göttliche Fügung, Mademoiselle", strahlte er, „dafür hat sich der weite, weite Weg gelohnt."

Margarethe war einige Herzschläge lang sprachlos, fing sich dann aber und fragte: „Sind Sie verletzt? Brauchen Sie Hilfe?"

„Ich dachte, Sie arbeiten bei Rainville?"

„Rainville?" Margarethe lachte leise auf. „Ach, das war nur ein kurzes …", sie suchte nach dem richtigen Wort, „… ein kurzes Intermezzo. Nein, ich arbeite hier im Krankenhof, seit Monaten. Wenn Sie Hilfe brauchen, Dr. Wegscheider …"

Weiter kam sie nicht, denn Christian Meinecke unterbrach sie: „Nicht ich, nein, mein Freund, ich habe ihn gerade gebracht."

Margarethe hielt den Atem an und fragte tonlos:

„Ihr Freund?"

„Ja, Jean Carpentier, mein bester Freund und Lebensretter. Ich bin ihm vieles schuldig."

Weiter hörte Margarethe nicht zu, denn sie lief in den Männersaal, lief an den Reihen der Betten entlang, bis sie ihn sah, in einem Zweierbett, Jean, bleich, ein wilder, schwarzer Bart, blutverkrustet, mager, verdreckt, die Augen geschlossen, bewusstlos. Jean. Er lebte, trug Weste und Culottes des Regiments, alles blutverkrustet. Margarethe beugte sich über ihn, nahm sein Gesicht zärtlich in ihre Hände und küsste zart seine Stirn. Jean. Christian Meinecke stand hinter ihr und räusperte sich verlegen.

„Dann müssen Sie, pardon, Margarethe sein, oder?“

Margarethe nickte, legte eine Hand auf Jeans Stirn und spürte, dass er fieberte.

„Kurz vor der Grenze zu Preußen haben Kosaken ihn erwischt.“

Margarethe begann, Jean die Stiefel auszuziehen, holte eine Schere und schnitt die Culottes auf, suchte nach Verletzungen. Der linke Oberschenkel hatte eine große vereiterte Wunde, die Zehen waren abgefroren. Christian Meinecke lachte bitter.

„Nur die Zehen, mit denen muss er ja nicht Flöte spielen.“

Margarethe lief zu Dr. Wegscheider und bat ihn, sich Jean anzuschauen. Sie sagte ihm offen und ehrlich, dass Jean der Mann sei, auf den sie all die Monate gewartet habe. Der Doktor legte den Kopf schräg, sah sie an und musste lächeln. Aber er versprach, sein Bestes zu tun und ging mit Margarethe zu Jean. Erst jetzt nahm Margarethe wahr, dass Jean nicht allein im Bett lag, dass er sich das Bett mit einem Sterbenden teilen musste. Das würde sie als Erstes ändern. Luise maulte, aber Dr. Wegscheider war einverstanden, und schon kurze Zeit später hatte Jean ein Bett für sich allein. Der Arzt untersuchte ihn kurz, hob die Augenlider, sah in die Pupillen, fühlte den Puls, der zu hoch und sehr schwach war, betrachtete sorgfältig die Wunde und sagte dann zu Margarethe:

„Er hat viel, sehr viel Blut verloren, die Arteria femoralis scheint aber nicht verletzt zu sein.“ Er bat Margarethe, Laudanum zu holen, falls Monsieur Carpentier wach werde und die Schmerzen zu stark würden. Und sie solle dem Chirurgus Menken Bescheid geben, sich die Wunde anzuschauen. Christian Meinecke war die ganze Zeit nicht von Margarethes Seite gewichen, er war dankbar für alles, was sie für Jean tat, denn die Sorge um seinen besten Freund gab der Eifersucht noch keinen Raum.

Margarethe verließ den Männersaal, Christian Meinecke folgte ihr. Erst jetzt bemerkte sie, dass er wie Jean nur aus Haut und Knochen bestand. Sie bat ihn, mit ihr in die Küche zu kommen. Christian folgte gehorsam. Auf dem Weg zur Küche steckte sie den Kopf ins Labor, begrüßte Apotheker Lohmeyer, bestellte das Laudanum, bat Chirurgus Menken zu Dr. Wegscheider in den Männersaal, betrat die Küche, in der Frau Menken wie jeden Tag die Kohlsuppe für die Kranken gekocht und noch einen Rest im Kessel gelassen hatte, und stellte ihr Christian Meinecke vor.

Frau Menken schlug die Hände vor dem Gesicht zusammen.

„Ohgottohgott, dann möt wi di richtig wedder uppeppeln!"

Mit diesen Worten füllte sie dampfende Suppe in eine Schale, stellte sie auf den Tisch und drückte Christian einen Löffel in die Hand. Entschuldigend sah er auf seine schmutzigen Hände, doch Frau Menken wehrte ab:

„Nun lang erst mol tau. Waschen is nich so wichtig wie Freten."

Heißhungrig begann Christian, die Suppe zu verschlingen, dann wurde er ruhiger und war bereit, Margarethes und Frau Menkens Fragen zu beantworten. Beide Frauen spürten, wie die Wut über das Erlebte in ihm glühte, als er seine Schilderung begann:

„Fast vier Wochen lagen wir im Biwak vor Moskau. Der Kaiser, seine Generäle und seine Garderegimenter saßen im Trockenen, im Kreml, das ist die Burg des Zaren, die war nicht abgebrannt."

„Abgebrannt?", wollte Margarethe wissen.

„Ja, die Moskauer hatten vor der Flucht ihre Stadt angezündet."

„Ohgottohgott, wie furchtbar!", rief Frau Menken.

„Am 17. Oktober gab Napoleon dann den Befehl zum Rückzug."

„Warum?", fragten Margarethe und Frau Menken.

„Der Zar wollte keinen Frieden schließen, wir hatten keinen Proviant mehr und wären vor Moskau elendig verhungert. Viele Offiziere und ihre Frauen haben dann noch die Stadt geplündert, die haben alles mitgehen lassen, egal ob Bilder, Pelze, Schmuck, Möbel, man glaubt es nicht. Wie die Elstern."

„Und so wollten die zurück nach Frankreich?"

„Ja, mit Sack und Pack nach Südwesten, Richtung Smolensk."

„Seid ihr denn nicht mitmarschiert?"

„Nee, das 127. Regiment gab es ja kaum noch, eine halbe Kompanie, mehr nicht. Die meisten waren bei Smolensk gefallen."

Christian Meinecke schwieg und löffelte wütend seine Suppe.

„Wenn ihr nicht mit der Grande Armée gezogen seid, wie seid ihr denn hierhergekommen?", wollte Margarethe wissen.

„Jean und ich haben überlegt, ob wir uns auf eigene Faust durchschlagen sollen. Nach der Schlacht von Borodino, noch vor Moskau, hat Jean schon gesagt, dass der Krieg verloren ist. Er kennt sich da besser aus als ich, er ist ja schon länger dabei."

Christian Meinecke machte eine Pause und sah zum Fenster, dann lachte er leise auf: „Jedenfalls fing er im Biwak an, aus den Kordeln einer Husarenuniform die Seidenfäden zu ziehen und zu flechten. Das wurde seine Angelschnur."

„Jean wollte angeln?", fragte Margarethe.

„Zu plündern gab's nichts mehr, das hatte Napoleons glorreiche Armee ja schon auf dem Weg nach Moskau gemacht. Wir waren auch nicht bei der Kavallerie und konnten unsere Pferde essen. Jean ließ sich von einem Hufschmied der preußischen Husaren lange Hufnägel zu feinen Angelhaken schmieden."

„Habt ihr denn was gefangen?"

„Sicher, sonst wären wir verreckt! Vergammeltes Pferdefleisch, das war ein guter Köder, besonders für Aale."

Apotheker Lohmeyer war bei den letzten Sätzen in die Küche gekommen, hatte zugehört und wollte nun wissen:

„Dann seid ihr nicht über die Beresina?"

„Nee, um wie die Ratten zu ersaufen? Nee, wir sind nach Nordwesten gezogen, Richtung Riga, dann bei Kaunas wieder über die Memel. Dann weiter nach Königsberg. Wir hofften, dass wir dort ein Schiff finden, das uns mit nach Lübeck nimmt. Doch es schneite, und als wir zur Memel kamen, war die zugefroren. Und da hat Jean mir das Leben gerettet."

Christian Meinecke schwieg einige Augenblicke. Keiner wagte zu fragen, wie und warum. Er holte tief Atem und fuhr fort:

„Das Eis war nicht sehr dick, ich bin eingebrochen, und ich kann ja nicht schwimmen, ich wäre glatt ertrunken. Jean war hinter mir, hat sich auf den Bauch geworfen, hat mich am Ärmel gepackt und an der Eiskante entlang, wie einen nassen Sack, ans andere Ufer gezogen." Wieder schwieg Christian Meinecke, sagte dann wütend: „Schon dafür könnte ich Napoleon umbringen!"

„Ohgottohgott, versündige di nich!", stöhnte Frau Menken.

„Kurz vor Königsberg haben uns russische Kosaken beschossen. Jean hat's erwischt. Drei Tage später habe ich mit dem Messer die verdammte Kugel rausgeholt."

„Haben Sie denn Königsberg erreicht?", fragte Lohmeyer.

„Ja, doch da gab es kein Schiff, das bei dem Eisgang segeln konnte. Ein Wundarzt hat Jean verbunden. Es gab aber nichts zu essen in der Stadt, nichts, nur Preußen."

„Ohgottohgott", murmelte Frau Menken und füllte Suppe nach.

„Dann sind wir weitermarschiert. Hin und wieder haben wir beim Eisangeln ein paar Fische gefangen, sonst wären wir glatt verhungert, die Bauern haben uns nichts gegeben, die hatten ja selbst nichts mehr. Jean kriegte furchtbare Schmerzen. Manchmal konnte er kaum gehen und fiel um. Zwei, die seit Königsberg mit uns gingen, sind nachts erfroren. Oder verhungert. So genau weiß ich das nicht."

Plötzlich begann Christian Meinecke zu würgen, sprang auf, suchte den Abfluss und musste sich übergeben. Die Kohlsuppe war zu viel für seinen hungergewöhnten Magen. Margarethe nahm ein feuchtes Tuch und säuberte sein Gesicht. Christian nahm wieder Platz, sah auf seine Hände, die er zu Klauen formte, und fluchte: „Mit meinen eigenen Händen könnte ich diesen Tyrann ermorden!"

„Ohgottohgott, versündige di nich!"

„Unterhalb von Stettin sind wir über die zugefrorene Oder und dann immer an der Küste entlang bis nach Lübeck. In Lübeck kriegte Jean wieder Fieber, wir konnten ja seine Wunde nicht richtig verbinden, manchmal war er auch ohne Besinnung. In Oldesloe haben wir, Gott sei dank, diesen Bauern gefunden, der uns in seinem Schlitten hierhergefahren hat." Er versuchte ein Grinsen, es misslang. „Ich weiß nur nicht, von was ich ihn bezahlen soll, unseren Sold haben wir schon seit August nicht mehr gekriegt. Den hat sich wohl auch der Kaiser eingesteckt!"

Nun bewies Apotheker Lohmeyer wieder einmal, dass er ein großes Herz hatte: „Das lassen Sie meine Sorge sein, ich bin froh, wenn ich unseren tapferen Hamburger Jungs ein bisschen unter die Arme greifen darf."

Christian Meinecke hatte die Schale geleert und befahl seinem Magen, Ruhe zu geben. Er stand auf, sah Margarethe dankbar an, nahm sie etwas zur Seite und sagte leise zu ihr: „Sie sind also die Margarethe, von der er geredet und geträumt hat, jeden Tag, Sie waren immer bei ihm. Nur, ich habe nicht geahnt, dass wir von derselben Demoiselle träumen, denn Sie waren, verzeihen Sie meine Kühnheit, all die Tage, Wochen und Monate auch mit mir, bei mir." Er wurde schamrot und sah verlegen zu Boden. „Ohne Sie, Margarethe, hätte ich den langen Weg zurück nicht geschafft."

Auch Margarethe wurde verlegen, senkte den Kopf und wusste nicht, was sie sagen sollte.

Christian Meinecke bedankte sich bei Frau Menken, die ihm anerkennend auf die Schulter klopfte, und verließ mit Margarethe und Lohmeyer die Küche. Für Margarethe waren die Namen all der Städte, die er genannt hatte, unbekannt, für sie waren sie wie rettende Inseln, alles andere würde Jean ihr erklären. Sie ging ins Labor, nahm das Laudanum, das Lohmeyer zubereitet hatte, und wollte sich von Christian Meinecke verabschieden. Aber sie fand keine Worte, spontan nahm sie ihn in die Arme, küsste ihn dankbar und lief zum Männersaal. Christian Meinecke, erstarrt vor Glück, musste von Lohmeyer wachgerufen werden, der schon seine Geldbörse gezückt hatte und nun über den Hof zum Pferdeschlitten ging.

Bevor Margarethe zu Jean ging, suchte sie Dr. Wegscheider auf, der sich gerade die Hände wusch. Er war der erste Arzt im Pesthof, der streng darauf achtete, dass jedes Pflegeweib, so wie er auch, sich ständig die Hände wusch. Margarethe war ihm dafür dankbar, denn es entsprach ihrem instinktivem Bedürfnis nach Sauberkeit. So waren sich beide schnell einig, dass sie zunächst den Monsieur Carpentier gründlich waschen, seine Wunde mit Essig oder, wenn möglich, mit Alkohol vorsichtig säubern und einen leichten Verband mit Arnika anlegen sollte. Würde der Kranke Schmerzen haben, sollte sie etwas Laudanum geben. Noch wichtiger aber sei es, dass der Kranke etwas zu essen bekäme, um zu Kräften und auch zu mehr Blut zu kommen. Margarethe dachte an Christian Meinecke, wie er die Kohlsuppe hinuntergeschlungen hatte. Bei Jean wollte sie vorsichtiger sein.

Später, als alle Aufgaben erledigt waren und Jean gewaschen, gesäubert, mit einem Verband in einem frisch bezogenen Bett lag und in Schlaf gefallen war, setzte sich Margarethe zu ihm mit einem Teller, auf dem eine Scheibe Brot mit Gänseschmalz lag. Stumm und beglückt sah sie Jean an. Luise und die anderen Pflegeweiber tuschelten, aber Margarethe hörte und sah es nicht, sie wollte es nicht sehen, sie sah nur Jean. Und sie überlegte, was für ihn das Beste wäre. Sie bewunderte Dr. Wegscheider, sie wusste aber auch, dass er gegen die Ansteckungen im Pesthof, gegen die vielen Todesfälle machtlos war. Besonders gefährdet waren schwache Kranke, und zu denen zählte Jean. Das Beste wäre, ihn zu Hause zu pflegen. Aber wo? Mit zu sich konnte Margarethe ihn nicht nehmen, bei dem Gedanken erschrak sie, das konnte sie dem Herrn Lohmeyer nicht antun. Da fiel ihr der Organist Hagedorn von der St.-Gertruden-Kapelle ein, bei dem Jean gewohnt hatte. Falls keine neue Einquartierung erfolgt war, müsste dort noch ein Zimmer für ihn sein. Und so beschloss sie, zu Hagedorn zu gehen und ihn zu fragen. Zunächst aber wartete sie darauf, dass Jean die Augen aufschlug, dass er erwachte.

Zwischendurch machte sie ihre Runden, sah nach den anderen Innerlichen und Äußerlichen, kehrte aber immer wieder zu Jean zurück, strich ihm über die Stirn, spürte das Fieber und kühlte mit einem in Essig getränkten Lappen die Schläfen und die Halsschlagader. Apotheker Lohmeyer kam in den Männersaal, kam zu Jeans Bett und fragte Margarethe, ob sie mit ihm nach Hause fahre. Sie bat um Verständnis, dass sie bei dem Kranken bleiben möchte, bis er wach wird. Einen Augenblick brauchte Lohmeyer, doch dann glaubte er, begriffen zu haben, wer dieser Kranke war. Nachdenklich verließ er den Männersaal.

Es wurde dunkel. Einige Äußerliche, die ihre Betten verlassen durften, zündeten Rübenöl-Lampen an, die den Männersaal nur kläglich erhellten. Doch es fiel genug Licht auf Jean, sodass Margarethe sein blasses Gesicht sehen konnte, seine geschlossenen

Augen. Sie spürte, wie er unruhig wurde, wie er heftiger atmete. Plötzlich schlug er die Augen auf. Sein Blick wanderte durch den Raum, zu den Lampen, zu den Fenstern, zur hohen Decke, dann zu Margarethe. Sein Blick wurde fester, war fieberfrei, er holte tief Atem und sagte mit leiser, staunender Stimme: „Margarethe, mon amour, ma petite bourrasque."

40. Kapitel

„Dat Tüch, dat krigst du bi'n Pfandleiher för'n por Schilling", hatte Sophie ihr geraten und eine Adresse in der Böhmkenstraße genannt, als Margarethe fragte, wo sie Jacke, Hemd und Hosen für Jean kaufen könne. Vor Freude juchzend war Sophie mit ihr durch die Bude getanzt, der kleine Henning tanzte mit. Hinnerk hatte Margarethe in die Arme genommen, ihr viel Glück für die Zukunft gewünscht und die Jacke der ‚Canonniers Gardes-Côtes' angezogen, da er Nachtwache auf der Bastion Johannis hatte. Das Eis hatte den Fährverkehr stillgelegt, dafür kamen die Schmuggler jetzt nachts über die gefrorene Elbe. Hinnerk meinte lachend, dass man mit ihm wohl den Bock zum Gärtner gemacht habe. Dann sah er Margarethe ernst an und warnte:

„Sag Jean, er soll vorsichtig sein. Wenn die erstmal einen auf'n Kieker haben, dann lassen die nicht mehr so leicht locker."

„Was meinst du denn mit Kieker?", wollte Margarethe wissen.

„Na, dieser Colonel, der dich damals eingebuchtet hat …"

„Ach, du meinst Colonel Massot?"

„Der hätte Jean doch am liebsten an den Galgen gebracht, oder?"

„Das ist lange her, Hinnerk, das war im Sommer!"

„Dann kennst du die französische Bureaukratie aber schlecht, das sag ich dir. Die Grande Armée, die hat den Russlandfeldzug verloren, ja, aber Hamburg, min Deern, ist immer noch eine bonne ville de l'Empire français!"

„Nun hör up, du mokst se ja ganz malle“, schimpfte Sophie.
„Nee, lot em mol, ick pass schon up!“, entgegnete Margarethe.

Nachdem Hinnerk sich verabschiedet hatte und Henning ins Bett gesteckt worden war, hockten die beiden Freundinnen bei einem Krug Wasser noch eine Weile am Tisch. Sophie wollte wissen, wie Margarethe sich die Zukunft vorstellt. Zurück zum Militär kann Jean ja wohl nicht. Und als Musiker? Die Oper spielt nicht, und im ‚König von England‘ gibt es nur noch am Wochenende Musik. Davon kann einer wohl kaum seine Familie ernähren. Hat er denn nichts anderes, irgendwas Vernünftiges gelernt? Und Margarethe mit ihren paar Schillingen, die kann ihn wohl schlecht mit durchfüttern. Die kleine, steile Falte bildete sich auf Margarethes Stirn, und sie sagte leise: „Nun lass Jean doch erst mal gesund werden.“

Auf dem Weg zum Pferdemarkt versuchte sie, Sophies Fragen zu beantworten. Es gelang ihr nicht. Sie sah Colonel Massot, wie er müde in den Akten blätterte und sich den Magen rieb. Sie hörte den Sous-Lieutenant, „Ich darf Ihnen affirmieren, dass er zum Tode durch die Guillotine verurteilt wird“. Sie sträubte sich, ohne Jean weiter als bis morgen zu denken, sie wollte einen Schritt nach dem anderen tun. Mit unserer Liebe ist es wie mit der Wintersaat, dachte sie, wenn sie zu früh treibt, kann eine strenge Frostnacht sie zerstören. Sie blickte in den schneeverhangenen Himmel und bat den Lieben Gott, auf ihre Liebe aufzupassen.

Die Turmuhr von St. Petri schlug neun, kurz darauf folgte St. Jacobi. Um diese Zeit aßen die meisten Hamburger Familien zu Abend. Auch Margarethe hätte um neun zu Hause sein sollen, aber sie entschloss sich, noch schnell beim Organisten Hagedorn vorbeizugehen. Apotheker Lohmeyer wusste ja, dass es später werden könnte. Ein kleiner Umweg, mehr nicht. Jean hatte sie nichts davon gesagt. Sie hatten sich geküsst und geschwiegen, und Jean war mit einem Lächeln wieder eingeschlafen.

Margarethe kam in die Nebenstraße, die zur St.-Gertruden-Kapelle führte und in der Hagedorn wohnte. Trotz der Dunkelheit fand sie das schmale Haus, in dem einige Fenster erleuchtet waren. Sie griff zur Glockenstange, zog, wartete, zog wieder, dann hörte sie Schritte, und eine Frauenstimme fragte:

„Wer ist da?"

„Ich soll Grüße von Monsieur Jean bestellen."

Die Frauenstimme hinter der verschlossenen Tür schwieg einen Augenblick und erwiderte dann: „Monsieur Jean ist in Russland."

„Nein, er ist in Hamburg, er ist krank, er braucht Hilfe."

Die Haustür wurde aufgeschlossen und vorsichtig geöffnet. Eine ältere, magere Frau hielt prüfend eine Laterne vor Margarethes Gesicht, musterte sie eine Weile und bat sie einzutreten. Hinter Margarethe schloss sie die Haustür wieder ab. Margarethe entschuldigte sich: „Verzeihen Sie die Störung, aber ist es möglich, trotz dieser späten Stunde den Herrn Hagedorn noch zu sprechen?"

„Mein Mann liegt krank zu Bett. Wer sind Sie denn?"

„Margarethe Detjens, Pflegeweib im Krankenhof. Monsieur Jean liegt bei uns, er möchte wissen, ob sein Zimmer frei ist."

Frau Hagedorn beantwortete die Frage nicht, gab Margarethe ein Zeichen, ihr zu folgen, und stieg die Treppe zum Obergeschoss hoch. Sie ging voraus und öffnete die Tür zu einer Schlafkammer, die nur dürftig von einer Rübenöl-Lampe erhellt wurde und ungeheizt war, sodass Margarethe ihren Atem sehen konnte. An der Wand stand ein Bett, in dem ein schmächtiger, grauhaariger Mann lag, der mit wachen Augen Margarethe musterte. Frau Hagedorn strich die Bettlaken glatt und sagte: „Die Demoiselle bringt Grüße von Monsieur Jean."

„Monsieur Jean? Heißt das, er hat den Wahnsinn überlebt?"

Margarethe nickte und sagte: „Ja, er ist seit heute bei uns im Krankenhof, er ist verwundet, russische Kosaken haben auf ihn geschossen, er hat noch Fieber, aber Dr. Wegscheider und ich glauben, es ist das Beste, wenn er zu Hause gepflegt wird."

Frau Hagedorn lachte bitter auf: „Und wovon? Ich weiß ja nicht mal, wovon ich meinen Mann und mich satt kriegen soll."

„Aber sein Zimmer wäre noch frei, oder?"

„Ja, aber ...", Frau Hagedorn verstummte. Ihr Mann räusperte sich und sagte mit Scham in der Stimme: „Wir haben ja geglaubt, dass er nicht zurückkommt. Da hat Elsbeth seine Sachen beim Höker verkauft. Irgendwovon müssen wir ja leben."

Er schwieg, und seine Frau streichelte ihm die Hand. Mit dieser Entwicklung hatte Margarethe nicht gerechnet. Gleichzeitig war sie froh, dass Jean ihr die Oboe gegeben hatte, die wäre sicher von Frau Hagedorn auch verhökert worden.

„Diese vermaledeiten Franzosen saugen uns bis auf den letzten Blutstropfen aus", fluchte Frau Hagedorn leise vor sich hin.

Margarethe rechnete. Achtzehn Schillinge verdiente sie in der Woche. Für Kost und Logis zahlte sie nichts. Da war es doch nur recht und billig, wenn sie für Jean einsprang. Sie griff unter ihre Schürze, holte eine kleine selbst gehäkelte Geldkatze hervor und zahlte Frau Hagedorn zehn Schillinge bar auf die Hand.

„Pro Woche zehn Schillinge, einverstanden?"

Frau Hagedorn sah sie ungläubig an: „Das ist ja wie im Märchen."

Hagedorn wollte auch etwas sagen, bekam aber einen wüsten Hustenanfall, spuckte Blut und legte sich erschöpft in die Kissen zurück. Margarethe ging zu ihm, legte ihre Hand auf seine Stirn und fühlte seinen Puls: „Was sagt denn der Arzt?"

„Einen Arzt können wir nicht bezahlen."

„Ich werde Dr. Wegscheider bitten, morgen vorbeizukommen. Die Bezahlung lassen Sie meine Sorge sein."

Frau Hagedorn taute nun endgültig auf: „Mein Mann hat die Fallsucht. Jahrende schon. Beim letzten Mal ist er so dusselig gestürzt, mit den Rippen so auf die Herdkante, dass er sich wohl innen was gebrochen hat. Seitdem spuckt er Blut."

Hagedorn mischte sich nun wieder ein: „Halb so schlimm, das wird schon wieder."

Aber Frau Hagedorn schien froh zu sein, jemand gefunden zu haben, dem sie ihr Leid klagen konnte: „Wenn er nicht Orgel spielt, zahlt die Gemeinde nichts. Aber ins Armenhaus wollen wir noch nicht. Das Haus gehört uns, das habe ich von meinen Eltern geerbt, das kann uns keiner wegnehmen."

Wieder mischte sich Hagedorn ein: „Sagen Sie Monsieur Jean, dass ich mich freue, wenn er wieder bei uns wohnt. Und dass ich froh bin, wenn er mich an der Orgel vertritt. Er ist so viel besser als ich." Hagedorn schwieg wieder.

Seine Frau fragte ängstlich: „Was werden Sie ihm denn sagen, wegen seiner Sachen?"

„Dass das Militär hier war und alles konfisziert hat!"

„Ja, ja", sagte Frau Hagedorn erleichtert, „ja, die waren im Sommer tatsächlich hier und haben alle Plünnen durchstöbert. Schrecklich war das!"

„Wann kommt Monsieur Jean denn?", fragte Hagedorn nun.

Margarethe sagte forsch: „In den nächsten Tagen."

„Oh Gott, ich hab gar keine Bettwäsche mehr!"

„Macht nichts, die bring ich mit", behauptete Margarethe kühn, bekam fast etwas Angst vor ihrer Tatkraft, setzte aber schnell noch einen drauf: „Ich komme jeden Tag vorbei, Monsieur Jean braucht nämlich noch viel Pflege."

Und mit einem Blick zu Hagedorn sagte sie: „Ich kümmer mich dann auch um Sie." Hagedorn nickte und begann zu lächeln.

Wenig später lief sie durch das einsetzende Schneetreiben nach Hause. So weit, so gut, dachte sie. Blieb nur das Problem, wie sie

Jean zu Hagedorns bringt. Wer könnte ihr dabei helfen? Herrn Lohmeyer konnte sie wohl schlecht fragen, ob er Jean in der Kutsche zu Hagedorn fährt. Aber vielleicht hatte Wilhelm eine Idee. Die Turmuhr von St. Jacobi schlug einmal, also musste es halb zehn sein, stellte Margarethe fest und hatte nur noch wenige Schritte bis nach Hause. Lohmeyer, Frau Gesine, Wilhelm und Lieutenant Fillon saßen noch beim Abendessen. Margarethe entschuldigte sich, es habe so viel zu tun gegeben. Lohmeyer nickte verständnisvoll und versicherte, es sei noch genug zu essen da. Schnell lief sie in ihr Zimmer, wusch sich Hände und Gesicht und saß wenige Augenblicke später mit am Tisch, sprach stumm ihr Gebet und langte kräftig zu.

Nach dem Essen wartete sie auf einen günstigen Moment, um mit Wilhelm zu sprechen. Als der eine Laterne anzündete und sagte, dass er noch mal nach dem Pferd sehen müsste, da es auf der linken Hinterhand gelahmt habe, ging sie mit zum Stall. Wilhelm hörte sich ihre Bitte an, suckelte an der Pfeife, kratzte sich hinterm Ohr und sagte: „Dat geiht erst na Sünndag, da mut ick na'n Stellmaker na Altona, wegen de nege Deichsel. Up'n Weg taurüch kann ick Monsieur Jean mitnehmen un tau düssen Hagedorn bringen. Dat beste weer aber, du kummst mit mi mit."

Margarethe nickte erleichtert, sicher, sie würde mitkommen. Als sie das sagte, merkte sie, dass sie einen Fehler gemacht hatte. Zum ersten Mal hatte sie hinter Lohmeyers Rücken versucht, sich einen Vorteil zu verschaffen. Sie schämte sich. Sollte Herr Lohmeyer noch nicht zu Bett gegangen sein, würde sie gleich mit ihm sprechen. Sie ging ins Obergeschoss, blickte ins Wohnzimmer und sah, dass er am Kachelofen in seinem Ohrensessel saß und las. Sie bat um Verzeihung, aber sie müsse ihm etwas beichten. Und sie gestand, dass sie, ohne ihn zu fragen, Wilhelm gebeten habe, Monsieur Jean zu Hagedorn zu bringen, wo er früher einquartiert war. Lohmeyer hörte sich ihre kleine Beichte an und überlegte, ob er schmollen und Wilhelm die Fahrt untersagen sollte. Das wäre kleinlich, schäbig, nein, um Margarethe zu gewinnen, und das wollte er noch immer, musste er großherzig sein. Mit einem väterlichen Lächeln stellte er die Kutsche und Wilhelm zur Verfügung und wünschte ihr eine angenehme Nachtruhe. Margarethe bedankte sich mit einem Knicks und verließ erleichtert das Wohnzimmer. Lohmeyer sah ihr hinterher und fragte sich, warum er sich in dieses Mädchen verliebt hatte. War es ihre Jugend, ihre Schönheit? Ihre außergewöhnliche Klugheit? Ihre Stärke? Lohmeyer wusste es nicht, er wusste nur, dass er alles tun würde, Margarethe für sich zu gewinnen.

41. Kapitel

In der Nacht zum Sonntag war aus Schnee Regen geworden, der so tat, als ob er die Straßen sauber waschen könnte. Unter ihrem burgunderroten Schirm ging Margarethe zum Pesthof, weil sie auch an diesem Sonntag bei Jean sein wollte. Im Männersaal staunte sie über die vielen Frauen, die ihre kranken Angehörigen besuchten. Auch Jean hatte Besuch. Christian Meinecke war bei ihm. Dessen lange, rotblonde Haare waren kurz geschoren, der wilde Bart abrasiert. Er päppelte Jean mit Stubenkükenfleisch und erzählte vom letzten Tag ihrer langen Flucht, weil Jean sich nicht erinnern konnte. Margarethe trat ans Bett, wurde verlegen, da sie die Freunde nicht stören wollte. Jean spürte ihre Scheu und nickte ihr auffordernd zu, sich zu ihm aufs Bett zu setzen. Während Christian erzählte, sah Jean unentwegt Margarethe an und hielt ihre Hand. Als Christian eine Pause machte, konnte Margarethe die gute Nachricht verkünden, dass sie morgen Vormittag Jean mit einer Kutsche zu den Hagedorns bringen werde. Dr. Wegscheider sei einverstanden, und die Hagedorns würden sich freuen, wenn Jean wieder bei ihnen wohnt. Leise sagte Jean:

„Merci, mon amour." Er schloss die Augen, und nach wenigen Atemzügen war er tief und fest eingeschlafen.

Christian und Margarethe blieben bei Jean, sie schwiegen fast die ganze Zeit, und wenn sie sich leise unterhielten, um den Schlafenden nicht zu stören, sprachen sie über Alltäglichkeiten, über das Schietwetter, über den Eisgang auf der Elbe, über den Unrat auf den Straßen. Christian war in einem Zwiespalt. Gut, er wusste, dass Jean Margarethe liebt. Aber auch er, Christian, war in sie verliebt. Gut, Jean war krank, wehrlos. Aber eines Tages würde er wieder gesund sein, dachte Christian, dann ist er nicht nur mein Freund, sondern auch mein Rivale. Margarethe befand sich ebenfalls in einem Zwiespalt. Sie wollte allein sein mit Jean, wagte aber nicht Christian zu bitten, sie mit Jean allein zu lassen. Und Christian hatte sich vorgenommen, so lange bei Jean zu bleiben, bis Margarethe gehen würde. Das wäre dann die Gelegenheit, sie nach Hause begleiten zu dürfen und um sie zu werben.

Die Turmuhr der Kapelle schlug drei Mal, ihr hoher und harter Klang drang bis in den Männersaal. Margarethe stand auf, Jean wurde wach, griff nach ihrer Hand und sah sie bittend an. Sie beruhigte ihn, sagte, dass sie um vier Uhr bei der Comtesse de Briancourt sein müsse, dass sie schon morgen früh wieder da sei und mit ihm zu den Hagedorns fahren werde. Jean sah sie dankbar an, wandte sich dann zu Christian:

„Christian, cher ami, Sie prenez garde à Margarethe, bitte."

„Bien sûr, Jean, ich passe auf sie auf", war Christians Antwort.

Margarethe beugte sich über Jean und gab ihm einen Kuss auf die Stirn, weiter reichte ihr Mut nicht. Jean spürte es und war glücklich über diesen Kuss, den er nicht erwidern konnte. Noch nicht, sagte er sich, noch war er zu schwach. Höflich fragte Christian, ob er Margarethe in die Stadt begleiten dürfe, und sie sah fragend Jean an, der sie mit einem Kopfnicken ermunterte. Christian verabschiedete sich und verließ gemeinsam mit Margarethe den Männersaal.

Als sie nach draußen in den Regen kamen, bot Margarethe ihm an, unter den Schirm zu kommen, was der Buchhandelsgehilfe dankbar und leicht errötend annahm. Mit einem Blick nach oben dankte er dem Lieben Gott, dass er ihm dieses Glückslos geschenkt hatte. Auf dem Weg zum Millerntor bat er, den großen Schirm tragen zu dürfen, und bot Margarethe den Arm an. Sie hakte sich bei ihm ein, und Christian spürte zum ersten Mal ihre atmende Nähe. Er genoss dieses Gefühl, versuchte gleichzeitig, es nicht zu zeigen und überlegte, womit er Margarethe beeindrucken könnte. Er entschied sich, von der Zukunft zu schwärmen, so wie er sie plante. Einer der wachhabenden Douaniers erkannte Margarethe und ihren farbenfrohen Schirm, zwirbelte seinen prächtigen Moustache, kniff ihr ein Auge und winkte sie durch, ohne sie und Christian zu inspizieren.

„Wenn dieser Albtraum vorüber ist", begann Christian mit einer Kopfbewegung zu den Douaniers, „wenn wir wieder frei reden, schreiben, publizieren dürfen und die Bücher verkaufen, die der Entwicklung des Menschen zum Guten dienen, dann werde ich meine eigene Buchhandlung eröffnen. Oder ich gründe einen Verlag und gebe Zeitungen heraus, die dem Wohl aller und nicht nur dem eines Einzelnen verpflichtet sind."

„Dann müssten Sie auch den Adel abschaffen."

„Aber selbstverständlich! Wir Hanseaten haben noch nie viel vom Adel gehalten."

Während sie über den Großneumarkt zum Alten Steinweg und weiter zur Ellerntorsbrücke gingen, entwarf Christian ein Bild der Zukunft, wie er sie sah. Sein leuchtendes Vorbild waren die Vereinigten Staaten von Amerika, die amerikanischen Patrioten hatten den englischen Adel zum Teufel gejagt und sich eine Verfassung gegeben, die für alle Völker ein Vorbild sein sollte. In seiner Begeisterung zitierte Christian aus der ‚Bill of Rights' den ersten Artikel: „Congress shall make no law respecting an establishment of religion, or prohibiting the free exercise thereof; or abridging the freedom of speech, or of the press ..."

Margarethe unterbrach ihn: „Seien Sie mir nicht böse, Monsieur Meinecke, ich verstehe Sie nicht."

„Verzeihen Sie, das Feuer der Freiheit riss mich mit. Doch, bitte, nennen Sie mich nicht Monsieur Meinecke, bitte nennen Sie mich Christian."

„Gut, was wollten Sie mir sagen, ... Christian?"

Er setzte erneut an und deklamierte: „Der Kongress darf kein Gesetz erlassen, das die Einrichtung einer Religion betrifft oder ihre freie Ausübung verbietet."

Er blieb stehen und sah Margarethe eindringlich an: „Jetzt kommt das Wichtigste: ‚Der Kongress darf kein Gesetz erlassen, das die Freiheit der Rede oder der Presse einschränkt, oder das Recht des Volkes, sich friedlich zu versammeln'!"

Sie gingen weiter zur Großen Johannisstraße, und Christian fuhr fort: „Das haben die Amerikaner schon 1791 in ihre Verfassung geschrieben. Vor über zwanzig Jahren! Und was machen wir, wir Deutschen? Wir halten das Maul, kuschen vor unserem Adel und lecken Napoleon die Stiefel."

„Sie doch nicht, Christian!"

„Nein, das schwöre ich Ihnen, ich nicht!"

Nach einer Pause, während sie zur Steinstraße kamen, fügte er hinzu: „Auch wir könnten gut einen Robespierre gebrauchen, der mit dem Adel kurzen Prozess macht. Freiheit, Gleichheit, Brüderlichkeit. Das ist die Parole, die auch ich auf meine Fahne geschrieben habe."

„Sie wollen einen Robespierre?"

„Ja, aus ganzem Herzen!"

Die kleine, steile Falte bildete sich auf Margarethes Stirn, sie entzog Christian ihren Arm und sah ihm gerade in die Augen:

„La Femme naît libre et demeure égale à l'homme en droits."

Sie hielt es für richtig, die Worte zu übersetzen: „Die Frau ist frei geboren und dem Manne gleich in allen Rechten!"

Mit einer Geste bat sie um ihren Schirm und fragte gleichzeitig: „Wissen Sie, wer das gesagt hat?"

Christian sah sie verblüfft an und verneinte stumm.

„Olympe de Gouges in der ‚Déclaration des Droits de la Femme et de la Citoyenne'. Und wissen Sie, wann und wo sie das gesagt hat?"

Wieder verneinte Christian stumm.

„Im Jahr 1791 vor der Nationalversammlung, vor über zwanzig Jahren! Und wissen Sie, wie der von Ihnen verehrte Robespierre ihr das gedankt hat?"

Nochmals verneinte Christian stumm, und Margarethe machte eine wirkungsvolle Pause.

„Für diese Selbstverständlichkeit ließ er Olympe de Gouges im November 1793 öffentlich hinrichten."

Margarethe wünschte ihm noch einen schönen Sonntag, packte ihren Schirm fester, ging sehr aufrecht zum Steintor und war der Comtesse de Briancourt dankbar, dass sie bei ihr mehr als nur französische Vokabeln gelernt hatte.

Christian stand im Regen und sah ihr nach. Mit vielem hatte er gerechnet, aber nicht damit, dass ein Mädchen vom Dorf ihm, dem Buchhandelsgehilfen und Freiheitskämpfer, ebenbürtig war. Christian musste grinsen und gestand sich, dass ihm Margarethe in der Rolle der zornigen Nemesis gut gefallen hatte. Er sah, wie sie durch das Steintor die Stadt verließ, und schwor, alles zu tun, um Margarethe für sich zu gewinnen.

Stephanie, die weißhaarige Dienerin, servierte den ‚Mocca faux', der aus Eicheln und Bucheckern gebrannt war, in dem kostbaren Porzellanservice aus Vincennes. Zur Feier des Tages, wie die Comtesse sagte. Sie hatte an Margarethes glücklichem Gesicht sofort gesehen, dass etwas Ungewöhnliches geschehen war. Als Margarethe berichtete, dass Jean wieder in Hamburg sei, hatte die Comtesse sie in die Arme genommen und sie mit einer fast mütterlichen Geste an sich gedrückt. Während der Kaffee serviert wurde, musste Margarethe erzählen, wie Jean es geschafft hatte, den russischen Winter zu überleben.

Später bedankte sich Margarethe nochmals, dass die Comtesse Jeans Briefe übersetzt hatte, die ihr immer wieder Mut gemacht hätten, die ihr aber beinahe zum Verhängnis geworden wären.

„Sagen Sie Jean, dass er sehr vorsichtig sein soll. Der Vorwurf des Hochverrats ist nicht aus der Welt. General Saint-Cyr und seine Offiziere sind der festen Überzeugung, dass der Feldzug gegen den Zaren nur verloren wurde, weil es in den Reihen der Grande Armée Denunzianten gab, die Aufmarschpläne, Stärke der Korps und des Armements dem Feind verraten haben."

„Aber Sie und ich, wir wissen doch, dass Jean kein Verräter ist."

„Das wird einen Colonel Massot noch lange nicht überzeugen."

Margarethe trank ihren ‚Mocca faux', überlegte und fragte dann: „Madame, was würden Sie Jean raten?"

Die Comtesse ließ sich mit der Antwort einen Augenblick Zeit.

„Monsieur Jean hat zwei Möglichkeiten. Er spricht Deutsch und könnte sich daher als Ihr Landsmann ausgeben."

„Mit dem Kuddelmuddel, das er spricht?“, wagte Margarethe einzuwenden.

„Gut, dann nimmt er einen anderen französischen Namen an und behauptet, zu einer der alten französischen Familien zu gehören, die in den neunziger Jahren nach Hamburg gekommen sind.“

Wieder machte die Comtesse eine kleine Pause und lächelte.

„Ich würde mich freuen, wenn er den Namen unserer Familie benutzte. Wenn möglich drei Prénoms. Jean allein ist ein wenig zu … nah am Volk.“ Der nächste Einfall amüsierte sie. „Soll er behaupten, er wäre mein Sohn“, mit einer eleganten Geste fügte sie hinzu, „Jean Christophe Marie Comte de Briancourt.“

Margarethe konnte ihr erschrockenes Staunen nicht verbergen: „Madame, das könnte Sie in größte Schwierigkeiten bringen.“

Die Comtesse schüttelte verneinend den Kopf.

„Ich habe Ihnen, glaube ich, noch nicht mitgeteilt, dass ich das gastliche Hamburg verlassen werde. Sobald die Elbe eisfrei ist und die Umstände es erlauben, werde ich nach Frankreich, nach Paris zurückkehren.“

Margarethe sah die Comtesse sprachlos an und hatte plötzlich das Gefühl, dass sie etwas verlor, etwas, das lebenswichtig für sie in all den Monaten gewesen war, sie ahnte, dass die Klugheit und die Bildung der älteren Freundin ihr schmerzhaft fehlen werden. Sie machte den Versuch, sie zum Bleiben zu bewegen:

„Aber, Madame, Sie sind doch keine Freundin Napoleons!“

„Ma foi, das bin ich wirklich nicht. Und nach dem russischen Desaster setzt keiner, der klug ist, auch nur einen Sous auf den kleinen Korsen. Sein Stern sinkt, und ich möchte rechtzeitig zu einem Neuanfang wieder zu Hause sein. Noch sind wir dafür nicht zu alt, n’est-ce pas, Stephanie?“

„Pas du tout, Madame, pas du tout“, beteuerte die alte Dienerin und schenkte die letzten zwei Tassen ‚Mocca faux‘ ein. Die

Comtesse sah Margarethe eine Weile stumm an, stand dann auf und ging ins Nebenzimmer. „Un instant, s'il vous plaît."

Margarethe sah sich um, sah durch die offenen Chiffonvorhänge auf den jetzt im Dunkeln liegenden Vorplatz und wusste, dass dieser Sonntagnachmittag der letzte sein wird, den sie im Hause der Comtesse verbrachte. Aber wie konnte sie ihre Dankbarkeit beweisen? Sie fand keine Antwort, auch, weil die Comtesse in den Wohnraum zurückkam und einen kleinen Standspiegel trug, dessen vergoldeter, zierlicher Rahmen zwischen zwei schlanken Säulen aufgehängt war. Von Sophie wusste Margarethe, dass es solche Spiegel gibt, Sophie hatte davon geträumt. Margarethe selbst hatte aber noch nie einen gesehen.

„Ich möchte Ihnen ein kleines Abschiedsgeschenk machen, das Sie an mich erinnern soll. Meine eitle Hoffnung ist, dass Sie an mich denken werden, immer wenn Sie in den Spiegel blicken. Aber das allein ist nicht der Grund. Schönheit ist ein Geschenk des Himmels. Ich weiß, leider, wie schnell Schönheit vergeht, wenn man dieses Geschenk nicht pflegt. Ma chère amie, Sie sind schön, sehr schön, und ich möchte, dass das so bleibt, dass das sehr lange so bleibt."

Die Comtesse blieb vor Margarethe stehen, die unwillkürlich aufgestanden war, und überreichte ihr den Spiegel. Margarethe war sprachlos, spürte, wie Tränen in ihre Augen stiegen. Sie schluckte, räusperte sich und sagte dann mit stockender Stimme:

„Ich weiß nicht, Madame, wie ich für all das danken kann, was Sie für mich getan haben."

„Patati-patata! Schließlich haben Sie dafür bezahlt."

„Aber nicht dafür, dass ich heute weiß, wer Voltaire ist oder Amadé Mozart, Robespierre oder Olympe de Gouges."

Nun schlich sich ein kleines, stolzes Lächeln auf das Gesicht der Comtesse, und sie sagte: „Ich glaube, ich habe eine Idee, wie Sie mir danken können. Sollte Ihr erstes Kind ein Mädchen sein, dann wäre ich mehr als glücklich, wenn es meinen Namen trägt,

Marie-Josephine." Und mit einem kleinen Lachen ergänzte sie: „Meinen dritten Prénom ‚Hortense' nehmen Sie bitte nicht, den habe ich schon als Kind gehasst."

Margarethe hielt den Spiegel behutsam, wie ein zerbrechliches Gut in ihren Händen, konnte ihr Glück noch nicht fassen und machte einen Knicks: „Madame, es würde mich sehr glücklich machen, wenn meine Tochter Ihren Namen tragen darf."

„Genug der Sentimentalitäten, ma fille", erwiderte die Comtesse energisch, „lassen Sie uns Adieu sagen, denn ein Au Revoir wird es wohl nicht mehr geben."

Sie nahm Margarethe nochmals in die Arme und küsste sie auf die Wangen, über die jetzt die ersten Tränen rollten. Gerührt zog die Comtesse ein Spitzentüchlein aus dem Ärmel ihres Kleides und trocknete zärtlich Margarethes Gesicht. Beide sahen sich schweigend an, als sie voneinander Abschied nahmen.

Stephanie tippelte im dunklen Hausflur voran, schloss die Haustür auf und öffnete sie, um Margarethe hinauszulassen, ein letztes Mal. Margarethe nahm, ohne zu überlegen, die alte Dienerin in die Arme und küsste sie zum Abschied und Dank auf beide Wangen. Auch das hatte sie von der Comtesse gelernt. Als sie in der Dunkelheit verschwand, sah ihr die weißhaarige Dienerin hinterher und hatte Tränen in den Augen.

43. Kapitel

Am Montagmorgen war Wilhelm wegen der Deichsel beim Stellmacher in Altona und fuhr auf dem Rückweg zum Pesthof. Margarethe hatte ihn bereits erwartet, sie wollte ihm helfen, doch Wilhelm trug Jean wie etwas Zerbrechliches zur Kutsche und legte ihn auf die Sitzbank. Margarethe steckte einige frische Bettlaken und Kissen unter seinen Kopf. Da es für die drei nun zu eng wurde, setzte sie sich auf den Boden der Kutsche, ließ die Beine seitwärts baumeln und passte auf, dass ihre Füße nicht in die Radspeichen gerieten. Den Douaniers erklärte sie, dass dies ein ‚transport d'un malade' sei. Nach kurzer Kontrolle ließ man sie passieren. Die Fahrt ging durch die Stadt, und nach dem Pferdemarkt wies Margarethe Wilhelm den Weg zum Haus der Hagedorns. Dort angekommen, trug Wilhelm Jean hoch in den ersten Stock, Margarethe bezog das Bett, und kurz darauf lag der frisch rasierte Jean wieder auf seiner ‚Couchette'. Margarethe bedankte sich bei Wilhelm, doch der meinte nur: „Da nich für!" Frau Hagedorn war bereit, auf dem Markt ein Huhn zu kaufen und Jean aufzupäppeln, nachdem Margarethe ihr Geld gegeben hatte. Jean wollte sie noch nicht gehen lassen, doch Margarethe versprach, abends wiederzukommen. Durch den einsetzenden Nieselregen lief sie zurück zum Pesthof.

Der weitere Tag verlief wie alle anderen Tage. Dr. Wegscheider ging mit ihr im Männersaal von Bett zu Bett, sagte ihr, welcher Kranke welche Arznei bekommt. Sie bat ihn, beim Organisten der St.-Gertruden-Kapelle vorbeizuschauen, der Mann leide an der Fallsucht und huste seit einem Sturz Blut. Die Bezahlung würde sie übernehmen. Dr. Wegscheider sah sie an und lächelte.

„Gott bewahre Ihnen Ihr weiches Herz", sagte er und versprach, sich den Herrn Hagedorn anzuschauen, nachdem Margarethe ihm die Adresse genannt hatte.

Mittags wurde das Essen an die Kranken ausgeteilt, am Nachmittag half sie Apotheker Lohmeyer in seinem Laboratorium, und abends fuhr sie mit ihm in seiner Kutsche nach Hause. Sie bedankte sich nochmals bei ihm dafür, dass er Wilhelm erlaubt hatte, Monsieur Carpentier zu den Hagedorns zu fahren. Lohmeyer winkte generös ab, das sei eine Selbstverständlichkeit gewesen. Margarethe war erleichtert, dass er es bei diesem Satz bewenden ließ und den Rest des Weges auf die vermaledeite Kontinentalsperre fluchte, die es fast unmöglich mache, den Saft des Schlafmohns für die Herstellung von Laudanum zu beziehen.

Lohmeyer war mit sich zufrieden. Er hatte sich ein wenig vor dem Augenblick gefürchtet, allein mit Margarethe in der Kutsche zu sein, und davor, dass sie auf den Franzosen zu sprechen kommt. Er hatte sich in die Welt der Arzneien geflüchtet. Besser, als zu zeigen, wie es aussah in ihm. Immerhin hatte er einem Nebenbuhler geholfen. Das beweist Größe, lobte er sich selbst und war sich sicher, dass Margarethe dies anerkennen würde.

Wilhelm war noch in der Apotheke zugange und verkaufte Margarethe ein Tütchen mit Zahnpulver aus Ziegelmehl mit pulverisierten Eierschalen, dazu eine kleine Bürste für die Zähne und grüne Seife, weil Margarethe gesehen hatte, dass all diese Dinge in Jeans Zimmer fehlten. Mit dem Oboenkoffer unter dem Arm machte sie sich auf den Weg und sagte Frau Gesine, dass sie spätestens zum Abendessen wieder zu Hause sei.

Frau Hagedorn bat sie zunächst in die Küche, um ihr das fette Huhn zu zeigen, aus dem sie die Brühe für Jean gekocht hatte. Aus dem Fleisch würde sie ein leckeres Frikassee machen. Da sie beteuerte, dass alles ausschließlich für Monsieur Jean sei, wusste Margarethe, dass auch Herr Hagedorn etwas abbekommt. Warum nicht, dachte sie. Frau Hagedorn gab ihr eine Kerze, und Margarethe stieg die Treppe zum ersten Stock hoch. Sie hatte noch nicht die letzten Stufen erreicht, da hörte sie lautes Lachen, das aus Jeans Zimmer kam. Sie klopfte, wieder nur Lachen und kein „Entrez!“. Sie öffnete dennoch die Tür. Auf einem Stuhl am Bett saß Christian Meinecke und lachte. Auch Jean lachte, was ihm aber nicht so gut gelang. Schlagartig hatte Margarethe das Gefühl zu stören, nicht dazuzugehören, fremd zu sein in diesem Zimmer, unwichtig gegenüber dieser Freundschaft. Eine Welle schlug ihr entgegen, wollte sie zwingen, sofort die Schlafkammer zu verlassen und nie wieder zurückzukehren. Sie wusste nicht weiter, und eine kleine, steile Falte bildete sich auf ihrer Stirn. Jean sah es, spürte wie ein Hund die Gefahr, sie für immer zu verlieren, und drängte Christian zu gehen. Der begrüßte Margarethe mit einer galanten Geste, verabschiedete sich von Jean und ließ die beiden allein.

Margarethe stand mitten im Raum und hob hilflos die Schultern. „Ich bin blöd, pardon, ich wollte Christian nicht vertreiben."

„Aber ich", erwiderte Jean und versuchte ein Lachen.

Nun versuchte auch Margarethe ein Lachen, es gelang beinahe. Sie trat zu Jean und legte den Oboenkoffer auf die Bettdecke. Jean öffnete den Koffer und nahm die Teile der Oboe liebevoll aus dem sie schützenden Samt. Während er die Oboe zusammensetzte, schwieg er. Als Letztes kam das Mundstück, das Jean mit seinen Lippen so liebevoll berührte, wie Margarethe es in den Monaten der Einsamkeit getan hatte. Mit großer Zärtlichkeit ließ er seine Finger über das Instrument gleiten und sah Margarethe dankbar an.

„Sie haben an mich gedacht? Tout le temps?"

Margarethe nickte verlegen und holte den Beutel mit den Reinigungsmitteln für die Zähne hervor. Jean stützte sich auf und schaffte es, sich hinzusetzen. Er freute sich wie ein Kind über das Geschenk, stemmte sich hoch, Margarethe half ein wenig, er wankte zur Kommode, auf der ein Krug, ein Glas und eine Schüssel standen, goss Wasser ins Glas und begann, sich die Zähne gründlich zu putzen. Er bürstete, gurgelte, spülte und spuckte das Wasser in den Abwascheimer, bürstete erneut und spülte, spuckte alles aus, bürstete, spülte, trank ein Glas Wasser, blickte Margarethe dankbar an und kam mit tastenden Schritten langsam, aber mit einem zähnezeigenden Lächeln auf sie zu.

„Nun ich kann atmen wieder frei! Schön Atem!"

Er legte die Arme um Margarethe, sie sahen sich in die Augen, und beide sagten gleichzeitig:

„Je vous aime!"

Dann küssten sie sich. Es wurde ein langer, ein inniger Kuss. Sie dachte an den Kuss in der St.-Gertruden-Kapelle. Das war ein Kuss des Abschieds gewesen, dies war ein Kuss des Begehrens. Es war der erste richtige Kuss, den Margarethe in ihrem Leben bekam und den sie gab. Doch er ging über Jeans Kräfte, und so fielen beide lachend aufs Bett. In Margarethe erwachte für einen Augenblick das Pflegeweib, und sie war erst zufrieden, als sie nach seinem Verband gesehen und ihn erneuert hatte und Jean gut versorgt wieder unter seiner Bettdecke lag. Dann beugte sie sich über ihn und küsste ihn erneut.

Nachdem sie noch kurz bei Hagedorn vorbeigesehen und ihm mitgeteilt hatte, dass Dr. Wegscheider ihn untersuchen würde, trat sie mit glühenden Wangen aus dem Haus. Von St. Jacobi wehte der Halbstundenschlag in die Gasse, als sich plötzlich aus der Dunkelheit ein Schatten löste. Margarethe schrie vor Schreck leise auf, doch der Schatten entschuldigte sich. Es war Christian, der auf Margarethe gewartet hatte und ihr nun anbot, sie durch die finstere Nacht nach Hause zu begleiten. Obwohl sie keine Angst vor der Dunkelheit hatte und sich nach der Nähe und Wärme, die sie mit Jean genossen hatte, sicher fühlte, nahm sie Christians Angebot an. Jeans bester Freund sollte auch ihr Freund werden, und sie entschloss sich, dass sie bestimmen würde, wo die Grenze dieser Freundschaft liegt.

Christian kam auf den gestrigen Nachmittag zu sprechen und auf seine mangelnden Kenntnisse Olympe de Gouges betreffend. Da er seit heute aber wieder bei Perthes arbeite, sei Besserung durch entsprechende Lektüre in Sicht. Margarethe war froh, dass es nicht regnete oder schneite, sonst hätte sie Christian unter ihren Schirm bitten müssen, hätte sich einhaken müssen, hätte seinen Körper gespürt und hätte das wie eine Art Verrat an Jean empfunden. Christian überlegte einen Augenblick, ob er ihr den Arm anbieten sollte. Da Margarethe aber so selbstbewusst in ihren Holzpantinen über das Kopfsteinpflaster klapperte, verzichtete er darauf und plauderte lieber über seine Pläne und dass er sich entschieden habe, abends nach Ladenschluss bei Jean vorbeizuschauen, um ihm Gesellschaft zu leisten. Von der Buchhandlung auf dem Jungfernstieg sei es ja nur ein Katzensprung.

44. Kapitel

In einer kleinen silbernen Schale bot Madame Guillambert ihre selbst gemachten Pralinés an, von denen Margarethe gerne eines nahm, da Madame Guillambert ihr zu helfen wusste. An der Fuhlentwiete hatte sie Lohmeyer gebeten, sie abzusetzen, war dann weiter zu Madame Guillambert gegangen und hatte ihr Problem geschildert. Wo könnte man gebrauchte französische Herrenkleidung preiswert erstehen, die einen jungen Monsieur aus gutem Hause kleiden würde? Madame Guillambert hatte dankbar die Hände gefaltet und gemeint, dass der Himmel die Demoiselle Detjens schickt. Seit April des letzten Jahres lagerten bei ihr Jacke, Hemd, Hosen und einiges mehr eines ‚Officier Payeur', eines Zahlmeisters, der mit Frau und Kindern in den Krieg gegen den Zar gezogen war, wie viele adelige Offiziere, der aber, samt Frau und Kindern, wohl nicht überlebt hatte. Madame Guillambert sollte die Sachen ausbessern, waschen und bügeln, was sie getan hatte. Nur abgeholt und bezahlt hatte sie bis heute niemand. Sie hatte versucht, die Garderobe zu verkaufen, kein Hamburger wollte sie haben. Wenn Margarethe die Arbeit bezahlen würde, könnte sie alles haben. Margarethe war einverstanden, über den Preis war man sich schnell einig, wenig später war alles zu einem handlichen Paket verschnürt. Wenn was zu ändern ist, dachte

Margarethe, kann das Frau Hagedorn machen. Und mit Vergnügen aß sie noch eine von Madame Guillamberts köstlichen Pralinés.

Schon vor zwei Tagen hatte sie Jean gebeichtet, dass ihm durch ihre Dummheit die Guillotine wegen Hochverrats droht. Sie und Christian hatten Jean davon überzeugt, dass es für ihn sicherer sei, die Identität zu wechseln, dass aus dem Regimentsmusiker Jean Carpentier der Adelige Jean Christophe Marie de Briancourt werden sollte, geboren in Neuilly-sur-Seine, wie die Comtesse. Christian hatte Jean Mut gemacht und angeboten, innerhalb von wenigen Tagen die notwendigen Dokumente zu besorgen, das heißt, sie von einem pfiffigen Buchdrucker in Altona, den er über Perthes kennengelernt hatte, aufs Trefflichste fälschen zu lassen.

Bevor Margarethe die Treppe zum ersten Stock hochstieg, ging sie zu Frau Hagedorn in die Küche, zahlte das Kostgeld für die kommende Woche und übte mit ihr nochmals die wichtigsten Angaben zu ihrem Schlafgast. Frau Hagedorn wiederholte:

„Monsieur de Briancourt ist seit einer Woche unser Schlafgast. Dr. Wegscheider, der meinen Mann behandelt, brachte ihn zu uns, da Monsieur de Briancourt persönliche Pflege braucht, die er im Krankenhof nicht bekommen kann. Seine Verletzung stammt von einem Überfall auf die Postkutsche, mit der er aus Oldenburg kam. Soweit ich weiß, ist Monsieur de Briancourt in Geschäften unterwegs, Porzellan aus der Manufaktur Vincennes. Aber das und sein Geld haben ihm die Strauchdiebe gestohlen."

Margarethe nickte zufrieden und fragte dann:

„Und was sagen Sie, wenn jemand nach Monsieur Jean fragt?"

Frau Hagedorn setzte eine überzeugende traurige Miene auf:

„Monsieur Carpentier, ein ganzer netter Mensch, der war unsere Einquartierung bis April im letzten Jahr. Der ist dann mit dem 127. Regiment nach Moskau marschiert, zu Fuß, wir haben nie wieder was von ihm gehört. Nur, dass die meisten in Russland verhungert oder erfroren sind. Ach, dieser nette, junge Mann."

Fast kamen Frau Hagedorn die Tränen, so überzeugend war sie.

Jean und Christian mussten staunend lachen, als Margarethe ihr Kleiderpaket aufschnürte und mit einer eleganten Geste sagte: „Monsieur de Briancourt, servez-vous!"

Mühsam stemmte sich Jean aus dem Bett und zog als Erstes die Jacke über, die um einiges zu weit war. Christian schüttelte den Kopf, so könne Jean nicht herumlaufen.

„Das muss er auch nicht", belehrte ihn Margarethe, „wichtiger ist, dass statt einer Uniform diese Sachen im Schrank hängen, falls Jean unangenehmen Besuch bekommt."

Das leuchtete auch Christian ein, er versprach, Strümpfe und Stiefel zu beschaffen, und verabschiedete sich. Noch hatte Jean die neue, weite Jacke an, als er Margarethe in die Arme nahm:

„Ich weiß nicht, Margarethe, wie ich Sie das danke."

Margarethe wusste es, sie schloss die Augen und bot Jean ihre Lippen zum Kuss. Gemeinsam erfanden sie später einen Lebenslauf für Jean Christophe Marie de Briancourt. Und Jean meinte, dass dieser Comte auch eine prächtige Figur in einer komischen Oper abgeben könnte, die er eines Tages komponieren wird.

Obwohl Christian jeden Abend auf sie wartete und sich wie ein Schatten aus der Dunkelheit löste, erschrak Margarethe jedes Mal, so auch heute Abend. Seit drei Tagen bat er nicht mehr um die Erlaubnis, sie begleiten zu dürfen, er tat es, und sie lehnte es nicht ab. Er erzählte mit Feuereifer, dass man im Schauspiel am Gänsemarkt plane, die ‚Räuber' seines Lieblingsautors Schiller wieder aufzuführen. Ob Margarethe das Theaterstück kenne? Wahrheitsgemäß musste sie die Frage verneinen, was Christian zum Anlass nahm, sie einzuladen. Korrigierend setzte er hinzu: „Natürlich muss Jean mitkommen, falls er wieder gesund ist."

Margarethe nickte und schwieg. Sie fragte sich, wie Jean wohl reagiert, wenn sie mit Christian ins Theater gehen würde. Wäre er eifersüchtig? Eifersüchtig auf seinen besten Freund? Wusste er eigentlich, dass Christian jeden Abend auf sie wartete? Dass er sie jeden Abend bis vor ihre Haustür begleitete? Sie beendete ihr Schweigen mit der Frage: „Haben Sie Jean eigentlich schon gesagt, dass Sie jeden Abend auf mich warten?"

Christian ließ sich mit der Antwort Zeit, mit dieser Frage hatte er nicht gerechnet. Dann sagte er leichthin: „Nein, ich glaube auch nicht, dass ihn eine solche Lappalie interessiert."

„Was, bitte, ist eine Lappalie?"

„Eine Bagatelle, eine Petitesse, eine Kleinigkeit!"

„Ich dachte, es wäre Ihnen wichtig, mich zu begleiten?"

„Aber ja, ja, für mich bedeutet es viel, keine ... Kleinigkeit!"

Christian war froh, dass Margarethe im Nachtdunkel nicht sehen konnte, dass er rot anlief. Beide gingen weiter, schwiegen, nur Margarethes Holzpantinen lärmten auf den Katzenkopfsteinen. Christian nahm seinen Mut zusammen und fragte, kurz bevor sie auf den Pferdemarkt kamen: „Und Sie, Margarethe, haben Sie Jean gesagt, dass ich Sie jeden Abend nach Hause begleite?"

Margarethe verneinte stumm, wünschte ihm eine gute Nacht und lief zum Haus des Apothekers Lohmeyer.

45. Kapitel

Nach dem Abendessen bat Lohmeyer sie, einen Augenblick bei ihm zu bleiben. Er probierte ein geheimnisvolles Lächeln, was ihm einigermaßen gelang, und sagte, dass er eine Überraschung für sie habe. Margarethe blickte ihn neugierig an, und Lohmeyer lüftete das Geheimnis. Er habe Karten für ein Konzert morgen Abend im Musiksaal mit der Demoiselle de Montansier von der Pariser Oper bekommen. Eigentlich war alles ausverkauft, aber er habe Glück gehabt, Advokat Tussmann habe ihm seine zwei Karten überlassen. Margarethe sah in erwartungsvolle Augen, spürte, dass sie Lohmeyer nicht enttäuschen, die Einladung nicht ablehnen durfte, und sagte, es sei für sie eine Ehre und ein großes Vergnügen, ihn begleiten zu dürfen.

Am folgenden Tag, am Sonnabend, fragte Margarethe Chirurgus Menken, ob sie etwas früher gehen dürfe. Sie fragte auch Herrn Lohmeyer, da sie vorher noch einiges zu erledigen habe. Worauf der kurz entschlossen Feierabend machte, seine Sachen packte und ihr anbot, mit ihm in die Stadt zu fahren. Margarethe sagte, sie müsse nur zum Schaarmarkt, zu einer Freundin, die ihr die Haare stecken solle. Wunderbar, erwiderte Lohmeyer, bei diesem Schmuddelwetter würde er sie gerne hinbringen, auf sie warten und mit ihr nach Hause fahren. Margarethe konnte das Angebot nicht ablehnen, sie konnte auch nicht ahnen, dass Lohmeyer verhindern wollte, dass sie ihren Franzosen, diesen Carpentier, um Erlaubnis fragt und unter Umständen anderen Sinnes wird. Er ließ sich nichts anmerken und fluchte wie alle anderen über den Stau am Millerntor, über die Brutalität der Douaniers und Dragoner, die auf Frauen und Kinder, die etwas Zucker geschmuggelt hatten, erbarmungslos einschlugen.

„Lange geht das hier nicht mehr gut“, schimpfte Lohmeyer vor sich hin, „dann kracht das hier, aber so richtig, ganz gewaltig!“

Am Eingang zum Brauerknechtgraben hielt er, da die Straße zu eng zum Wenden war, und versprach, hier auf sie zu warten. Margarethe lief zum Langen Jammer und die Stiege hoch zu Sophies Bude, da hinter den Scheiben der Wohnküche Licht flackerte. Sophie freute sich, Margarethe wiederzusehen, und war sofort bereit, ihr die Haare à la mode zu frisieren.

Vom Michel wehten sechs Glockenschläge über den Schaarmarkt, Lohmeyer wurde unruhig, er hatte Angst, Margarethe sei ihm wie ein Wiesel entschlüpft, doch dann atmete er auf. Sie kam auf ihn zu, schöner denn je, befand er, unter ihrer Haube kamen an den Seiten goldlockige Papillotes zum Vorschein. Ja, diese junge Frau begehrte er, liebte er, gestand sich Lohmeyer, half ihr in die Kutsche und stellte sich die Zukunft rosig vor.

Wenig später war Margarethe in ihrem Zimmer, zog sich um und hockte sich vor den zierlichen Standspiegel, den ihr die Comtesse geschenkt hatte. Kritisch besah sie die Papillotes und kam zu dem Ergebnis, dass sie ihr gefielen. Was Jean wohl dazu sagen wird, dachte sie. Mit Erschrecken fiel ihr ein, dass Jean heute Abend vergeblich auf sie warten wird. Schnell schrieb sie ein paar Zeilen auf eine Seite aus ihrem Vokabelheft, er solle sich keine Sorgen machen, morgen, am Sonntag, sei sie schon mittags bei ihm. Sie faltete die Seite zweifach und schrieb Jeans Namen und Adresse auf die leere Fläche. Sie ging nach unten, trat vors Haus, rief einen Gassenjungen, gab ihm zwei Kupferpfennige, und der versprach, den Brief zu bestellen.

Auch Lohmeyer hatte Abendgarderobe angelegt und war stolz, dass Margarethe mit der neuen Frisur, dem Kragen-Spenzer aus taubenblauem Samt, dem Capuchon und den pelzbesetzten Stiefelchen eine mehr als standesgemäße Erscheinung abgab. Auf dem Pferdemarkt rief er eine Lohnkutsche, und schon rollten der Herr Apotheker und seine junge Begleiterin zum Musiksaal am Valentinskamp. Vor dem Musiksaal fuhren die Kutschen vor, die feine Gesellschaft der ‚bonne ville de l'Empire français' gab sich ein Stelldichein. Lohmeyer freute sich über die neidischen Blicke der Herren und die empörten der Damen. Er schwebte im siebten Himmel, aus den ihn auch der indisponierte Sopran der Demoiselle de Montansier nicht zu holen vermochte.

Spät aßen sie zu Abend, und der rundum zufriedene Lohmeyer nahm statt eines Horsd'œuvre eine Flasche Lübecker Rotspon zu sich. Zum Essen eine zweite, und statt des Desserts öffnete er die dritte Flasche. Frau Gesine blickte missbilligend, aber Lohmeyer beruhigte sie, es gäbe einen guten Grund, diesen Tag zu feiern. Nachdem Wilhelm und Frau Gesine gegangen waren, bat Lohmeyer Margarethe, noch einen Moment bei ihm zu bleiben. Er füllte ihr Glas, dann seines, hob es an und blickte ihr tief in die Augen: „Ihnen ist sicher nicht entgangen, chère Margarethe, welch glanzvolles Paar wir heute Abend abgegeben haben. Nun, da wir das Schicksal des 127. Regiments kennen, möchte ich Sie und mich nicht länger im Ungewissen lassen und meine Frage aus der Silvesternacht wiederholen: Wollen Sie meine Gattin werden?"

Margarethe wusste, dass sie sich entscheiden musste. Oft hatte sie sich die Folgen eines Neins ausgemalt, bis hin zum Auszug aus diesem Haus, das ihr Zuhause geworden war. Sie dachte an Sophie, die ihr empfohlen hatte, vernünftig zu sein und Lohmeyers Antrag anzunehmen. Behutsam sagte sie:

„Ich habe Sie in mein Herz geschlossen. Ich bewundere Sie und ich verehre Sie. Ich bin Ihnen für alles, was Sie für mich getan haben, unendlich dankbar. Aber ich liebe Sie nicht so, wie eine Gattin ihren Gatten lieben muss … Ich liebe einen anderen."

Lohmeyer trank sein Glas in einem Zug aus und sagte dann: „Diesen Franzmann?"

„Ja, Jean Carpentier."

Lohmeyer atmete schwer, füllte sein Glas erneut, trank und schwieg. Margarethe machte einen höflichen Knicks, wünschte ihm eine gute Nacht und verließ den Wohnraum. Lohmeyer bat sie mit schwerer Zunge, die Tür offen zu lassen.

Sie lag wach, konnte nicht einschlafen und horchte in das stille Haus. Sie hörte, wie Lohmeyer eine weitere Flasche entkorkte, dann das Poltern an der Haustür: Lieutenant Fillon kam nach Hause und stolperte die Treppe zum Obergeschoss hinauf. Sie hörte, wie Lohmeyer mit trunkener Stimme nach ihm rief.

„Kommen Sie, mon cher Lieutenant, trinken Sie ein Gläschen mit mir! Trinken wir auf einen alten Hahnrei! Kikeriki!"

„Quoi?"

„Cocu, mein lieber Fillon, cocu, kikeriki … à votre santé!"

Nach einer Pause hörte Margarethe Lohmeyer fragen:

„Glauben Sie noch immer, dass der Krieg gegen den Zaren wegen Hochverrats verloren wurde, à cause de haute trahison?"

Die Tür wurde geschlossen, und es war wieder still im Haus.

46. Kapitel

Obwohl es wieder zu schneien begonnen hatte, versuchte Jean am Sonntag mit Margarethes tatkräftiger Hilfe seine ersten Schritte auf den Wallanlagen. Sicher, Hose und Jacke waren zu weit, aber da würde er schon hineinwachsen, versicherte er. Gegen die Kälte trug er eine Pelerine, die ihm Frau Hagedorn geliehen hatte und die ihrem Mann gehörte. Woraufhin Margarethe sofort beschloss, gleich morgen bei einem Pfandleiher im Gängeviertel eine Pelerine zu kaufen. Langsam gingen sie zur Großen Alster, und sie erzählte vom gestrigen Konzert im Musiksaal und entschuldigte sich, dass sie ihm nichts gesagt hatte. Doch Jean fand es sehr gut, dass sie Lohmeyers Einladung angenommen hatte, dass sie zum ersten Mal in ihrem Leben Arien seiner Lieblingskomponisten Spontini und Méhul gehört hatte. Auch wenn die Sängerin schrecklich erkältet war, wie Margarethe berichtete. Von Lohmeyers Heiratsantrag sagte sie nichts. Sie genoss lieber Jeans Komplimente, die er ihr zu ihrer neuen Frisur machte.

Zu Abend aß sie mit Frau Gesine und Wilhelm in der Küche, da Lohmeyer sich schon früh zurückgezogen hatte. „He hett tau veel witte Müüs seih'n, un dat köst bannig veel Kraft", meinte Wilhelm schmunzelnd, während Frau Gesine zwischen Mitleid und Schadenfreude schwankte. Auch an diesem Abend fehlte, wie so oft, Lieutenant Fillon.

Ein wenig fühlte sich Margarethe verletzt, dass Lohmeyer sie am nächsten Tag so gut wie keines Blickes würdigte, nur kurze Anweisungen im Laboratorium gab und ihre Nähe mied. Sie hatte nicht geahnt, dass ihr Nein ihn so sehr treffen würde. Im Laufe des Nachmittags sagte er ihr, dass er sie heute in seiner Kutsche nicht mitnehmen könne, da er noch nach Altona müsse und erst relativ spät nach Hause kommen werde. Da Margarethe ihren Schirm dabei hatte und zunächst ins Gängeviertel wollte, machte es ihr nichts aus, in ihren Pantinen zum Millerntor zu klappern. Wieder empörte sie die Brutalität der Dragoner, die einen alten Mann vom Kutschbock zerrten, in den Dreck warfen und auf ihn eintraten. Margarethe zeigte ihr ‚laissez-passer', und kurz darauf war sie im Gängeviertel, wo sie eine Pelerine für wenig Geld bei einem Pfandleiher kaufte. Sie beschloss, sofort zu Jean zu gehen, da Christian ihn heute nicht besuchen würde.

Schneeregen hatte eingesetzt, sie spannte ihren burgunderroten Schirm auf, ein Farbklecks im grauen Winterlicht, und hastete durch die Stadt. Ihre Schritte wurden schneller und schneller, als wenn sie vor etwas Bedrohlichem fliehen würde, sie rempelte Passanten an, vergaß sich zu entschuldigen und stand endlich mit Herzklopfen vor dem Haus der Hagedorns. Frau Hagedorn hatte das Geklapper der Pantinen in der stillen Gasse gehört und öffnete die Haustür, bevor Margarethe die Glockenstange zog.

„Gut, dass Sie kommen, Mademoiselle Detjens. Gerade waren Gendarmen da, drei, bei Monsieur Jean."

„Gendarmen? Bei Jean?"

„Einer von denen, der Baas, ich glaub, der war im Rang eines Sous-Lieutenant, der konnte verflixt gut Deutsch, sprach aber anders als wir hier ... auch nicht wie ein Franzose."

Weiter kam Frau Hagedorn nicht, denn Margarethe beschrieb den Sous-Lieutenant, der sie nach ihrer Festnahme verhört hatte.

„Ja, genau so sah der aus!"

Mehr musste Margarethe nicht hören, sie lief die Treppe hoch und rief nach Jean, keine Antwort, sie stürzte ins Zimmer. Das Bett war leer. Sie warf die Pelerine auf den Tisch, riss den Schrank auf, Jeans neue Kleidung hing wohlgeordnet auf der Stange. Sie begriff nicht, was vorgefallen war, und setzte sich aufs Bett. In der Tür erschien Frau Hagedorn. Margarethe sah sie mit entsetztem Blick an.

„Nee, die haben Monsieur Jean nicht mitgenommen. Monsieur Jean ist ja nicht aus Russland zurückgekommen. Das habe ich dem Sous-Lieutenant gesagt. Ich habe ihm gesagt, dass unser Schlafgast ein feiner Herr aus Vincennes ist. Dennoch ist der Sous-Lieutenant hoch, hier ins Zimmer gestürmt ..."

In diesem Augenblick betrat Jean die Kammer – er war nur auf dem Abort gewesen. Er ging zur Kommode, lächelte, goss Wasser in die Schüssel, wusch sich die Hände, begrüßte Margarethe mit einem Kuss und erzählte, wie die Verhaftung missglückt war:

„Ich habe gezeigt meine papiers, bonne qualité, ich habe gesagt, ich will verkaufen porcelaine à Hambourg. Ich habe überfallen die Postkutsche aus Oldenburg ..."

„Sie sind überfallen worden", korrigierte Frau Hagedorn, worauf Margarethe sie sanft, aber energisch aus der Kammer schob und dann von Jean wissen wollte: „Und das hat man dir geglaubt?"

Unwillkürlich hatte sie ihn geduzt, Jean hatte es bemerkt, hatte sich über das Du gefreut und gab es nun erfreut zurück.

„Wie du siehst, ja!"

Sie umarmten sich, ihre Lippen fanden sich.

„Je t'aime, Jean."

„Je t'aime, Margarethe."

Es wurde ein langer Kuss. Plötzlich löste sich Margarethe, sah sich um, suchte den Oboenkoffer. Jean sagte ihr lachend, dass er seine Oboe seit gestern zur Sicherheit bei Herrn Hagedorn deponiert habe. Margarethe nickte anerkennend, ging zum Schrank und holte die Hose hervor. Jean sah sie irritiert an.

„Die Gendarmen haben die Geschichte mit dem Überfall, mit dem Schuss und der Verwundung geglaubt?"

„Mais oui, aber ja."

Margarethe zeigte auf das linke Hosenbein.

„Eine Zauberkugel, die den Mann, aber nicht die Hose trifft."

Nun begannen beide zu lachen, Margarethe tanzte mit der Hose durch die Kammer, die Erleichterung brach sich Bahn in einem Riesengelächter.

Auf dem Heimweg kam die Angst. Was wäre gewesen, wenn sie nicht zum Pfandleiher gegangen wäre und die Pelerine gekauft hätte? Sie wäre früher bei Jean gewesen, der Sous-Lieutenant hätte sie wiedererkannt, das ganze Lügengebäude wäre in sich zusammengestürzt. Sie hörte die Stimme des Sous-Lieutenants:

„… werden wir den Jean Carpentier, Musiker im 127. Regiment de Ligne, wegen Hochverrats anklagen. Ich darf Ihnen affirmieren, dass er zum Tode durch die Guillotine verurteilt wird." Und sie wäre mit auf das Schafott gestiegen. Erst jetzt begriff sie, wie nahe sie dem Tod gewesen waren, und die Angst packte sie, würgte sie. Napoleon. Das blutrünstige Monster verlangte nach Menschenopfern, um seine Macht zu sichern.

Beim Abendessen, Lieutenant Fillon fehlte wieder einmal, erzählte sie stockend, dass der Kauf einer Pelerine ihr das Leben gerettet habe. Sie erzählte, dass jemand ihren Freund bei der Gendarmerie denunziert habe, dass man ihr damals im Gefängnis gedroht hatte, auch sie wegen Hochverrats aufs Schafott zu bringen, wenn man Jean Carpentier gefasst habe. Frau Gesine und Wilhelm sahen sie entsetzt an, denn sie fügte noch hinzu: „Es muss einen Verräter unter den Menschen geben, die ich kenne. Einen Mouchard, der in Kauf genommen hat, dass ich hingerichtet werde. Aber wer ist der Mouchard? Frau Hagedorn? Hat sie zu viel gesabbelt? Christian Meinecke? Liefert der seinen besten Freund ans Messer? Dr. Wegscheider? Frau Menken? Sie, Frau Gesine? Du, Wilhelm? Meine Freundin Sophie? Oder unser verehrter Hausherr?“

Bei den letzten Worten sank Lohmeyers Kopf nach unten, und eine Woge tiefster Scham überrollte ihn, nahm ihm den Atem. Hilflos sah er Margarethe über seinen goldenen Kneifer an. Ein Zufall hatte ihn davor bewahrt, zum Mörder zu werden, gestand er sich selbst ein und betete, dass Gott ihm vergeben möge.

47. Kapitel

„Ist das nicht formidabel, ein Blitzableiter auf einer Kirche?“

„Ja …“, bestätigte Margarethe zögerlich.

„Drüben, auf dem Dach von St. Jacobi“, Christian zeigte in die Nacht, die über den Häusern lag, „da hat Mettlerkamps Vater den ersten Blitzableiter im Heiligen Römischen Reich gebaut. Den ersten!“

„Und was, bitte, ist ein Blitzableiter?“

Christian lachte: „Sie wissen nicht, was ein Blitzableiter ist?“

Margarethe sagte fast trotzig: „Sie vergessen, dass ich aus einem Dorf komme. Und da schlägt der Blitz ein oder er schlägt nicht ein. Das einzige, was hilft, ist beten und das Vieh beruhigen.“

„Verzeihung", Christian wurde wieder ernst, „ich wollte Sie nicht kränken. Ich wollte nur deutlich machen, dass schon der Vater von Mettlerkamp ein außergewöhnlicher Mann war."

„Aber Sie wollen doch keine Blitzableiter bauen, oder?"

Nun musste Christian schallend lachen: „Nein, ich will kämpfen, gegen Napoleon. Obwohl Mettlerkamp Bleideckermeister ist, wie sein Vater, schlagen zwei Herzen in seiner Brust, das eines tapferen Soldaten und das eines glühenden Patrioten. Das ist auch der Grund, warum ich Sie, chère Margarethe, abends nicht mehr begleiten kann. Mettlerkamp hat einige mutige Burschen um sich geschart, aus allen Ständen, lehrt sie, wie man mit dem Pulver und der Artillerie umgeht, den Kampf mit dem Bajonett, Mann gegen Mann. Ich helfe ihm und zeige, wie man den Säbel und die Steinschlossflinte handhabt. Wir treffen uns abends in der Gaststätte ‚Roter Hund' draußen in St. Georg. In der Altstadt wäre es zu gefährlich, hier gibt es zu viele Mouchards, die uns für einen Judaslohn an die Franzosen verraten würden."

Sie kamen auf den Pferdemarkt, und Christian blieb unter einer Straßenlaterne stehen. Er sah ihr in die Augen und nahm allen Mut zusammen: „Ich liebe Sie, Margarethe, ich habe Sie vom ersten Augenblick an geliebt, als Sie die Buchhandlung Perthes betraten und ein Wörterbuch kauften. Ich habe von Ihnen geträumt, als wir vor Moskau biwakierten. Nicht ahnend, dass mein bester Freund von demselben Mädchen träumt. Ich weiß nicht, was Sie für mich empfinden, Margarethe, aber ich werde Sie immer lieben, immer, was auch geschieht."

Margarethe brauchte einen Augenblick und war über sich selbst erstaunt, dass sie plötzlich Angst hatte, Christian zu verlieren: „Soll das heißen, dass ich Sie nicht wiedersehen werde?"

„Nein, aber ich kann Ihnen nicht sagen, wann. Außerdem muss ich vorher Jean sagen, dass ich Sie liebe und dass wir seit heute Abend Rivalen sind."

Abschied nehmend küsste Margarethe ihn auf die Wangen, wie sie es von der Comtesse gelernt hatte, und sagte mit viel Wärme:

„Danke für alles, Christian."

„Danke für alles, Margarethe."

Er ging, dann drehte er sich noch einmal um und rief in die Nacht: „Olympe de Gouges hat recht: La Femme naît libre et demeure égale à l'homme en droits. Bis bald, Margarethe."

Gern hätte sie den Windbalg getreten, aber die beiden Jungs bekamen acht Kupferpfennige aus dem Klingelbeutel, und diesen schmalen sonntäglichen Verdienst wollte sie ihnen nicht streitig machen. So saß Margarethe in der letzten Bank auf der Empore und konnte sehen, wie Jean es genoss, dass unter seinen Händen Musik entstand. Hagedorn hatte gebeten, ihn zu vertreten, er hatte wieder einen Rückfall erlitten. Es war fraglich, ob er jemals wieder seinen Aufgaben als Organist von St. Gertruden gerecht werden könne. Jean war dankbar, aushelfen zu dürfen, denn in den letzten beiden Wochen war er wieder so zu Kräften gekommen, dass er sich nach Arbeit sehnte.

Die Sonntagmorgensonne fiel durch die oberen Kirchenfenster und verfing sich in Margarethes Haar. Jean blickte zu ihr, und wieder war er von ihrer hohen Stirn, den kleinen, ungezähmten Locken, dem klaren Profil, von der Schönheit ihres Mundes und ihrer Augen fasziniert. Er ließ das Nachspiel zum Choral ausklingen, und als Pastor Raabe seine Predigt begann, setzte er sich neben sie auf die Bank. Margarethe lächelte ihm kurz zu, folgte dann aber aufmerksam der Predigt. Jean ließ die Worte an sich vorüberrauschen, er hing seinen eigenen Gedanken nach. Margarethe trug den Capuchon, der ihre Schönheit noch unterstrich, fand Jean. Sie hatte ihm erzählt, dass Lohmeyer ihr den Mantel zu Weihnachten geschenkt hatte. Was hatte Jean ihr geschenkt?

Was hatte er für sie getan? Der Traum von ihr, das Denken an sie hatte ihm die Kraft gegeben, durch Schnee und Eis bis nach Hamburg zu marschieren. Sie hatte ihn gepflegt und versorgt, hatte das Essen für ihn bezahlt, die neue Kleidung, sie hatte ihn vor der Guillotine gerettet, hatte sich in Lebensgefahr gebracht. Alles für ihn, Jean. Und er? Er schwor sich, alles zu tun, um eine Grundlage für ihr gemeinsames Leben zu schaffen. Aber würde Margarethe mit ihm zusammenleben wollen? Was hatte er zu bieten? Jean verglich sich mit dem Apotheker Lohmeyer, von dessen Güte Margarethe erzählt hatte, auch von dem Heiratsantrag. Er verglich sich mit Christian, denn er hatte wohl gemerkt, dass Christian Margarethe liebte und begehrte, dass er sie jeden Abend nach Hause begleitete. Auch dieser Vergleich fiel nicht günstig für ihn aus, da Christian, als Hamburger Buchhändler, Margarethe eine Zukunft bieten konnte. Wieder fragte er sich, was er zu bieten hatte. Wie konnte er das, was sie für ihn getan hatte, je zurückzahlen? Margarethe schubste ihn an, denn Jean hatte sich in Träumereien und Fragen verirrt und nicht bemerkt, dass Pastor Raabe die Predigt beendet hatte und ungeduldig zur Empore hochsah. Jean gab den Jungs am Windbalg ein Zeichen, und kurz darauf erklang das Vorspiel zum Choral ‚Auf, Seele, auf und säume nicht, es bricht das Licht herfür'.

Zwar war die Elbe eisfrei, Lastensegler zogen schon wieder stromaufwärts, um Salz und Torf aus Lüneburg zu holen, aber die Großsegler lagen weiterhin an der Kette, und der Frühling ließ auf sich warten. Auch an diesem trüben Nachmittag des 23. Februars wollte es nicht aufklaren, und Regen lag in der Luft. Margarethe half Lohmeyer bei der Zubereitung von Arnikatinkturen, sie sprachen über das neueste Gerücht, das Hamburg in Aufregung versetzte. General Yorck, der Oberkommandierende der preußischen Armee, hatte sich mit den Truppen des Zaren gegen Napoleon verbündet. Das war Hochverrat, aber Lohmeyer, wie alle Patrioten, erwartete vom König der Preußen, dass er Yorcks ‚Hochverrat' gutheißen, sich gegen Napoleon erheben und das Joch der Tyrannei abschütteln werde. „Dann wird auch Hamburg wieder frei sein", rief Lohmeyer begeistert. Margarethe stimmte ihm zu, und Lohmeyer strahlte sie hochgestimmt an.

Seit dem Abend, an dem sie erzählt hatte, dass ein Mouchard sie fast aufs Schafott gebracht hätte, war sein Verhalten ihr gegenüber von liebevoller Sorge geprägt. So legte er eine Decke um ihre Knie, als sie an diesem Abend auf das Millerntor zurollten. Sie kamen nicht weit, denn auf der Zufahrt hatten sich mehr als hundert wütende Menschen versammelt. Lohmeyer zügelte sein Pferd, wollte wenden, doch die vielen Menschen versperrten die Straße. Der Schlagbaum war unten, niemand kam mehr durch das Tor, Douaniers brüllten Befehle, niemand gehorchte, Rufe wurden laut, wurden lauter, bildeten einen Chor begleitet von Pfiffen und Gejohle:

„Slat se dot, de Franzos! Slat se dot, de Franzos!"

Aus den hinteren Reihen flogen Steine, die Jungs aus dem Kopfsteinpflaster gebuddelt hatten. Margarethe sah, wie ein Douanier zu einer der acht Flinten griff, die geladen in Halterungen vor dem Wachhaus standen, und über die Köpfe der aufgebrachten Menschen hinweg schoss. Ein einziger Wutschrei folgte, und zwei kräftige Kerle packten den Douanier. Bevor er nachladen oder zu einer anderen Flinte greifen konnte, warfen sie ihn unter Gejohle in den Wallgraben. Andere Mutige zogen den Schlagbaum hoch, andere wiederum verprügelten Douaniers. Kinder rissen von der Bude, die gegenüber dem Wachhaus war, Latten und Bretter und schleppten sie als Brennholz nach Hause. Erneut fielen Schüsse. Lohmeyers Pferd scheute, Margarethe sprang von der Kutsche, packte das Pferd am Kehlriemen, und Lohmeyer gelang es zu wenden. Er konnte ihr noch zurufen, dass er in Altona übernachten werde, da wurde Margarethe von den heranströmenden Menschen mitgerissen. Auf dem Stadtwall erschienen neugierige Grenadiere, die den Douaniers aber jede Hilfe verweigerten und die Hamburger lautstark anfeuerten: „Immer feste druff!“ Es waren Rekruten aus Sachsen, die unter ihren französischen Offizieren zu leiden hatten und daher selbst schmuggelten, wie ein alter Reepschläger Margarethe erklärte. Wieder flogen Steine, fielen Schüsse. Plötzlich begann es zu regnen, es schüttete, der Himmel öffnete seine Schleusen, ein eisiger Platzregen kühlte die Gemüter und gab den Douaniers die Möglichkeit, sich ins Wachhaus zurückzuziehen und sich dort zu verbarrikadieren. Mit Gejohle, Gesang und viel Schmuggelware ging es nun im strömenden Regen durch das Millerntor in die Stadt. Margarethe lief mit und ließ sich von der Begeisterung anstecken. Ja, sagte sie und dachte an die Tage in der Zelle, als sie der Angst einen Namen gab, ja, Napoleon ist zu besiegen.

Rechtzeitig zum Abendessen traf Apotheker Lohmeyer dann doch noch ein, nachdem er bei seinen Freunden in Altona vom Sieg über die Douaniers gehört hatte. Lieutenant Fillon war an diesem Abend sehr schweigsam und meinte nur kühl, dass jede Form der Insurrektion mit dem Tod bestraft werden sollte.

48. Kapitel

Marschtritte hallten durch die noch dunklen Straßen, über den Dächern im Osten zeigte sich das erste Morgengrau. Margarethe war auf dem Weg zum Pesthof, wie jeden Morgen, kam vom Großneumarkt und blieb an der Kreuzung zur Elbstraße stehen. Eine Kompanie des 8. Garde-Regiments zog vorbei Richtung Englische Planke und weiter zum Hafen. Margarethe wunderte sich, dass zu dieser frühen Morgenstunde das Militär schon auf den Beinen war und dass die Soldaten hochbeladene Karren und Wagen mit sich führten. Sie sah ihnen noch kurz hinterher und ging weiter zum Millerntor. Höflich grüßte sie die Douaniers, wie jeden Morgen, und freute sich, dass Spuren des gestrigen Aufstands noch zu sehen waren.

Dr. Wegscheider traf an diesem Morgen verspätet ein, er meinte, dass sich in der Stadt etwas zusammenbraut. Vom Zippelhaus kommend war er an der Hohen Brücke durch Grenadiere aufgehalten worden, die Wagen voller Konterbande zum Hafen brachten. Lachend ergänzte er, es habe ausgesehen, als ob die Grande Armée den Hamburger Staatsschatz entführen wollte. Am späten Vormittag, als Margarethe über den Innenhof zu Frau Menken ging, hörte sie aus der Ferne Lärm, der sie an das Feuerwerk auf der Alster erinnerte. Dass es kein Feuerwerk war, ahnte sie, es mussten Schüsse sein. Wenig später wurde ihre Ahnung bestätigt. Auf Handkarren brachte man Männer mit Schusswunden, die Chirurgus Menken und Dr. Wegscheider sofort versorgten. Margarethe und die anderen Pflegeweiber halfen beim Verbinden und Herrichten der Betten. Das wenige, das Margarethe erfuhr, war, dass es im Hafen am Baumhaus einen Aufstand gegen das Militär gab. Wenn es ihre Arbeit erlaubte, lief sie zur Einfahrt des Pesthofes, sah zu den Wallanlagen, zum Michel und horchte auf den Tumult, der im Hafen und später in der Stadt zu hören war. Immer wieder fielen Schüsse, und sie musste an Hinnerk und an Sophie denken, die wahrscheinlich mittenmang in diesem Kuddelmuddel steckten.

Abends, auf der Heimfahrt, ließ Margarethe sich von Lohmeyer schon am Zeughausmarkt absetzen, da sie sehen wollte, ob ihre Freunde mit heiler Haut davongekommen waren. Auf allen Straßen wurde gefeiert, Handwerksburschen, Reepschläger, Zimmerleute und Seemänner, auch Kinder zeigten stolz ihre Beulen und Wunden und ließen die Köm-Buddeln kreisen. Ein Vivat auf den Sieg über die Franzosen. Hinnerk zeigte lachend ein blau geschwollenes Auge, ein blutverkrustetes Ohr und nahm Margarethe in die Arme. Sophie küsste sie, und Henning wollte mit ihr tanzen. Nach dieser lauten, fröhlichen Begrüßung hockte sie sich zu den dreien an den Tisch und hörte zu.

Hinnerk hatte morgens um acht Glasen seinen Dienst bei den ‚Canonniers Gardes-Côtes' angetreten und sich gewundert, dass im Baumhaus, dem Hauptlager der Douaniers, schon hektischer Betrieb war. Alles Wertvolle, was die Douaniers in der letzten Zeit konfisziert hatten, wurde auf Lastensegler verladen, die nach Magdeburg gehen sollten. Einige arbeitslose Seeleute, die beim Verladen mit anpacken mussten, murrten, das sei Diebstahl. Es setzte erste Schläge mit dem Ladestock und dem ‚sabre briquet'. Aus allen Depots brachten Grenadiere auf Karren und Wagen Konterbande, die ebenfalls nach Magdeburg verschifft werden sollte. Mit dem Tageslicht kam auch noch die Präfekturgarde, alles Hamburger Jungs, die nach Harburg übergesetzt werden sollten. Einer von ihnen rief: „Die kapern uns, die pressen uns in die Grande Armée!" Dann ging der Tanz los! So schnell konntest du gar nicht gucken, flogen die ersten Steine, dann schnappten sich ein paar Mutige einen Offizier und warfen ihn in das Fleet. Hinnerk hatte sofort die Uniformjacke ausgezogen, um zu zeigen, auf welcher Seite er stand, und fleißig mitgemischt. Sophie hatte den Lärm gehört, war mit Henning in den Hafen gelaufen, aus Höfen, Kellern, Sälen und Werkstätten kamen Männer, Frauen und Gören und prügelten tüchtig auf die verhassten französischen Offiziere ein. Nur einfache Soldaten kamen ungeschoren davon. „Das sind genauso arme Schweine wie wir", meinten Sophie, Hinnerk und Henning.

Das Baumhaus wurde geplündert. „Der Kaffee, der Zucker, die Baumwolle, der Tabak, der Tee, das alles gehört doch uns, uns Hamburgern. Das haben wir bezahlt. Das lassen wir uns nicht so einfach von Marschall Davout stehlen", fluchte Hinnerk. Auch

Bürgermeister Abendroth, der mit dem Polizeikommissar Nohr erschienen war und versucht hatte, die Menschen zur Ordnung zu rufen, wurde niedergebrüllt. Mit Nohr hatten viele noch ein Hühnchen zu rupfen. Sein Haus am Pferdemarkt wurde später geplündert und die Scheiben eingeschlagen. Die wütende Menge zog durch die Stadt. Offiziere, die sich ihnen entgegenstellten, landeten in den Fleeten. Von allen Gebäuden wurde der Adler gerissen, auch die Kokarden. Und dann wurden die Bureaus der Gendarmerie geplündert und die Akten vernichtet. Im Rathaus wurden die Conscriptionspflichtigen befreit und alle Papiere in die Fleete geworfen oder verbrannt. Ein Wunder, dass General Saint-Cyr nicht das 8. Garde-Regiment aufmarschieren ließ und den Aufstand in einem Blutbad ertränkte. „De hätt sick för Angst inne Büx scheeten", sagte der kleine Henning frech.

Sophie lachte zufrieden und bot Margarethe feinen englischen Tee an, frisch aus dem Lager im Baumhaus. Margarethe dankte, sie wollte zum Abendessen zu Hause sein und vorher noch bei Jean vorbeischauen. Hinnerk beruhigte sie: „Din Jean, dat is doch einen von uns, dat is kein General. De mutt sick nich vor Angst inne Büx schieten."

49. Kapitel

Der Morgen graute. Margarethe schloss die Haustür auf, trat ins Freie, stolperte und wäre fast gestürzt. Auf den Stufen vor der Haustür hockte eine Frau mit einem Kind. Margarethe erschrak, als sie das blasse, verweinte Gesicht sah. Sophie. Neben ihr, den Kopf in ihrem Schoß, schlafend, Henning. Sophie sagte tonlos:

„Die haben ihn heute Nacht geholt."

„Hinnerk?"

„Mitten in der Nacht."

„Wer?"

„Soldaten."
„Und wo ist er jetzt?"
„Im Zuchthaus. Ich bin mitgelaufen."
„Ich auch", mischte sich Henning wach werdend ein.
„Hinnerk und bald zwanzig andere", ergänzte Sophie. „Ich hab die ganze Nacht draußen gewartet, auf 'ne Nachricht oder so."
„Und warum haben die ihn geholt?"
Sophie hob hilflos die Schultern: „Er soll ein Rädelsführer sein."
„Für das, was unten am Hafen war?"
Sophie nickte, schob Henning vom Schoß und stand auf.
„Es muss Mouchards unter uns geben, stell dir mal vor, unter uns kleinen Leuten! Das ist doch zum Kotzen, oder?"
Margarethe nickte, und die drei gingen über den Pferdemarkt.
„Wenn ich bloß wüsste, wie ich dir helfen kann."
„Deswegen habe ich ja auf dich gewartet. Damals, wie sie dich eingebuchtet hatten, da hab ich ja dem Apotheker Lohmeyer und Dr. Wegscheider Bescheid gegeben, die wollten dir ja helfen. Vielleicht kannst du sie jetzt mal fragen, ob sie was für Hinnerk tun können. Hinnerk ist doch kein Rädelsführer!"
Während die drei durch die Innenstadt liefen, überlegten sie, welche Möglichkeiten sie hatten, Hinnerk zu helfen. Es blieben nur zwei, Lohmeyer und Wegscheider. Sophie sollte am frühen Nachmittag in den Pesthof kommen, vielleicht konnte Margarethe ihr dann schon etwas mehr sagen.

Lohmeyer war entsetzt über das, was Margarethe ihm berichtete, und war sofort bereit, zu Maire Abendroth zu fahren und um die Freilassung von Hinnerk Dresen und den anderen zu kämpfen. Schließlich seien sie keine Räuber, sondern freiheitsliebende Hamburger Jungs. Kurz vor drei kam Sophie mit Henning, und wenig später rollte auch Lohmeyer in seiner Kutsche in den Pesthof. Margarethe stellte Sophie und Henning vor, sah aber an Lohmeyers besorgtem Gesicht, dass es Schwierigkeiten gab.

„Es ist etwas Ungewöhnliches passiert, liebe Frau Dresen. Man hat Ihren Mann und die anderen Insurgenten schon heute früh vor ein Militärtribunal gebracht. Die ersten sechs wurden zum Tod durch Füsilieren verurteilt." Lohmeyer machte eine Pause, wusste nicht weiter, gab sich einen Ruck und sagte mit heiserer Stimme: „Unter diesen sechsen ist Ihr Mann. Leider."

Sophie starrte ihn ungläubig an: „Zum Tode verurteilt?"

Lohmeyer nickte traurig, nahm seinen Kneifer ab und putzte ihn.

„Aber kann man dagegen nicht protestieren oder so?"

Traurig schüttelte Lohmeyer den Kopf, setzte den Kneifer auf und sagte mit immer noch heiserer Stimme: „Das Urteil soll noch heute, am 3. März 1813, vollstreckt werden. Hier auf dem Heiligengeistfeld."

Sophie sackte so schnell zusammen, dass weder Lohmeyer noch Margarethe sie auffangen konnten. Henning starrte Lohmeyer an und schrie: „Du lüchst, dat is nich wohr, du lüchst."

Dann begann er zu weinen, während Lohmeyer und Margarethe Sophie ins Laboratorium brachten.

Die Turmuhr auf der kleinen Kapelle schlug die halbe Stunde vor vier. Vom Millerntor näherten sich Kürassiere, eine halbe Schwadron, kamen auf der Zufahrtstraße dem Pesthof näher, bogen dann nach links ab, ritten aufs freie Feld, hielten und saßen an der Mauer der Wagenremise ab, die zur Reeperbahn zeigte. Sophie und Henning waren auf die Straße gelaufen, sie wollten sehen, was geschah. Margarethe folgte ihnen. Aus der Stadt kamen immer mehr Schaulustige, wie ein Lauffeuer hatte sich das Urteil des Militärtribunals verbreitet. Durch das Millerntor kam jetzt ein Peloton des sächsischen Regiment de Ligne, zwölf Rekruten, die gestern die Hamburger noch angefeuert hatten, „Immer feste druff!", und die heute abkommandiert waren, sie zu erschießen. Im Trott marschierten sie zur Hinrichtungsstätte. Befehle wurden gebellt, die Rekruten nahmen in zwei Reihen Aufstellung und luden ihre Flinten. Alles wartete auf die zum Tode Verurteilten.

Die Märzsonne blickte durch zwei schiefergraue Wolkenbänke. Margarethe hob den Kopf, sah ins Licht und entdeckte hoch oben im Blaugrau des Himmels Wildgänse, die nach Norden zogen. Frei und ungebunden. Kein Richter der Welt konnte sie zum Tode verurteilen, dachte Margarethe und verfluchte Napoleon, verfluchte seine Handlanger, verfluchte sein ganzes ‚Régime', wie die Comtesse es nannte, das dieses Morden möglich machte.

In einer großen geschlossenen Kutsche wurden Hinnerk und die anderen fünf Männer gebracht. Sophie wollte zu ihm laufen, wurde aber von Kürassieren daran gehindert. Hinnerk sah sie und Henning, kniff ihnen ein Auge, laut und fröhlich rief er: „Tschüß, min Jung. Hol di stief, min Deern!"

Andere Frauen riefen nach ihren Männern, einige antworteten mit aufmunternden Worten wie Hinnerk. Die an Händen und Füßen gefesselten Männer wurden vor die Mauer der Remise gestellt, die Augen wurden ihnen verbunden, und ein Lieutenant legte mit acht Schritten die Distanz fest, aus der geschossen werden sollte. Das Peloton nahm Aufstellung, zwei Reihen zu sechs Mann, der Lieutenant befahl Hinnerk, zwei Schritte vorzutreten, und bellte dann: „Monsieur Hinnerk Dresen, condamné à mort pour cause de haute trahison et de rébellion … Tirez!"

Aus sechs Flintenläufen krachten Schüsse, Hinnerk kippte nach hinten, Sophie schrie auf, wollte zu ihm, die Kürassiere hielten sie zurück. Die zweite Reihe des Pelotons trat vor, während die anderen ihre Flinten wieder luden. Der Lieutenant forderte den nächsten Mann auf, vorzutreten, das Urteil war dasselbe, auch der Befehl zum Feuern. Wieder schrie die Menge entsetzt auf, Stimmen wurden laut, die Napoleon zum Teufel wünschten, doch die Exekutionen gingen weiter.

Als die sechs hingerichtet waren, durften die Frauen und Kinder zu ihnen. Sophie nahm Hinnerk in die Arme, streichelte ihn zart, legte seinen zerfetzten Oberkörper in ihren Schoß, küsste ihn, noch pulsierte Blut aus seinen Wunden. Sie sah, wie das Leben floh, tauchte ihre Hände in Hinnerks Blut, rieb sich das Gesicht ein und starrte in die untergehende Sonne. Der kleine Henning trat zu ihr und strich ihr hilflos, tröstend übers Haar.

50. Kapitel

Die Schwarzerlen standen am Mühlenbek mit einem Fuß schon im Wasser und hatten sich für den Frühling herausgeputzt, sie trugen Kätzchen. Etwas höher, am Hang, wucherten Weißdornbüsche, warteten auf Ostern, auf Knospen und erste Blüten. Im Grün des Bodens zeigten sich in scheuem Zartgelb Büschel von Schlüsselblumen. Fast hatte Margarethe ein schlechtes Gewissen, als sie die Blüten pflückte und in einen Korb tat. Aber der Liebe Gott hatte es so eingerichtet, dass diese Frühjahrsboten eine Arznei besaßen, die den Menschen bei Erkältungen half. Und den Menschen hat der Liebe Gott den Verstand geschenkt, sagte sie sich, das zu erkennen. So schließt sich der Kreis, und alles hat seinen Sinn.

Hinter Margarethe schlenderten Jean und Christian, die lebhaft disputierten. Jean trug einen Leinensack, in den Margarethe die Blüten schüttete, wenn der Korb voll war.

„Am 4. März wurde das Militärtribunal wieder aufgelöst, weil die Herren Angst vor ihrer eigenen Courage bekamen", empörte sich Christian, „alle Inhaftierten wurden unversehrt und mit einem ‚Excusez-nous' nach Hause geschickt."

Margarethe, die zu ihnen getreten war, um den Korb zu leeren, fragte ungläubig: „Heißt das, Hinnerk könnte noch leben, wenn er nicht unter den ersten sechs Verurteilten gewesen wäre?"

„Ich weiß zwar nicht, wer Hinnerk ist …", sagte Christian.

„Ein Freund, un ami très courageux", erklärte Jean.

„Ja, vierzehn hat man, wie gesagt, am nächsten Tag wieder nach Hause geschickt, nur weil man Angst vor einem Volksaufstand hatte." Christian schüttelte den Kopf, als er das sagte.

Er hatte Jean und Margarethe nach dem Gottesdienst auf dem Vorplatz von St. Gertruden getroffen, hatte sie drei Wochen nicht gesehen und sich ihnen angeschlossen, als sie sagten, dass sie zum Mühlenbek gehen wollten, um für Apotheker Lohmeyer Schlüsselblumen zu sammeln. Und Christian war gleich mit der Neuigkeit herausgeplatzt, dass er gestern, Sonnabend, bei der Gendarmerie und der Präfektur gewesen war, um sich nach dem Hochverräter Carpentier zu erkunden. Die Akten existierten nicht mehr, sie waren beim Großreinemachen der Hamburger schon am 12. März vernichtet worden, nachdem General Saint-Cyr und das Militär überraschend abgezogen und die Gendarmerie, die Douaniers und alle französischen Beamten geflohen waren. Margarethe hatte erwähnt, dass auch Lieutenant Fillon, der bei Lohmeyer einquartiert war, ohne ein Adieu auf Nimmerwiedersehen verschwunden sei. So ganz hatten Jean und Margarethe nicht glauben mögen, dass der Spuk vorbei sein sollte. Christian hatte aber immer wieder versichert, dass Jean jetzt nicht mehr den Namen ‚de Briancourt' tragen müsse.

Während sie hinter St. Georg am Ostufer der Großen Alster bis zur Mündung des Mühlenbeks gegangen und dann dem Bachlauf Richtung Eilbek gefolgt waren, hatten sie über die Lage in

Hamburg gesprochen. Zwar soll General d'Aubignosc beim Steintor noch gerufen haben, dass sie in zwei Monaten zurück wären, aber das sei nur eine leere Drohung gewesen. Sicher, noch sei Hamburg eine Stadt des französischen Kaiserreichs, aber nicht mehr lange. Begeistert hatte Christian von Mettlerkamp und von der Hanseatischen Legion erzählt, hatte aber auch nicht seine große Enttäuschung verborgen, dass sein verehrter Lehrherr Perthes und andere ‚Patrioten' mit dem jetzigen Zustand ganz zufrieden waren. Er, Christian Meinecke, und die Hanseatische Legion wollen die Freiheit für das ganze deutsche Vaterland. Er setze seine Hoffnung auf die Hilfe des Zaren. Christian hatte von Gerüchten zu berichten gewusst, dass ein russischer Obrist mit Tausenden Kosaken auf dem Weg nach Hamburg sei, um die Stadt endgültig zu befreien.

Margarethe sah ihn immer noch ungläubig an, der Tod von sechs Menschen war also völlig sinnlos gewesen. Tränen traten in ihre Augen, sie wandte sich wieder den Schlüsselblumen zu. Jetzt kam auch Jean zu Wort und berichtete, dass Musikdirektor Schwencke ihm angeboten habe, wieder bei Kirchenmusiken sowie im Orchester der Oper Oboe zu spielen. Außerdem würde er in nächster Zeit Hagedorn in St. Gertruden vertreten. Als Christian ihn lachend fragte, was er mit all dem Geld anfangen wolle, antwortete Jean ernsthaft: „Das Geld geben die Kirchengemeinde und ich gebe es weiter à Hagedorn, sie haben nichts!"

Obwohl Margarethe spürte, dass Christian sie mit Blicken begehrte, obwohl sie sah, dass Jean Christians Blicke bemerkte, verlief dieser Sonntagnachmittag im Einklang miteinander. Drei junge Menschen, die einen Ausflug ins erste Märzgrün gemacht hatten. Auf dem Rückweg kehrten sie im ‚Roten Hund' ein, da Christian sie auf ein frisches Hamburger Bier einlud.

51. Kapitel

Gegen Mittag lief Luise, das älteste Pflegeweib, unruhig hin und her. „Du bis ja hippeliger as 'n Wippsteert", meinte Margarethe, denn Luise wollte ständig wissen, wie spät es sei. Als die Turmuhr der kleinen Kapelle zweimal schlug, war sie nicht mehr zu halten. Um zwei kippte die Tide, die Ebbe setzte ein, das Wasser lief elbabwärts und mit ihm die ersten Großsegler seit dieser verfluchten Kontinentalsperre. Luises Mann war Segelmacher, seit Jahren arbeitslos. Nun gab es wieder Arbeit, viel Arbeit. Denn bis die Dreimaster, die Viermastbarken, die Gaffelschoner und Brigantinen wieder aufgetakelt und seeklar waren, wurde jede Hand gebraucht. Heute, nur fünf Tage nach dem Abzug der Franzosen, sollten die ersten Dickschiffe wieder auf Große Fahrt gehen, nachdem sie über zwei Jahre, angekettet wie Hunde, im Hafen gelegen hatten. Und Luises Mann war auf einem Dreimaster dabei, ihm wollte sie Farewell winken. Margarethe lief mit, denn vor einem Jahr, als sie nach Hamburg kam, hatte sie sich gewünscht, die großen Segler zu sehen, wie sie in die Welt hinaus fuhren.

Sie liefen vom Pesthof zur Davidstraße, die auf dem Hamburger Berg mündete. Von hier oben hatten sie freie Sicht auf die Elbe. Schaulustige hatten sich unten am Ufer eingefunden und schrien begeistert „Vivat", als die ersten Schiffe Segel setzten und in den Strom drehten. Luise erklärte mit dem Stolz einer Frau, die mit einem Segelmacher verheiratet ist, dass elbabwärts keine Rahsegel, sondern Schratsegel gesetzt werden, vier Klüversegel am Bug, drei Besansegel achtern, an den Masten ein paar Stagsegel, um das Schiff gegen den Wind steuern zu können.

Margarethe genoss das Schauspiel. Die Sonne kam durch die bleigrauen Wolken und ließ die Segel aufleuchten. Der erste Dreimaster zog an ihr vorbei, ruhig, gelassen, würdevoll, eine Schönheit der Meere. Er lief ins Gegenlicht, die Sonne brach sich in den himmelhohen Masten und ließ Heckwellen glitzern. Der nächste Dreimaster zog vorbei, an der Steuerbordreling stand die Mannschaft, winkte, Abschiedsrufe wurden laut, und Luise antwortete: „Uwe, kumm heel taurüch! Tschüß, Uwe!"

Margarethe musste an Hannes den Fuhrknecht denken, der zur See gefahren war und von Hamburg erzählt hatte. Dann dachte sie an Hinnerk. Er hätte auf einem der Schiffe sein können, auf dem Weg nach Brasilien, um Parfum für Sophie mitzubringen. Stattdessen ruhte er auf dem Friedhof vor dem Dammtor.

Abends fuhr Margarethe mit Lohmeyer nach Hause und beide freuten sich, dass am Millerntor das Wachhaus leer war, dass die Douaniers fort waren und niemand kleine Leute schikanierte, dass der Strom der Menschen und Güter nun ungehindert von Altona nach Hamburg fließen konnte. Lohmeyer hoffte, dass sich nun alles zum Guten wenden wird und dass er spätestens im Sommer seine beiden Töchter wieder in die Arme nehmen kann. Und seinen Enkelsohn, den kleinen Simon. Bei diesem Gedanken begann Lohmeyer hoffnungsfroh zu strahlen und machte wieder das Gesicht früherer Tage. Auch dass ein Regiment Kosaken in Bergedorf biwakieren sollte, hatte er gehört. „Die werden schon dafür sorgen, dass unser geliebtes Hamburg nie wieder in die Hände der Franzosen fällt." Margarethe stimmte ihm zu, und gut gelaunt fuhren sie heimwärts durch die Stadt.

Wenig später, nachdem sie sich gewaschen und ihren Zopf neu geflochten hatte, ging Margarethe zum Haus der Hagedorns. Noch bevor sie von der Lilienstraße in die kleine Gasse einbog, in der das Haus lag, hörte sie den Klang einer Oboe. Die furiosen Läufe kamen aus dem Obergeschoss, das bedeutete, dass Jean fleißig übte. Er setzte die Oboe erst ab, als Margarethe das Zimmer betrat, und platzte mit den neuesten Nachrichten heraus. Schwencke hatte ihn, nach dem heutigen Probespiel, für den nächsten Konzertabend im Musiksaal für das Oboenkonzert in C-Dur von Joseph Haydn verpflichtet. Zwar kannte Margarethe den Namen Haydn nicht, Jeans sichtbare Begeisterung bewies ihr aber, dass er sehr gut sein musste. Schon morgen Vormittag sollte die erste Orchesterprobe sein. Die zweite Nachricht war, dass Jean durch Hagedorns Vermittlung den Auftrag erhalten hatte, die Pfeifen der Orgel in St. Jacobi zu stimmen, da der alte Orgelbauer verstorben war und sein Geselle am 3. März auf dem Heiligengeistfeld zu den sechs Hingerichteten gehört hatte. Des einen Tod, des anderen Brot, dachte Margarethe und versuchte, sich mit Jean zu freuen, der schon als Fünfzehnjähriger mitgeholfen hatte, die Orgelpfeifen in der Kirche seines Heimatortes zu stimmen. Und sie erzählte begeistert vom Auslaufen der Großsegler, vom Wind, der sie in die weite Welt hinausträgt, über die sieben Meere, sie träume davon, als Gehilfe des Segelmachers mit einem Dreimaster bis nach Südamerika, bis nach Brasilien zu segeln.

„Was, au nom de Dieu, willst du in Brasilien?“

„Parfum kaufen“, antwortete Margarethe wie selbstverständlich. Jean erklärte lachend, soweit er wisse, seien Frauen an Bord nicht erwünscht, sie würden nur Unglück bringen.

Margarethe spürte, dass Jean nicht zu einem längeren Gespräch oder einem Spaziergang aufgelegt war, dass er in Gedanken bei der morgigen Probe war. Er wollte üben, war aber zu höflich, ihr das zu sagen. Sie kam ihm entgegen, verabschiedete sich mit der Entschuldigung, dass sie Frau Gesine versprochen habe, ihr ab acht in der Küche zu helfen. Dankbar küsste Jean Margarethe, sie schloss die Tür und hatte noch nicht die Treppe erreicht, da begleitete sie schon der eigenartig wehmütige Klang von Jeans Oboe bis zur Lilienstraße, in die sie einbog.

Während Jean sich am nächsten Morgen rasierte, drang ungewohnter Lärm in die ruhige Gasse. Jean öffnete das Fenster, es klang, als würden Abertausende Pferdehufe auf dem Kopfsteinpflaster der Steinstraße stadteinwärts klappern. Frau Hagedorn, die gerade vom Markt kam, rief freudestrahlend zu ihm hoch, dass wilde Kerle, Kosaken, Hamburg jetzt befreien würden. Zwar hatte Jean schon von Christian gehört, dass sich der Zar und der König von Preußen gegen Napoleon verbündet hatten, dass vier Regimenter zur Befreiung des ‚Département des Bouches de l'Elbe' unterwegs seien. Für Jean war es dennoch ein merkwürdiges Gefühl, die wilden, bärtigen Reiter wiederzusehen, die ihn auf seiner Flucht im Winter aus Russland fast getötet, fast zum Krüppel geschossen hatten.

Tausende Hamburger begleiteten jubelnd die Kosaken, Frauen und Mädchen überreichten Blumen und Kränze, Jungs brüllten Vivat und warfen ihre Mützen in die Luft, Männer hatten Tränen in den Augen und waren überzeugt, dass dieser 18. März 1813 als ein Feiertag in die Geschichte ihrer Vaterstadt eingehen werde. Jean, den Oboenkoffer in der Hand, ging zum Jungfernstieg, auf dem eine Kompanie Kosaken dabei war, ihr Biwak aufzuschlagen, bestaunt von braven Hamburgern, die das bizarre Schauspiel genossen. Auf den Stufen vor der Buchhandlung Perthes stand, neben vielen Schaulustigen, Christian und konnte sich, ähnlich wie Jean, nicht so recht am Anblick der Kosaken erwärmen. Wochenlang waren er und Jean durch Schnee und Eis geflüchtet, verfolgt von diesen Männern, die noch wilder als ihre Pferde aussahen. Jean begrüßte seinen Freund, der mit Blick auf einen herausgeputzten Kommandeur sagte, dass dies der Oberst von Tettenborn sei, ein badischer Offizier in Diensten des Zaren, der Hamburg vom napoleonischen Joch endgültig befreien werde. Lachend schlug Christian Jean auf die Schulter und fügte hinzu: „Ich hoffe, cher ami, deine Liebe zum Kaiser geht nicht so weit, dass du uns Hamburgern den Sieg der Freiheit über die Tyrannei nicht vergönnst."

„Meine Liebe zu der Empereur, cher ami, ist vor den Toren Moskaus gestorben, voilà!"

Frau Perthes drängte sich mit einem Kuchenberg durch, gefolgt von ihren Töchtern, ebenfalls mit Kuchen, um die Kosaken zu ‚erquicken'. Den Kuchen hatten sie schon gestern Abend gebacken, da viele aus dem Rat vom Einzug der Kosaken wussten. Jean verabschiedete sich. Als er Christians Blick auf den Oboenkoffer sah, sagte er stolz, dass er zur Orchesterprobe müsse, um zehn im Musiksaal, als Solo-Oboist. Christian müsse ihm versprechen, zum Konzert in drei Wochen zu kommen.

Beim zweiten Satz des C-Dur-Konzerts, dem ‚Andante', brach Schwencke die Probe ab. Der Lärm, der vom Gänsemarkt bis in den Musiksaal drang, war ohrenbetäubend geworden, sodass die Probe sinnlos wurde. Dazu kam, dass die meisten Musiker mehr auf die Vivat-Rufe als auf die Noten achteten. Schwencke musste handeln und klopfte ab. Mit besorgtem Gesicht nahm Jean die Oboe auseinander und drückte behutsam die vier Teile in die Halterungen des Koffers. Schwenke trat zu ihm, legte den Arm um seine Schultern und wollte ihm Mut machen: „Glauben Sie mir, Monsieur Carpentier, in wenigen Tagen wird der Jubel um diesen russischen Oberst und seine Kosaken verklungen sein, und mancher wird froh sein, wenn er seine Aufmerksamkeit wieder uns schenken darf. Ich meine damit auch die Herren Musici. Keine Sorge, Jean, das Konzert wird ein großer Erfolg."

52. Kapitel

Christian blickte ungeduldig über den Pferdemarkt zum Haus des Apothekers Lohmeyer. Von St. Jacobi schlug es halb acht, kurz danach rollte die einspännige Kutsche mit dem Herrn Lohmeyer und Margarethe vor das Haus. Aus dem Laden eilte der windschiefe Wilhelm, öffnete das Tor, packte das Pferd am Kehlriemen und führte es in den Hof. Christian vermutete, dass Margarethe sich erst etwas frisch machen würde, vielleicht sich kämmen und ihren Zopf neu flechten würde, bevor sie das Haus wieder verließ. Er zwang sich zur Gelassenheit, schlenderte über den Pferdemarkt und wartete vor dem Schaufenster der Apotheke, tat so, als ob ihn die Mittelchen gegen Hühneraugen und Sodbrennen interessieren würden. Ständig wiederholte er die Worte seiner Entschuldigung, warum er Margarethe sprechen wollte. Seit ihrem Ausflug zu dritt an den Mühlenbek hatte er sie nicht mehr gesehen, jeden freien Augenblick hatte er der militärischen Ausbildung der Mettlerkamp'schen Freiwilligen geopfert.

Margarethe trat aus der Haustür und war überrascht, Christian hier zu treffen, zeigte aber auch ihre Freude, ihn nach über drei Wochen wiederzusehen. Christian entschuldigte sich für den Überfall und bat Margarethe, sie begleiten zu dürfen, er habe ihr etwas äußerst Wichtiges mitzuteilen. „Avec plaisir", entgegnete sie vergnügt und ging mit ihm über den Pferdemarkt weiter in die Breite Straße. Überrascht stellte sie fest, dass Christian sich fast sonntäglich herausgeputzt hatte. Zu seinen hellen Leinenhosen trug er einen dreiviertellangen hellblauen Gehrock, dazu ein Hemd mit offenem Kragen, den er über das Revers gelegt hatte, die wilden, blonden Haare waren frisch geschnitten. Margarethe wunderte sich, dass der sonst so redegewandte Christian nach Worten suchte, zunächst vom Wetter sprach, dann aber fragte:

„Was halten Sie von Theodor Körner?"

„Von wem, bitte?"

„Körner, Carl Theodor Körner?"

„Mit Verlaub, der Name sagt mir nichts", erwiderte Margarethe.

„Ein Kämpfer mit Feder und Schwert."

„Ich kenne mich besser mit den Opfern aus."

Während sie weitergingen, begann Christian zu deklamieren:

„Frisch auf, mein Volk! – Die Flammenzeichen rauchen,
Hell aus dem Norden bricht der Freiheit Licht,
Du sollst den Stahl in Feindesherzen tauchen,
Frisch auf, mein Volk! – Die Flammenzeichen rauchen,
Die Saat ist reif, ihr Schnitter, zaudert nicht!"

Christian machte eine Pause, blieb stehen und sah Margarethe fast triumphierend an: „Dieser Geist beseelt auch mich."

„Ich dachte, Sie wollten Buchhändler oder Verleger werden?"

„Ja, aber auch Dichter, wie Körner. Und Kämpfer. Er gehört dem Lützowschen Freikorps an, ich der Hanseatischen Legion."

Sie kamen zur Lilienstraße und hätten links abbiegen müssen, doch Christian ging weiter geradeaus in die Spitalerstraße, um den Weg zu verlängern. Denn das Zitieren eines Gedichts des von ihm so bewunderten Körners sollte erst der Auftakt zu seinem Anliegen sein.

„Körner und ich sind im selben Jahr geboren, 1791, in uns brennt dasselbe Feuer", ergänzte Christian und strich sich durch seinen Haarschopf. Margarethe lächelte, sie hatte keine Ahnung, worauf das Ganze hinauslaufen sollte. Christian erklärte nun, dass er mit der Hanseatischen Legion Hamburg befreien werde, Oberst von Tettenborn und seine Entourage seien Parasiten, die Hamburg nur aussaugten. Sollte die französische Armee zurückkommen, wie es der Polizeipräfekt d'Aubignosc beim Auszug am Steintor angedroht hatte, sei von den ständig betrunkenen Kosaken nicht viel Widerstand zu erwarten.

Am Ende der Spitalerstraße kamen sie auf die Lange Mühren. Christian blieb stehen, setzte den rechten Fuß auf einen Kantstein, legte die rechte Hand theatralisch auf sein Herz, sodass Margarethe lächeln musste, und deklamierte in hohem Ton:

„Unter des Tyrannen Joch
Schlägt das Herz voll Wut.
Und es fragt, wie lange noch
Opferst du dein Blut?
Sehnst dich nach der Freiheit Luft,
Nach des Freien Rechten.
Doch noch hausest in der Gruft
Du, Knecht nur unter Knechten.
Willst den Rücken nicht mehr beugen,
Willst nicht länger Sklave sein?
Auf, lasst unsere Waffen zeugen
Von dem Willen, frei zu sein."

Christian machte eine Pause und wollte von Margarethe wissen, ob ihr das Gedicht bis dahin gefalle. Sie nickte, meinte „sehr schön" und fragte, ob es auch von diesem Körner sei. Christian verneinte stolz, sagte, er sei der Dichter, und fuhr fort:

„Denn es träumt die deutsche Maid
Und der deutsche Mann,
Dass der Wille und die Zeit
Ketten sprengen kann.
Fort mit dir, du welsches Pack,
Adler, Thron und Krone,
Schlagt das Kaiserreich zu Wrack!
Freiheit winkt zum Lohne,
Willst den Rücken nicht mehr beugen,
Willst nicht länger Sklave sein?
Auf, lasst unsere Waffen zeugen
Von dem Willen, frei zu sein."

Atemlos sah Christian Margarethe an, die zu klatschen begann und „Bravo!" rief. Er ging zwei Schritte auf sie zu, behielt die Hand aber auf seinem Herzen und fragte mit großem Ernst:

„Margarethe, wollen Sie meine geliebte Gattin werden?"

Margarethe verschlug es die Sprache, sie schaute Christian mit offenem Mund an, mit vielem hatte sie gerechnet, aber nicht mit einem Heiratsantrag. Und Christian dachte erleichtert, nur wer wagt, der gewinnt, und war selbst ein wenig erschrocken.

„Aber wollten Sie nicht das deutsche Vaterland vom Joch des Tyrannen befreien?", fragte Margarethe.

„Selbstredend, der Freiheitskampf hat Priorität. Aber jetzt, da ich bald in den Kampf ziehen werde, wollte ich Sie über die Ernsthaftigkeit meiner Gefühle nicht im Ungewissen lassen."

Margarethe fühlte sich durch den Antrag geschmeichelt, wusste aber, dass sie ablehnen musste. Doch sie wollte mit einem Nein Christians Gefühle nicht verletzen. Sie ging die Lange Mühren weiter. Christian folgte ihr, um ihr zu sagen, dass sie sich mit ihrer Antwort Zeit lassen solle. Das wiederum wollte Margarethe nicht. Sie überlegte sich ihre Worte genau:

„Ihr Antrag ehrt mich, Christian. Ich weiß, es steht mir nicht zu, Ihnen einen Rat zu geben. Dennoch möchte ich es wagen und Ihnen empfehlen, sich ganz dem Freiheitskampf zu widmen. Wenn Sie und alle freiheitsliebenden Menschen den Tyrannen bezwungen haben, dann sehen wir weiter."

„Ihre Antwort, geliebte Margarethe, macht mich sehr glücklich, sie ist mehr als ich zu erhoffen wagte, sie wird mich im Kampf begleiten und mir Trost in dunklen Stunden spenden."

Dankbar küsste Christian ihre Hände und verabschiedete sich vor dem Hagedorn'schen Haus. Margarethe sah ihm nach, wie er beschwingten Schrittes zum Ausgang der Gasse ging, sah, wie das Abendlicht seine Konturen auflöste, wie die Dämmerung ihn in sich aufnahm, aufsog, wie er selbst zu Dämmerung wurde, als hätte es ihn nie gegeben.

53. Kapitel

Die letzten Läufe, die letzten Takte des Rondo Allegretto, dann war das Oboen-Konzert in C-Dur von Haydn beendet. Jean hielt die Augen geschlossen, wartete ängstlich einige Herzschläge lang, dann setzte befreiender, begeisterter Applaus ein, den Jean mit vielen Verbeugungen in Empfang nahm. Auch Lohmeyer klatschte, rief „Bravo" und nickte anerkennend zu Margarethe. Sie sah zu Lohmeyers Freunden, die ebenfalls heftigst Beifall spendeten, und in das Gefühl erleichterter Freude mischte sich ein wenig Stolz. Ja, Margarethe war stolz auf Jean und darauf, dass er den Respekt Lohmeyers und seiner Freunde offensichtlich errungen hatte. Jetzt blickten auch Tussmann, Ahrens und Lüttjohann zu ihr, nickten anerkennend und bestätigten so ihre Gefühle. Der Applaus verebbte, Musikdirektor Schwencke forderte mit einer Geste seine Herren Musici zur Konzentration auf, dann erklang der letzte Teil des Konzertabends im Musiksaal, die Ouvertüre zu Mozarts ‚Così fan tutte'.

Lohmeyer hatte sich in den Kopf gesetzt, als kleine Geste einer Art Wiedergutmachung, Jean mit seinen Freunden bekannt zu machen, und fragte Margarethe, ob es vielleicht möglich sei, dass sie Monsieur Carpentier zu ihnen bitten könnte. „Nichts lieber als das", war Margarethes Antwort. Während die Herren ihre Zylinder an der Garderobe abholten, lief sie zu Jean und teilte ihm aufgeregt Lohmeyers Wunsch mit. Jean war einverstanden und folgte Margarethe, die in ihrem taubenblauen Kragen-Spenzer und mit ihrer cremefarbenen Schutenhaube ‚ravissante' aussah, wie er sich gestand. Lohmeyer, seine Freunde und einige Umstehende begrüßten Jean mit dezentem Applaus, und Lohmeyer stellte ihn seinen Freunden wie einen guten alten Bekannten des Hauses vor. Lüttjohann meinte, dass es ein wunderbares Erlebnis sein müsste, wenn sie, also das Streichquartett ‚Harmonia', mit einem so begnadeten Künstler wie Monsieur Carpentier gemeinsam musizieren könnten. Tussmann und Ahrens stimmten ihm zu, aber leider sei das wohl nicht möglich, bedauerten die Herren.

„Pourquoi pas?“, fragte Jean.

„Weil der verehrte Haydn das Werk für Orchester und nicht für ein Streichquartett geschrieben hat“, gaben die vier Freunde zurück.

„Das man kann corriger, man kann ändern, Messieurs!“

Aufgeregt setzte Lohmeyer seinen Kneifer auf die Nase und sah Jean erwartungsvoll an: „Haben Sie eine Idee?“

„Dites-moi, wann wir wollen musizieren, und ich bringe mit die Auszug für zwei Violine, Viola und Violoncello.“

Ungläubig sahen die vier Herren Jean an, dann räusperte sich Lohmeyer und meinte, dass Ostersonntag ideal wäre. Bedauernd setzte er hinzu, dass aber Ostern leider schon in einer Woche sei.

„Pas de problème“, beruhigte Jean die vier Herren, die sich von ihm und Margarethe verabschiedeten und erwartungsfroh den Musiksaal verließen. Unter dem linken Arm trug Jean seinen Oboenkoffer, den rechten Arm bot er Margarethe, die sich stolz bei ihm einhakte.

Am Gründonnerstag, kurz nach der Ausgabe des Mittagessens, tauchte Sophie im Männersaal des Pesthofes auf, mager, das rotblonde Haar straff gekämmt, zu einem Knoten gebunden, Tränen hatten bleigraue Furchen unter ihre Augen gegraben. Margarethe wusste, dass Sophie seit Anfang April wieder bei Buchhändler Perthes in Stellung war. Sophie hatte es ihr über Frau Gesine ausrichten lassen, doch heute sahen sich die beiden Freundinnen zum ersten Mal seit Hinnerks Beerdigung wieder. Margarethe lief zu ihr, nahm sie in die Arme und sagte leise:

„Gaut, dat du wedder da büst. Wie geiht di dat?“

Sophie genoss Margarethes Nähe und antwortete genauso leise:

„Nich so gaut, gar nich gaut."

Die beiden Freundinnen schwiegen, hielten sich eng umarmt.

„Und Henning?"

„He is bi mine Öllern in Lüneborg, de kricht Geld von mi."

Dann bat Sophie Margarethe, mit nach draußen zu kommen. An der Wand neben dem Eingang lehnte ein fast mannshohes Holzkreuz, dessen oberer Teil in einen Kartoffelsack gewickelt war. Sophie erklärte, dass sie das Kreuz von einem Stellmacher in Altona habe machen lassen, auch eine Inschrift. Sie fragte, ob Margarethe eine Schaufel für sie habe, vielleicht eine aus dem Kräutergarten, sie wisse nicht, wie sie das Kreuz sonst auf Hinnerks Grab aufstellen sollte. Margarethe holte eine Schaufel aus dem Geräteschuppen, beschloss, Sophie zu begleiten und sagte Luise Bescheid, dass sie die Zeit abends ‚dranhängen' würde.

Sie liefen über die Weiden des Heiligengeistfeldes, auf denen ein paar magere Jungs magere Kötner-Kühe hüteten, liefen bis zu den Begräbnisplätzen der Kirchengemeinden, die vor dem Dammtor lagen, und blieben auf dem Friedhof von St. Michaelis vor Hinnerks Grab stehen. Margarethe begann, am Kopfende ein Loch zu schaufeln, knietief, dann stellte Sophie das Kreuz auf, Margarethe schüttete das Loch wieder zu und trat mit ihren Holzpantinen die Erde fest. Erst jetzt las sie die Inschrift auf dem Holzkreuz. „Hinnerk Dresen, 8. Mai 1785 – 3. März 1813".

Und darunter stand in Plattdeutsch: „Lever dot as Slav".

Sophie erklärte, dass das die letzten Worte seien, die Hinnerk zu ihr gesagt habe. Margarethe starrte auf das Holzkreuz, und eine kleine, steile Falte bildete sich auf ihrer Stirn. Sie spürte, wie die kraftspendende Wut in ihr hochstieg, die ihr geholfen hatte, die Fesseln ihres dörflichen Schicksals zu sprengen. Sie dachte an Christian, der etwas gegen Napoleons Blutrausch tat, sie dachte an Hinnerk. Und sie selbst? Welche Möglichkeiten hatte sie als

Frau? Plötzlich erinnerte sie sich an Charlotte Corday, von der die Comtesse erzählt hatte. Eine Frau, die den Mut besaß, einen der blutrünstigsten Anführer der Revolution, Jean-Paul Marat, zu erstechen. Ihre Tat hatte sie mit den Worten gerechtfertigt: „Ich habe einen Mann getötet, um hunderttausende zu retten!"

Sophie bat Margarethe, sie am Grab allein zu lassen. Margarethe verstand die Bitte, nahm ihre Schaufel und sagte leise „Tschüß". Am Ende des Friedhofs drehte sie sich noch einmal zu Sophie um, die hinter den Grabhügeln kaum zu sehen war, deren Konturen sich im Erdgrau auflösten, die selbst zu Erdgrau wurde, als hätte es sie nie gegeben. Margarethe fröstelte und beschleunigte ihre Schritte.

Noch am Ostersonnabend hatte Jean, wie von ihm versprochen, die Stimmenauszüge in Lohmeyers Apotheke abgegeben, sodass Wilhelm die Noten am Nachmittag verteilen konnte und Lohmeyers Freunde die Möglichkeit hatten, sich auf das kleine Hauskonzert vorzubereiten. Nach dem Ostergottesdienst fand man sich bei Lohmeyer ein. Die Damen bis auf Frau Gesine wurden gebeten, ein wenig auf dem Pferdemarkt zu flanieren, damit die Herren ungestört üben konnten. Gegen zwei Uhr war es dann so weit, und im großen Wohnzimmer erklang das C-Dur-Konzert für Oboe und Streichquartett. Bis auf einige wenige Patzer verlief die Aufführung zur vollsten Zufriedenheit der Musikanten und der Damen. Lohmeyer meinte mit etwas Stolz in der Stimme, dass der verehrte Meister Haydn sicher seinen Spaß gehabt hätte. Tussmann und Ahrens nebst ihren Gattinnen bedankten sich nochmals bei Jean für dieses Ostergeschenk und luden ihn ein, auch einmal Gast in ihrem Hause zu sein. Lohmeyer ließ Portwein von Wilhelm ausschenken, Frau Gesine servierte bunte Eier und den großen Hefezopf, man plauderte angeregt. Das Gespräch kam auf Tettenborn und seine Kosaken, und bald war man sich einig, dass dieser Oberst ‚von', der sich General titulieren ließ, ein unverschämter Schmarotzer sei, der sich auf Kosten der Hamburger bereicherte. 9000 Louisdors verlangte er dafür, dass er Hamburg von den Franzosen befreit habe. Eine Frechheit. Genau wie sein Stab und seine Offiziere, die mehr Wegelagerern glichen als ehrbaren Soldaten. Das hätte es unter General Saint-Cyr nicht gegeben, sagte Lüttjohann zu Jean, der bisher geschwiegen hatte. Tussmann meinte, dass nicht alles ganz schlecht unter den Franzosen war. Nun protestierte Ahrens, verwies darauf, dass die verfluchte Kontinentalsperre Hamburg fast erwürgt habe. Tussmann konterte, pries den Code civil, der dank Napoleon das Fundament einer humanen Rechtsprechung sei. Da Lohmeyer glaubte, dem Franzosen Jean schmeicheln zu müssen, setzte er noch eins drauf und lobte die Einführung der metrischen Maße und Gewichte als herkulische Tat eines Jahrhundertgenies. Da endlich platzte Jean der Kragen.

„Messieurs, vielleicht Sie haben recht, vielleicht. Ein wenig Ordnung man kann haben auch ohne Militär. Ein Code civil man kann haben ohne Krieg. Für ein Meter und ein Kilogramm, dafür man muss nicht marschieren nach Moskau, dafür muss nicht sterben viel cent milles, Hunderttausende, ohne Schuld."

Lohmeyer und seine Gäste sahen Jean verblüfft an, der immer heftiger geworden war und nun fortfuhr:

„Ich bin gewesen in 127. Régiment de Ligne. Wir marschieren bis nach Moskau. Alles die Männer aus Hamburg. Warum sie sind marschiert? Für die Ordnung? Für wen sie sind gestorben? Für der Code civil? Für der Kilogramm? Oder für die Idee von der Tyrann?" Mit glühendem Blick sah Jean Lohmeyer und die Gäste an. Und Margarethe wusste nun, warum sie sich in seine braunen Augen verliebt hatte. Plötzlich zitierte er Worte, die sie kannte, allerdings nicht mit französischem Akzent:

„Unter des Tyrannen Joch
Schlägt das Herz voll Wut.

Und es fragt, wie lange noch
Opferst du dein Blut?
Sehnst dich nach der Freiheit Luft,
Nach des Freien Rechten.
Doch noch hausest in der Gruft
Du, Knecht nur unter Knechten.
Willst den Rücken nicht mehr beugen,
Willst nicht länger Sklave sein?
Auf, lasst unsere Waffen zeugen
Von dem Willen, frei zu sein."

In das Schweigen hinein, das seinen Worten folgte, sagte Jean: „Das hat composé mein bester Freund, Christian Meinecke, qui travaille chez Buchhändler Perthes, er kämpft für die Freiheit."

Lohmeyer begann zu applaudieren, dann folgten die Gäste, und Ahrens rief „Bravo". Man blickte anerkennend zu Margarethe und zu Lohmeyer, der seine neue Rolle als ‚Beschützer' genoss.

54. Kapitel

Rollende, trillernde, dann zirpende, heitere Singlaute in sich wiederholenden rhythmischen Folgen hatten Jean verführt, mit der Hand die Augen abzuschirmen und sorgsam den Himmel abzusuchen. Dann entdeckte er die Alouette, die vor aufgeplusterten Maiwolken höher und höher stieg, schwerelos wurde. Er fand das französische Wort ‚Alouette' schöner als das deutsche ‚Lerche', ließ sich das Wort auf der Zunge zergehen und freute sich über den Klang. Als sein Blick zurückfand zu den lichtgrünen Feldern der Wintergerste, die ein leichter Südwind in weiche Wellen versetzte, war Christian mit Mettlerkamp und seiner Kompanie von 230 Freiwilligen schon ein ganzes Stück weiter Richtung Billwerder gezogen. Bereits gestern Abend hatte der Oberst von Tettenborn mit seinen Kosaken die Stadt fluchtartig verlassen. Der Grund dafür war das Gerücht, dass Napoleons eisenharter Marschall Davout mit zwei Divisionen im Anmarsch sei. Tettenborn hatte verlangt, dass Mettlerkamps Männer seinem Befehl unterstellt werden, doch Mettlerkamp hatte sich geweigert und beschlossen, auf eigene Faust zu handeln. Nun marschierte seine Kompanie nach Mecklenburg, um sich mit der Hanseatischen Legion zu vereinen und sich der Armee des verbündeten Zaren anzuschließen. Das hatte Christian Jean beim Abschied erzählt. Jean versuchte, ihn auf dem Weg durch die Felder auszumachen, vergeblich.

Er stand auf den Wallanlagen unterhalb des Steintors und fragte sich, was er selbst gegen den Tyrannen tat. Von St. Jacobi kam ein einzelner Glockenschlag, es musste halb zehn sein, Zeit für Jean, in die Stadt zurückzugehen, denn um zehn begann der Gottesdienst in St. Gertruden, und er vertrat an diesem Sonntag wieder einmal Hagedorn an der Orgel.

„Seid aber Täter des Worts und nicht Hörer allein, wodurch ihr euch selbst betrügt. Denn so jemand ist ein Hörer des Worts und nicht ein Täter, der ist gleich einem Mann, der sein leiblich Angesicht im Spiegel beschaut. Denn nachdem er sich beschaut hat, geht er davon und vergisst von Stund an, wie er gestaltet war." Pastor Raabe machte eine bedeutungsvolle Pause, ließ seinen gestrengen Blick über die Köpfe seiner Schäfchen schweifen und fuhr mit kraftvoller Stimme fort: „Wer aber durchschaut in das vollkommene Gesetz der Freiheit und darin beharrt und ist nicht ein vergesslicher Hörer, sondern ein Täter, der wird selig sein in seiner Tat."

Für seine Predigt hatte Pastor Raabe eine Epistel des Jakobus ausgewählt und fand mühelos von der Freiheit zur Unfreiheit und zur bevorstehenden Besetzung durch die Regimenter des Marschalls Davout. Pastor Raabe rief seine Gemeinde zur Tat auf, zum Widerstand, doch er sagte nicht, wie dieser Widerstand aussehen sollte. Jean hatte zum Beginn der Predigt den Spieltisch der Orgel verlassen und sich neben Margarethe gesetzt, die aufmerksam Pastor Raabes Worten folgte. Er blickte zu ihr und fragte sich, wie vorher auf den Wallanlagen, welche Tat er vollbringen müsste, um etwas für die Freiheit zu tun. Nur in der Freiheit lag ihre gemeinsame Zukunft, das wusste er. Er hätte Margarethe gerne gefragt, ob sie ihn heiraten würde. Doch auf welchem Fundament sollte diese Ehe ruhen? Was hatte er Margarethe zu bieten? Das Stimmen von Orgelpfeifen? Hin und wieder für Hagedorn einspringen? Ab und an ein Konzert mit Schwencke? Oder eine Oper? Sollte Marschall Davout seinem Ruf gerecht werden, dann würde es bald keine Konzerte mehr geben. Wovon sollten sie leben? Nur von dem, was Margarethe im Pesthof verdiente? Sollte er mit ihr aus Hamburg fortgehen? Nach Frankreich? Nach Paris? Welche Zukunft hätten sie dort unter Napoleon? Napoleon, das war der Felsbrocken, der den Weg in die Zukunft versperrte. Wieder blickte er zu Margarethe, sah, wie sich die Maisonne in ihrem Haar verfing, sah ihre lichtblauen Augen. Er liebte sie und entschied sich, ein Mann der Tat zu werden, so wie es Pastor Raabe verlangte.

Sie hatten Glück und fanden zwei freie Plätze auf der Terrasse des Restaurants Rainville, das an diesem letzten Sonntag im Mai gut besucht war. Jean hatte die Idee gehabt, einen Ausflug zu dem Ort zu machen, wo er vor über einem Jahr abends unter der Laterne auf Margarethe gewartet hatte. Sie blickte sich um, sah mit ein wenig Neid die neue Frühjahrsmode, die einige Damen selbstbewusst zeigten, die fliederfarbenen Schutenhauben, die leichten Kleider in Empire, die Seidenzylinder der Herren, von denen einige schon den neuartigen Stehkragen trugen, den der

Chirurgus Menken ‚Vatermörder' nannte. Dagegen wirkte sie in ihrem apfelgrünen Spenzer-Jäckchen und Jean in den Sachen, die sie bei Madame Guillambert erstanden hatte, doch recht bescheiden. Dann entdeckte sie zwischen den Säulen vor dem Eingang Monsieur Heinrich, in Livrée und mit Zopfperücke, der wichtigtuerisch hin und her ging, zufällig zu Margarethe sah, die Augenbrauen zusammenzog, bemüht, sich zu erinnern. Auf Margarethes Gesicht stahl sich ein winziges Siegerlächeln. Ein Garçon kam, und sie bestellten Café und Tarte aux Amandes. Es war der erste ‚echte' Kaffee, den Margarethe in ihrem Leben trank, er schmeckte bitter, und sie begriff nicht, warum man dafür Kopf und Kragen beim Schmuggel riskiert hatte. Aber diese Zeit war ja Gott sei Dank vorbei. Wie zur Bestätigung zog ein Dreimaster stolz an ihnen elbaufwärts vorbei. Der Wind hatte auf Südwest gedreht, blähte die Rahsegel auf, sodass einige Gäste begeistert applaudierten.

Jean ließ sich von der Stimmung anstecken und wollte Margarethe fragen, ob sie seine Frau werden möchte. Da sah er, dass sich ihre Augen veränderten, dass Margarethe starr auf das gegenüberliegende Elbufer sah. Jean folgte ihrem Blick, schirmte mit der Hand die Augen gegen die Sonne ab und sah, wie Hunderte, Tausende, Abertausende französischer Infanteristen in Fähren über die Elbe gesetzt wurden. Jean schluckte seinen Heiratsantrag hinunter und sagte mit einer hilflosen, fast entschuldigenden Geste:

„Das ist die Rache von Maréchal Davout, die Rache pour cela, dass Hamburg hat geglaubt, frei zu sein, welch catastrophe!"

Nun hatten auch die anderen Gäste das Übersetzen der Infanterie nach Altona bemerkt, sie sprangen auf, fluchten, schüttelten die Fäuste, wünschten Napoleon die Pest an den Hals. Jean winkte dem Garçon, zahlte und verließ mit Margarethe schweigend das Restaurant Rainville.

Da sie nicht mit den Infanteristen durch das Millerntor in die Stadt ‚einmarschieren' wollten, nahmen sie den Umweg zum Dammtor in Kauf. Sie gingen am Stadtrand von Altona entlang, überquerten dann die Weiden des Heiligengeistfeldes, wo auch an diesem Sonntag ein paar magere Jungs magere Kötner-Kühe hüteten, passierten das Dammtor und sahen dann die Soldaten. In Dreierreihen ließ Davouts Bluthund, General Vandamme, sie durch die Innenstadt marschieren, immer wieder, angeführt von dröhnenden Trommeln und schrillen Pfeifen, Angst und Schrecken verbreitend. Jean sah die blassen Kindergesichter der Infanteristen, wusste, dass dies das letzte Aufgebot der Grande Armée war. Die Gesunden, die Starken, die waren in Russland geblieben. Margarethe und er gingen zur Lombardsbrücke, sie kehrten dem martialischen Zeremoniell den Rücken und sahen den Möwen zu, die über Kabbelwellen sichelten.

Die Dämmerung hatte eingesetzt, als Jean Margarethe nach Hause brachte. Die Stadt quoll über von Soldaten, die auf jedem freien Fleck biwakierten, auf Straßen, Gehwegen und Märkten. Margarethe sah Jean fragend an, und der vermutete: „Peut-être, sie haben Angst, dass man vergiftet die Kindersoldaten, wenn sie werden einquartiert." Margarethe erschrak.

Auf dem Pferdemarkt war die Hölle los. Infanteristen schlugen mit Gewehrkolben gegen Türen und Fenster und forderten die Bewohner auf, ihre Häuser zu illuminieren. Wenn sie die Stadt für ein paar Kosaken festlich beleuchten konnten, dann sollten sie das für die siegreichen Truppen ihres Kaisers auch machen. Lohmeyer stand, zitternd vor Wut, auf den Stufen des Eingangs und sah Wilhelm zu, der Lichter und Lampen in alle Fenster stellte, wie es auch in den anderen Häusern geschah. Margarethe und Jean wünschten einen guten Abend. Lohmeyer schnaufte wütend und zeigte auf die brüllenden Infanteristen: „Wenn man nur wüsste, was diese Bluthunde noch so alles planen!"

55. Kapitel

Drei Tage später, am Mittwoch, verließ Jean den Probenraum des Musiksaals in gedrückter Stimmung. Schwencke hatte mit belegter Stimme die Herren Musici davon in Kenntnis gesetzt, dass das Konzert zu Pfingsten ausfallen würde, wie auch alle weiteren Konzerte in der nächsten Zeit. Der Musiksaal sei durch General Vandamme leider für das 3. und 105. Linien-Regiment requiriert worden.

Den Oboenkoffer unter den linken Arm geklemmt, trat Jean auf den Valentinskamp und blinzelte in die hoch stehende Sonne. Plötzlich bekam er einen kräftigen Klaps auf den Rücken, und eine Männerstimme rief erfreut: „Salut, Jean, salut, copain! Une année passée, merde, comment vas-tu?“ Jean, noch etwas vom Sonnenlicht geblendet, brauchte einen Atemzug, bis er den Mann in der Gala-Uniform erkannte. Es war Gaston Dubreuil, Freund aus gemeinsamen Pariser Tagen, etwas kleiner als Jean, glich das aber durch eine kühne Nase aus. Vor einem Jahr noch war er einer der Ordonnanz-Offiziere bei General Saint-Cyr und heute, wie er stolz erzählte, Adjutant des Brigadegenerals Soyer, Chef der Kommandantur, die, wie auch der Musiksaal, am Valentinskamp lag. Gaston hatte Zeit, erkundigte sich, wie es seinem alten Freund geht, fragte nach dem hübschen Mädchen, dem er damals ein ‚Laissez-passer‘ für das Restaurant Rainville beschafft hatte, freute sich, dass Jean das Abenteuer Russland heil überstanden hatte. Aber warum trug er die Kleidung eines Bourgeois und keine Uniform? Warum war er nicht mit General Saint-Cyr aus Hamburg abgezogen?

In diesem Augenblick begriff Jean, dass es keine Zufälle gibt, sondern dass das Schicksal ihm eine Chance bot. Und er begann zu erzählen. Dass er nicht mit Saint-Cyr die Stadt verlassen habe, dafür gab es einen einfachen Grund, er lag im Pesthof und kurierte seine Verwundungen aus dem Russlandfeldzug. Dass er zivile Kleidung trug, auch dafür gab es einen Grund. Er wollte nicht auffallen, da die Hamburger den Franzosen nicht allzu wohl gesinnt waren. Außerdem verdiene er sein Geld als Organist von St. Gertruden und als Solo-Oboist in einem Orchester. Lieutenant Dubreuil strahlte, als er das hörte, fragte, ob Jean ihm wieder Flötenunterricht geben könne, was Jean mit Vergnügen bejahte. Und fragte seinerseits, ob Dubreuil nicht etwas für ihn tun könne, Brigadegeneral Soyer zum Beispiel bitten, Jean wieder in das Corps de Musique einzugliedern. Lieutenant Dubreuil meinte, das sei eine Petitesse, und versprach umgehend Hilfe. Da das Wiedersehen gefeiert werden musste, steuerten die Freunde auf eine Kneipe am Gänsemarkt zu.

Margarethe kam spät mit Lohmeyer aus dem Pesthof nach Hause, daher besuchte sie Jean nicht mehr, sondern erst am Donnerstagabend. Sie begrüßte Frau Hagedorn, die ihre Sorge äußerte, dass mit den vielen Soldaten sicher wieder Einquartierung ins Haus käme. Margarethe beruhigte sie, dass es so schlimm wohl nicht kommen werde, ging die Treppe zu Jeans Zimmer hoch, klopfte, öffnete auf das „Entrez" die Tür – und erschrak. Vor ihr stand Jean in der blau-weißen Uniform der 50. Division, auf dem Kopf einen hohen Tschako mit der Kokarde des Kaisers, unterhalb der weißen Culotten weiße Gamaschen. Zwei weiße Patronengurte liefen über seine Brust, und an der Seite prangte ein Säbel. Jean lächelte verlegen. Ungläubig sah sie ihn an, drehte sich wortlos um, warf die Tür hinter sich zu, raste die Treppe hinunter und lief aus dem Haus. Jean brauchte einen Augenblick, warf den Tschako und den Säbel aufs Bett und lief hinter Margarethe her. Als er vor das Haus trat, bog sie bereits in die Lilienstraße ein. Jean rief, doch sie hörte ihn nicht oder wollte ihn nicht hören. Jean blieb nichts anderes, als hinter ihr herzulaufen, bis zum Pferdemarkt und zu Lohmeyers Haus. Immer wieder rief er ihren Namen, doch Margarethe reagierte nicht. Sie lief in den Hof und wollte das große Tor schließen. Im letzten Augenblick konnte Jean noch in den Hof schlüpfen und blieb nun vor Margarethe stehen.

„Verräter! Traître!", sagte sie zornbebend, Tränen in den Augen.

„Mais non, non, pas un traître, nicht Verräter, non, éclaireur!"

Jean suchte nach dem deutschen Wort, aber fand es nicht. Da kam Lohmeyer von den Stallungen und trat zu ihnen. Hilfesuchend sah Jean ihn an: „Sagen Sie Margarethe, was ist ein Éclaireur!"

„Ein Kundschafter, der Nachrichten sammelt", war Lohmeyers Antwort, und Jean sagte erleichtert: „Exactement!"

Nun erzählte er von seinem Freund Gaston Dubreuil, Adjutant des Chefs der Kommandantur, und dass er ihm Flötenunterricht gibt. Derselbe Dubreuil, der Margarethe damals das ‚Laissez-passer' für Rainville verschafft hatte. Von ihm würde er einiges über die Pläne des Marschalls Davout erfahren, die für alle, die gegen Napoleon kämpften, von Wichtigkeit sein könnten. Ob Monsieur Lohmeyer schon wisse, dass der Bluthund Vandamme Hamburg verlassen und Davout eine Marionette, den holländischen General Hogendorp, als Gouverneur installieren wird? Lohmeyer sah Jean erstaunt an und schüttelte verneinend den Kopf. Aufmerksam hatte Margarethe zugehört, erleichtert begriff sie, was Jean plante. Doch sie verstand nicht, warum ein Holländer Gouverneur in Hamburg wird. „Weil Holland genauso zu Frankreich gehört wie Hamburg", schimpfte Lohmeyer, und Margarethe befand: „Das ist dir doch eine verquere Welt." Von Jean war Lohmeyer beeindruckt, und er fragte fast besorgt: „Haben Sie eine Idee, wer Ihr Kurier sein könnte?"

„Ich", entschied Margarethe spontan und war froh, dass sie sich endlich in den Kampf gegen Napoleon eingebunden fühlte.

„Dann werde ich dafür Sorge tragen, dass alles in die richtigen Hände gelangt", ergänzte Lohmeyer mit blitzenden Augen. Dann kam Margarethe aber auf den Grund ihres Erschreckens und fragte, warum Jean die verhasste Uniform wieder trage. Lohmeyer sprang für Jean ein, indem er erklärte, dass es eine bessere Camouflage als die eines Militärmusikers nicht geben könne. Außerdem würde er Sold erhalten und keinem zur Last fallen, ergänzte Jean.

Einhundertundeins Kanonenschüsse wurden am Pfingstsonntag auf den Wallanlagen abgefeuert – die Hamburger sollten sich über den Sieg ihres Kaisers bei Bautzen freuen. Jean sah nur wütende Gesichter. Auch die anschließende Parade auf dem Großneumarkt, bei der er mit dem Corps de Musique vorneweg marschierte, fand nicht den Beifall, den sich Marschall Davout und seine Generäle erhofft hatten. Die Hamburger beschäftigte mehr die ungeheure Summe von achtundvierzig Millionen Franken, die als Strafe, Contribution nannte es Marschall Davout, an Napoleon gezahlt werden sollte. Für zwei Monate Freiheit. Sechs Millionen sollten als erste Tranche bis Juli gezahlt werden. Auf jeden wohlhabenden Bürger entfielen Zigtausend Franken. Wer nicht zahlen konnte oder wollte, der musste mit Einquartierung rechnen, um so seine Schulden abzustottern. Lohmeyer konnte nicht zahlen, und so wurden zur Strafe vierundzwanzig Soldaten einquartiert, die er auch verköstigen musste. Margarethe zog zu Frau Gesine, und Wilhelm schlief mit in Lohmeyers Zimmer, alle anderen Räume wurden mit Soldaten belegt, sogar das Comptoir. Gegessen wurde nur noch in der Küche. Margarethe schilderte Jean die demütigende Situation und erwähnte auch, dass Lohmeyer, wie so mancher wohlhabende Hamburger, ein Landhaus habe, möglicherweise würde er sich dorthin zurückziehen. Sollte Margarethe mit ihm gehen, würde sie auf jeden Fall ein- bis zweimal in der Woche Jean besuchen, um ihn zu sehen und

Informationen zu holen. Heute waren es Aufzeichnungen über Ausrüstung und Stärke der Kürassier-Regimenter, über die Lieutenant Dubreuil offenherzig geplaudert hatte.

Als Margarethe am nächsten Morgen zum Millerntor lief, kam sie am Gänsemarkt an einer Tribüne vorbei, die General Hogendorp dort hatte errichten lassen, um bei der Vollstreckung der Prügelstrafe, die es schon für die kleinsten Vergehen gab, möglichst gute Sicht zu haben. Speziell wenn Frauen gezüchtigt wurden. Die Wut stieg in Margarethe hoch, und sie wusste, dass Jean und sie das Richtige taten.

Bevor sie zum Pesthof ging, machte Margarethe einen Umweg über den Hamburger Berg und sah zum Hafen. Da lagen sie, die großen Segelschiffe, wieder angekettet wie Hunde, abgetakelt, streckten ihre Masten und Rahen in den Morgenhimmel, nackt, anklagend.

56. Kapitel

Jean stand vor Lohmeyers Haus, in dem Soldaten ein und aus gingen. Er wartete auf Margarethe, sah auf den Pferdemarkt, sah die blutjungen Infanteristen, die dort noch immer biwakierten. Das Schießen war in den letzten Tagen weniger geworden, und die Spritzenleute, die in ihren weißen Mänteln und Mützen durch die Straßen rasten, um Brände zu löschen, hatten weniger zu tun. Der Waffenstillstand, den Marschall Davout mit General Bennigsen, dem Kommandeur der Alliierten, geschlossen hatte, schien zu halten. Jean hatte Margarethe gebeten, mit ihm einen Spaziergang an diesem milden Frühsommerabend zu machen, um ihr die neuesten Nachrichten zu übergeben, die er beiläufig von seinem Freund Dubreuil erfahren hatte. So unter anderem, dass Napoleon den Befehl gegeben hatte, fünfundzwanzigtausend Soldaten in Hamburg zu stationieren und die Stadt zur Festung auszubauen. Zehntausend Hamburger, egal ob Männer, Frauen oder Kinder, sollten Schanzarbeiten leisten, die Häuser vor den Wallanlagen sollten niedergebrannt und alle Elbinseln okkupiert werden. Fähren, die fünfhundert Soldaten und einhundertsechzig Pferde fassen können, sowie eine Brücke, die Hamburg mit Harburg verbindet, sollten gebaut werden.

Margarethe trat aus dem Haus, blieb kurz auf den Stufen stehen und blickte in die abendliche Sonne, die ihr Haar aufleuchten ließ. Dann wandte sie sich zu Jean. Mit einem resignierenden Lächeln sah sie auf seine Uniform und meinte, dass der Zweck wohl die Mittel heiligt. Während sie zum Jungfernstieg gingen, gab Jean ihr seine Notizen, die sie in ihrem Spenzer-Jäckchen gut verbarg. Vor der Buchhandlung Perthes blieben sie stehen. Statt Kunden kamen und gingen Infanteristen. Jean fragte einen Sous-Lieutenant nach der Familie Perthes. Der Sous-Lieutenant zuckte die Schultern, er wusste lediglich, dass Monsieur Perthes geflohen war und steckbrieflich gesucht wird wegen Rebellion, und dass seine Frau und die Kinder schon vor Tagen Hamburg verlassen hatten. Margarethe fragte nach Sophie, erntete aber nur einen verständnislosen Blick.

Sie gingen an der Binnenalster entlang zur Lombardsbrücke, doch als sie in die Wallanlagen wollten, wurde ihnen der Zugang von bewaffneten Wachen versperrt. Die Wallanlagen durften nur noch zu Schanzarbeiten und zum Fällen der Bäume betreten werden. Margarethe fluchte auf Marschall Davout, und Jean war froh, dass die Wachen kein Plattdeutsch verstanden, es waren junge, ängstliche Polen, die hier Dienst taten.

Beim Abendessen in der Küche gab Lohmeyer bekannt, dass er dem demütigenden Zustand, nicht mehr Herr im eigenen Hause zu sein, ein Ende bereiten werde. Er habe sich entschlossen, die Apotheke während der Zeit der Okkupation zu schließen und am nächsten Tag in sein Landhaus in Eimsbüttel zu ziehen. In vier, fünf Fuhren sei das mit Wilhelms Hilfe wohl zu bewerkstelligen.

„Dat du Dösbaddel mi aber nich mine scheune Argand-Lampen, dat Violoncello un de Noten verdaddelst!"

Frau Gesine fragte er, ob sie sich entschieden habe. Sie lief zartrot an, zupfte an ihrer Haube und verkündete mit leiser Stimme, dass sie den Antrag des Herrn Registrator Lüttjohann akzeptiert habe und mit ihm und bei ihm in der Stadt bleiben wolle. Wilhelm fragte, wann denn nun Hochzeit sei. Frau Gesine bat um Verständnis, aber die Zeiten seien nicht danach. Lohmeyer bedauerte, dass er sie nicht halten könne, doch er verstünde sie. Er blickte in die kleine Runde:

„Bleibt nur die Frage, wer führt mir den Haushalt?"

„Ich, wenn Sie erlauben", antwortete Margarethe. „Allerdings muss Wilhelm mir beim Schlachten und Wurstmachen helfen."

Wilhelm nickte, und Lohmeyer gab zu bedenken, dass es viel Arbeit geben werde, da er das Landhaus seit dem Tod seiner Frau nicht mehr bewohnt habe. Er schickte ein kleines, entschuldigendes Lächeln hinterher. Margarethe gab das Lächeln zurück und sagte:

„Vor Arbeit, lieber Herr Lohmeyer, war mir noch nie bange!"

Vier Tage später war der Umzug nach Eimsbüttel erledigt. Margarethes Sachen passten nicht mehr wie früher in ein Bündel, jetzt waren es zwei, da der Kragen-Spenzer aus taubenblauem Samt, der Capuchon und die Stiefelchen dazugekommen waren. Nicht zu vergessen der zierliche Standspiegel der Comtesse. In der Zwischenzeit war Jean aktiv gewesen und hatte seinen Freund Dubreuil davon überzeugen können, dass die Demoiselle Detjens einen neuen ‚Laissez-passer' benötigt, da sie in den Militärhospitälern, die händeringend Ärzte und Pflegeweiber suchten, aushelfen sollte.

Mindestens einmal in der Woche kam Margarethe abends zu Jean. Sie gelangte, trotz des ‚Laissez-passer', erst nach schärfster Kontrolle durch das Millerntor in die Stadt, lief den vertrauten Weg bis in die stille Gasse, in der das Haus der Hagedorns lag, steckte, bevor sie zu Jean hochging, den Kopf in die Küche zu Frau Hagedorn und hörte sich deren Sorgen an. Eigentlich gab es nur ein Thema, den Hunger. Wie sie den Herbst, den Winter überstehen sollten, sie wussten es nicht. Da ein Unglück selten allein kommt, wie Frau Hagedorn seufzte, hatte das Militär am 6. August die St.-Gertruden-Kapelle für die Kavallerie requiriert, das Gestühl auf den Friedhof geworfen und das Gotteshaus zu einem Pferdestall und Magazin für Fourage missbraucht. Empört hatte Margarethe zugehört. Ihre Kirche, in der sie erlebt hatte, wie aus Wind Töne wurden und aus Tönen Musik, ihre Kirche, in der Jean sie ‚petite bourrasque', kleine Windsbraut, genannt hatte, ihre Kirche, in der sie den ersten richtigen Kuss in ihrem Leben bekommen hatte, ein Pferdestall?

„Gott wird diese Hunde dafür strafen!", fluchten die Hagedorns.

Sie blieb immer nur kurz bei Jean, versteckte in ihrer Kleidung seine Notizen, die Lohmeyer dann, mit Wilhelms Hilfe, an die Hanseatische Legion lieferte. Wenn acht Glockenschläge von St. Jacobi durch die Gasse schwebten, machte sich Margarethe wieder auf den Weg. Jean begleitete sie dann zum Dammtor, von wo aus sie auf dem kürzesten Weg nach Eimsbüttel lief. Auch an diesem Abend. Vor dem Dammtor blieben sie stehen, Jean sah sie an und sagte:

„Weißt du, dass Napoleon hat Geburtstag am 15. August?"

„Aber das ist mein Geburtstag!", protestierte Margarethe.

„Juste, ihr beide ihr seid Löwen."
„Ich, ja! Aber Napoleon ist ein Tyrann!"
„Marschall Davout will, dass wir machen für der Geburtstag von der Tyrann ein groß Parade schon am 10. August."
„Vorfeiern bringt Unglück!"
„Quoi?"
„Malheur!"
„Wunderbar. Dann wir haben am Sonntag frei!"
Jetzt endlich begriff Margarethe, worauf Jean hinauswollte: „Und Sonntag ist der 15. August, mein Geburtstag."
„Mon ami Dubreuil mir wird geben ein billet de jour."
Margarethe sah ihn ungläubig, mit leuchtenden Augen an: „Soll das heißen, du kommst nach Eimsbüttel?"
„Oui, soll das heißen!"

Ungeduldig zählte Jean die Tage bis zum 15. August, er bekam sein ‚billet de jour' und machte sich am Sonntag, gleich nach dem Gottesdienst, auf den Weg, den Margarethe ihm genau beschrieben hatte. Es war für ihn daher leicht, in Eimsbüttel den prächtigen Heuss-Hof mit seinem Säulenportal zu finden, denn nur eine Viertelmeile entfernt lag Lohmeyers kleines Landhaus, ein eingeschossiger Fachwerkbau, reetgedeckt. Die Auffahrt führte in den Hof, wo die Remise und die Stallungen waren. Auf der Westseite des Hauses war ein bunter Bauerngarten, in dem jetzt Margarethe stand und Johannisbeeren pflückte. Sie trug ein luftig leichtes Sommerkleid, selbst genäht. Einige Atemzüge lang sah Jean ihr zu, ohne sich bemerkbar zu machen, und ihm wurde fast schmerzhaft bewusst, wie sehr er sie liebte.

Jetzt bemerkte Margarethe ihn. Sie lächelte, strich sich die Locken aus der Stirn und lief zu ihm, dankbar, dass er nicht in Uniform zu ihrem Geburtstag erschienen war, sondern in neuen braunen Hosen und einem neuen Leinenhemd, das er, wie Christian, am Hals offen trug. Jean deutete eine Verbeugung an und gratulierte ihr zum Geburtstag. Lohmeyer trat aus dem Haus und begrüßte Jean herzlich, während Margarethe die Johannisbeeren in die Küche brachte. Jean beglückwünschte Lohmeyer zu seinem Landhaus. Der winkte bescheiden ab, meinte dann aber generös, wenn es für Jean in der Stadt zu gefährlich wird, sei er herzlich willkommen. Margarethe kam mit einem Glas Wasser für Jean aus der Küche, und um mit ihm allein sein zu können, schlug sie vor, ihm die Gegend zu zeigen. Jean akzeptierte dankbar.

Sie gingen zunächst am Isebek entlang, und Margarethe erklärte, dass das ein plattdeutscher Name sei, auf Hochdeutsch sei es der Eisenbach. Dann folgten sie einem Wasserlauf, der braun wie Rost war und dem Isebek seinen Namen gegeben hatte. Nach einem Erlenbruch kamen sie zu einer Wiese, in Sonne getaucht, mit Margeriten übersäht. Sie blieben stehen, und Jean machte ein geheimnisvolles Gesicht. Er griff in seine Hosentasche, holte einen blau glitzernden Flacon hervor und überreichte ihn Margarethe mit einer artigen Verbeugung.

„S'il vous plaît, für das Anniversaire."

Margarethe nahm den Flacon, ahnend, was er enthielt, und zog vorsichtig den Glasstöpsel aus dem Fläschchen. Sie atmete ein, schloss die Augen, atmete, den Duft kannte sie nicht.

„Parfum von Lavendel", sagte Jean.

„Was ist … Lavendel?"

„Es braucht ein bisschen Zeit, das zu sagen."

„Wir haben Zeit."

Margarethe setzte sich an den Wiesenrand, wo eine Eberesche Schatten spendete, Jean setzte sich zu ihr und versuchte zu erklären, was der Duft von Lavendel ist. Er erzählte von seiner Heimat, vom Midi. Vom weichen Blaulila der Blüten an den Berghängen. Vom warmen Ton des Ockers, der die Erde färbt. Vom Goldbraun der Eidechsenaugen, der ausklingenden Hitze der Sommertage, dem abendlichen Konzert der Zikaden.

„Was sind Zikaden?“, wollte Margarethe wissen, die sich auf den Rücken gelegt hatte und träumend hoch ins Lichtblau sah.

„Kleine Käfer, die spielen Violine mit die Beine.“

„Wie bei uns die Heimchen?“

Jean bestätigte das und erzählte weiter. Vom Morgentau, der auf den Feldern liegt, von den Bienen, die den Lavendel besuchen und dem Honig des Midi seinen Geschmack geben. Er erzählte vom Blattsilber der Olivenbäume, den Samenkapseln der Pinien, dem Schwarzgrün der Zypressen. Von der Mittagswärme, die träge in den Senken und Tälern liegt, von der frischen Kühle des Weins. Jean machte eine Pause.

„Erzähl weiter, es riecht so schön“, bettelte Margarethe.

Jean erzählte weiter, wurde leiser, küsste sie. Margarethe küsste ihn. Sie liebten sich unter dem freien Himmel.

57. Kapitel

Um freies Schussfeld zu haben, wurden alle Linden auf dem Jungfernstieg gefällt, denn der Krieg hatte nur einen Tag nach Napoleons Geburtstag wieder begonnen. Marschall Davout ließ seine Regimenter die alliierten Truppen angreifen, die Hamburg unter dem Kommando des Generals Bennigsen befreien wollten. Gleichzeitig ließ General de la Ville, Chef des Stabes und noch härter als der brutale Vandamme, eintausendzweihundertsieben Häuser in den Vororten markieren, die niedergerissen und abgebrannt werden sollten, um freie Bahn für die Artellerie zu schaffen. Vier Tage hatten die Bewohner nur Zeit, sich eine andere Bleibe zu suchen, dann brannten die Häuser.

Jean notierte alles, was er sah und was er beim Flötenunterricht von Lieutenant Dubreuil erfuhr. Einmal in der Woche traf er sich mit Margarethe, gab ihr seine Notizen, und sie schmuggelte sie aus der Stadt. Hinter dem Dammtor wartete Wilhelm mit der Kutsche, um Margarethe zügig nach Eimsbüttel zu bringen.

Anfang Dezember wurde die Kavallerie verstärkt, und auch aus den Hauptkirchen wurden Pferdeställe. Bis auf St. Michaelis. Von Davout lasse er sich sein Gotteshaus nicht entweihen, donnerte Pastor Rambach von der Kanzel und stellte die seiner Kirche zugewiesenen Pferde bei Gemeindemitgliedern unter. Fünftausenddreihundert hungrige Pferde standen jetzt in Hamburgs Kirchen. Nicht nur die Pferde, auch die Menschen hungerten. Für ein Stück Brot wurden die Betten verkauft, man schlief auf den Dielen. Mehr und mehr Verwundete und Kranke füllten die Hospitäler. Ruhr, Flecktyphus und Hospitalfieber griffen um sich. Dazu kam, dass die ausgehungerten Soldaten alles plünderten und raubten.

Jean hatte das Glück, mit Lieutenant Dubreuil befreundet zu sein, der ihm immer wieder etwas zukommen ließ, und er wurde manchmal vom Rest des Streichquartetts ‚Harmonia' zum Essen eingeladen. Advokat Tussmann meinte mit Galgenhumor, es sei gut, dass das Quartett nicht mehr existiere, sie würden sonst auf der Guillotine landen. Denn Gouverneur Hogendorp hatte ein Versammlungsverbot erlassen, das schon das Treffen von vier Menschen mit dem Tod bestrafte. Die Todesstrafe drohte auch jedem, der versuchte, Briefe oder Nachrichten aus der Festung Hamburg hinauszubringen.

Obwohl alle Tore seit dem 18. Dezember geschlossen waren, schaffte Margarethe es mit ihrem ‚Laissez-passer', am Heiligabend Jean zu besuchen, um ihm etwas Wichtiges zu sagen. Den entscheidenden Satz hatte sie auf Französisch eingeübt. Als sie in das Hagedorn'sche Haus kam, den Kopf in die Küche steckte und nach Frau Hagedorn rief, antwortete niemand. Margarethe ging hoch zu Jean, fragte ihn nach den Hagedorns und erfuhr von ihm, dass die beiden, wie Tausende andere, die keine Nahrungsmittel für die nächsten sechs Monate vorweisen konnten, die Stadt zu verlassen und sich heute, am Heiligabend, in St. Petri einzufinden hatten. Jean sah Margarethe hilflos an, er hatte es nicht verhindern können. Sie nahm ihn in die Arme, tröstete ihn und sagte sehr leise:

„Au printemps, en mai, tu seras père."

„Comment?"

„Du wirst Vater, j'attends un enfant."

Gegen Mitternacht begann der Elendszug von achtzehntausend Hamburgern durch das Millerntor nach Altona. Sie wurden wie räudige Hunde aus der Stadt gejagt. Margarethe zog mit ihnen, sie wollte die Hagedorns finden, wollte sie mit nach Eimsbüttel nehmen. Vergeblich. Auch am Neujahrstag lief sie nach Altona und suchte die Hagedorns. Vergeblich. Es war sehr kalt, minus neunzehn Grad, tagelang hatte es geschneit, Tausende waren verhungert oder erfroren, der Schnee war ihr Leichentuch.

Am frühen Morgen des 3. Januars rückte eine Kompanie des 105. Linien-Regiments zum Hamburger Berg aus, an der Spitze Jeans Musikzug. Unter dem Dröhnen der Trommeln und dem Schrillen der Pfeifen wurden Häuser, Werkstätten und Kirchen angezündet. Der Wind trieb Jean den Rauch in die Augen.

Auch der Pesthof sollte niedergebrannt werden, da er das freie Schussfeld störte. General de la Ville hatte Chirurgus Menken zwei Tage Zeit gegeben, am 4. Januar sollten alle Gebäude bis auf die Grundmauern niedergebrannt werden. Dr. Wegscheider, Lohmeyer und Menken organisierten den Auszug der Kranken und der ‚Narren', wie die geistig Verwirrten genannt wurden. Hunderte mussten in Eiseskälte auf offenen Leiterwagen, nur mit einem Krankenhemd bekleidet, die Fahrt nach Eppendorf antreten. Hier hatte General de la Ville den Saal der Kirchengemeinde requiriert für die Kranken. Die ‚Narren', zweiundachtzig Männer und Frauen, wurden in eine Scheune getrieben, die von Infanteristen des 3. Linien-Regiments angezündet wurde. Noch tagelang glaubte Margarethe die Todesschreie zu hören, die sie bis in ihre Träume verfolgten.

58. Kapitel

Lieutenant Dubreuil hatte hörbare Fortschritte gemacht, er spielte das vierte Flötenkonzert von François Devienne fast fehlerfrei. Jean lauschte den Tönen, gab hin und wieder kleine Zeichen der Anerkennung und dachte einmal mehr über das Wunder nach, das Margarethe ihm am Heiligabend anvertraut hatte. Und er dachte über die Unmöglichkeit nach, in dieser aus den Fugen geratenen Zeit eine Familie zu gründen. Für Margarethes und seine Liebe gab es unter Napoleon keine Zukunft. Dubreuil setzte die Flöte ab, wartete auf Jeans Lob, das der auch reichlich spendete, und lud ihn zu einem Glas Punsch ein. Während das Wasser im Samowar summte, plauderte Dubreuil über Marschall Davouts Idee, am ‚Mardi Gras' einen Ball für die Generäle und Offiziere zu veranstalten. Zumindest war das der Wunsch von Madame Davout, einer begeisterten Tänzerin. Aber auch Dubreuil freute sich, wie die anderen jungen Offiziere, auf die Bürgerstöchter, die zu dem Ball geladen werden sollten und die von anderer Qualität waren als die Demoiselles im ‚König von England'.

Es war noch immer bitterkalt, es schneite, Dreck, Kot und Abfall lagen mittlerweile mehr als drei Fuß hoch in den Straßen und Gassen. Jean wickelte sich fester in seine knielange Pelerine und stakste durch den ‚Gassenkummer', wie die Hamburger den Unrat nannten, nach Hause. In der Bohnenstraße überquerte eine von Rattenfleisch gemästete, rot-weiß gestromte Katze träge den Fahrweg. Drei Kürassiere stürzten sich auf sie, schlugen mit den Säbeln auf sie ein, töteten sie. Jean wusste, dass von der Katze nur die Zähne und die Krallen übrig bleiben würden, alles andere wurde gegessen, auch das Fell.

Vor dem Hagedorn'schen Haus stand eine Kutsche, auf dem Bock ein Kutscher, der wild fluchend mit seiner Peitsche auf zwei hungrige Soldaten einschlug, die das Pferd ausspannen wollten. Jean sah, dass der Kutscher Wilhelm war, und kam ihm zu Hilfe. Kurze Befehle und der Ruf nach der Gendarmerie brachten die ausgemergelten jungen Männer dazu, sich zurückzuziehen. Wilhelm bedankte sich und bestellte Grüße von Margarethe. Sie ließ Jean ausrichten, dass sie jetzt in Eppendorf arbeite, und dass der Weg bei Schnee und Eis abends in die Stadt zu weit sei. Hin und wieder bringe Wilhelm Arzneien zum Militär-Hospital in der Kleinen Bäckerstraße, so wie heute, da könnte er ja vorbeikommen und Nachrichten mitnehmen. Jean war sofort einverstanden. Sollte er nicht zu Hause sein, würde er ein Couvert bei Pastor Raabe deponieren, der zwei Häuser weiter wohnte. Jean bat Wilhelm, Monsieur Lohmeyer zu grüßen. Und Margarethe. Er solle ihr sagen, dass Jean in Gedanken immer bei ihr sei.

Die Kämpfe der Alliierten gegen Marschall Davouts Truppen gingen in gnadenloser Härte weiter, täglich wurden Verwundete in den Eppendorfer Krankenhof gebracht, wo Margarethe jetzt arbeitete, genau wie Chirurgus Menken und seine Frau sowie Luise, das älteste Pflegeweib, Dr. Wegscheider und Lohmeyer. Unter den Verwundeten waren Russen, Preußen, Österreicher, Schweden und Freiheitskämpfer der Hanseatischen Legion. Margarethe sah ihre blutgetränkten Uniformen und dachte an Christian Meinecke. Christian, der um sie geworben, der ihr seine Liebe gestanden hatte. Wo er wohl jetzt kämpft? Immer wieder fragte sie Verwundete der Hanseatischen Legion, fragte, bis sie eine Antwort von einem älteren Korporal erhielt. Der konnte sich gut an den stürmischen jungen Leutnant erinnern. Auch daran, dass er Gedichte schrieb. Er fiel schon sehr früh, in der Schlacht an der Göhrde am 16. September 1813, im Kampf gegen ein Regiment des 13. Armeekorps des Marschalls Davout. Margarethe verließ den Männersaal, ging ins Freie und weinte.

Morgens lief sie durch Schneewehen und Eis die fünf Meilen bis nach Eppendorf. Nicht mehr in ihren Holzpantinen, sondern in alten Kutscherstiefeln, die Wilhelm ihr geliehen und mit Stroh ausgepolstert hatte. „In den Pantinen holst du dir noch den Tod", hatte er gewarnt. Abends fuhr sie mit Lohmeyer in der Kutsche nach Eimsbüttel zurück, wo noch der Haushalt auf sie wartete. In dieser grausamen Zeit kamen ihr die Jahre als Magd auf dem Hof derer von Rodehorst zugute. Sie wusste, wie man Brot aus Roggenmehl und Bucheckern backt, sie wusste, wie man Buchweizengrütze bereitet, sie wusste, wie man aus Hagebutten und Kronsbeeren einen Brotaufstrich macht. Ab und zu gab es am Sonntag Pökelfleisch, das Wilhelm bei Bauern in Langenfelde besorgte. Weihnachten hatte sie Lohmeyer und Wilhelm gesagt, dass sie ein Kind erwartet. Lohmeyer hatte wissend gelächelt, seinen goldenen Kneifer geputzt und sich gefreut, als ob er Großvater werden würde. Wilhelm hatte nur trocken gemeint: „Hoffentlich ward dat keen Jung un mutt nich Soldat speelen." Nun war sie im sechsten Monat, und jeder konnte es sehen.

Es war schon Nacht, als Wilhelm auf den Hof fuhr. Margarethe hatte ihn gehört, lief nach draußen und half beim Ausspannen und Abreiben des Pferdes. Sie war neugierig und fragte, ob Wilhelm Jean getroffen hatte. Wilhelm ließ sich Zeit und sagte dann bedächtig: „He süht bannig blass uut, awer ick glöv, he is 'n tahen Deuger." Dass Jean zäh sei, beruhigte Margarethe.

Mehr als zehntausendsiebenhundert Menschen waren in den letzten Wochen wie die Tiere krepiert und in einem Massengrab verscharrt worden. Marschall Davout ließ dennoch den Ball zu ‚Mardi Gras' stattfinden. Doch Hamburgs schöne Töchter kamen nicht. Bis auf vier, deren Väter wohl Mouchards waren, dachte Jean, der zum Tanz aufspielen musste. Er sah Davouts wutrotes Gesicht und ahnte, dass Hamburg dafür büßen würde.

Trotz der Dunkelheit glaubte Margarethe den Morgennebel zu sehen, der sich auf ihre Haut legte. In den schweren, mit Stroh gepolsterten Kutscherstiefeln stapfte sie durch den klitschnassen Schnee nach Eppendorf, sie hustete und hatte Fieber, sie würde Dr. Wegscheider bitten, sie zu untersuchen, falls er heute wieder zum Dienst kommen sollte. Aber er kam nicht. Am Nachmittag bat Chirurgus Menken die Pflegeweiber in den Vorraum und teilte ihnen mit, dass Dr. Wegscheider überraschend gestorben sei, am Hospitalfieber. Er hatte, wie einige Ärzte, freiwillig in den Militärhospitälern geholfen und dafür nun mit dem Leben bezahlt. Margarethe hatte geglaubt, Dr. Wegscheider sei unverwundbar, nun musste sie mit traurigem Erschrecken begreifen, dass es ihn nicht mehr gab. Sie dachte an den Tag, an dem sie ihn zu Sophie geholt hatte, die von dänischen Dragonern vergewaltigt worden war, an den Tag, an dem er ihr die Stellung im Pesthof angeboten hatte. Sie bat Gott, ihn zu sich zu nehmen.

Ein unter die Haut kriechender Nieselregen hatte eingesetzt, und Margarethe war froh, dass sie ihren Schirm dabei hatte, als sie abends nach Hause ging. Sie musste zu Fuß durch die Nässe laufen, weil Wilhelm Herrn Lohmeyer nach Pinneberg gefahren hatte und erst spät zurück sein würde. Lohmeyer hatte ihr den Grund seiner Reise genannt. Er wollte sich mit Perthes treffen, der eine Hilfsorganisation für die mehr als dreißigtausend aus

Hamburg Vertriebenen aufbaute und Lohmeyer gefragt hatte, ob er die Spendensammlung für Kleider und Arzneien übernehmen könnte. Lohmeyer hatte sofort zugesagt. Nun fuhr er mit Freunden von Pinneberg nach Kiel, wo Perthes samt Familie Unterschlupf gefunden hatte. Perthes selbst war nicht reisefähig, er hatte sich bei Glatteis einen Fuß gebrochen.

Das Landhaus war kalt und dunkel. Margarethe zündete eine der Argand-Lampen an, machte Feuer im Küchenherd und trank heißen Holunderbeersaft. Dennoch war ihr kalt, sie spürte, dass das Fieber stieg. Eigentlich wollte sie wach bleiben, bis Wilhelm nach Hause kommt. Doch als er kam, war sie am Tisch eingeschlafen. Er sah sie besorgt an, fühlte den Puls und meinte, es wäre wohl besser, wenn sie morgen nicht nach Eppendorf gehe. Davon wollte sie nichts wissen. Dann würde er sie aber morgens hinfahren und abends abholen, bei dem Schietwetter!

Wilhelm hielt Wort, war schon vor Margarethe auf den Beinen, machte Frühstück für sie beide und fuhr Margarethe dann nach Eppendorf. Obwohl sie hustete und fieberte, behauptete sie, es gehe ihr schon wieder viel besser. Während der Fahrt fasste sie sich hin und wieder an den Unterleib und unterdrückte ein Stöhnen. Wilhelm beschloss, auf eigene Faust zu handeln.

Um den Hunger zu bekämpfen, hatte Jean sich mit Notenpapier an den Tisch gesetzt und komponierte weiter an seiner Suite für Flöte und Streicher. Plötzlich schreckte er hoch, jemand hatte an sein Fenster geklopft. Im ersten Obergeschoss? Jean ging zum Fenster und öffnete es. Wilhelm saß auf dem Kutschbock und wollte gerade wieder mit dem Peitschenknauf gegen die Scheibe schlagen. Jean bat ihn ins Haus, doch Wilhelm lehnte ab, da er Angst habe, dass diese Bambusen ihm das Pferd klauen. Jean bedauerte, er habe heute nichts mitzugeben. Wilhelm winkte ab und erklärte in seiner bedächtigen Art, warum er gekommen sei. Margarethes Erkrankung. Da sie dem Dr. Wegscheider zur Hand gegangen und der am Hospitalfieber gestorben sei, habe er Angst, dass auch Margarethe … Wilhelm beendete den Satz nicht, fügte aber fast fordernd hinzu:

„Ick glöw, dat beste weer, wenn du na Eimsbüttel kummst und mit ehr schnackst, dat se nich mehr na Eppendörp löppt."

Jean zwang sich, keine Furcht aufkommen zu lassen und bat Wilhelm um etwas Geduld, er wolle ihm einen Brief mitgeben.

Wilhelm sah die Gasse auf und ab, konnte aber keine Soldaten oder Gendarmen entdecken und atmete ruhiger. Wenig später tauchte Jean wieder am Fenster auf, auch er spähte die Gasse auf und ab und gab Wilhelm dann einen Brief mit den Worten:

„Sagen Sie Margarethe, bitte, dass ich werde desertieren, le plus vite possible. Sagen Sie Margarethe, sie soll haben Vernunft!"

Wilhelm musste schmunzeln, steckte den Brief ein, tippte an seine Mütze und munterte sein Pferd mit einem Schnalzer auf, sich in Bewegung zu setzen.

Trotz des Nieselregens hatte das Corps de Musique nachmittags geprobt. Es dämmerte, als Jean nach Hause kam, er fluchte über den ‚Gassenkummer', der immer noch zwei Fuß hoch lag, und machte sich, mit einem Schluck Glühwein, ans Komponieren. Da hörte er Schritte auf der Treppe. Mitbewohner, dachte Jean. Die Schritte hielten, jemand klopfte an die Tür, Jean löschte das Licht, antwortete nicht. Eine schneidende Stimme forderte:

„Ouvrez, Monsieur Carpentier! Vous êtes arrêté!"

Jean überlegte nicht lange, ging auf Zehenspitzen zum Fenster, öffnete es und sprang. Er landete im knietiefen ‚Gassenkummer' und war froh, dass man die Straßen nicht geräumt hatte.

Jean lief in die Lilienstraße und weiter in die Breite Straße. Den Fluchtweg hatte er schon lange geplant, nur den Sprung aus dem Fenster nicht. Im Licht einer Kneipenlaterne sah er, dass seine Gamaschen und Culottes verdreckt waren. Einige betrunkene Dragoner kamen aus der Kneipe. Jean beschloss, sich ihnen anzuschließen und den Betrunkenen zu spielen. So kam er bis in die Große Johannisstraße und auf die Mühlenbrücke. Er sah sich sorgfältig um, doch von den Gendarmen, die ihn verhaften wollten, war nichts zu sehen. Er ging weiter zur Admiralitätstraße und überlegte, was geschehen war. Wahrscheinlich hatten die Douaniers Wilhelm beim Verlassen der Stadt visitiert und den Brief gefunden. Auf das Befördern von Briefen nach draußen stand die Todesstrafe. Vor allem, wenn in dem Brief stand, dass man Napoleon zum Teufel wünschte und hoffte, dass Hamburg bald wieder eine freie Stadt sei. Wahrscheinlich hatten sie Wilhelm gefoltert, um Jeans Namen und Adresse zu erfahren.

Von der Admiralitätstraße führte ein Steg über das Fleet in den Herrengraben, den Jean bis hinunter zum Binnenhafen ging. Er musste wieder den Betrunkenen spielen, was ihm überzeugend gelang. Dann war er am Vorsetzen. Rasch zog er Gamaschen, Schuhe und die Uniformweste aus. Er wusste, dass das Wasser jetzt Ende März noch bitterkalt sein würde, aber es gab für ihn keine andere Möglichkeit, aus der Festung Hamburg herauszukommen. Er sprang ins Wasser, schwamm zügig an den Wachen der Bastion Johannis vorbei, er wusste, dass er schnell, dass er hart schwimmen musste, um die Kälte zu besiegen, er schwamm an den mächtigen, dunklen Körpern der großen Segler vorbei, die immer noch angekettet waren, dann packte ihn die Wucht des Elbstroms, riss ihn mit. Jean musste kämpfen, um nicht von den saugenden Strudeln unter Wasser gedrückt zu werden, dann war er an der Zitadelle Hornwerk vorbei, der Strom nahm ihn mit und schob ihn unterhalb des Hamburger Bergs in Höhe der alten

Tranbrennerei an Land. Jean hockte sich in den Sand, japste nach Luft, merkte, dass das Leben zurückkam, und dankte Gott, dass er die Flucht heil überstanden hatte. Er stakste den Hang hoch und kam zu den verkohlten Ruinen der Häuser, die am 3. Januar unter den Klängen seines Musikzugs in Brand gesteckt worden waren.

Der Nieselregen hatte aufgehört, ein Dreiviertelmond traute sich zaghaft hinter den Wolken hervor und spendete etwas Licht auf Jeans Weg durch die zerschossenen Vorstädte nach Eimsbüttel. Irgendwann hörte er elf Schläge einer Turmuhr. Wenig später stand er vor Lohmeyers Landhaus, das im Dunkel lag. Er klopfte an der Haustür, Stille. Er ging ums Haus, aus dem Küchenfenster fiel Licht in den Hof, er klopfte kräftig an die Hintertür. Stille, niemand schien im Haus zu sein. Er spähte durch das Fenster in die Küche. Auf den Fliesen lag Margarethe.

Sie hatte auf Wilhelm gewartet. Als er auch eine Stunde nach Feierabend nicht im Krankenhof erschien, machte sie sich auf den Weg. Frau Menken hatte sie beschworen, in ihrem Zustand nicht bis nach Eimsbüttel zu laufen, sondern die Nacht bei ihnen zu verbringen. Aber Margarethe hatte abgelehnt. Sie hatte Lohmeyer nun mal versprochen, den Haushalt zu führen, da konnte sie nicht unentschuldigt über Nacht ausbleiben. Auf ihrem Weg durch den Nieselregen wurde sie von Hustenanfällen gequält, sie fürchtete, dass Wehen einsetzen könnten, sie fürchtete sich vor einer Frühgeburt. Plötzlich war Todesangst da, die Angst, nicht nur ihr Leben, sondern auch das ihres Kindes zu verlieren. Bis nach Hause, in die Küche, hatte sie es noch geschafft, sie hatte Feuer im Herd gemacht und heißen Holunderbeersaft getrunken. Dann war sie bewusstlos zusammengebrochen.

Jean drückte die Scheibe ein, öffnete das Fenster und stieg in die Küche. Mit zwei Fingern berührte er Margarethes Hals, spürte das Pulsieren der Schlagader, sah, dass sie atmete. Erleichtert, aber sehr behutsam, drehte er sie auf den Rücken, schob seine Hände unter ihre Beine und ihren Oberkörper, hob sie hoch und brachte sie in ihr Zimmer. Er legte sie aufs Bett, holte eine der Argand-Lampen, deren helles Licht über Margarethes Gesicht flutete und sie weckte. Sie brauchte ein, zwei Atemzüge, bis sie Jean erkannte und zu lächeln versuchte. Plötzlich bäumte sie sich auf, fasste sich an den Unterleib und sagte unter Stöhnen:

„Ich glaube, das Kind kommt."

Jean blieb ruhig, er wusste, was zu tun war. Er ging in die Küche, fachte das Feuer im Herd wieder an und setzte einen Kessel Wasser auf. Dann kam er zu Margarethe zurück, die sich in der Zwischenzeit entkleidet hatte. Sie zeigte ihm, wo Handtücher und Laken waren. Zum Abbinden der Nabelschnur drehte er einen Wollfaden auf und legte eine Dochtschere bereit. Zwischen den Wehen erzählte er, dass er seiner Mutter bei der Geburt seiner jüngsten Schwester geholfen habe. Da war er erst vierzehn. Der Vater und alle Geschwister waren bei der Olivenernte, und er musste den Kontrapunkt pauken. Seine Mutter hatte ihm alles erklärt, die Geburt verlief ohne Probleme.

„So ich bin gewesen eine … sage-femme."

Trotz der Wehen musste Margarethe schmunzeln:

„Mein Jean, eine Hebamme! Welch ein Glück für mich."

In der Morgendämmerung kam das Kind. Ein kleines Mädchen. Jean machte alles richtig, vergaß auch nicht den Klaps auf den Po, bis die Kleine kräftig schrie. Dann legte er sie Margarethe in den Arm. Sie bot die linke, dann die rechte Brust an, die Kleine saugte vergeblich. Dann spürte Margarethe, schmerzhaft, aber mit großer Erleichterung, die Milch in ihre Brüste schießen. Sie wusste nun, ihre Tochter würde leben. Und sie spürte, dass sie mit der Geburt das Fieber und die Krankheit überwunden hatte.

Jean wollte der Kleinen gleich einen Namen geben. Er schlug Nadine, Annette und Claire vor. Margarethe unterbrach ihn. Sie hatte Madame de Briancourt versprochen, dass ihre Tochter den Namen der Comtesse tragen wird, und sagte mit Bestimmtheit: „Marie-Josephine. Ich sage dir auch, warum."

Marie-Josephine hatte ein Schläfchen gemacht und öffnete zum ersten Mal die Augen. Margarethe beobachtete sie neugierig, angespannt und lächelte dann glückselig. Sie glaubte, in Jeans Augen zu sehen. Der aber blickte in die Morgendämmerung und fragte sich, ob es eine Zukunft in dieser verqueren Welt gibt.

59. Kapitel

Wochenlang wollte Marschall Davout nicht glauben, dass die Armeen der Alliierten vor Paris standen, dass sein vergöttertes Idol, Napoleon, Mitte April abgedankt hatte und als Pensionär auf der Insel Elba saß. Erst Ende Mai akzeptierte er die Niederlage, ergab sich und zog aus dem verwüsteten Hamburg ab. Der menschenverschlingende Spuk der Tyrannei war vorbei.

Margarethe wollte Sophie bitten, Marie-Josephines Patin zu werden, und ging zu Perthes, dessen Buchhandlung schon wieder eröffnet war. Doch Margarethe fragte vergeblich. Sophie war damals nicht mit der Familie Perthes aus Hamburg geflüchtet, und nun wusste niemand, was aus ihr geworden war.

Margarethe ging weiter zum Brauerknechtgraben, trug ihr apfelgrünes Spenzer-Jäckchen, einen hellen Leinenrock, dazu ihre absatzlosen Lederschuhe, da die Straßen und Gassen fast wieder sauber waren. Auf dem Arm hatte sie Marie-Josephine, die mit ihren braunen Augen bereits plietsch in die Welt guckte. Sie bog in den Langen Jammer und fragte drei Frauen, die an der Pumpe standen und klönten, nach Sophie. Seit Heiligabend hatte man sie nicht mehr gesehen, in ihrer Bude wohnten jetzt andere. Eine Frau meinte anzüglich, man solle lieber im ‚König von England' nachfragen. „Hol din Mul", war Margarethes knappe Antwort.

Sie ging über den Schaarmarkt hoch zum Michel und bat den Lieben Gott, Sophie zu sich zu nehmen, trotz aller Sünden, zu denen die Not sie gezwungen hatte. Ihr eigenes Glück konnte Margarethe dagegen noch immer nicht so recht fassen. Jean und sie waren nun auch noch Hausbesitzer. Zu ihrer Verblüffung hatte Advokat Tussmann ein Testament vorgelegt, in dem die Hagedorns, die als verstorben galten und kinderlos waren, sie als Alleinerben eingesetzt hatten. Auch Lohmeyer wartete mit einer Überraschung auf. Er bot Margarethe an, Teilhaberin in seiner Apotheke zu werden. Denn Wilhelm fiel aus, man hatte ihm beim Verhör alle Finger gebrochen. „De langt nur noch för de Peerd", hatte er mit Blick auf seine verkrüppelten Hände gesagt.

Aber das Tüpfelchen auf dem i war, dass Jean nicht nur wieder als Organist in St. Gertruden tätig war, dass er seine Oboe unversehrt auf dem Schrank in seinem Zimmer wiedergefunden hatte, sondern dass seit heute unter Musikdirektor Schwencke wieder geprobt wurde. Das Oboen-Konzert in C-Dur von Mozart. Mit einem Jahr Verspätung sollte es nun zum Pfingstfest aufgeführt werden.

Margarethe kam auf den Vorplatz des Michels, hielt ihr Gesicht in den aufkommenden Südwest, genoss den Wind, den Atem der Natur. Sie schaute über die Dächer hinweg, sah die Masten und Rahen der Großsegler, die ihre Ketten gesprengt hatten und wieder in die weite Welt ausliefen. Fast so etwas wie Stolz stieg in ihr auf, ihren Feind besiegt zu haben, Napoleon. Sie dachte an ihr Dorf, an den langen Weg. Sie beschloss, ihren Eltern zu schreiben und sie zur Hochzeit einzuladen.

Impressum

Bibliografische Information der Deutschen Nationalbibliothek
Die Deutsche Nationalbibliothek verzeichnet diese Publikation in der Deutschen Nationalbibliografie; detaillierte bibliografische Daten sind im Internet über http://dnb.d-nb.de abrufbar.

ISBN 978-3-8319-0442-6

Gestaltung: Büro Brückner + Partner, Bremen
Gesamtherstellung: CPI books GmbH, Leck

www.ellert-richter.de

Bildnachweis
Celias Laube, Gemälde von George Dunlop Leslie © bpk/Hamburger Kunsthalle/Elke Walford (oben); Verbrennung englischer Waren durch die Franzosen im Herbst 1810, Aquarell von Peter Suhr © Staatsarchiv Hamburg